LE CŒUR BATTANT DU MONDE

SÉBASTIEN SPITZER

LE CŒUR BATTANT DU MONDE

roman

ALBIN MICHEL

À ma mère

On sait, à une livre près, ce qu'une machine peut produire, mais je ne connais aucun expert aux services de la Dette nationale capable d'estimer la quantité qu'il y a, à chaque instant, de bien ou de mal, d'amour ou de haine, de patriotisme ou de mécontentement, de désintégration de vertu en vice ou l'inverse, dans la larme d'un seul de ces braves ouvriers au visage impassible et aux gestes bien réglés. Cette machine n'a pas de mystère ; mais il y a un mystère insondable chez le plus insignifiant de ces gens.

Charles Dickens,
Les Temps difficiles (1854)

Londres, 1851

1

Tout au bout de Brick Lane, dans ce faubourg de Londres qu'on surnomme l'*East End*, c'est vendredi qui se pointe, avec tous ces bonshommes, fagotés et fiévreux. Ils sont banquiers, barbiers, armateurs ou fleuristes. Toute la semaine, ils se croisent sur leurs lieux de travail, se saluent aimablement, et parfois s'associent. Mais quand vient le vendredi, il n'y a plus de convenances. C'est leur jour de sortie, en quête de belles à louer pour des tendresses godiches à l'abri d'un coin de rue, quand tout luit sans briller.

Charlotte remonte cette faune vorace et fait la sourde oreille à tous ces bruits de succion, aux sifflets, aux clins d'œil et aux mains qui se tendent pour l'alpaguer. Elle connaît ces harangues, ces échos d'hommes avides qui se répandent dans son dos.

« Bagasse ! »

« Rombière ! »

La langue des grands mâles a d'infinies richesses pour maudire la beauté qui refuse de se livrer. Elle bataille et s'acharne. C'est la grammaire des fous. Des phrases de corps-à-corps. Des mots à bout portant. Des apostrophes blessantes.

Au début, les désirs de ces hommes lui faisaient des nœuds au bide. Elle planquait sa beauté, le teint de son âge rosé par le vent froid, ses lèvres bien dessinées, ses yeux de prairie vert-brun, comme à la fin de l'été. Elle est née ravissante, mais la ville l'a gâtée.

« Juste une fois, allons. Rien qu'une fois, ma duchesse. »

Dans cette extrémité de Londres que l'on surnomme « l'Abîme », Charlotte préfère se priver plutôt que de brader ce qui lui reste d'orgueil. Elle les déteste trop, tous ces forts en gueule qui se donnent des airs de pur-sang dans l'East End et qui, chez eux, se transforment en mulets auprès de leur épouse, dans leur maison, devant leur soupe épaisse, avec toute leur marmaille.

Charlotte tient contre elle un balluchon de linge sale. C'est toute sa garde-robe. Une chemise. Une robe. Et une vieille paire de bas qu'elle va devoir laver pour faire bonne impression. Elle est pressée. Le directeur de l'agence Cook a un poste à pourvoir. Une aubaine. Le travail se fait rare. Charlotte a rendez-vous ce soir. Pourvu qu'elle fasse l'affaire !

En traversant la rue, un élément pendouille et rebondit sur sa cuisse. C'est une manche de chemise. Elle la rabat d'une main et pelotonne le tout, bien serré contre son ventre, négligeant un court instant de regarder devant elle. Une dizaine de gamins sales se mêlent à la foule des trottoirs. Des rebuts du quartier nés parmi les bouts de ferraille, de rouille et de tessons de verre.

Charlotte fait un pas de côté. Elle se méfie d'eux. Elle les a vus faire. Ces grappes de petits voleurs sont passés maîtres dans l'art de chaparder, d'étourdir en essaim et de duper les sots. Ils n'ont pas leur pareil pour tirer une montre, une chaîne ou un porte-monnaie, avant de prendre feu comme la poudre d'escampette.

Ils vont tous dans le même sens. Ils ont repéré leur proie. Un couple qui n'a rien à faire là. Des bourgeois. Sans doute des étrangers.

« Un shilling ! S'il vous plaît, soyez bons, messieurs-dames. »

La dame semble hésitante mais son époux la reprend.

« Rien qu'une pièce ! »

Son homme l'entraîne plus loin.

Charlotte suit la scène qui se déroule de l'autre côté de la rue. Les faux mendiants se mettent à courir. L'un d'eux tient dans sa pogne la montre du monsieur. Charlotte devine la suite. Au prochain carrefour, il éclatera de rire et, si jamais le pauvre homme tentait de récupérer son bien, il prendrait certainement un coup de couteau dans le dos.

Que représente un shilling pour ce couple d'étrangers ? Une misère ! À peine le prix d'un billet d'entrée pour la Grande Exposition universelle de 1851. Ils sont des milliers à débarquer chaque jour pour la visiter. Ils viennent de France ou d'Allemagne. La reine Victoria a fait construire un vaste bâtiment au beau milieu de Hyde Park. Un édifice de verre et de fonte baptisé le Palais de Cristal. Depuis le mois de mai dernier, il abrite en son sein toutes les vanités du monde moderne : un piano automate, une locomotive à vapeur, des métiers mécaniques et des dizaines de machines à vapeur capables de filer le coton, de le tisser ou de laminer l'acier. À l'entrée de l'exposition, un immense bloc de houille, d'une bonne vingtaine de tonnes, est érigé comme un totem. C'est lui qui fait tourner les usines d'Angleterre.

Ce bloc est le cœur sec et froid d'un nouveau monde sans cœur.

Charlotte a vu le palais, de loin. Il est inaccessible. On dit qu'il ne faut pas y aller parce qu'il porte malheur.

Une mère et ses deux filles passent en cabriolet. La mère a belle allure. Ses filles sont pleines de boucles. Elles viennent de visiter le fameux palais. Elles exigent d'y retourner :

« Maman, je vous en supplie, on veut revoir l'éléphant d'Inde, maman ! Je vous en supplie ! Il avait l'air si triste, à balancer sa trompe d'un pied sur l'autre. Il a besoin de nous. On lui chantera des chansons douces ! Maman ! Retournons-y ! »

Charlotte ignorait qu'il y avait de la vie exposée là-bas. Elle imagine un éléphant tout gris, tout triste. Elle suit leur voiture qui trottine.

Un homme force le passage.

Le cocher lève son fouet.

Le piéton dresse le poing.

« Salauds de riches ! » grogne-t-il, tombé le cul par terre dans la boue de Brick Lane.

Charlotte reprend sa route et compte : deux filles, une mère. Trois tickets. Trois shillings. Avec ça, elle pourrait se payer des semaines à l'abri sous un toit et un lit rien que pour elle. Elle est si fatiguée. Son ventre se crispe. Elle enfonce son chapeau pour cacher son crâne ras. L'autre jour, elle a vendu ses cheveux à un perruquier du centre-ville. Deux shillings. L'auburn est à la mode. Elle a pu payer sa dette pour une chambre à six lits. Il ne lui reste plus grand-chose.

Pourtant sa mère lui a appris à coudre, à ravauder le lin

comme le coton. Elle lui a enseigné le maniement de l'aiguille. Charlotte sait ranger aussi, plier, laver, écrire, compter, se tenir, se taire et danser quand c'est l'heure de faire la fête au son de la flûte et du violon. Charlotte est une bonne fille d'Irlande. Londres déborde de bonnes filles comme elle, venues de leur île ou de plus loin encore.

Londres est la ville-monde immonde. Ses rues sentent l'exil et la suie, le curry, le safran, le houblon, le vinaigre et l'opium. La plus grande ville du monde est une Babylone à bout, traversée de mille langues, repue de tout ce que l'Empire ne peut plus absorber. Elle a le cœur des Tudors et se gave en avalant les faibles. Et quand elle n'en peut plus, elle les vomit plus loin et les laisse s'entasser dans ses faubourgs sinistres.

Combien de temps encore ?

Un rayon de soleil frappe le bas de son visage.

Ses cheveux repousseront.

Ses seins ne lui feront plus mal.

Son enfant naîtra, avant le début de l'hiver.

C'est un garçon, pense-t-elle. Il pointe comme font les garçons dans le ventre des mères. Un simple renflement. Un indice, même infime, que les mères de l'East End chérissent. Un fils, c'est une chance. L'espoir de s'en sortir.

*

Engels a laissé ses femmes à Manchester.

« Je reviendrai demain, mes chéries. »

Il s'enfonce dans la gare. Inspire. Expire. Une boule épaisse s'est logée dans sa gorge. Il y aura du monde, des regards et des tas d'inconnus. Engels déteste la foule. C'est plus fort que lui. Une peur archaïque qui remonte à l'enfance.

Une marquise en verre se dresse au-dessus du quai. Ses piliers de fonte s'enfoncent à l'endroit même où, autrefois, la ville planquait ses indigents, ses morts sans sépulture.

Engels longe des dizaines de wagons et croise des artisans, des ouvriers, des commerçants qui attendent, comme lui, le prochain train pour Londres. Les forts soulèvent des caisses et chargent des wagons ajourés. Des maraîchers entassent des cageots de fruits et légumes pour limiter les pertes. Des cochons tenus en laisse. Des sacs dégoulinant de sang dans le dos des bouchers. Engels évite une charrette qui s'immobilise au beau milieu du quai. Il contourne des tas de caisses de volailles dont les têtes sortent, affolées, incapables de trouver le moindre sens à tout cela. Engels se rabat vers les wagons bordeaux aux flancs estampillés *London and North Western Railway*, peint en grandes lettres dorées. Des enfants suivent des femmes, agrippés à leurs jupes, les yeux écarquillés comme les poussins dans leurs caisses.

Engels est pressé. Il n'a pas réservé. Il achètera un billet en montant.

Un agent de la compagnie fouille l'intérieur de sa veste. Une locomotive recule et se cale contre les wagons qui l'attendent. L'agent lève son sifflet près de l'oreille d'Engels et souffle, le bougre, de toutes ses forces. La locomotive est arrimée. Il s'agit d'une Crampton verte toute neuve, facile à reconnaître avec sa cheminée coiffée d'un col doré et ses deux grandes roues d'Express, suivies par quatre plus petites. Toute la presse loue sa ligne, sa vitesse et sa race. Cette Crampton est « la princesse des rails ».

« Train pour Londres au départ ! »

Les poussins se mettent à caqueter.

Engels allonge le pas, sa canne sur l'épaule à la manière d'un fusil. L'air martial le rassure. Autrefois, à Berlin, il se pavanait fièrement dans son uniforme des Dragons, du temps du service militaire obligatoire. Il attendait la guerre. Il a fait de la caserne. Il s'y est ennuyé ferme. Berlin était paisible. Douze ou treize mois plus tard, il a rendu ses galons et ses rêves d'en découdre. Il avait fini de lire tous les romans de Stendhal.

La canne qu'il tient dressée est rehaussée d'un pommeau à tête de loup en argent. En creux, elle contient une fine lame. Engels adore les armes. Les épées. Les pistolets aussi. Il a l'impression qu'avec ça il peut tenir le monde en respect, l'inconnu à distance.

Un épais nuage bleu jaillit de la locomotive, emmitoufle le quai. Une fillette y disparaît et pousse un cri strident. La pauvre vient d'être saisie par une minuscule braise, une de ces escarbilles qui provoquent çà et là des odeurs de poils ou de cheveux grillés. La petite se frotte les yeux, puis peste contre sa mère parce qu'elle a laissé la douleur la saisir. Sa mère forme une ombre ratatinée dans le nuage.

« Frotte ! Frotte bien tes yeux, ma fille ! »

Engels n'aime pas les cris d'enfants, ni leurs larmes, ni leurs caprices. L'œil noir qu'il jette à la petite fille la fait pleurer de plus belle. Un nouveau jet de vapeur se répand alentour.

Le wagon de première est une caisse hermétique. Un agent de la compagnie propose des bouillottes.

« Six pennies pour votre confort, monsieur. C'est que six pennies ! »

Engels répond d'un coup d'épaules.

« Juste un billet ! »

Ce n'est pas le froid qu'il craint. C'est la foule. Et c'est ce train. Les accidents sont fréquents. Il y en a plein les rubriques de faits divers. Près de quatre cette année, rien que sur cette ligne Manchester-Londres.

Le plancher est couvert d'un tapis de laine épaisse. Les fenêtres sont ornées de rideaux rouges en velours. Engels s'installe au fond. À l'écart.

Il range son chapeau dans le filet tendu au-dessus de la banquette. Il accroche délicatement sa veste au crochet de la patère. Engels a parfois des méthodes de vieille fille. Une fois assis, il se met à gratter le trou que ces maudites braises ont creusé sur sa manche. En vain. Le départ est annoncé. Il cale sa canne entre ses jambes et palpe une nouvelle fois sa poche. La lettre de son ami. Il l'a reçue ce matin. Il n'a pas perdu de temps.

*

Charlotte est arrivée. L'immeuble est là, dans sa buée. Une vague façade suintante. Deux étages embrumés, de guingois, comme tout ce qui se dresse dans ce quartier. Des lambeaux de vapeur s'échappent des fenêtres.

Elle a de la chance. C'est ouvert.

Un panneau de bois gondolé est accroché au-dessus de l'entrée. Elle lit : « Société philanthropique des bains et de l'hygiène de Glasshouse ».

Une femme la bouscule.

« Qu'est-ce que vous faites ? Vous allez rester plantée là encore longtemps ? »

La femme passe devant elle et entre.

En Irlande, quand la fièvre de la famine répandait ses dais noirs, Charlotte a vu tous les membres de sa famille se presser devant les portes de ces sociétés-là. Société philanthropique du secours à l'Irlande. Société philanthropique des quakers de l'Est. Société philanthropique protestante. Ils étaient des milliers à s'y rendre, crevant de faim et de peur, le visage marqué par la malaria, infestés de gale et de poux, cloqués, fuyant leurs champs en ruine parce que le champignon avait tout saccagé. Le mildiou.

Philanthropie.

Quelle blague !

C'est cette philanthropie qui offrait des savons pour que les pauvres crèvent propres. Pour chasser le choléra.

Maudite philanthropie !

À Clonmel, au village, tout le monde savait que ces sociétés de bienfaisance étaient tenues par de bonnes âmes anglaises, de grandes dames, épouses ou filles de colons, qui étaient, justement, la cause de leur misère. Tout le monde en Irlande savait que ces généreux donateurs occupaient les plus belles vignes du sud-est, les meilleurs vergers de Dublin, jusqu'aux verts pâturages de l'île. Les vieux Anglais si bons n'avaient laissé aux Irlandais que le varech et la tourbe, et les sols amers sur lesquels ne poussait que la pomme de terre. Charlotte ne mangeait que cela, soir et matin, de la pomme de terre et quelquefois du lièvre. Le champignon a tout détruit, du bulbe à la racine. En trois ans, le mildiou réduisit en bouillie infâme et malodorante tous les plants de pommes de terre d'Irlande. Les Irlandais n'avaient plus que leurs talons pour s'asseoir. Leurs bourreaux, ceux qui leur avaient tout pris, devenaient philanthropes. Pourquoi fallait-il supplier ces voleurs ?

Devant ce panneau de bois, Charlotte frissonne et se dit que ça recommence. L'hypocrisie. La faim.

« Société philanthropique des bains et de l'hygiène de Glasshouse ».

Glasshouse est un mensonge de pierre, un purgatoire qui maquille son nom, une machine à blanchir, à repousser la gale, à endiguer les poux pour préserver les bambins des jardins du centre-ville et la clientèle chic des boutiques de luxe. Glasshouse gomme les scories de l'East End.

Mais pour combien de temps ?

Charlotte n'a vu que ça, des pauvres, à Londres. Des milliers de désœuvrés par ces milliers d'usines qui battent le fer à leur place, par ces milliers de métiers mécaniques qui tissent sans artisans et tous ces chevaux-vapeur qui tracent des voies nouvelles sans chevaux ni cochers. Elles sont bien exposées, ces machines diaboliques, tout en haut de Hyde Park, dans un écrin de cristal érigé comme un temple. La technique est un tyran glacial plus vicieux que les tyrans de chair. La technique n'a pas d'âme. Elle n'a qu'un rendement, coûte que coûte.

Les vêtements que porte Charlotte collent à sa peau.

Elle devine la crasse qui auréole son dos.

Elle ne sent plus son odeur.

Dans moins de deux heures, il faudra qu'elle fasse bonne impression devant le monsieur de la gare, celui qui tient l'agence Cook et qui cherche quelqu'un comme elle. Elle a besoin de cet emploi pour s'acheter une perruque et surtout pour faire naître l'enfant d'Evans.

Evans compte sur elle. Son amour de jeunesse. Il est parti au début du printemps. Comme tant d'autres Irlandais. Il s'est fait embaucher sur un clipper anglais à destination de New York.

« J'irai en Amérique, a-t-il dit. Il y a de l'or, là-bas, Charlotte. Je traverserai tout ce pays jusqu'en Californie. Tu connais Sacramento ? Tout le monde en parle. Tu verras, dans quelques mois je serai de retour et je serai riche pour deux.

– Pour trois !

– Oui, ma chérie. Pour nous trois. »

Il l'avait embrassée, elle et son ventre bien avant qu'il se tende. Evans avait juré qu'il gratterait de toutes ses forces pour trouver le filon qui les mettrait à l'abri de la philanthropie.

« Pas besoin de revenir riche, d'accord ? Tu grattes et tu reviens.

– On achètera une ferme à Clonmel…

– Et notre fils grandira sur nos terres, les pieds dans l'herbe et pas dans ce pavé de ville.

– Oui.

– Alors, file, mon amour. Dépêche-toi. Et reviens, s'il te plaît. Reviens avant qu'il sache marcher. »

Evans, son bel Evans. Pourvu que son fils lui ressemble.

À Glasshouse, l'entrée coûte un penny. C'est le prix de la buée. Charlotte s'y enfonce jusqu'à ce qu'une grosse dame la rattrape.

« À gauche, les femmes », dit-elle au bout d'un long couloir. Elle lui tend un panier. Charlotte retient le linge roulé contre elle.

« 'les lavera quand sera propre, dit la dame.

– C'est pas pour moi, c'est pour mon linge, précise Charlotte.

– 'les lavera quand sera propre.

– Mais je suis pressée ! »

Charlotte n'a pas le choix. Elle poursuit sans son linge. À gauche, elle traverse une cour dans laquelle sèchent des vêtements, des draps, du linge de maison. Au bout, une autre femme lui tend un savon et une toile. Charlotte la regarde. Elle n'a plus rien sur elle.

« Le savon est offert ! » dit la femme.

La salle de bains est une pièce carrée au milieu de laquelle trône une bassine d'étain. Elle est pleine d'une eau tiède et sombre. Charlotte hésite.

« Non ? » demande la préposée qui a fait son calcul.

Charlotte est la troisième baigneuse. Encore quatre et elle changera cette eau.

« Vous passez votre tour ? » s'enquiert-elle, impatiente de refermer la porte pour garder ce bain tiède.

Charlotte se déshabille. La femme l'aide pour le haut. Sa robe. Sa chemise. Charlotte rentre le ventre. À Londres, les filles-mères sans attaches finissent dans des *workhouses* à ravauder des tonnes de linge pour une bouchée de pain, tandis que leurs enfants sont confiés aux bons soins de l'Assistance publique.

Une fois bien savonnée, la femme lui tend une chemise de prêt et la pousse vers la cour où son linge est en train de sécher. Le soleil tarde encore. Charlotte prend place sur le banc parmi d'autres femmes qui attendent.

Les hommes sont assis juste de l'autre côté de la cour,

cachés derrière des dizaines de draps et de vêtements. Chacun surveille sa corde et surtout sa vertu. Ici, les règles sont strictes. Si les eaux se mélangent, si les savons s'échangent, chacun garde son banc. Les hommes d'un côté, les femmes de l'autre.

Le premier coup de cloche annonce le tour des hommes. Ils ont quelques minutes pour dépouiller leurs fils et quitter la grande cour.

Au deuxième coup de cloche, Charlotte ramasse ses frusques et suit les autres femmes qui montent une courte échelle.

En haut, elle est saisie par la touffeur ambiante. Quand sa vue se débrouille, elle distingue le halo des braseros au centre. Des silhouettes s'agitent. Des bras vont et viennent dans la fumée. Elle voit les fers qui glissent sur des tables à repasser. Celui qu'on lui tend est encore brûlant. Charlotte étend sa robe, glisse le fer et voit l'eau qui s'exhale.

En sortant de Glasshouse, elle sent enfin le propre dans ses vêtements humides. Un omnibus approche. Elle fait signe au cocher. La gare n'est pas loin et l'agence Cook se situe dans le hall principal. Si le cocher se presse, elle arrivera à temps.

« Un shilling, annonce-t-il.

– Pourquoi si cher ?

– Vous êtes pressée, non ? »

Charlotte lui tend sa dernière pièce.

*

Engels colle son front contre la fenêtre du wagon.

Il n'a ni faim ni soif. Il n'ira pas au bar se faire servir des verres par l'homme en livrée portant sur sa poitrine l'écusson brodé d'or de la London and North Western Railway. Il n'a aucune envie de se mêler aux marchands, aux affairistes snobs qui tournent leurs idées comme le whisky dans leur verre, en rond, pour ne rien dire. Il sait, dès que l'un d'eux prononcera le mot « coton », leurs visages s'égaieront, ils tiendront leur sujet et ne le lâcheront plus jusqu'à leur arrivée à Londres. Le coton, le coton. Ils n'ont que cela en tête avec l'argent qu'ils font.

L'homme assis devant lui est un banquier d'affaires. Celui qui porte un costume clair rayé est un négociant en gros. Le petit bonhomme tassé dans son fauteuil à franges, dont le col est mal blanchi, vient de commander un métier à tisser pour son usine de Windmill Street.

« J'ai pris 2 000 livres sur du brut de Louisiane, dit le costume clair.

– Et moi j'ai pris deux semaines de retard à cause de ces foutus dockers, répond le banquier.

– Les grévistes de Liverpool sont des truands. Avec leur semaine à cent heures, ils nous pourrissent la vie », dit le costume.

Le col mal blanchi déplie ostensiblement son journal.

« Faites comme moi, lance-t-il. Prenez des Irlandais. Ils sont durs à la tâche. Ils demandent deux fois moins et ils ont trop faim pour se permettre de faire grève. »

Le banquier et le costume acquiescent.

Engels les observe. Il les déteste. Le banquier John Maltrone. Le négociant Stewart. Et le petit bonhomme de Windmill Street. Il ne sait plus son nom. Un Écossais. Peu importe.

« Et vous, monsieur Engels, quel est votre point de vue ? »

Pour éviter de répondre, Engels ferme les yeux. Il se remplit de son mieux du bruit que fait la Crampton. Il imagine sa puissance. Il se rassure en se disant qu'elle est lourde, donc stable. Les ingénieurs anglais n'ont rien fait de mieux depuis des années. Il se berce du crissement des roues, du roulement des essieux, des jointures de chaque rail qui battent au même rythme que son cœur. Il aime cela, le mouvement, pourvu qu'il soit fluide. Il aime être en partance, décollé de tout le reste et surtout de ces imbéciles assis trop près de lui qui pensent chiffre d'affaires, argent, bénéfice net ou brut.

Londres n'est plus très loin. La ville et son ami ne sont plus qu'à une paire d'heures, au-delà des prairies de Richmond, juste après les cottages tout en pierre des Costwolds, les clôtures plantées, les moutons posés comme des nuages sur un tapis de verdure. Engels devine les paysans à l'œuvre comme autant de bizarreries.

Toute cette campagne le navre. Elle est trop indolente, trop lente, figée comme un tableau ancien, reproduit mile après mile, siècle après siècle. La terre, immuable. Les paysans, immuables, comme les saisons, comme le bleu, comme l'orange, le vert et le crachin qui strie maintenant sa vitre.

Les trois hommes parlent entre eux. Ils ont quitté leurs banquettes pour les tabourets hauts du bar. Ils trinquent à leurs fortunes.

Engels mesure la distance qui le sépare de sa Prusse natale, de cette vie infernale où son père l'obligeait à se soumettre à Dieu, à vivre à genoux, à craindre le Tout-Puissant, rempli de peur et de remords. Il lui en a fallu du courage avant de s'extirper du lit douillet de la foi, emmitouflé dans les draps de cette croyance, avec ses certitudes et ses prières. Il a passé de longues heures à défier le dieu des siens, pendu au cul des trains qui quittaient Barmen pour Berlin.

« Si tu existes, prouve-le ! hurlait-il, suspendu dans le vide. Fais un signe ! »

Engels avait seize ans quand tout a basculé. Il se tenait à l'arrière d'un wagon en route pour Berlin, suspendu au-dessus de la voie, en cachette des deux pasteurs adultes chargés de les surveiller, lui et une vingtaine de jeunes croyants. Ils traversaient une campagne similaire aux mêmes couleurs primaires, bleu, orange, vert et gris crachin, quand un rail mal vissé envoya valdinguer la locomotive, puis tout le train dans sa lancée.

Engels fut propulsé vers le ravin.

Il vit un wagon tournoyer et sa carcasse se disloquer un peu plus à chaque tour.

Des bouts de ferraille se détachaient du tout pour venir se planter au hasard dans un corps, dans un bras, un talus ou un tronc.

Il vit un toit fendu.

Il vit des parois latérales qui faisaient des coins et des saillants comme une carte à jouer pliée par la main d'un mauvais perdant.

Engels se releva. Le silence s'était fait. Pause. Inspirer. Expirer. Le temps que le cours des choses reprenne, qu'il retrouve ses esprits, qu'on évalue le désastre. Engels entendit une roue tourner sur son axe dans un couinement faussé. Vinrent les premiers soupirs. Des murmures effarés. Puis les premiers appels :

« Bon Dieu, aidez-moi. Je vous en supplie, j'ai mal ! »

Engels poussa la tôle et libéra un homme, suivi de sa femme et de leur fils. Plus loin, il ramassa un pied, des tendons, un bout d'os et rien au bout. Il évita de justesse un morceau de cervelle et se glissa d'instinct pour prendre une main tendue. En tirant de son mieux, il fit sortir un enfant dont la jambe était broyée. Un enfant de chœur de Barmen, comme lui. Le pauvre souffrait tellement qu'il perdit conscience. Un pasteur apparut. Il se tenait assis sur une pierre derrière lui, les mains occupées à prier.

« Aidez-moi, mon père ! »

Il enfouit sa tête dans ses bras.

« Aidez-moi, pour l'amour du ciel ! »

Engels aida une mère à faire sortir sa fille.

« Vous êtes notre sauveur, jeune homme. Soyez béni. Comment vous appelez-vous ? demanda la mère.

– Engels.

– Engels, comme les anges ! »

Il mesurait le carnage.

Les secours débarquaient. Des paysans du coin arrimèrent leurs charrettes pour faire levier et soulever les carcasses. Les bras cassaient l'un après l'autre. Il fallait du solide. Des barres de fer. Les paysans les trouvèrent sur le squelette d'un wagon. Un fiacre passa au loin. Deux hauts-de-forme se tournèrent vers la scène, vaguement, avant de disparaître. Le fiacre poursuivit, laissant à d'autres le soin d'agir pour sauver ceux qui pourraient l'être encore.

Le pasteur priait.

Engels a gardé de ce jour la conviction vissée que toutes les bondieuseries n'étaient que des fadaises, qu'il n'y avait pas de destin, qu'il n'y avait pas de providence, que toutes les prières du monde n'étaient que des comptines bonnes à berner les sots, à rassurer les faibles, comme les superstitions. Adieu le bon Dieu ! Adieu ses anges ! Adieu les certitudes du père. Seule la mort existait, bel et bien, palpable. Engels garda longtemps dans le nez l'odeur qu'elle avait répandue, âcre, pointue, emportant un pasteur, six enfants parmi ceux de son groupe et une dizaine de passagers anonymes. Tous laissaient dans leur sillage un vide vertigineux. L'affreux vertige du doute.

Le train poursuit sa course.

Il est bien en ligne sur les rails.

Engels est pressé de retrouver le Maure.

Pressé et intrigué.

D'ordinaire, dans ses lettres, il se contente de lui demander de l'argent.

Pas cette fois.

Le Maure évoque une « affreuse erreur », une « sinistre maladresse ». Engels sait qu'il peut se montrer parfois impulsif. Certes. Capable de s'emporter. Il a l'alcool mauvais et l'insulte facile. Ça peut faire une « erreur », voire une « maladresse » pour un coup de poing trop appuyé, un blessé ou même un procès. Le Maure a déjà fait des séjours en prison pour des débats qui avaient tourné à la foire d'empoigne. Mais c'est le mot « sinistre » qui inquiète Engels cette fois.

*

Perchée sur l'impériale à ciel ouvert, Charlotte tremble comme une feuille. Ce trajet en omnibus a achevé de la glacer. Quand il s'arrête enfin, elle tarde un court moment tant son corps est engourdi.

« Euston Square ! » lance le cocher en serrant le frein.

Charlotte descend l'échelle. Le soleil jette ses derniers feux sur Londres. De l'ocre et de l'orange soulignent les toits environnants. Elle remonte le pan de sa robe et se dégourdit le corps en se ruant vers la gare. Les trains affluent encore. Ils viennent de partout, du nord, de l'ouest. Euston Station est une ruche moderne.

Charlotte s'y perd un peu. Pas longtemps. Elle s'accroche à un signe. Accès aux quais. Il a dit que c'était là, au pied de l'escalier qui donne sur les quais. Elle regarde la grande horloge. Il lui reste trois minutes.

Elle tient son chapeau d'une main et de l'autre pince sa robe pas trop fort pour ne pas la froisser. Elle la lâche un instant pour tapoter ses joues et faire monter le sang. Elle esquisse un sourire qui devrait la servir. Elle inspire longuement et dévale l'un des deux escaliers de la nouvelle grande halle.

Des gens montent et descendent. Personne ne la regarde. C'est bon signe, ça veut dire qu'elle fait partie du lot, qu'elle pourra même, peut-être, faire illusion.

En bas, Charlotte sourit encore, sans se forcer cette fois.

Elle a vu la vitrine de l'agence Thomas Cook, à gauche. Et surtout la lumière. Elle pousse la porte qui agite au passage une grappe de grelots semblables à celui des portes des épiceries chinoises et leurs *fortune cookies* que les enfants s'arrachent.

M. Grey, le directeur, se tient derrière son comptoir. Il

porte une cravate à la mode, en soie de Chine d'un subtil vert émeraude, et un costume de laine bien coupé, qui tombe droit aux épaules. Il sourit. Il se trompe. Il doit la prendre pour une cliente, avec son chapeau neuf et sa robe qui sent le propre.

« Je viens pour le poste à pourvoir », dit-elle en désignant l'annonce accrochée près de l'entrée.

Le visage de Grey perd soudain tout son charme.

Elle a parlé trop vite. Elle aurait dû attendre. Il faut se faire désirer. Une occasion pareille !

« Ah, c'est pour ça ! »

Charlotte tend une main dans le vide. M. Grey quitte sa place et l'estrade qui le faisait paraître plus grand. Elle le dépasse d'une tête. Ses seins pointent vers le nez du directeur.

« Suivez-moi ! »

Il l'entraîne dans son arrière-boutique, un réduit caché par un paravent de laque peinte. Son dessin est écaillé. Il représente une panthère noire tapie au pied d'un arbre étrange couvert de longues lianes et de grosses feuilles grasses. Tout est bon pour séduire le client, lui donner l'illusion qu'en franchissant la porte de cette agence de voyages il a déjà un pied ailleurs.

M. Grey repousse le paravent derrière lui et monologue sur les fins de semaine :

« C'est comme ça, toujours, le vendredi soir… Les vrais clients se font rares… ils ont la tête ailleurs… Les voyages, c'est le lundi. C'est le lundi qu'on fait des affaires. Surtout le lundi. »

Il a ce regard rentré qu'ont ces gens qui se répandent sans se soucier jamais de celui qui écoute.

Le ventre de Charlotte gargouille. Cela fait deux jours qu'elle n'a rien mangé. Elle déglutit pour faire taire sa faim, pendant que l'autre l'abreuve de considérations sur les semaines creuses et pleines, les aléas du commerce et puis soudain il se tait. Il la fixe.

Charlotte ne trouve rien à dire. Elle aurait dû dire oui, peut-être, ou au moins quelque chose. Elle aurait dû aller dans le sens de l'employeur, qui a toujours raison, pour sûr, pourvu qu'il paye.

Si elle ne l'a pas fait, si elle s'est trouvée bête, quand il attendait un mot d'elle, c'est parce qu'elle a senti l'odeur de ses aisselles, presque oppressante. Les dessous de bras de Grey macèrent depuis des heures dans cette laine épaisse aux manches coupées trop près du corps.

Sa grossesse joue contre elle. Elle décuple ses sens, amplifie chaque odeur, comme si tout en elle devait se mobiliser pour flairer le danger, la menace potentielle pour elle et son bébé.

Elle a dû grimacer ou quelque chose dans le genre. Elle a dû faire un geste qui a déplu à Grey.

Il la regarde par en dessous en battant des paupières. Il est perplexe.

« C'est là », dit-il, désignant une pile de dossiers.

Charlotte a remarqué les épluchures et les bouts de papier gras qui jonchent le sol. Elle a senti l'odeur d'une vieille peau d'orange et des nuits que ce bonhomme passe là. Une couverture en boule. Une chemise roulée qui lui sert d'oreiller.

Depuis combien de temps ne s'est-il pas lavé ? Elle a fait cet effort, à Glasshouse. Il pourrait le faire aussi. C'est vrai que cette pensée lui a traversé l'esprit. Elle s'y est laissée aller. Mais c'est Grey qui tient boutique. Il touche un salaire. Il mange à sa faim, à voir ses joues pleines. Il dispose d'un lit, certes sommaire, mais à l'abri des rondes des policiers de Londres qui bastonnent tout ce qui traîne et vagabonde le soir, à grands coups de pied et de rires.

« C'est fermé ! Dégagez ! »

Charlotte les a vus faire lors de ses premières nuits dans un parc près des quais.

Elle en garde quelques marques. Plus grand-chose. Mais elle craint d'y retourner. Elle sait que d'autres filles y ont été violées.

« Je vous demande pardon ! dit-elle, mais je n'ai pas bien compris. Qu'attendez-vous de moi ? »

Le malaise est passé. Grey se lance dans un long inventaire de tout ce qu'il faut savoir faire pour mériter cette place : inventorier et ranger, bien sûr, et balayer souvent.

« Savez-vous serpillier ? J'ai tout ce qu'il faut dans le coin. Un sol propre est la base du commerce. Et les vitrines, aussi. Il faut qu'elles brillent, avec des vitres lavées et pas la moindre poussière. »

Il passe tout en revue. Les épluchures qu'il n'a pas le temps de ramasser. L'odeur, qui ne passe pas. Les murs qui suintent encore parce que la voisine du dessus prend des bains dans une bassine fêlée. Charlotte dit oui à tout. Elle assure qu'elle saura se débrouiller.

Grey poursuit. Il explique que pour tenir sa place, Charlotte devra savoir dessiner des panneaux, rédiger des grilles de prix et réparer les cadres des marines qu'il expose en vitrine.

« Et ce chapeau, dit-il, vous ne le quittez jamais ? »

Charlotte hésite. Une femme ne se découvre pas devant un inconnu. Elle tarde, puis s'exécute.

À lui de faire la moue.

Charlotte est assise, son chapeau sur les genoux. Elle ne bouge pas pendant qu'il la contourne. L'odeur s'est accrue. Le regard de Grey a changé. Il est devenu raide, encarcané dans son habit.

« Je suis veuf, vous savez ? »

Elle voudrait se lever. La main de Grey l'en empêche. Elle pèse sur son épaule. Elle s'y attarde, sans gêne. Avec ses cheveux rasés, Charlotte sait qu'elle ressemble aux filles des rues, aux pauvresses de l'East End qui se vendent tout entières. Grey poursuit son tour d'elle.

« Où habitez-vous, déjà ? »

Elle bégaye une adresse. Mais comme il semble circonspect, elle tend un papier de logement, le bail du mois passé.

« Bien, bien », dit-il en se plantant devant elle. Il croise les bras. Il penche la tête. « Que faisiez-vous avant de venir me voir ?

– Je… je…

– Vous êtes encore toute jeune. Vous êtes plutôt jolie, même avec ces cheveux ras. »

Charlotte connaît les hommes. Ce veuf-là est un coq dressé sur ses ergots avec ses coups de bec qui taxent la vertu d'insensibilité. Ce Grey a tout du fruste, incapable d'aimer autre chose que lui-même.

Elle pense à son amour d'Evans.

Charlotte s'était juré qu'elle se jouerait de ces hommes et de leurs vices. Mais elle n'a plus rien. Plus le moindre sou en poche. Demain, elle dormira dehors. Ils dormiront dehors, elle et l'enfant qu'elle porte. Elle se ravise. Elle regarde ce petit homme. Une main ne fait pas un crime. Un baiser est une dîme. Un à-valoir seulement qui ne dupe que les sots.

Grey approche son visage.

Charlotte ferme les yeux. Elle sent son souffle tout proche.

Mais ce n'est pas un baiser qu'elle sent sur ses lèvres. C'est une main tout entière. La main d'un inconnu qui a surgi dans son dos. La main la tire en arrière, violemment.

*

Engels approche du but. Le bout du quai de Londres n'est plus qu'à quelques tours de roues. Mais il fait déjà nuit. On n'y voit presque rien. Les vitres sont relevées. Les rideaux sont tirés pour protéger du vent. Les freins émettent un cri strident. Engels sent tout son corps qui bascule vers l'avant. Un nuage de vapeur brouille la gare. Certains passagers toussent. Le barman se redresse en tenant quelques verres.

« D'ordinaire, il freine plus sec encore », lance-t-il, rassuré d'avoir pu préserver le cristal de son bar.

Ces messieurs de première le couvrent d'« Allons bon ! ».

Le barman cale sous lui un chariot plein de bouteilles, de cognac, de whisky et de bon vin de France.

Engels tire sur ses manches et décroche son manteau qu'il enfile d'un geste brusque en relevant les épaules pour qu'il tombe droit. Il prend soin de son apparence. Ses mains sont soignées. Sa barbe est impeccable. Il a deux petits yeux clairs, légèrement rapprochés. Il s'avance pour sortir, mais fait demi-tour en s'excusant auprès d'une femme qui le regarde faire.

« J'ai oublié ma canne, dit-il. Je ne sais pas où j'ai la tête.

– Sur vos épaules, monsieur », s'amuse-t-elle.

Engels plaît aux femmes. Son allure, son regard, la douceur de sa voix lui donnent sur beaucoup d'hommes une longueur d'avance.

Le quai est réservé au train du soir de la London and North Western Railway. Les derniers passagers attendent les chariots pour décharger leurs caisses entassées en queue de train. La vapeur s'est estompée. Les têtes des poulets sont de nouveau sorties.

L'immense horloge suspendue devant lui affiche huit heures moins le quart. Les becs de gaz projettent leurs halos de lumière. Il voit le bout du quai. Le Maure n'est pas venu le chercher. Il n'est jamais venu. Jamais ! Pourtant, à chaque fois qu'il vient là, Engels guette et l'espère. C'est plus fort que lui. Il voudrait bien que son ami fasse cet effort.

Engels remonte le col de son manteau.

Des gens se sont massés devant l'agence Cook située plus loin. Un homme colle son visage à la vitrine et rabat ses mains sur les côtés, comme des œillères, pour mieux voir. Il se retourne. Il semble chercher quelqu'un. Puis, finalement, s'y recolle. Engels se dirige vers la grande halle et son double escalier de construction récente. Son plafond est perché vingt mètres plus haut.

Le chariot d'un bagagiste se met en travers de sa route.

Engels donne des petits coups de canne sur sa roue pour qu'il s'écarte.

L'horloge affiche huit heures moins dix.

Le Maure doit l'attendre à Dean Street, à Soho, pas très loin de la gare. Il vient d'emménager dans un petit deux-pièces. Il s'en plaint sans cesse. Il prétend qu'il habite la pire rue de Londres. Dans ses courriers, il la surnomme « Death Street ». Comme il manque de tout, il n'a pas les moyens de se payer un logement plus conforme à l'idée qu'il se fait de lui et surtout de sa femme, Johanna, née baronne, d'un grande famille prussienne. Engels est curieux de découvrir cette fameuse « rue de la Mort ».

Le bagagiste charge sa dernière valise. Il reprend son chariot et libère le passage.

*

Charlotte est tirée en arrière. Elle lance une main vers le comptoir pour s'agripper, mais la main tire plus fort. En se retournant, elle prend un coup de pied dans le dos. Le premier. Il y en aura beaucoup d'autres. Ce qui la tétanise, ce n'est pas la douleur, mais cette lame qu'elle aperçoit.

Elle entend une voix qui grogne des menaces :

« Pas bouger ! Pas crier ou je te perce ! »

La voix est altérée.

Charlotte cherche le mur.

« Pas bouger, que j' te dis ! »

C'est la voix d'un jeune homme, sans doute à peine pubère, mais assez décidé pour figer M. Grey.

Charlotte a reconnu la longue pointe typique des couteaux de Sheffield. Elle jette la tête en arrière, dans un réflexe étrange, presque contre-intuitif, pour aller chercher de l'air, et récolte la pression plus présente de la lame contre son cou. La seule partie d'elle qu'elle protège, c'est son ventre. Elle a les mains dessus.

« Arrête ça ! » hurle-t-il.

Les pulsations de son cœur butent contre le manche du couteau. Le morveux sent le vin et postillonne sur ses joues. Il l'étrangle.

M. Grey le laisse faire. Il cherche à gagner un peu de temps pour sauver sa peau. Il est loin de la lame. Il s'avance vers le comptoir, lentement, très lentement.

« Ouvre ce putain d'tiroir ! Vite ! »

Charlotte sent ses doigts contre sa gorge et la lame qui s'enfonce. Il s'agite. Elle se crispe. Elle étouffe.

Grey glisse la clef dans la serrure du tiroir. Elle entend le froissement des billets de banque.

Ma vie vaut moins que ce papier, pense-t-elle.

Charlotte sent que la main la pousse contre le mur. Sa tête rebondit. Le gamin lui marche dessus pour prendre l'argent puis fait tomber le tiroir. Elle prend un coup de pied dans le bas des reins et un autre à la tête. Son cerveau est secoué comme un organe dans un bocal d'étude. Elle perd connaissance, un effacement des sens, un repli de sa conscience pour tenter d'endiguer la douleur qui se diffuse dans son corps.

Elle saigne.

Abondamment.

Ses muscles l'ont mise en boule à terre, par réflexe de survie. Le temps est suspendu. Il n'y a plus de maintenant, plus d'avant, ni d'après. Plus rien.

Des bruits. Des pas. Des gens. Des mains tirent ses chevilles. Quelqu'un lui soulève les jambes. Son dos glisse sur l'estrade et dévale la margelle qui marque l'entrée de l'agence. Charlotte devine des ombres de l'autre côté de ses paupières. Elle entend des murmures, des questions qu'on lui pose, deux doigts qui prennent son pouls et un mot qui revient, souvent.

« Mademoiselle ? »

« Vous m'entendez ? »

« Elle respire ? »

« Mademoiselle ? »

*

Engels est intuitif.

Il sent avant de voir.

Les enfants battus connaissent ça.

Toujours sur le qui-vive, ils sentent avant de savoir.

Devant l'agence de voyages, un groupe s'est formé. Ils sont une dizaine. Certains ôtent leur chapeau pour s'éponger le front. Ils ont des yeux ronds de surprise. Des femmes se tiennent en retrait. L'une d'elles s'évente en agitant des feuilles de papier qui bruissent parmi les mots inquiets. Engels s'approche.

« Elle est morte ? Vous croyez qu'elle est morte ? Mais regardez ce sang ! Il y en a partout. »

Engels voit des jambes, un pied nu, l'autre chaussé d'une bottine en cuir noir. Ses lacets sont défaits. Il remarque une robe tachée aux volants déchirés, une main qui pend mollement le long d'un corps inerte et le visage d'une jeune femme tourné sur le côté. Elle a une jolie bouche. Du sang coule de son nez. Ses sourcils sont roux clair et son crâne ras ressemble à celui des bagnards.

Une main lui tourne la tête et l'essuie d'un mouchoir couvert de sang. Ses gestes sont précis. Il porte une chevalière en or. Il se tient tout près d'elle, accroupi. Il palpe ses cuisses, ses bras, son cou.

« Écartez-vous, dit l'homme près d'elle. Elle a besoin d'air. S'il vous plaît ! »

Engels a reconnu cet homme.

C'est Malte, le docteur.

Il est huit heures moins cinq. Engels a rendez-vous.

2

Markos Malte a l'habitude. Il en voit tous les jours des filles comme elle, esquintées par cette ville. Celle-ci a eu de la chance.

Il voudrait la redresser, pour qu'elle respire mieux.

Les badauds reculent. Les femmes préfèrent prier. Malte a bien cru que l'homme à la canne l'aiderait à la relever. Il le connaît. Il l'a souvent croisé *Chez Claudwell*, mi-cabaret mi-bouge. C'est là que vont les gens comme lui, petits-bourgeois prétentieux traînant avec des filles comme celles qu'il soigne tous les jours, Daisy, Vickie ou Claire. Le docteur les ausculte et leur fourgue ses pilules pour les remettre d'aplomb, prêtes à reprendre leurs jeux avec tous ces messieurs.

Malte fixe l'homme à la canne qui le salue et s'en va.

C'est vendredi. C'est toujours comme ça le vendredi à Londres.

La jeune fille est allongée. Elle gît dans sa robe blanche étalée autour d'elle. Il remarque sur son cou un liseré, net, tracé par une lame ou une corde.

« J'ai bien tout vu », clame fort le policier derrière.

Un cône de lumière couche son ombre sur la victime.

Il a le même âge qu'elle. Vingt ans. Son front est constellé de boutons. Il a les lèvres épaisses et l'air bêtement fier.

« Je l'avais repérée depuis là-bas », ajoute le policier en montrant la sortie.

Le policier n'est pas seul. Il est accompagné d'un moins gradé que lui. Un troisième classe qui reste en retrait, près de l'escalier de la grande halle. Il tient l'agresseur de la fille les mains liées dans le dos, la face inclinée vers le sol pour éviter un mauvais coup de tête avant de s'évader.

« J'ai vu ce type dehors, dit le premier policier en montrant le rouquin que tient son collègue. Y regardait dans tous les sens. Ça se sent, les criminels. Moi, je les vois venir de loin, même bien avant qu'ils se mettent à faire ! »

La victime allongée a des marques de griffures aux épaules et aux bras. Elle saigne du nez. Cassé. Malte palpe ses côtes et ses membres pour chercher d'autres fractures. La fille râle et se cambre comme une anguille au sol.

« Elle réagit, c'est bien ! » pense Malte.

Le premier policier poursuit comme si de rien n'était. Il décrit l'attitude du type face à la gare, qui cherchait le point neutre pour allumer sa pipe, les deux mains jointes devant, l'allumette au milieu et balayant les alentours du regard.

« Et puis, il a bougé et c'est là que je l'ai suivi. »

Les femmes sont pendues à ses lèvres. Elles se figurent la scène, négligeant la pauvre fille allongée à leurs pieds. Elles tiennent leur héros et le fixent sans ciller.

« Il allait droit vers là, comme s'il entrait en scène. Je ne savais pas ce qu'il avait en tête. Mais il avait quelque chose, c'était flagrant. Comme un plan, vous voyez ? Mais avec tout ce monde à la sortie du quai… eh ben, je l'ai plus vu un instant. »

Le policier lâche un crachat de dépit.

L'assistance vient de perdre son héros et tombe sur un homme, banal malgré son uniforme bardé de chevrons dorés et de gros boutons de cuivre.

« La pauvre ! dit-il. Elle était dans c't' agence et protégeait son argent. »

La victime n'est qu'une pauvre fille. Ses bras sont secs et minces. Ses jambes ont si peu de gras qu'il sent les os à la moindre pression des doigts. Elle mange moins qu'à sa faim et fait plus que son corps.

Malte lui murmure qu'il va l'aider, qu'elle ne doit pas s'inquiéter. Il sait qu'en plaçant bien sa voix, au point subtil logé au fond de chaque patient, entre la confidence et l'ordre, il peut faire des miracles. La médecine commence là. Par le ton et le timbre. Les mots tuent, c'est connu. Ils peuvent aussi guérir quand ils sont bien dits.

La victime ouvre les yeux. Elle est déboussolée et cherche mollement du secours, dans le regard, dans la main de Malte. Elle ouvre à peine la bouche. Le choc a dû être frontal. Elle avait la tête dans l'estrade quand on l'a sortie de là.

« Il lui faut un peu d'air », rappelle le docteur.

Le policier sait faire. Il écarte les curieux. Des femmes râlent qu'on les prive des suites de cette affaire.

Malte se tourne vers le jeune policier.

Sa voix devient plus grave.

« Aidez-moi ! »

Le policier plante son récit et s'accroupit près de lui.

« J'dois faire quoi ?

– Tenez bien ses jambes, dit Malte. Bien droites, bien alignées. »

Malte cale la tête de la victime entre ses genoux. Une femme se retourne, indignée par la position du docteur dont l'entrejambe est collé au crâne de cette pauvre fille.

Malte place ses doigts autour de son nez dont le sang ne coule plus. Il le pince. La fille happe l'air comme un poisson sur la table de la cuisine. Elle jette des yeux fous autour d'elle, sans pouvoir bouger la tête. Malte serre ses doigts. Il sent le point de fracture. De sa main libre, il fouille son gilet et sort un portemine en métal, long, étroit. Il fait coulisser la bague qui retenait sa mine, laisse tomber le bâton de graphite et lui enfonce le tube métallique dans la narine.

Avec la chevalière qu'il porte à l'index et le tube creux qu'il enfonce de l'autre main, Malte fait masse autour du nez cassé. Il serre comme un étau. Redresse. Encore. Encore un peu jusqu'à ce qu'un craquement retentisse. La victime a perdu connaissance. Malte se relève en secouant ses poignets couverts de griffures. C'est le métier. Il y est habitué. Les patients font ce qu'ils peuvent pour dévier la douleur.

La pauvre. Ce qu'elle vient de subir n'est rien comparé à ce qui l'attend.

Malte a senti son ventre.

Il a deviné ses seins.

Il ne faut pas que le policier sache, sinon elle serait bonne pour l'asile, l'absence de soins, l'assistance et tout le reste.

« Et après ? » demande Malte.

Comme le policier se fige, sans comprendre, Malte insiste :

« Et après, donc, le type ?

– Ah oui, après, reprend le jeune policier qui détache son regard de la cuisse de la fille. Après, je l'ai perdu de vue. Y avait du monde en gare. Trop pour bien le filer. Je l'ai retrouvé près de l'escalier. Ensuite je l'ai reperdu. Et puis j'ai vu quelqu'un qui regardait la vitrine. J'ai compris. Je me suis rapproché, avec mon collègue. Je peux pas vous dire ce qu'il a fait dedans tout ce temps. Je suis rentré pour l'aider elle et mon collègue s'est lancé à la poursuite de l'agresseur. »

Ce que le policier ne dit pas, c'est que le jeune rouquin, l'agresseur, avait un souffle au cœur et la foulée plombée par des litres d'*half-and-half*, un mélange de whisky et de bière qui fait fureur dans les tavernes de Londres. En sortant de l'agence, une fois pris en chasse par son collègue, il a couru de travers, s'est affaissé et a repris un peu d'élan en s'appuyant au mur avant de se faire tomber dessus par l'autre, le vrai héros du soir, celui qui ne crache pas, celui qui ne parle pas, le troisième classe Stevens. L'agresseur a fini le visage contre le sol, un genou dans les reins et l'épaule déboîtée.

Sa fouille a révélé un couteau à lame rétractable et une bourse en velours rouge à gros lacet de lin contenant quelques shillings. Pas grand-chose. Mais quand un policier attrape le bandit et son butin, c'est la prime assurée. À Londres, la police bichonne sa matière première : celle des bas-fonds. Elle les aime, ses voleurs. La grande ville en est pleine. Tant mieux. Tant qu'il y aura du crime, il y aura de la police. Il y aura des vols et il y aura des primes. L'un ne va pas sans l'autre. Et quand le brigand est bon, il reste toujours des miettes, de quoi se servir un peu sur le vol encore chaud. Un peu d'argenterie. Quelques bagues. Deux, trois pièces. Au pire, un coup à boire. En sortant tout à l'heure, les policiers se partageront la recette du voleur. Moitié moitié. C'est l'usage entre collègues.

« Comment vous appelez-vous ? » demande le docteur.

Les dents de la fille claquent en réponse.

Malte tend l'oreille.

« Cha… Charlotte », dit-elle avec cette pointe d'accent qui ressemble à l'Irlande avec ses *a* géants, ses *l* tout en douceur, ses *o* fantomatiques comme toutes les légendes celtes et deux *t* sur lesquels elle s'appuie.

Ses pieds se mettent à trembler. La secousse remonte tout le long de son corps. Son cou se gonfle, puis s'apaise. La crise semble passée, mais Malte sait ce qui risque de se jouer dans ses entrailles. Il en a soigné beaucoup, de filles-mères comme elle. Des jolies, des moins jolies, des blondes, des rousses, quelques vieilles, mais plus rarement. Très peu sont restées mères. Depuis le temps qu'il exerce, il reconnaît les signes.

Quand elles se pointent chez lui, dans son petit cabinet coincé entre les tanneries de Bermondsey et les sauciers de Sarson's, c'est qu'elles portent une vie de trop, un enfant non voulu, ou bien des maladies qualifiées de gênantes, honteuses pour le client, invalidantes pour elles.

Markos Malte n'est certainement pas le meilleur médecin de Londres. Loin s'en faut. Il n'est pas le seul à œuvrer dans l'East End. Il y a ceux des hospices, les médecins de l'hôpital, ceux qui ont pignon sur rue avec des cabinets bien propres, bien hygiéniques, des batteries d'infirmières et de grandes salles d'attente.

Malte n'a rien de tout cela. Pourtant, tout le monde le connaît dans « l'Abîme », avec sa grosse besace qui lui plombe le dos et ses talons en bois usés comme des coins de menuisier. Personne ne lui a demandé s'il avait des diplômes. Il est réputé pour ses pilules à tout faire, pas cher et efficace. Il connaît son malheur. Il le pratique chaque jour. Pourtant, rien ne le prédestinait à cette vie-là.

Quand Malte était jeune homme, étudiant à Oxford, ce qui le passionnait, c'était la géographie. Rien ne le faisait plus rêver que le dessin des montagnes, le tracé des fleuves, le coloriage des plaines sur les cartes de la Société royale de géographie. Il passait le plus clair de son temps à étudier les creux, les bosses, les rivières et les canaux qui se mesurent en pouces, en coudées, en brassées ou en pieds. Il ne s'en doutait pas. Mais à y réfléchir, à écouter ces mots, on voit tant de passerelles entre les cartes et les corps ! Pouce... Coudée... Brasse... Pied... Bosse... Creux... Embouchure... Crevasse...

À vingt ans, il passait de longues heures à s'évader grâce aux cartes, dans le tracé des fleuves ou le dégradé des hautes montagnes d'Asie. Il savait tout de la province du Guangdong et de la baie de Canton, des commerçants qings et des marchands d'opium. Il rêvait qu'un jour, son diplôme d'Oxford en poche, il pourrait s'embarquer, longer le littoral chinois, passer des jours à le dessiner et découvrir des îlots méconnus, pour la gloire de l'Empire et des ronds-de-cuir du Foreign Office tassés dans leur cul-de-sac cradingue de Downing Street, à Londres.

« Continuez ! Vous serez explorateur, jeune homme. L'Empire a besoin de talents comme le vôtre », répétaient ses professeurs.

Malte s'y voyait déjà.

Mais en fin de troisième année, un homme bouleversa ses plans d'avenir. Un étudiant, comme lui. Plus jeune, plus beau, très blond. Un type qui faisait partie de l'équipe de rugby. Malte le suivait des yeux quand il traversait les pelouses du Christ Church College. Il avait de l'allure. Il avait de l'allant et exerçait sur lui une sorte de fascination.

« Ben alors, Malte ? Qu'est-ce qui t'arrive ? T'as eu une révélation ? » lui lança son seul ami, le fils d'un officier qui avait passé sa vie dans les casernes du bout du monde.

L'intérêt du jeune Malte pour l'autre garçon sautait aux yeux. Certains, comme ce fameux ami, lui firent l'aumône d'un nom. Il s'appelait Jeremy. D'autres lui précisèrent qu'il avait deux ans de plus que lui. Il en apprenait chaque jour un peu plus sur ses cours, ses horaires, tout de son emploi du temps.

« Et alors, je m'en moque, moi, de ce type », répondait le jeune Malte.

Mais tout le trahissait.

Malte sécha d'abord les cours pour guetter sa sortie. À la bibliothèque, il tournait des pages en vain parce qu'il pensait à lui. Ses notes s'en ressentirent. Il perdait la tête et le sens commun de ce qui se faisait ou non, de ce qu'on penserait de ce secret éventé, de ces pensées contre nature.

Ses nuits étaient interminables.

Était-il seul à éprouver cela ?

Était-ce si mal d'aimer ?

Il savait que d'autres avaient fait des séjours en prison, condamnés par la stricte morale de la reine Victoria, aussi rigide qu'un rail de chemin de fer. Un homme aime une femme. Une femme aime un homme. Toute autre combinaison est une vue de l'esprit, une menace scandaleuse pour l'ordre établi.

Malte mimait le désintérêt.

Il regardait de loin, sans rien dire.

Il détournait la tête quand Jeremy passait près de lui.

Il se carapatait s'il savait que son amour traînait au réfectoire.

Jusqu'à ce que Jeremy lui adresse un signe. Infime. Un bref hochement de tête. Suivi d'un autre. Malte remontait l'escalier. Jeremy le descendait.

Et si lui aussi éprouvait les mêmes élans ?

Malte n'avait plus que ça en tête.

Savoir.

L'occasion se présenta.

« C'est toi, Markos Malte ?

– Oui, pourquoi ? »

Jeremy le fixa, longtemps, sans ajouter un mot. Après d'interminables secondes, il lui tourna le dos et dévala quelques marches, une dizaine à peine. Puis il prit une sorte d'élan, remonta et fondit sur Malte si soudainement que ce dernier resta bouche bée pendant qu'il encaissait l'un des plus beaux directs de toute l'histoire d'Oxford. Malte sentit son menton s'enfoncer sous son crâne. Sa canine s'émietta. Sa lèvre était fendue. Comme il restait debout, il en encaissa un autre, un crochet cette fois, du gauche, qui lui brisa d'autres dents et plus sûrement le cœur.

« Reste loin de moi ! Je ne veux plus jamais croiser ta petite figure lubrique. Est-ce bien compris ? » lui lança son amour.

Après cette correction, il allait y avoir des suites. Bien pires encore.

L'humiliation, d'abord.

Le prénom de Malte fleurit aux quatre coins d'Oxford et, avec plus de fréquence encore, sur les murs des lieux d'aisances. Markos écrit sans « k » et bardé de mots de saccage, flanqué de traits grivois et d'injures de fond de culotte.

La convocation, ensuite.

Le recteur de Christ Church reçut les deux hommes. Jeremy, le premier, donna sa version et pour cette violence écopa d'une sanction fortement diminuée pour la beauté du geste. Son direct était parfait. Il fut exclu trois jours. Le lendemain, ce fut le tour de Malte. Le recteur se tenait coi. Il rassembla ses feuilles et lui donna le choix entre l'exclusion, sans remboursement de ses frais de scolarité, ou la prison pour mœurs.

« Maintenant, qu'allez-vous faire de votre vie ? » demanda le recteur.

Le jeune Malte remballa ses affaires, pleura, se cacha, vagabonda un temps, avant de se laisser tenter par ses premières amours : celles des cartes et des dessins d'estuaires, de montagnes et de criques. Il hantait les quais de Londres.

« Emporte-moi, wagon ! enlève-moi, frégate ! supplie le poète. Loin ! Loin. Ici, la boue est faite de nos pleurs ! »

Oxfordien en déroute, il se fit engager à bord d'une frégate de la Compagnie des Indes orientales. Comme il ignorait tout de la vie en mer, mais qu'il était capable de lire les étiquettes des fioles et les modes d'emploi des onguents, on le chargea des fièvres, des blessures des marins, du jus de citron pour déjouer le scorbut. Malte se fit admettre à bord comme apprenti médecin. Engagé pour sept ans.

Secondant un vrai médecin, Malte apprit à estimer les maux aux cris que les marins poussaient : « J'ai mal ! J'ai mal », pour ceux qu'on pouvait encore sauver. « Maman ! Aide-moi ! Maman ! », pour les autres, les condamnés.

Comme il était patient et supportait les râles, on lui demanda de poursuivre sur un autre bateau. Sans médecin celui-là. Malte y retrouva ses onguents et ses crèmes. Il était plutôt doué en dosages. Et quand les fioles et les compresses ne faisaient plus baisser les fièvres, l'apprenti découvrit les vertus de l'incision, de l'ablation à la scie comme ultime recours, pour tangenter le mal.

Malte se faisait un nom en haute mer et dans les baies de Chine. Dans les ports du Guangdong, les marins de la Couronne demandaient après lui :

« J'veux le docteur Malte. »

Ce qu'il avait encore de faiblesse pour les hommes le rattrapa aussi. Quand venait l'heure du pont, des pipes de tabac et d'opium, des marins venaient se coller à lui. Ensemble, ils fumaient à la clarté des lunes, loin des côtes, près des corps engourdis, laissés las d'hébétude.

Malte passa de longues années à refaire sa vie loin de cette reine affreuse qui brimait les désirs et brisait les élans. Il mouilla dans chaque anse de la baie de Canton. Il remonta les fleuves qu'il suivait autrefois sur les cartes de la

Société royale de géographie. Il fit quelques relevés. Il prit quelques amants.

L'Asie levait ses voiles, mais l'extase s'étiolait peu à peu. Malte réparait les corps des marins qu'il aimait. Et ça le rendait amer, comme un cercle vicieux. Après sept ans d'exil sur les navires marchands de la Compagnie des Indes orientales, il voulut prendre congé.

« Maintenant, qu'allez-vous faire de votre vie ? » demanda l'armateur.

Malte quitta Canton et la marine marchande. Il mit les voiles pour Londres. À quai, il fit savoir qu'il avait un métier, une valise pleine d'onguents, de charpie et d'outils. Le docteur de Canton, celui qui venait de si loin, devint le docteur Malte à Londres. Il ouvrit son cabinet dans le quartier des tanneurs, un peu après les quais. Il soignait les matelots et les filles à matelots. Il négligea ses désirs, endossa les usages, oublia ses vestes Tang en soie et ses savates étranges. Il enterra son père. Il fit le deuil de sa mère. Il était sans attaches.

« Alors, c'est grave, docteur ? »

Rien n'a changé depuis. Cela fait près de vingt ans que Malte reçoit chez lui, au 19, Russell Street. Il n'a pas de cartes de visite. Il ne paye pas de taxes. Et pour embrouiller le tout, il parle de son « office », jamais de son cabinet.

Il a de quoi faire. À Londres, les grossesses sont classées par les statisticiens dans la colonne des « accidents graves ». Après les accidents de la route et les accidents de chantier, les grossesses font chaque année des milliers de victimes.

Malte y remédie comme il peut. Les femmes à peine

enceintes sortent rapidement de chez lui, avec un goût d'orange et de ricin en bouche, et des crampes à l'estomac qui dureront une semaine. Les autres, les plus grosses, restent des semaines après la perte.

Dans son appartement, Malte a aménagé une chambre pour ses patientes. C'est tout petit chez lui. Il n'a que trois pièces. La première est pour lui. C'est sa chambre à coucher. La deuxième est pour elles. Plus vaste. Mieux aérée. Avec un grand lit et deux fenêtres qui donnent sur le marché aux peaux. La dernière pièce sert à la fois de salle à manger, de fumoir, de salon de lecture et de laboratoire. Elle est encombrée de gros meubles à tiroirs comme ceux des merceries et d'une armoire en chêne, massive, qui prend tout un pan de mur. C'est là qu'il garde sous clef ses remèdes miracle, toutes les préparations qui reposent sur un seul et même produit : l'opium, sous toutes ses formes. En poudre ou en sirop, sous diverses étiquettes : cordial de Godfrey, poudre de Douvres, solution de Bartley, élixir de MacMunn. Les dockers et les anciens marins de la Compagnie des Indes orientales lui vendent à prix d'ami.

Avec ces produits-là, Malte soigne aussi bien la toux, la dysenterie, les diarrhées, les rhumatismes, et les accès de mélancolie, les épuisements ou les crises d'angoisse. Il soigne aussi la chaude-pisse, que chacun nomme selon : « gonorrhée » pour le médecin, « maladie de Naples » pour les Français, « mal français » pour les Napolitains, et « chtouille » pour celles qui l'ont. Des mots divers pour dire un seul et même mal dominant chez les mâles dominants, de Dean Street à Soho.

Malte a trouvé les mots pour que le policier l'aide.

« Une livre et du cordial, dit-il.

– Vendu ! » répond le policier.

Le docteur et la police transportent Charlotte jusqu'à Russell Street. Malte honore son engagement et le policier déguerpit.

Une fois seul avec elle, il ôte ses vêtements et rabat la couverture sur elle. Délicatement. Il fouille ensuite sa poche, puis le tiroir, la table, et la pile de livres dans le salon.

« Où est-ce que j'ai pu la fourrer, encore ? »

Malte s'agace.

« Mais c'est pas possible ! »

Malte revient à sa poche et la sent.

« Quand même, je ne suis pas fou ! » dit-il, soulagé.

La fameuse clef s'y trouve, comme d'habitude.

Il se sent fatigué. Il n'a plus toute sa tête. Cela fait plusieurs nuits qu'il peine à s'endormir, à cause de tous ces bruits, ces appels à la grève, ces chartistes qui défilent et qui se carapatent, échappant de justesse aux charges de la police montée. La tension est palpable. Londres s'est rempli de cris. Et les quartiers ressemblent à des camps retranchés.

Malte ouvre l'armoire. Il attrape un bocal et prend quelques pilules. Le bocal est presque vide. Il en reste une poignée. De quoi tenir une semaine. Sans ces petites pilules, il ne peut pas dormir.

Il note dans son carnet de commandes « Deux boîtes de cent », qu'il fera faire demain au jeune apothicaire qui travaille chez Simmons. Un garçon très discret, qui garde secrètes les formules de Malte.

Il en gobe deux d'un coup.

Il dispose une bûche dans l'âtre.

Il se sert un verre de vin pour faire passer le goût et prépare des compresses qu'il imbibe d'eau froide. Charlotte semble robuste, comme beaucoup d'Irlandaises qui traînent leur misère dans Londres. Elle fera un bon cobaye. Un premier test pour ses pilules.

« Tenez », dit-il.

Ses draps sont tachés de sang.

Charlotte les gobe tout rond.

« Vous êtes enceinte de combien de mois ?

– Mal ! » râle-t-elle d'une voix à peine audible.

Malte observe les traces qu'elle porte au cou. Des marques d'étranglement. Il faudra du temps pour que son corps s'en remette.

3

Charlotte sent les compresses tièdes sur son front. Elle sent aussi que son nez se dégonfle et qu'elle respire mieux. Elle pourrait le palper, mais c'est au-dessus de ses forces. Ses bras sont des enclumes, plombés de part et d'autre. La sueur la colle aux draps. Elle se fond dans ce matelas. Elle fait corps avec ce lit de douleur, sans douleur véritable.

« C'est si étrange », pense-t-elle.

Elle n'a plus mal nulle part, ni à la tête ni au ventre. Elle est lasse, dépossédée d'elle-même. C'est à peine si ses muscles peuvent infléchir sa jambe, en redresser le genou sous la couverture de laine. Elle est figée, allongée de tout son long.

Depuis quand ?

Elle sent. C'est tout ce qu'elle peut faire. Elle sent une odeur de jaune d'œuf et peut-être même de cuir. Oui, c'est cela. Ça vient de l'extérieur.

Elle entend des bruits de pas derrière sa porte fermée. Les craquements du plancher. Des frottements de semelles. Une toux, parfois. Le tassement d'un homme las qui s'enfonce dans un fauteuil en cuir.

Elle se figure le bruit que fait une allumette craquée. Un crépitement rapide suivi des émanations de soufre et de phosphore. Elle imagine un pouce qui tasserait du tabac au fond d'un brûle-gueule.

Ça lui donne soif.

Elle voudrait bien saisir la tasse posée près de son lit. Impossible. Elle se contente de déglutir encore, pendant que l'odeur du tabac se mêle à celle du camphre. Sa langue passe sur des petits grains de pastille que le médecin lui a fait prendre.

« Mes petites pastilles miracle, dit-il, capables de faire taire des tas de douleurs. »

Comment s'appelle-t-il, déjà ? Malt, oui, c'est ça ! Malt, comme cette orge qu'on cuit pour en faire du whisky. Oui, c'est ça, docteur Malte.

Elle a gardé sa tête et cette maudite mémoire qui lui joue bien des tours, cette ennemie intime qui vous creuse du dedans quand on cherche l'insouciance. Elle se souvient de tout, dans le moindre détail. Du rouquin. De son haleine. De la lame sur sa gorge et des coups dans ses reins.

« C'était quand ? »

Charlotte a tellement soif.

Elle distingue une silhouette. Quelqu'un s'avance vers son lit. Elle reconnaît l'inflexion de sa voix. Elle est calme, très mesurée. C'est celle de l'homme qui s'est occupé d'elle à la gare.

« Était-ce hier ? »

Non.

« Ce matin ? »

Tout est confus.

Charlotte retrouve la chambre sombre, les murs bas et ce lit dans lequel elle est collée, enfoncée dans un matelas de bourre plus grand et plus large qu'elle. Elle sent l'oreiller sous sa tête.

Elle voudrait savoir où elle se trouve, mais l'engourdissement de sa gorge l'empêche d'émettre un son. Ses cervicales sont raides. Impossible de tourner la tête. D'autres contractions l'enferment. Au ventre. Mais aussi dans le bas du dos et aux côtes. Elle ne voit pas ses jambes. Elles sont trop loin.

« Comment ça va aujourd'hui ? »

Elle cherche d'où vient la voix. Elle voudrait bien lui dire qu'elle a froid, mais ce n'est pas grave. Elle a mal aujourd'hui. Très mal, un peu partout. C'est nouveau, cette douleur. Elle bouge à peine les doigts. Elle peut battre des paupières et entrouvrir la bouche, guère plus. Aucun son ne sort d'elle.

Le docteur lui conseille de desserrer les dents.

« Voilà, comme ça ! »

Le mal s'estompe à peine. Le docteur passe la main dans son dos et la décolle du drap. Il tend un verre vers elle. Charlotte entrouvre les lèvres. Elle boit, par petites gorgées.

Elle sent des bandelettes sur son ventre et ses seins. Elle pense à l'enfant qu'elle porte. Elle sent la douleur qui la reprend. Viscérale. Elle sent son dos qui se tend. Elle a une crampe au pied. C'est la peur qui s'en mêle. La peur, et puis plus rien.

Aujourd'hui, le docteur est assis à côté d'elle, un carnet sur les genoux. Charlotte entend crisser la mine de son crayon sur le carnet qu'il tient. Il trace des mots ou peut-être des dessins.

Comment savoir ?

Charlotte ne voit pas qu'il dessine les contours d'une côte, un littoral, des navires, des dragons et des quais. Et puis, en dessous, il assemble des notes. Des tas d'observations.

Il passe de longues heures près d'elle à faire crisser sa mine, lentement, pour lui faire faire des courbes, des pleins et des déliés.

Elle ne sait rien de cet homme.

Elle entend les charrettes qui roulent sous ses fenêtres, nuit et jour, chargées d'écorces de chêne pour les tanneries de cuir.

« Elles font un tel boucan. Cela ne vous réveille pas ? » demande-t-il.

Quand elle ouvre les yeux, Charlotte peut se redresser.

Elle voit enfin ses jambes. Elle agite les orteils et relève un peu les genoux. Elle laisse s'affaler sur elle le drap de coton propre. Ses jambes font deux rigoles. Ses mains lui obéissent. Elle peut saisir le verre posé près d'elle. Elle sourit aujourd'hui.

Ses yeux vert embrun se sont faits à la pénombre ambiante. Elle en connaît les murs, les stries, les taches.

« Voulez-vous un miroir ? »

Charlotte fait non de la tête.

Elle aime bien s'évader en scrutant le mur d'en face et le petit tableau accroché, à quelques pas seulement. Il représente un voilier, un trois-mâts, comme celui sur lequel son Evans est parti. Il doit être loin, maintenant. Il est monté à bord d'un navire comparable. Des mâts. Des carrés de voiles, plus ou moins grands.

Elle l'aime bien ce petit tableau.

Au début, elle ne voyait que des taches blanches et sombres. Les taches sont devenues des voiles et la masse de bleu sombre s'est mise à former de l'écume et la mer. Si elle se concentre bien, elle peut même voir le marin dessiné sur le mât, et la chaloupe, et l'échelle de coupée à laquelle des matelots sont agrippés.

« Charlotte ? Charlotte ? Vous pleurez ? Vous avez mal encore ? »

Charlotte ferme les paupières.

C'est Evans qui lui manque.

Il fait sombre. Le tableau a disparu. Elle cherche sur les murs de sa chambre.

Il ne s'est pas envolé !

Pourtant, c'est toujours la même chambre, empestant le cuir et l'œuf, tous les relents des tanneries.

Quand le docteur entre, elle remarque sa barbe taillée.

« Où est le tableau ? » Les mots jaillissent d'un coup.

« Bien ! Bien ! fait-il. C'est très encourageant.

– Il y avait un tableau !

– Oui, parfaitement. Mais il vous rendait triste. Alors je l'ai décroché. »

Il fait sombre à nouveau. Le jour, la nuit, les heures, tout cela forme une masse molle.

Le docteur Malte porte une veste rouge et change ses compresses tous les jours.

« Depuis combien de temps ? »

Sa fièvre a baissé. Quand elle ferme ses paupières, elles sont moins brûlantes et ses yeux sont moins secs.

« Bonjour, Charlotte, comment vous sentez-vous ? »

Le docteur glisse sa main sous ses draps. L'air glisse sur son ventre. Elle voudrait se relever, voir en elle. C'est pour Evans qu'elle s'accroche. Parce qu'elle porte l'enfant d'Evans, son bel Evans, son amour du temps de Clonmel, en Irlande.

Elle imagine son fils. Il aura deux traits bruns au-dessus de ses yeux clairs, une belle bouche pleine de dents, un carré de mâchoire et de larges épaules, comme Evans. Son homme reviendra bientôt, les poches remplies de pépites. Il a promis qu'il serait là pour les premiers pas de leur enfant, ou ses premiers mots, ou ses premiers dessins tracés d'un bâton sur la terre. Pourvu, pourvu que cela soit vrai.

Hier, encore, elle a songé au tableau qu'elle a cru voir. Elle confond encore tout, ses rêves et la réalité.

« Mais Evans, lui, est bien réel. Il reviendra pour moi. Il reviendra pour nous. Il l'a juré. Je m'en souviens. »

Le docteur est près d'elle. Il a tiré la chaise et sorti son carnet. Il tourne une page. Il fait claquer son crayon contre sa couverture reliée. Il est en bras de chemise. Il s'est même parfumé. Les lunettes qu'il porte lui grossissent les yeux. Il a un regard rond, d'un vert clair comme les siens. Ceux de Charlotte sont pleins d'ombre et de taches. Evans les trouvait beaux.

Elle se demande où Malte a mis cette veste qu'il portait un peu plus tôt, la rouge, puis se ravise. Elle doit confondre. Ce sont toutes ces pilules qui lui embrouillent l'esprit.

Il ferme son carnet. Il émet un grognement, comme s'il était satisfait. Il dit que le compte est bon.

« Ouvrez la bouche. »

Il fourre deux pilules sous sa langue et tapote son oreiller.

La fièvre a disparu. Elle est seule dans sa chambre et distingue la lumière qui se glisse sous les volets. Le tableau est bien là. À sa place. Avec son grand voilier et ses marins autour. La chaloupe n'a pas bougé. Les marins descendent le long de l'échelle. À moins qu'ils ne la montent, qui sait ?

Il faudrait qu'elle se lève, qu'elle s'approche un peu pour voir. Il est si détaillé et tout est peint si petit !

Elle entend des bruits de pas. Une allumette grattée. Le tabac et la voix au pouvoir apaisant… Elle s'est faite à son ton, à son bonjour d'onguent. Mais tout reste si confus.

Elle se relève un peu pour observer son ventre. Elle ne sent plus les crampes. Elle pousse les draps sans se soucier de Malte. Sa pudeur n'est pas là. Son corps est en sursis.

Elle ne garde pour elle que ses souvenirs intimes, Evans, Clonmel, sa mère et son enfance. Malte peut prendre le reste. Qu'importe. Ce n'est qu'un corps.

Ses seins sont dégonflés.

Dans un coin de la chambre, sur un petit canapé de

cuir, elle remarque la robe qu'elle portait l'autre jour. Il y en a deux autres posées juste à côté, plus colorées et un peu plus jolies.

« Mon ventre est mou, docteur. Je ne sens plus rien. »

4

Engels aperçoit son ami. C'est lui, au bout de la rue, accoudé à sa fenêtre du 28, Dean Street.

Cela fait quelques semaines qu'il a emménagé dans cette rue de Soho, à Londres. Avant, il louait plus haut. Une grande chambre au 64 de la même rue, louée pour presque rien à un marchand de dentelles qui s'était pris de pitié pour sa femme et ses filles. Un Allemand exilé. Un juif, comme lui. Le Maure payait un mois sur deux. Le marchand s'impatienta. Sa pitié s'estompa. Jusqu'à ce qu'il lance sur lui un huissier et deux sergots. Le Maure dut décamper, laissant là quelques meubles et un paquet de livres.

Engels plisse les yeux vers le point rouge qui luit. C'est le cigare de son ami, celui qu'il tète, sans cesse, du lever au coucher. Depuis qu'il le connaît, le Maure a toujours un cigare planté au coin du bec, allumé ou éteint.

Sa fenêtre est coincée sous un mauvais toit de tuiles et de vieilles planches mêlées qui dépassent au-dessus de lui, et protègent du soleil quand il fait beau à Londres. Il habite au deuxième étage d'une bicoque typique de Soho. Il guette son ami sans le voir.

Combien a-t-il d'enfants, déjà ? Trois ou quatre ? Engels ne sait plus trop. Dans ces faubourgs infâmes, les enfants naissent et disparaissent dans un mouvement constant. Deux enfants sur trois meurent avant d'avoir un an.

Engels remonte le trottoir d'en face.

« Tu montes, blondinet ? lui lance une fille calée dans un recoin de rue. Je vais te rendre heureux. Viens ! »

Engels poursuit sans répondre. Il passe devant la grille du théâtre Miss Kelly, fermé. Il longe un terrain vague. Le Maure est toujours là, à sa fenêtre. Engels s'apprête à lui faire signe, mais il sent dans son dos comme une masse, une ombre. Il se retourne.

Une boîte de conserve dégringole. Un chat fait le dos rond. Il a vu lui aussi, senti cette présence. La queue de l'animal forme un croc de boucher. Sa gueule est grande ouverte. Il feule dans la nuit noire. La masse s'est avancée. Engels devine un crissement de semelles ferrées. Au fond du terrain vague, il distingue une silhouette revêtue d'une cape noire et d'un chapeau melon qui se fond dans la brume.

Le chat a disparu.

Le Maure a refermé sa fenêtre.

Le ciel prend une teinte plus claire au retour de la lune. Un fin croissant laiteux, mais au moins de quoi voir ce qui se trouve dans son dos. Engels serre sa canne. Le tas de fumier s'éclaire. Les épluchures sont là. Des tas de conserves rouillées jonchent le sol du terrain vague. L'ombre au chapeau a bel et bien disparu.

Engels traverse Dean Street.

L'entrée du 28 est fermée d'une vieille porte partiellement dégondée qui s'ouvre d'un coup d'épaule. Engels s'y reprend. La porte couine et grince. Un bourrelet de tissu la bloquait. Engels se retourne une dernière fois. Il sait que son ami est un homme surveillé. Une figure socialiste. Le grand prophète du communisme. Ils s'étaient rencontrés à Paris, l'été 1844. Dix jours sans se quitter. Lors du printemps des peuples en 1848, il s'est fait cornaquer par les polices d'Europe. À Paris, en février, puis à Berlin, à Bruxelles et à Cologne. Cet homme a le don de trigauder des harangues, de formuler des phrases comme des boulets de canon. Le Maure appelait les prolétaires du monde entier à s'unir pour faire tomber les citadelles capitalistes.

Le printemps est passé. C'était il y a trois ans.

L'argent règne sur l'Europe. Il fait et défait les empires.

Les insurgés sont retournés à l'usine.

La Ligue des justes est morte et le Manifeste communiste qu'ils avaient écrit ensemble est la proie des souris et des rats.

Mais ce n'est que partie remise. Le Maure guette le moment. Il est à pied d'œuvre pour fonder une autre ligue. Plus étendue et surtout plus puissante. Une internationale qu'il a décidé de loger au cœur même du cœur battant du monde capitaliste. Ici, à Londres, capitale de l'empire le plus puissant de l'histoire. C'est de là que viendra le grand bouleversement. Car l'Empire britannique porte en lui ses propres contradictions. Les cloaques des faubourgs étendent leur lie jusqu'au pied des beaux quartiers. La fortune des machines, puissantes, increvables, aggrave la misère des serre-boulons parqués dans des taudis. Ce système est un mensonge. L'argent est un vampire sans maître, jamais rassasié. Et son ami, le Maure, l'observe attentivement. Il étudie son souffle. Il scrute ses moindres hoquets. Ce n'est qu'une question de temps. Quand le moment viendra, il suffira d'une chiquenaude pour que tout s'effondre.

Un rai de lumière traverse l'escalier dans la cour. Les marches sont noires de crasse. Les murs sont fissurés. Cet immeuble de Dean Street sera bientôt rasé et remplacé par un autre, plus grand, plus haut, plus cher. Engels compte trente-deux marches. Le Maure l'attend sur le palier. Sa lampe à huile empeste la mauvaise graisse.

Engels pense au billet qu'il lui adresse chaque mois. Cinq livres envoyées par la poste. Si peu. À peine de quoi payer le loyer dans ce quartier sordide. Engels s'agace de sa propre mesquinerie. Le Maure vaut plus que ça. Il a osé, lui au moins. Il a tout sacrifié pour la cause.

« Tu as fait vite », lance le Maure, avec ce fort accent qu'ont les Allemands de Trèves. Malgré sa nouvelle vie et ceux qui la bigarrent, ouvriers, artisans, employés pauvres de Londres, il n'est toujours pas parvenu à se débarrasser de cette Rhénanie. Il en a la bouche pleine. Cet accent, c'est tout ce qui lui reste. Le Maure est apatride.

Il écarte sa lampe pour lui ouvrir les bras.

Ils ont le même âge tous les deux. Un peu plus de trente ans. Mais le Maure fait plus vieux avec son ventre obscène, son front haut rayé de lignes de défiance. Son vrai nom c'est Karl Marx. Mais depuis des années tout le monde l'appelle le Maure. Ce surnom, il le doit à sa carnation particulière. Elle est hâlée, brun foncé. Ses cheveux sont d'un noir d'encre. Les poils lui recouvrent l'essentiel du visage. Il ressemble à l'Othello de Shakespeare. Sa tête semble posée comme une boule sur ses épaules. Son cou, insignifiant, est mangé par une barbe dense et drue. Il est compact, aussi large qu'un crapaud-buffle. Il a beau rentrer le ventre, Engels doit se faufiler pour passer en même temps que lui.

« Je n'arrive pas trop tard ? » s'inquiète Engels.

Son ami a son visage habituel. Pas de traces de coups. Pas de marque visible. Rien de grave en apparence.

« Non, non. Je travaillais. »

Engels sort la bouteille qu'il a apportée. Du vin de Bordeaux. Château-margaux 1848.

Le Maure plisse les yeux pour lire l'étiquette.

« Bonne cuvée !

– La meilleure du siècle. »

Engels découvre son antre. Un deux-pièces loué au mois. De la suie recouvre les murs. Il compte trois chaises noires vernies. Une table en bois cradingue sur laquelle s'amoncelle un bric-à-brac de notes. Des cendriers pleins. Deux verres sales. Des assiettes empilées. Une boîte de cigares à moitié entamée et des piles de livres sur la philosophie, l'économie, les sciences naturelles et des rapports parlementaires. Il faut bien tout cela dans la tanière d'un géant, d'un ogre monumental, boulimique de travail, convaincu qu'il faut relier tous les savoirs pour espérer un jour se rallier le monde entier.

« Des articles ? » demande Engels.

Le Maure déplace un livre qui porte l'estampille de la British Library. Il décolle un verre qui laisse une auréole sur la table. Il entasse couteaux et fourchettes sur la pile d'assiettes sales et rassemble ses notes.

« Je prépare une série pour le *New York Daily Tribune*. »

Un défaut d'implantation dentaire fait que sa langue bute à chaque mot sur ses dents. Il zézaie légèrement.

« Ça fera un peu d'arzent ! De quoi me payer du papier et de l'encre ! Mais c'est bien. J'aiguise ma pensée. »

Le Maure est coutumier du fait. Il pense, mieux qu'aucun autre, mais il dépense aussi, beaucoup, bien plus qu'il ne gagne. Cet homme, cette grande figure du socialisme, vit depuis toujours d'expulsions et de dettes. Il débourse par impulsions, par vagues irrépressibles. Une cravache en argent, alors qu'il ne monte pas. Un costume en satin. Une fille un peu légère. Il veut tout ce qu'il voit, comme un enfant gâté.

Le Maure roule son cigare pour que le tabac se consume plus uniformément. Il craque une allumette. Sa main tremble en l'approchant. Il tète dans le vide. Son allumette vient de s'éteindre.

« Mais je ne vais pas y arriver. C'est pas possible ! » râle-t-il.

Il en craque une nouvelle en plissant ses yeux cernés. Le mauvais air et les longues nuits d'insomnie.

« Tu vois cette infamie ? » dit-il en désignant les lieux.

Il approche l'allumette et tire sur son cigare. Des ronds de fumée s'échappent. Le tabac le soulage. À chaque bouffée, il dévoile ses petites dents pourries. Si Engels le croisait pour la première fois dans la rue, il le prendrait sûrement pour un vagabond.

« J'ai pas mal avancé, dit-il en lui tendant ses notes. Je t'enverrai la suite bientôt. Dans une ou deux semaines. »

Engels les empoche.

« Parfait. J'ai hâte de m'y mettre. »

Engels reprend tous les articles du Maure. Il traduit son allemand en anglais, articule sa pensée et parfois même l'affine. Engels est doué pour ça. Il lui est déjà arrivé de tout écrire à sa place, quand le Maure était malade, cloué au lit par ses problèmes de bile et de ventre.

« Et l'Internationale, alors ? Tu as rédigé ses statuts ? demande Engels.

– Il a d'autres priorités », intervient Johanna.

Sa femme a surgi comme un diable de sa boîte, de derrière la toile de lin qui coupe la pièce en deux. Ses cheveux sont défaits. Son regard est dur. Elle fixe Engels.

« Pardon, je… », bredouille-t-il.

La femme du Maure est le feu et la glace, quoi qu'elle fasse.

Johanna von Westphalen, authentique baronne et femme de caractère. Avec son nez parfait, ses sourcils d'Orientale et son sang bleu de Prussienne, elle avait toute la noblesse allemande à ses pieds. Elle aurait pu valser avec les grands du royaume. Elle était née pour ça. Pourtant, Johanna leur a tourné le dos ainsi qu'à sa famille. Son père laissa faire. Mais c'est son demi-frère qui s'obstina. Ferdinand von Westphalen. Le fils d'un second lit du père. Mais elle l'appelle son frère. Ferdinand s'était démené comme un diable pour déjouer l'union contre nature de Johanna, née baronne, et de ce petit-bourgeois de Trèves, ce socialiste, fils d'un avocat juif converti, petit-fils de rabbin, arrière-petit-fils de rabbin, et ce jusqu'au rabbin de Padoue, trois ou quatre siècles plus tôt. Ferdinand chérissait Johanna au-delà des usages. Il intrigua au sein de sa famille. Il fit feu de tout bois pour discréditer le prétendant.

« Cet homme ne fera rien de sa vie ! »

Ferdinand parvint à gagner quelques années, presque une dizaine, pendant lesquelles il plaça ses amis comme des pions devant elle. Il dînait avec sa sœur en tête à tête aux meilleures tables de Trèves, de Cologne ou de Berlin. Il se donnait des airs avec son immense front, sa chevelure moutonneuse et son profil de piaf. Il lui lisait des poètes. Il l'invita dans les salons du roi de Prusse. Mais elle se réservait, obstinément. Et après dix ans d'efforts, quand la date du mariage fut annoncée, Ferdinand lui prédit les pires atrocités :

« Si tu quittes ton camp, tu vivras comme une mendiante. Je ne pourrai plus rien pour toi. »

Johanna n'avait pas besoin de lui.

Elle était amoureuse. Éperdument. Elle aimait cet homme-là, malgré sa face de sanglier, ses poils plein les doigts et sa fougue permanente. Johanna devenait Jenny la Rouge, et prenait fait et cause. Et si un jour le Maure devait se hisser au rang de prophète aux yeux de ceux qu'il défendait, elle, Johanna, en serait la déesse-mère.

Engels serre les talons, prend sa main, s'incline et fait mine d'y déposer un baiser respectueux.

« Oublie cette bouteille », dit-elle.

Le Maure range son tire-bouchon.

Elle traverse la pièce sans desserrer les lèvres. Elle ouvre la fenêtre qui donne sur la cour, saisit les assiettes sales et les verres et les plonge dans l'eau du bac. Ses gestes sont nerveux.

« Laisse ça à la femme de ménage, dit le Maure.

– Vous avez une femme de ménage ? » s'étonne Engels.

Le Maure ne répond pas.

Johanna se retourne et plante ses yeux noirs dans les siens.

« Ne perdez pas de temps », lance-t-elle, avant de disparaître derrière le grand drap.

De l'autre côté, Engels aperçoit quatre enfants. Trois petites filles sont assises les unes derrière les autres. Elles ont les yeux de leur mère, la même bouche bien dessinée, le même front altier. Trois petites graines de baronnes, dont la somme des âges ne fait même pas dix ans. Elles se lèvent pour saluer « oncle Engels » d'un baiser sur chaque joue. Le quatrième est un garçon. Il s'appelle Henry, mais sa famille le surnomme Mouche. Il tousse. Beaucoup. Il le salue de loin pendant que les trois sœurs retournent à leur place, bien alignées, par ordre de taille, levant les mains ensemble pour se coiffer l'une l'autre. En tendant un peu l'oreille, Engels devine qu'elles récitent des vers :

« *Quand serons-nous toutes les trois réunies ?*
Ouh ! Ouh ! Ouh !
Quand viendront le tonnerre, les éclairs, ou la pluie ?
Nous nous retrouverons aux confins de ce tohu-bohu
Quand la bataille sera perdue et gagnée…
Ouh ! Ouh ! Ouh !
Le clair est noir, le noir est clair
Planons parmi la brume et le mauvais air[1]. »

1. Inspiré de William Shakespeare, *Macbeth*, Acte I, scène 1.

Le Maure attrape sa lampe et tourne la vis d'un quart pour accroître la flamme.

« Suis-moi. »

Ils montent quelques marches, prennent un couloir mansardé, passent une première porte et s'arrêtent devant la suivante. Il cogne. Trois petits coups secs d'abord. Puis un long.

Une femme ouvre la porte. Elle a les traits tirés. Son ventre gonfle son gilet. Ses yeux se lèvent et se baissent. Ils ont une teinte grise triste. Elle joint ses mains dans le dos comme si elle s'apprêtait à nouer son tablier.

« Je te présente Nim », dit le Maure.

La femme garde les yeux baissés.

Elle vit dans cette seule chambre déclinée autour d'un lit, une caisse, un broc d'eau plein et une serpillière. Nim n'est ni fine, ni épaisse, ni laide, ni charmante. Elle a le physique quelconque d'une bonne femme à tout faire.

Le Maure lui prend le bras et la guide vers la fenêtre. Il la fait tourner pour qu'on voie bien son ventre. Il explique qu'elle les a rejoints à Londres l'an passé, qu'elle était au service de la famille de Johanna, et qu'elle sait jouer aux échecs. Il parle d'elle, sans elle.

« N'est-ce pas, Nim ?

– Oui, monsieur. »

Elle sent fort des aisselles. Elle a les mains qui tremblent. Elle attend que ça passe pendant que le Maure précise qu'ils ont passé l'été ensemble.

« Johanna était en voyage à Cologne. »

Le Maure évoque une soirée à jouer et boire. Nim ne bouge pas. Il évoque l'ennui en l'absence de sa femme, une « pulsion imbécile », un « désir regrettable ». Puis il reprend son bras pour qu'elle se tourne encore.

« Qu'est-ce qu'on peut faire de ça ? » demande le Maure.

Ça, c'est ce ventre de femme et l'enfant qui pousse dedans.

Ça, c'est la « maladresse » évoquée dans sa lettre.

Ça, c'est le seul mot qu'il ait trouvé, lui qui en connaît des milliers. Engels éprouve une gêne pour cette pauvre femme.

« Je n'ai même pas les moyens de payer le docteur ou je ne sais qui, dit-il. Aide-moi à régler ça. »

La femme est plus voûtée qu'une loutre. Des larmes coulent de ses yeux et tombent comme des cailloux. La pauvre pleure sans un mot. On ne l'entend plus vivre. Le Maure se tient près d'elle et sa bouche fait des vagues.

« Je m'en veux, si tu savais comme je m'en veux. »

C'est d'un banal achevé. Un homme. Une femme. Une envie qui viendrait combler l'ennui. Et les regrets qui suivent, comme un charivari de casseroles et de couverts. Ces choses-là arrivent. Elles se traitent dans le secret.

« C'est tout ? demande Engels.

– Oui.

– Je vais m'en occuper. »

5

Le docteur Malte est rassuré. Il a tiré le corps gris. Il a soigné la plaie sur le bas-ventre de Charlotte. Il l'a bien suturée. On n'y verra plus rien dans quelques semaines à peine. Il a ouvert la bouche de Charlotte, sa main sous son menton, et lui a fait avaler sa dose pour la soirée. Il a deviné le vague qui lui soulageait l'âme. Il a vu ses paupières s'ouvrir et se fermer, ses pupilles s'étrécir jusqu'à ne plus former que deux points noirs minuscules. Il a vu un sourire soulever le coin de ses lèvres.

À son réveil, Malte a pris la main que Charlotte lui tendait et ils ont parlé. Longuement.

« C'était un garçon ?

– Oui, Charlotte.

– Je le savais, docteur. Je l'ai su dès le début.

– Souvent, les femmes sentent ça. »

Le docteur Malte prend soin de ne pas dire « mères », mais « femmes » : « les femmes sentent ça ».

Charlotte récupère. Son corps s'y prend bien. Elle a fait quelques pas le long de son lit. Elle ne sort pas de sa chambre pour l'instant. Elle ouvre et ferme la fenêtre en fonction de sa fièvre. Elle se fatigue très vite.

Cet automne-là est doux. Londres a connu pire, plus froid, glacial même. Quand Malte sort le matin pour faire les courses, il n'y a ni givre ni glace qui rendent les rues glissantes. Hier, Malte lui a rapporté des noix parce que c'est bon pour elle, et de la betterave aussi, des radis, de la viande rouge.

Il la trouve jolie, un peu comme une poupée de cire. Il a pris ses mesures. Chez un ami tailleur, Malte a fait refaire sa robe et deux autres aussi, dans les matières qu'il aime : l'une dans un gaufrage inspiré des Françaises de Provence, avec des volants blancs. L'autre en batik indien. Il lui a commandé deux chemises et une ceinture dans un cuir souple et fin chez le peaussier d'en face.

Ça le distrait. Ça égaye sa vie morne. Et puis, il lui doit bien ça. Grâce à elle, il pense tenir un nouveau remède, « la pilule du docteur M ». Il espère en vendre des caisses.

Mais ce matin, il tarde à passer dans sa chambre. Après les courses, il est ressorti. À l'arrière de la voiture, posée sur ses genoux, il tient une boîte en bois.

« La route est bloquée, m'sieur », lui annonce le cocher.

Les tanneurs de Bermondsey exigent une heure de pause. Ils triment quinze heures par jour dans l'odeur méphitique du sang chaud et du jus de tannée. Malte hausse les épaules. Les débats autour des horaires de travail, des temps de pause, de la semaine qui s'arrête le samedi et reprend le dimanche ou des salaires trop bas ne le concernent pas. Il en pâtit seulement. Il habite juste en face. Il les voit qui défilent, vociférant et réclamant. Il sait qu'ils s'épuisent à demander l'impossible. Cela fait si longtemps que les injustices existent. Depuis que le monde est monde. Alors, à quoi bon s'insurger ? Si seulement ils pouvaient s'écarter de sa route. Il ne peut rien pour eux.

Malte laisse son cocher se débrouiller avec un chemin de traverse. Il a peu de temps devant lui. Finalement, il s'en sort. Le cocher lance son fouet. La voie est dégagée. Il traverse la Tamise et pique droit vers la paroisse Sainte-Anne. Malte est arrivé.

« Pour vous, dit-il en tendant un penny.

– Merci », dit le cocher, avant de disparaître dans un claquement de fouet.

À Sainte-Anne, la nouvelle morgue n'est pas encore achevée. Une aile reste à bâtir. Mais déjà, elle fonctionne. Malte longe sa façade courte et basse ponctuée de têtes de mort enchâssées dans des médaillons de plâtre.

Le gardien le reconnaît.

« Bonjour, docteur. »

Il traverse un petit hall dans lequel flotte l'odeur des bâtonnets d'encens disposés çà et là. Tout au fond du couloir, derrière un guichet, l'employé prend la boîte. Malte remplit le reçu. Il écrit le nom présumé de la mère, Charlotte Evans, née à Clonmel. En bas, il trace un « X » pour l'enfant. Le fœtus sera bientôt disséqué par les apprentis médecins de l'hôpital voisin.

Une fois de retour, Malte se tasse. C'est son dos qui le lance. Il entrouvre son armoire, une main sur la poignée, l'autre sur ses reins. Il retourne les bocaux alignés, fouille au fond et tombe sur le bon. Il dévisse le couvercle et pioche un petit sachet qu'il déplie précautionneusement. Une fine poudre brune s'agglutine dans ses pliures. Elle sent le café brûlé.

Malte en répand une pincée dans le plateau d'une balance. Le fléau penche encore. Il ajoute une nouvelle tare, minuscule, à peine plus épaisse qu'une rognure d'ongle. Sa balance s'équilibre.

« Parfait ! »

La chimie est une affaire précise, qui peut guérir ou tuer.

Il verse le contenu du sachet dans un bol de thé chaud, ajoute une cuillerée de miel, trois gouttes de jus d'anis et une autre d'arsenic, puis touille le tout. Sa cuillère frotte les bords et forme un petit siphon dans lequel tout se lie avant de se diluer. Malte souffle dessus, écarte la buée qui se forme en surface et boit à petites gorgées. Il prend son temps pour soulever et déposer sa tasse. Quelques minutes à lui, observant derrière sa fenêtre ce qui se passe dans la rue.

Les tanneurs refusent de se mettre au travail. Il y a des cris. Des heurts. Un manifestant s'écroule sous sa fenêtre. Des policiers en encerclent d'autres. Parmi eux, Malte reconnaît l'artisan qui lui a vendu la ceinture pour Charlotte.

Malte pose sa tasse vide et retourne voir Charlotte.

Elle dort. Il regagne son bureau. Toute la journée, il va accueillir des foules de patients. Des ouvriers blessés qui paieront plus tard, quand ils auront repris le travail. Des bourgeoises un peu honteuses. Des filles de joie qui ont perdu le sourire à cause d'une mauvaise passe, mal estimée. Tous se mêlent et se croisent, entre le salon de l'entrée et son petit cabinet. Le petit-fils d'un lord, qu'il reçoit pour une peine d'amour, entre discrètement, par l'escalier de service. Il reste quelques minutes et repart les yeux secs et la poche pleine de pilules.

À la fin de la journée, quand les cloches des usines résonnent dans tout Londres, un dernier homme s'amène. Il n'a pas rendez-vous et ne se présente pas. Mais Malte l'a reconnu avec sa canne à bout d'argent et ses yeux rapprochés.

« Bonjour, monsieur Engels. »

Il n'a pas l'air malade.

Il reste debout. Il parle bas. Des billets de banque passent de l'un à l'autre. Engels n'a même pas pris le temps de s'asseoir. Il est déjà parti.

Malte déteste Sainte-Anne. Il déteste les boîtes. Il déteste les feuilles mortes des arbres tout autour, comme si les lieux n'avaient qu'une seule saison. Il ne supporte plus de faire ces allers-retours vers la « Maison des morts ». Et il s'en veut déjà d'avoir pris cet argent.

Il faut bien que quelqu'un le fasse.

Ce n'est pas pour l'argent. C'est pour sauver la mère, encore une mère en faute et un enfant de trop. S'il avait refusé, elle aurait fait comme d'autres. Elle se serait charcuté le bide à coups d'aiguille ou de tison. On lui aurait fait boire toutes sortes de poisons inutiles, du piment, ou du pétrole, même. Malte regrette le temps d'avant, celui de la Compagnie des Indes. Il n'y avait ni mères, ni grossesses, ni fœtus. Il y avait des plaies, des marins et des filles de passage. L'horizon tout autour. Pas de morgue ni de petites boîtes en bois.

Il a besoin de prendre l'air.

Malte ferme son armoire et enfile sa veste. Juste avant de sortir, il croise Charlotte. Elle est debout, une épaule contre le mur.

C'est la première fois qu'elle sort de sa chambre.

Elle porte la chemise qu'il a fait faire pour elle. Elle est pâle encore. Elle a sûrement le tournis. Quand elle s'avance vers lui, elle esquisse un sourire, puis le perd à cause de ce vertige qui lui ramollit le corps.

Malte s'avance et la guide jusqu'au fauteuil en velours réservé aux patients. Les bras sur les accoudoirs, le dos encore mou, elle cherche ses mots. La tiédeur de ses yeux rappelle à Malte les heures lasses des marins sur le pont. Ils avaient tous ce regard. Tiède. Alangui. Sa gorge se crispe encore.

« Vous avez soif ?

– Non », fait-elle.

Elle essaie de détendre ses cordes vocales.

« Ce… monsieur…, qui était-ce ? demande-t-elle en forçant.

– M. Engels. »

Elle grommelle :

« Il était à la gare. »

Malte n'en dira pas plus. Il a promis de se taire.

Charlotte se masse le cou. Elle tousse et se redresse. Sa main fait des allers-retours de sa gorge à sa nuque. Elle remonte vers son crâne ras. Elle chasse ses pensées, des tas de regrets qui s'entassent au fond d'elle.

« Je voudrais le voir.

– Qui ça ? s'étonne-t-il.

– Mon fils. Je voudrais voir mon fils. Où est-il ? »

Malte replie le dossier ouvert sur son bureau. Il range la plume près de l'encrier et enfonce sa main dans le tiroir central.

« Où est son corps ? »

Malte fouille le fond du tiroir.

« Tenez, répond-il en poussant des comprimés vers elle.

– Je voudrais l'embrasser.

– Vous avez fait d'autres cauchemars ?

– Je voudrais juste savoir. »

Malte se redresse à peine.

« Il n'est plus là, Charlotte. Il repose à Sainte-Anne.

– Je ne peux pas croire qu'il soit mort. Je dois le voir, vous comprenez ?

– Vous ne pouvez pas sortir dans votre état. Nous irons, je vous le promets. Mais plus tard. »

Il lui tend un verre d'eau.

Charlotte gobe les pilules et se traîne jusqu'à sa chambre. Il a besoin de prendre l'air. La semaine a été longue.

Au bar *Chez Claudwell*, Malte commande un verre.

« Vos patientes ont appelé ? lui demande le barman. Je ne les ai pas vues, pourtant, ni Daisy ni même Claire. Elles sont là ? Il y a un problème ?

– Non. C'est pour moi. J'avais juste envie de boire.

– Dans ce cas, dit le barman, vous ne pouviez pas mieux tomber ! »

Malte commande une bière. Un whisky. Une autre bière, et remue dans sa tête la demande de M. Engels. De l'autre côté du comptoir, le barman l'observe. Il est plutôt bel homme. Il a le ventre plat, la taille fine et ses épaules forment un V élégant. Ses dents sont bien rangées quand il sourit pour la commande. Il lui parle doucement avec un petit accent :

« Je vous ressers quelque chose, cher docteur ?

– Un whisky. »

Le barman s'appelle Franz. Il a un regard doux et tarde à s'en aller à l'autre bout du bar pour prendre d'autres commandes.

« C'est un chagrin que vous noyez ? »

Les clients et les filles vont et viennent autour d'eux. Certains filent aux étages. D'autres paressent au bar. Le barman se rapproche. Il lui parle de près. Il est affable et souriant. Il a de grands yeux bleus. Une fille le provoque :

« Pas touche au docteur Laudanum, Franz ! »

Malte ne relève plus. Il est ivre.

« Plus jamais », bredouille Malte, quand les sergots débarquent pour faire fermer le bar et les chambres à l'étage.

Pendant que les clients sortent, il frôle une fois de plus sa main.

Malte monologue encore. Il évoque une boîte, et Sainte-Anne, et des petits corps gris.

« On ferme », exigent les policiers.

Malte est à demi conscient, arcbouté au bar.

« Allez ! Allez ! Tout le monde dehors ! hurle un sergent après avoir glissé un paquet de billets dans sa veste d'uniforme.

– Attendez, docteur. Je vais vous aider. »

Le barman le raccompagne. Sur le chemin, Malte enchaîne les promesses de pochetron, à grand renfort d'exclamations, de chutes et de pisses sur les entrepôts des quais. Les becs de gaz brûlent pour rien puisque les rues sont vides. Les drisses des mâts cliquettent. Le barman lui raconte qu'il a connu un homme comme lui, il y a longtemps, quand il habitait Bonn. Mais Malte n'entend rien. C'est à peine s'il se rend compte que quelqu'un l'accompagne.

La Tamise se déroule, sombre et gluante. Le barman lui fait les poches.

Le lendemain, Charlotte porte la robe indienne qu'il lui a fait faire. Elle tombe parfaitement sur ses hanches. Les volants de sa chemise lui vont bien.

Elle a de l'allure avec ses bottines en cuir vert. Elle est jolie, même sans cheveux. Ses lèvres, même pâles et blanches, ont une forme ravissante. La petite bosse de son nez lui donne un air coquin. Il aime ses fines épaules et ses oreilles parce qu'elles n'ont pas de lobes. Malte connaît tout d'elle. Charlotte est devenue la femme qu'il connaît le mieux au monde. S'il n'aimait pas les hommes, il serait tenté de la prendre dans ses bras. Elle semble faite pour cela. Parfaitement proportionnée pour finir dans des bras. Une femme sur mesure.

« Tenez », dit-elle.

Charlotte pose sur la table une livre de pain et une tranche de pâté.

« Vous êtes sortie ?

– Oui, docteur. Et je suis même rentrée, et plus droit que vous, sauf votre respect !

– Vous m'avez entendu, alors ?

– Quelle importance ! Je sais que vous êtes seul. Il faut bien s'amuser.

– J'ai bien bu. Et bien ri », reconnaît-il.

Elle accroche son chapeau et se dépêche de relever la cafetière qui bout sur l'épaisse fonte du poêle. Elle a mis la table : deux tasses, une motte de beurre, des couverts et un peu de marmelade.

Il n'avait pas prévu qu'elle se remette si vite.

Elle le sert, puis se relève parce qu'elle a oublié le couteau à beurre. Lui reviennent en mémoire quelques bribes de la veille.

« Où est ma veste ? dit-il.

– Derrière vous. Sur votre chaise. »

Il a si mal au crâne. Ça l'empêche de bien penser. Le docteur sort son portefeuille. Il se souvient d'avoir noté le nom du barman sur la carte du cabaret. Comment s'appelait-il déjà ? Et cette carte, où est-elle ? Il ne trouve plus grand-chose dans son portefeuille.

« Je voudrais aller le voir ! » dit-elle.

Malte continue de fouiller ses poches.

« Où est-ce que j'ai pu la mettre ?

– Docteur, je voudrais le voir. »

La veille, Malte a eu une idée. Une idée un peu folle.

« S'il vous plaît. »

Il déplie sa serviette. Il étale un peu de beurre sur son pain. Elle attend. Elle a mis cette belle robe et attend sa réponse.

Malte s'essuie la bouche.

« Vous allez le voir. Mais je voudrais vous parler de quelque chose. »

Charlotte hausse les sourcils.

« Me concernant ? »

Malte beurre un nouveau morceau de pain. Sans relever la tête, il poursuit son idée :

« Oui, Charlotte. Vous concernant, vous et peut-être votre ami, comment l'appelez-vous déjà ?

– Evans ! » répond-elle.

Malte attrape sa main, puis, gêné, remonte un peu et lui prend le pouls, finalement. Régulier.

« Quelqu'un a besoin d'une femme comme vous. »

Charlotte fait la moue. Elle n'a besoin de personne. En tout cas pas d'un homme. Elle resterait bien ici, à servir le docteur Malte. Ils en ont déjà parlé, hypothèse parmi d'autres. Il faut qu'elle gagne sa vie. Elle pourrait l'assister. Elle n'est pas sotte. Pourquoi pas. Mais elle a son Evans. La place est déjà prise.

« Pour quoi faire ? »

Le docteur déglutit et esquisse un sourire. Après tout, pourquoi pas. C'est peut-être une bonne idée. Il balaye une miette accrochée au coin de sa bouche.

« Pour élever un enfant. »

Le visage de Charlotte se couvre de plaques. Des auréoles de rouge. Ses poils se hérissent.

« Je...

– Un petit garçon, Charlotte, ou une fille peut-être. Je ne sais pas encore. Je vous le dirai bientôt. C'est une question de jours. »

Charlotte passe la main sur son front. Elle sent le duvet de ses cheveux. Elle ferme les paupières. C'est drôle, elle en avait rêvé. La veille, ou l'avant-veille.

« Mais qui est-ce ? D'où vient-il ? » demande-t-elle.

Malte répond qu'il n'en peut plus de voir ces enfants morts. Qu'un docteur, c'est la vie, c'est quelqu'un qui sauve les vivants, que ses pilules sont des miracles, qu'il va sauver des gens, plein de gens. Il dit que ce bébé, il va le sauver, ils vont le sauver à deux.

« Nourrice, c'est un beau métier, n'est-ce pas ?

– Oui, c'est vrai. »

Mais il y a une contrepartie.

« Il faudra le cacher.

– Je ne comprends pas, docteur.

– Il faudra être discrète.

– Pourquoi ? D'où vient cet enfant ? Ce n'est pas un enfant volé ?

– Oh non, Charlotte. Ce n'est pas un enfant volé…

– Et sa mère ?

– Elle ne veut pas de lui. »

Elle débarrasse silencieusement la table. Elle empile les assiettes. Elle entasse les couverts. Du revers de la main, elle balaie les miettes de pain.

« Accepteriez-vous de vous en occuper ?

– Je veux voir mon enfant, d'abord. »

6

Engels rentre chez lui, un goût amer en bouche.

À la sortie de la gare, il commande une voiture pour Ardwick. Le cocher tourne le dos au soleil et file vers le sud de Manchester. Engels s'emmitoufle. Il pleut. La couverture est sale. Elle sent le crottin et le cirage. Il se cale contre la banquette en cuir et observe la ville qui défile.

Son centre-ville bourgeois.

La fumée noire qui plane comme une encre liquide.

Les centaines d'usines qui recrachent leur suie.

Les cohortes d'ouvrières soulagées par la cloche. Elles marchent en silence, leurs enfants derrière elles. Les cheveux blanchis et les yeux gonflés par la poussière du coton.

Engels connaît bien le secret de ces usines, avec leurs cheminées comme des doigts d'honneur dressés haut vers le ciel. Ici, il n'y a plus de bon Dieu, il n'y a plus de Ciel. Il n'y a que des femmes et des « petites mains », comme on dit pudiquement, encadrées par des hommes. Des mères et leurs enfants soumis quinze heures de rang à la violence des machines, aux éclaboussures d'huile, à la vapeur brûlante et à toute l'eau qu'il faut pour assouplir les fils de coton et éviter qu'ils cassent. Ces ouvrières se ressemblent, avec leurs dos voûtés et leurs cheveux en boule, en chignons ramassés pour éviter de finir scalpées, happées par les bobines.

« Emma, à demain ! crie l'une d'elles.

– Si Dieu le veut, Virginia ! »

Engels sait ce qu'elles ont subi. Il les côtoie chaque jour. Son nom figure sur le fronton d'une de ces boîtes d'enfer. *Ermen & Engels*. Son père est actionnaire. Engels père, associé avec M. Peter Ermen.

Ces femmes et cette sortie d'usine lui rappellent des souvenirs. C'était il y a trois ans. Il venait d'arriver.

À l'époque il ne connaissait rien ni de Manchester, ni de l'Angleterre, et encore moins de la vie d'usine. Il était tout brûlant des révoltes de 1848. À Elberfeld, en Rhénanie, Engels avait dressé sa barricade avec ses miliciens. Il avait même appelé à brûler le temple que son père avait payé de sa poche. Elberfeld n'était pas loin de Barmen, sa ville natale et le berceau des affaires de la famille Engels. La police intervint. Le temple fut épargné. Mais ce fut le coup de grâce. Le fils communiste et le père rigoriste ne faisaient plus bon ménage. Le père chassa le fils. Hors de Prusse, hors d'Allemagne, au-delà de la mer du Nord, du côté de l'Angleterre.

Engels débarqua à Liverpool. Son père avait des parts dans une usine de Manchester. L'usine portait son nom, Ermen & Engels. Elle était de taille moyenne et filait un coton convenable.

Engels fils avait vingt-huit ans. Il allait travailler, confiné loin de sa vie d'avant, dans un bureau minable, une cave humide située sous les énormes machines et toutes leurs petites mains.

Ermen & Engels.

Il passerait des années à s'user les yeux à la lueur d'une lampe à huile, à gratter du papier, consommer un peu d'encre, classer des centaines de boîtes et surtout éplucher dans le détail les comptes de l'entreprise et l'associé de son père.

Engels était puni.

Il traquait le chiffre manquant, la part de bénéfice mal distribuée. En affaires, la confiance est une faiblesse. Engels s'y attelait sans enthousiasme.

Il était loin de tout. De ses amis communistes. De ses amis d'enfance. De son pays natal. Coupé de ses rêves de barricades.

Engels dépérissait jusqu'à ce qu'il rencontre les deux femmes de sa vie, Mary et Lydia Byrns.

Mary avait vingt-cinq ans et sa sœur, à peine vingt. Elles étaient employées à filer le coton juste au-dessus de son bureau. Mary s'occupait des bobines. Lydia, plus petite, jouait de son agilité pour se glisser sous les machines et réparer les fils cassés.

Un jour, M. Ermen se mit en tête qu'il payait trop cher sa matière première. Il importait l'essentiel de son coton des États d'Amérique. Au Stock Exchange de Manchester, il envoya Engels pour tenter de dénicher de nouveaux fournisseurs. La rumeur circula. Des négociants se pointèrent et firent au brave Ermen de rondes propositions. L'Inde se lançait. Le joyau de la Couronne produisait depuis peu un coton moins cher que l'américain. Ermen s'emballa. Le coton fut commandé. Deux mille balles de surat. Il prendrait le relais des stocks d'américain.

Engels faisait ses armes et observait l'affaire. Il travaillait le jour, dans sa cave au sous-sol. Il remontait le soir, observant les ouvrières qui faisaient des bonds en arrière quand une giclée d'huile jaillissait des machines. Il était fasciné par les mains minuscules des enfants flanquées de leurs mères. Ouvrières de mère en fille. Les hommes et leurs gros doigts étaient inefficaces. Ils étaient contremaîtres. Un homme pour dix femmes. Engels n'y restait pas longtemps. Impossible de tenir plus d'une heure dans une telle fournaise.

Les stocks s'amenuisaient. Le surat fut livré, en temps et en heure. Les ouvrières se mirent à le filer.

Le drame tissait sa toile.

Nettoyés et cardés, les fils de surat cassaient les uns après les autres. Ils étaient trop fins, trop jeunes, et leurs soies étaient trop courtes. Passés dans les machines, ils s'enroulaient partout, provoquaient des nuages de poussière inutile, la fluche. Les petites mains avaient beau ramper pour les renouer, rien n'y faisait. Les fils cassaient toujours. Il y eut des blessés. Des doigts coupés. Des renoncements. Deux enfants furent pris au piège des courroies des machines et brutalement propulsés au plafond. Quand ils retombèrent sur la dalle, ils étaient disloqués, incapables de se mouvoir, bons pour les caisses de secours et la Philanthropie.

Peter Ermen s'acheta des bretelles et s'obstina.

Engels n'était alors qu'un simple employé. Il observait le désastre. Son père lui adressa de Barmen, sa ville natale, une première lettre inquiète :

« Ai-je commis une erreur en te confiant les comptes de cette filature ? »

Une autre lettre suivit :

« Tu n'es qu'un imbécile, un crétin de mécréant. À cause de toi, nous risquons de tout perdre. Ici, au moins, tes frères font du bon travail. Nos usines de Rhénanie filent droit, elles ! »

Engels répondait qu'il n'y pouvait rien. Et c'était vrai. Il n'avait pas la main.

Son père redoubla d'agonies. Un jour, il menaça d'envoyer un de ses frères pour lui montrer comment un Engels s'y prendrait s'il avait de la jugeote et un brin d'autorité pour faire comprendre à Ermen, son associé, qu'en affaires tout se paye.

Engels fils laissa faire, priant à sa manière, sans cierges ni mention de Dieu, pour que tout cela cesse, que l'usine fasse faillite et qu'on n'en parle plus. Ainsi, il n'aurait plus de comptes à rendre, plus de lettres, plus rien.

Pendant que les ouvrières s'esquintaient la santé et sortaient dépitées de n'avoir bobiné qu'un tiers de rangées, Engels fils faisait le dos rond.

De son côté, M. Ermen ne voulait rien savoir. Il disposait encore de mille balles de surat.

« Je les ai payées ces balles ! clamait-il. On ira jusqu'au bout. J'ai dépensé des milliers de livres pour avoir des machines, les plus performantes possible, parmi les meilleures du marché. Y a qu'à les faire tourner, bon sang ! »

Engels passa des heures à colmater les comptes, les commandes en souffrance. Comme ils avaient du retard, la trésorerie était dans le rouge. Il jouait les voltigeurs, inversait des valeurs, faisait les tours de passe-passe qu'on lui demandait, sans y croire.

Les banquiers s'en mêlèrent. D'abord par lettre portée, chaque semaine. Puis chaque jour. Le couperet allait bientôt tomber. Les banquiers se présentèrent un matin. Ils avaient une idée qui tenait en une phrase. La tutelle ou la taule ?

Pendant toute une semaine, on n'entendit que cela dans les rangs de l'usine : « La tutelle ou la taule ? »

Ermen bouffait sa graisse et fondait à vue d'œil.

Des mères renoncèrent.

Des petites mains prirent peur.

L'usine se vidait de ses forces vives.

Engels avait remarqué une jeune femme au fond près des carreaux de verre. Elle avait une manière singulière de nouer son chignon en y glissant des baguettes de bois, comme les Chinoises du bordel de Liverpool. Elle était grande. Sa silhouette soulignée par toutes les éclaboussures d'eau des machines promettait de longues nuits à qui pouvait l'aimer.

Il l'observait depuis l'allée. Elle finit par se retourner.

Ici, toutes les ouvrières savaient que ce beau jeune homme était le fils d'un patron. Il lui demanda son nom.

« Je m'appelle Mary Byrns.

– Vous travaillez depuis combien de temps chez nous ?

– Pas longtemps. »

Elle dit qu'elle venait d'arriver. Elle était irlandaise. Elle remplaçait une fille qui avait démissionné. Comme les temps étaient durs, elle avait accepté de travailler moins cher.

« Il faut bien que l'usine tourne. »

Engels s'abstint de tout commentaire. Il connaissait les chiffres.

Il restait huit cents balles.

Un mois plus tard, elle était toujours là.

Quand les banquiers ne demandaient pas à éplucher son dernier livre de comptes, Engels passait la voir. Ses regards et ses « Bonjour » le changeaient des « Chéri », des « Oui, encore » proférés par les filles de Liverpool qui se donnaient à lui tout entières, puces, poux et chaude-pisse compris.

Un jeudi soir, en retournant dans son bureau qui était aussi sa chambre, Engels la vit. Mary Byrns l'attendait. Elle avait les yeux creusés. La fatigue des jours d'hiver l'achevait. Elle tenait un paquet enveloppé dans du papier journal.

« Un shilling et six pennies. Notez, dit-elle.

– Mais c'est votre paye. Que voulez-vous que j'en fasse ?

– Commandez du vrai coton, du *long staple*, avec ses soies solides. Celui qui vient de Caroline du Sud. C'est celui-là qu'on travaillait avec ma sœur dans les usines du Lancashire. Votre surat ne vaut rien. Il casse vos machines et nous tue. Il nous cisaille les doigts. Regardez. »

Engels vit ses mains pleines de stries.

« Merci, mais…

– Si vous vous obstinez, vous perdrez votre main-d'œuvre. Tenez. C'est un prêt », dit-elle.

Engels nota. Sans voir venir l'autre ouvrière derrière.

« Un shilling et six pennies », dit la suivante.

Engels tiqua, puis nota.

Une autre s'avança. Elle portait un paquet, elle aussi.

« Un shilling et six pennies en plus des économies de ma sœur.

– Votre sœur ?

– Je m'appelle Lydia Byrns. Je suis la sœur de Mary. »

Engels rougit.

Toute la soirée, des ouvrières défilèrent. D'abord les nouvelles, les Irlandaises. Ensuite, vinrent les anciennes, les « historiques ». Des Anglaises de Manchester. Elles furent plusieurs dizaines à laisser leur salaire. Et la queue qu'elles formaient s'étirait jusqu'en haut de l'escalier.

Engels n'en croyait pas ses yeux. Comme il notait tout, il pouvait se rendre compte que c'était bel et bien vrai, chiffré, mathématiquement vérifiable. Certaines proposaient une retenue sur leur prochain salaire. Engels notait tout.

Mary resta toute la soirée près de lui. Avec sa sœur, elles avaient lancé ce mouvement. Elle était fière des filles.

« Sauvez l'usine ! dit-elle. Sauvez ce qui reste de nous. On n'aime pas ces banquiers. On veut pas de leur tutelle. On a confiance en vous. Moi, j'ai confiance en vous ! »

Pour entendre ces mots-là, Engels en avait fait des heures de route, à cheval, en bateau, en train, loin de son père et de ses vitupérations. Mais pour gagner ce sourire, Engels n'avait rien fait. Pour la première fois de sa vie, il s'était laissé faire. Il avait laissé venir toutes ces femmes à lui. Il avait bien noté l'argent qu'elles lui confiaient. Et ce qu'il avait ce soir-là, devant les yeux, changea sa vie. Il y avait des livres, bien sûr. Des centaines de livres. Et plus que tout, cette femme, Mary, une parfaite inconnue, qui n'attendait même pas qu'il lui rende son sourire.

C'était mieux que l'idée qu'il se faisait de l'amour.

C'était infiniment plus grand que les bravos qu'il attendait de son père. Mary avait un charme à la source. Natif. Tapi au cœur d'elle, avec sa jolie taille et ses deux mèches tombées près de ses oreilles.

Il la regarda longuement, sans un mot, pour faire durer l'instant.

« Nous allons faire le meilleur fil d'Angleterre, dit-elle. À vous de jouer maintenant.

– À une seule condition, dit-il.

– Laquelle, monsieur Engels ?

– Souriez encore ! Je vous en supplie, souriez. On ne m'a jamais souri comme ça, vous savez ! »

Mary sourit, et toussa. Une longue quinte de toux.

« C'est à cause de la poussière », s'excusa-t-elle.

Engels, désemparé, lui tendit bêtement son mouchoir. Il n'osait pas la toucher. Il vit qu'elle crachait un peu de sang. Cette fois, il posa sa main sur son épaule.

« Ça ira. Je suis habituée, dit-elle. Ça va passer. »

Engels trouva l'énergie et les mots pour convaincre les banquiers de lever leur menace. Il brada les dernières balles de surat et envoya Ermen au Stock Exchange. Aux enchères, il le poussa à faire la meilleure offre pour un lot de sea island, du coton à soies longues, très solides, en provenance de Caroline du Sud. Le travail put reprendre. La tutelle fut levée et le spectre de la taule s'éloigna.

L'usine Ermen & Engels produisit cette année-là le meilleur fil de son histoire. Plus résistant aux tensions imprimées par les tisserands. Presque aussi doux que la soie, selon les tailleurs de Savile Row.

Engels gagna du galon et l'hostilité des cadres employés

dans les bureaux de Southgate. Au service commercial, on lui tournait le dos. Il était chef comptable et dirigeait aussi le service de la paye. Il avait accès à la caisse.

Le dernier jour de l'année, il arpenta l'usine, longea des dizaines de machines et des milliers de fils tendus pour convoquer la cinquantaine d'ouvrières qui s'étaient cotisées.

« Maggy Elby ?

– Oui, monsieur Engels.

– Suivez-moi.

– Caroline March ? »

…

La cloche allait bientôt sonner. Engels avait pris ses dispositions pour qu'on gère les machines pendant qu'il se retrouverait avec elles, toutes réunies devant son bureau. Il les appela par leur nom, sans se tromper sur aucun. Il avait une bonne mémoire des visages et des noms.

Quand ce fut le tour de Lydia, la petite sœur de Mary, elle s'avança et reçut l'enveloppe. Elle contenait un shilling et six pennies, soit ce qu'elle avait investi. Mais à cela s'ajoutaient cinq livres. Soit près d'un an de salaire.

« C'est beaucoup, monsieur Engels.

– Vous avez la même somme que les autres. C'est ce que vous avez gagné, grâce à votre travail et votre investissement. »

Certaines l'embrassèrent. D'autres le prirent pour un fou, mais avec les yeux remplis d'une immense gratitude. Quand toutes furent gratifiées de leur prime, ce fut le tour de Mary. Elle était la dernière. Elle toussait un peu moins.

« Vous allez mieux, on dirait ?

– Oui. C'est grâce à vos bons soins. J'ai pu voir un médecin. »

Engels lui tendit une enveloppe plus lourde que les autres. En la prenant, Mary sentit qu'elle contenait un objet.

« Ouvrez-la. Je vous en prie. »

Elle y trouva une clef.

« Mary ? » s'inquiéta-t-il.

Il guettait son sourire.

« Mary, s'il vous plaît », dit-il.

Elle avait compris. Mais c'était plus fort qu'elle.

« J'essaye, répondit-elle. J'essaye de sourire, mais, mais…

– C'est une jolie maison. Elle n'est pas loin d'ici. Dans le quartier d'Ardwick, vous connaissez ? »

Elle referma l'enveloppe.

Engels lui expliqua que la maison était grande, qu'il y avait de la place. Aucune obligation. Elle n'aurait plus besoin de retourner à l'usine. Elle pourrait se reposer. Elle devait se reposer. Il avait vu le médecin.

« Je voudrais vous aider. Et puis, vous me plaisez avec vos baguettes dans vos cheveux. »

Elle éclata de rire et voulut les enlever.

« C'est ma coiffure de travail. On fait toutes ça pour éviter de se faire prendre par les machines. Je suis désolée de me présenter comme ça. Je suis toute trempée. Oh, mon Dieu. Je suis si gênée.

– Non ! Non ! Ça vous va bien, Mary ! Tout vous va bien ! »

Elle regardait cette clef, puis lui. Elle était si heureuse. Ses lèvres étaient brûlantes. Elle dit que c'était la fièvre.

« Et ma sœur ? Est-ce qu'elle pourrait venir elle aussi ?
– Lydia ? »
Engels y avait déjà pensé. Mais il la laissa dire.
« Elle vous aimera, comme moi.
– Vraiment ? fit-il, interloqué.
– Enfin, non. Ce n'est pas ce que je voulais dire.
– Mais dites. Je vous écoute. »
Le champ des possibles prenait une autre dimension.
« Je sais qu'elle vous aime bien, reprit-elle. Et presque autant que moi. Elle sera discrète. Elle est gentille et elle pourrait bien vous surprendre. »
Engels allait découvrir que ces deux sœurs formaient une paire. Ensemble, elles avaient quitté leur village du sud-ouest de l'Irlande, là où depuis des siècles les nobles colons anglais reléguaient les Irlandais, vers les terres les plus pauvres. Ensemble, elles avaient pris le bateau, pour Liverpool d'abord, puis pour Manchester, partageant un lit à deux dans un bouge de la ville. Ensemble, elles l'avaient vu venir, ce brave monsieur. Elles s'étaient concertées et elles étaient tombées d'accord. Elles allaient alterner. Depuis ce jour, Engels et les sœurs Byrns formaient un trio hors normes.

Le cocher ralentit.
Engels est de retour de Londres.
À l'entrée de la grande maison d'Ardwick, Lydia et Mary l'attendent… avec une surprise.

7

Charlotte entre dans la chambre, dans la foulée de Malte. Tout est allé si vite. Elle voudrait s'effacer, se fondre dans l'air ambiant de peur que sa présence ne fasse tout capoter. Elle bute sur un bourrelet d'étoffe qui traîne près de la porte.

Une femme les attend.

Elle a trente-deux ans, bien qu'elle en fasse le double et pèse lourd pour son âge. La veille elle portait un enfant.

Charlotte la dévisage. Elle a des cheveux gras plaqués autour du crâne. Un chignon tient le tout dans une boule compacte. Ses yeux sont deux trous noirs enfoncés dans sa face comme des boutons de banquette. Elle a un front bombé, un nez petit, banal, un menton court noyé sous un gosier sans grâce. Les muscles qui vont de ses épaules à sa nuque sont épais, ankylosés par les coups de balai et tous les paquets de linge qu'elle a dû tordre et frapper pour en extraire l'eau sale. Ses seins dépassent. Ses hanches débordent et la peau de ses cuisses est comme celle des bambins : rebondie aux jointures, où elle forme un pli.

Elle s'appelle Nim Demuth.

« Cela ne compte pas, pense Charlotte. J'oublierai vite cette femme. »

Les lieux sont à l'inverse de Nim : étriqués, réduits au simple minimum. Une chaise, un lit, un coffre et un panier d'osier. Elle vit depuis six ans sous ce toit de guingois traversé par une poutre qui doit servir de rampe à une nichée de rongeurs. Juste en dessous, elle a placé le cageot à légumes dans lequel elle a déposé le nouveau-né.

« Comment va notre enfant ? »

Malte dit notre, plutôt que votre, et Charlotte se figure qu'il sera bientôt le sien.

Il dort à poings fermés dans son couffin de fortune. Sa peau est toute fripée, et ses paupières gonflées comme pour le protéger de tout ce qui l'attend.

Nim l'a appelé Freddy.

C'est un joli prénom. Freddy Evans, pense Charlotte. C'est un nom qui sonne bien.

Il est né avant terme. Freddy a environ deux mois d'avance. Il ne devait pas naître. Il n'était pas question qu'il sorte d'elle vivant. Maintenant c'était trop tard.

« Ça valait bien la peine », dit Nim en jetant un œil noir à ce charlatan de Malte. Malte rabat sur lui un pan de sa couverture.

« Il fait froid », dit Malte.

Charlotte reste collée au mur pendant que Malte ausculte ce corps minuscule. Ses bras. Ses jambes bien trop fines pour son âge. Son ventre, aussi, qui se gonfle et se détend en faisant saillir ses côtes. Sa mère garde pour elle tout le gras qui aurait dû l'envelopper. Le docteur soulève le carré de laine et pose son oreille sur son torse.

« Je suis épuisée », râle Nim.

Elle leur déballe, en vrac, qu'elle trime toute la journée pour aider une baronne sans le sou à tenir son foyer. Elle est sa ménagère, son économe, sa cuisinière, la gouvernante qui l'aide à élever ses enfants malgré cette grossesse qu'il a fallu cacher. Elle dit qu'elle travaille dur, qu'elle a fait une erreur, qu'elle s'en veut et qu'elle a eu très peur de perdre l'estime de sa baronne.

« Des gens très bien. Johanna Westphalen, vous connaissez ? Ma mère et ma grand-mère étaient au service de sa famille. Mon Dieu, si elles savaient ! Personne ne doit savoir ! »

L'étoffe dans laquelle Charlotte a buté en entrant sert à calfeutrer la pièce. Il y en a d'autres sous les deux grandes fenêtres. Pourtant, le froid est supportable. Charlotte se dit qu'elles doivent servir à isoler les bruits. Les pleurs du nouveau-né. Ses cris pour demander le sein.

« Faites vite, quand même. Embarquez tout. Personne ne doit savoir qu'il est né.

– Et le mari de cette dame ? demande Malte.

– Il dort, comme d'habitude. Sa vie est sens dessus dessous. Ce n'est qu'un bon à rien. Il dépense tout ce qu'il a. Et puis il est gourmand. Ah ça oui ! Insatiable même, en tout. Il ne sait rien du prix des choses, ni des gens d'ailleurs. Il ne se rend pas compte. Il est trop dans son monde, avec tous ses articles et ses livres inutiles. C'est lui qui vous a payé, docteur ?

– Non, répond Malte.

– Ça ne m'étonne pas, dit Nim. C'est un vaurien, incapable de mettre un seul penny de côté. L'argent lui brûle les doigts. Il ne sait pas compter. Ni travailler d'ailleurs. Il a bouffé la dot et les dons de sa femme. Il accumule les dettes ! C'est tout ce qu'il sait faire : réclamer de l'argent à ses amis. Et quand ils refusent, il hurle comme un cochon qu'on saigne. Une bête, je vous dis ! Il fait ça même à sa mère. La pauvre femme. Henriette, qu'elle s'appelle. Il dit que sa mère le vole. Vous entendez ! Un homme de son âge qui dit que sa mère le vole ! Saleté de bon à rien. Et après, c'est moi qui dois faire face au boucher, qui dois le supplier de me faire confiance, comme chez le boulanger ou le marchand de fruits aussi. Ça fait cossu d'avoir une employée. Ah oui ça ! Ça fait riche ! Mais ils n'ont rien ! Que dalle ! Que le nom de Madame, usé jusqu'à la corde. Un jour, quand ils avaient trop faim, il a envoyé une lettre d'embauche à une compagnie des chemins de fer. La première, en dix ans ! Pourtant, il a fait des études. Il est docteur. Faut qu'on l'appelle docteur. Intelligent, ça… et comment ! Il vous tient en haleine des heures sans respirer tellement qu'il a d'idées en tête. Mais pour ce qui est de faire, alors là, y a plus personne. Vous comprenez ? »

Le docteur hoche la tête. Il se tient près de la fenêtre et surveille les nuages.

« Vous lui en voulez tant que ça ?

– Tout ça c'est de sa faute », dit-elle en regardant le cageot.

Elle lisse d'un coup sec sa robe. Elle n'a pas de plis. Pourtant elle recommence :

« Si c'est pas Dieu possible ! J'ignore comment sa femme supporte cette vie de misère. Aux chemins de fer, ils n'ont même pas pu lire sa demande tant le bougre écrit mal. Pourtant, il fait que ça, écrire. Griffonner. Des mots illisibles et des phrases sans queue ni tête, qui n'en finissent jamais. Ce sagouin. Pouah ! Il me dégoûte ! Qu'il crève de ses furoncles au cul !

– Nous n'allons pas traîner, coupe le docteur. La pluie va tomber. »

Nim pioche dans le panier à linge posé près de son coffre.

« Tenez, dit-elle. Regardez ça ! Des chemises toutes tachées de gras, de vin, de je ne sais quoi. Et sur les manches, sous ces boutons d'argent qui coûtent plus que le loyer, c'est de l'encre. Le bougre, il en consomme presque autant que de vin. Il passe ses nuits à ça, à noircir des tas de feuilles en s'empiffrant de gras. Voilà ce que je retrouve au matin, en boule, en tas, jeté partout. Moi je ramasse et je repasse, pendant que sa femme élève ses gosses du mieux qu'elle peut. Vous les avez déjà vus, docteur ?

– Aperçus », répond-il, le plus sèchement qu'il peut.

Malte est pressé de partir.

« Les filles ont le bon sang de leur mère ! poursuit-elle. Heureusement qu'elles s'échappent. Elles s'en vont tous les jours marcher du côté du parc, à Hampstead Heath. Vous connaissez ? Mais leur fils… le pauvre, il passera pas l'hiver ! »

Malte fixe la rue dehors. Quelque chose le préoccupe. Charlotte se demande ce qu'il a. Elle sait qu'il a passé du temps ces derniers jours *Chez Claudwell*. Il y retrouve des amis. Il dit cela : « des amis ». Mais Charlotte a deviné. Il y retrouve quelqu'un, au singulier. Un homme qui aime les hommes. Malte s'est à peine confié. Il a juste évoqué les mains d'un barman *Chez Claudwell*. Et le silence qui a suivi lui en a appris bien plus que tout ce qu'il s'acharnait à lui cacher depuis des soirs. Charlotte n'a pas posé de questions. Elle le laisse à sa vie. Elle a confiance en lui, même aujourd'hui, devant cette femme improbable, cette mère qui ne veut pas être mère :

« Madame la baronne et ses filles font de grandes promenades au parc plusieurs fois par semaine. Avec son fils aussi, quand il a moins de fièvre. Je les accompagne quand je peux. J'ai hâte d'y retourner. J'étouffe. J'étouffe avec tous ses cigares. J'aime pas quand il est seul, sans sa femme et ses filles. Je ne veux plus me compromettre ! »

Charlotte s'approche d'elle. Elle voudrait l'apaiser, mais Malte presse les choses.

« Ça commence ! » dit-il, le front contre la vitre.

Les premières gouttes de pluie noircissent les toits d'ardoises.

« Et ce…, ce petit, dit Nim. Lui… dépêchez-vous de le prendre. »

Charlotte se penche au-dessus de l'enfant. Il tord la bouche. Elle se figure qu'il tète un sein imaginaire. Le sien porte encore un peu de lait du fils perdu. Elle sent qu'il n'attend que cela, cette succion. Il y a peu de distance de cette bouche à son sein. Elle pourrait lui donner le sien. Il suffirait de baisser cette chemise, de tendre un peu le torse, de relever sa petite tête pour l'aider à trouver son téton. Freddy a faim d'amour. Il est à moitié né. Prématuré, dit Malte. Oui, prématuré et une mère qui ne veut pas de lui. Charlotte fera de son mieux. Elle a tout ce qu'il faut. Du lait, du temps et tout l'amour d'une mère.

Nim s'active, se plie, allonge le bras sous le lit, cherche un linge dans une pile, bourre un petit sac de langes, réveille l'enfant, l'embrasse.

« Quelle idée ! Ah, ça, mais… », râle-t-elle en défaisant le tas sous une fenêtre.

Elle cherche la paire de chaussons qu'elle avait tricotés pour les filles de la baronne.

« Mais c'est pas Dieu possible, où est-ce que j'ai pu les fourrer ! » fulmine-t-elle.

La pauvre femme s'accable. C'est sa seconde nature. Le travail et le remords.

Des nuages bouchent le ciel. Cela fait une semaine que la pluie tombe dru sur Londres, tous les après-midi. Charlotte suit la main de Nim qui fouille son tablier. Le docteur Malte rassemble le sac, les langes et les chaussons que Nim a enfin retrouvés. Il demande à Charlotte de se charger de la caisse.

Le petit Freddy ouvre un œil, puis l'autre.

Nim cesse de s'agiter.

Charlotte estime le poids de ce petit enfant plume. Elle tient la caisse contre elle. Sa taille s'est cambrée. Ses épaules sont plus basses. Comme si tout son corps s'adaptait à cet enfant qu'elle porte, pour mieux l'entourer. Dans la cage d'escalier, elle se penche pour l'embrasser, pressée de lui donner le sein et peut-être un peu de lait. Elle a deviné ce que cette femme cachait dans le pli de son tablier. Un chapelet. Ça lui semble logique. Une boule pour un pardon. Les boules doivent défiler sous ses doigts, elle en pelote le buis pour égrener ses litanies de mauvaise mère.

La pauvre femme !

Il n'y a pas le moindre bruit dans la cage d'escalier, comme si l'orage aspirait tout autour.

Une porte s'entrouvre et se ferme. Charlotte aperçoit

un visage. Une tête noire. À peine. Dans le noir. Au deuxième étage. Charlotte tient ferme sa caisse.

Le tonnerre gronde plus fort.

« Dépêchons-nous », dit Malte qui la précède dans l'escalier.

La pluie est encore fine et n'a pas recouvert tout le pavé de la rue. Un chat passe sa patte derrière son oreille. Un papier gras se colle au mur.

Charlotte remonte le plaid sur l'enfant. Du bout du doigt, elle touche ses frêles épaules. Elle pense à son Evans. Depuis qu'il est parti, elle n'a reçu qu'une lettre, de New York. Il raconte qu'il s'est fait des amis, des Irlandais comme lui ; qu'il retarde un peu son départ vers le Grand Ouest et la Californie ; que ce n'est pas le moment. Evans conclut sa lettre en dessinant un cœur plein. Charlotte sera peut-être seule pour élever Freddy.

Le docteur capte son regard et devine sa tristesse.

« C'est un beau petit garçon, n'est-ce pas ?

– Oui, docteur.

– Vous vous en occuperez bien.

– Il est si beau, merci ! »

Charlotte et l'enfant s'apprivoisent, ils s'éprouvent en prenant leur temps. Ils ont la vie devant eux. Elle aime cette façon qu'il a de contorsionner sa bouche. Sa peau tire. Elle pense que son sein gonfle sous la poussée de lait.

La pluie tombe, de plus en plus lourde. Elle fait tinter le zinc et les boîtes de conserve dans le terrain vague, en face.

Le chat a disparu. Une ombre passe devant la fenêtre du deuxième étage.

Une voiture s'arrête.

Malte presse Charlotte de prendre place près de lui.

Le cocher lève son fouet.

« Il a faim. Vous permettez ? » demande-t-elle.

Elle lui tend la cagette et saisit le nourrisson. D'une main, elle déboutonne sa chemise, tire son sein et l'y colle. Son téton disparaît dans la bouche à mille muscles.

Malte a tourné la tête.

Elle a calé sa nuque contre la porte vitrée. Elle n'a pas vu l'ombre s'approcher. Malte, si. Une cape d'homme. Massif. Un chapeau luisant noir au bord ruisselant de pluie. Malte a vu son visage coupé en deux par une tache effrayante. Il a passé sa main pour essuyer la vitre couverte de buée. L'homme à la cape court vers leur voiture. Une femme traverse pour gagner un abri sur le trottoir d'en face. Il va la percuter. Il la pousse brutalement. La femme hurle. Un badaud se dépêche de la relever. L'homme à la cape noire ne se retourne pas. Il poursuit sa course vers leur voiture. Il se rapproche. Malte peut lire l'expression de son visage. Mauvais. Il est mauvais. Il lance ses bras devant pour allonger son pas.

« Dépêchez-vous ! » ordonne Malte.

Le cocher fouette la croupe de son cheval.

Il est lancé, maintenant. La voiture accélère et creuse enfin l'écart.

Charlotte n'a entendu qu'un bruit, un son de semelles ferrées battant sur le pavé.

L'homme jette son chapeau de rage.

8

Engels aperçoit les deux sœurs à l'entrée de sa maison. Elles cachent quelque chose. Il les connaît. Il sait que leurs sourires trahissent une bonne surprise. Il a deviné.

« Joyeux anniversaire ! » clament en chœur les sœurs Byrns.

La surprise se déploie et saute à terre. C'est un chiot, un épagneul de deux ou trois mois tout au plus, qui court et jappe vers lui.

Engels s'agenouille. Il adore les chiens.

« Il n'a pas de nom. C'est le chien sans nom, dit Mary, si heureuse de lui faire ce cadeau.

– Comme il est beau !

– Comment vas-tu l'appeler ? » demande-t-elle.

Mary a eu de la chance. Elle a trouvé ce chiot en traversant la rue. Il errait dans le quartier.

« Sans-Nom, c'est bien, n'est-ce pas ? On t'appellera Sans-Nom. »

Le chiot fait des tours sur lui-même, courant après sa queue qu'il tente de mordre. Engels s'accroupit pour le caresser.

Mary déploie son plus joli sourire.

« Regarde, je l'ai dressé », dit-elle.

Au chiot, elle lance plusieurs fois le mot « aristocrate ». La troisième fois, il réagit et montre les crocs.

« T'as vu !

– Aristocrate ! » lance Engels à son tour.

Le chiot grogne à nouveau.

« Aristocrate », répète-t-il d'un ton presque agressif.

Le chiot grogne plus fort.

« Un chien de guerre communiste. Je l'adopte. Il fait partie des nôtres ! »

Mary a des bras immenses, faits pour envelopper. Des pommettes altières, une coquetterie dans l'œil et un désir de vie qui rend tout tellement plus beau. Engels l'enlace et la sent frissonner.

Lydia, sa sœur, est plus discrète. Plus petite aussi. Ses seins sont des chefs-d'œuvre et sa taille ravissante. Elle s'est offerte à lui. Elle a suivi sa sœur. Elle la suivrait partout. Mary la fascine et parfois elle l'inquiète. Sa toux s'est aggravée.

Mary ne se plaint jamais, malgré le sang qu'elle crache. C'est à cause de la poussière qui colle à ses poumons. Saleté de coton. Mais qu'importe. Mary est trop pressée de croquer chaque instant, de fêter le temps qui passe et d'emmener Engels dans une valse un peu folle dans laquelle tout se mêle, l'ivresse et le désir, les corps, les baisers en duo, en trio.

Engels va de l'une à l'autre. Il aime l'aînée Mary. C'est sûr. Il le lui dit souvent. Mais il a des élans de tendresse pour Lydia, qui se laisse faire, sans rougir, qui se glisse tard le soir dans leur lit, qui y reste parfois seule quand l'envie la prend aussi. Et si la morale de Lydia rechignait au début, si elle n'osait pas se donner après sa sœur, elle a fini par fondre, d'abord par faiblesse, par habitude ensuite, et par affinité.

Mais pour combien de temps ?

Dans ce charivari des corps, le trio d'Ardwick agace. Les voisins s'en offusquent. Des couples enfermés dans leur morale bourgeoise lancent souvent sous leurs fenêtres des « Mon Dieu ! » consternés, des cris d'indignation face à l'obscénité du trio aperçu. « Criminel ! » Comme des pierres jetées pour une lapidation, tous les synonymes de luxure sont jetés :

« Dépravés ! »

« Espèces de vicieux ! »

« Dévoyés, coquins ! »

Un homme de foi les traita de sybarites.

« Sybarite ? Ça veut dire quoi ? demanda Lydia.

– Comme d'habitude », répondit Engels.

L'équation du bonheur formulée par ces trois bons vivants frappe de plein fouet la mystique du couple en vogue. Pourtant, ils y reviennent, les bourgeois de Manchester. Pourtant, ils passent et repassent sous les fenêtres de la maison d'Engels. Pour s'offusquer, bien sûr, et pour se rincer l'œil.

Engels a pris le pli. Il fait de ces chahuts l'occasion de s'affirmer, un nouvel acte de foi de son credo communiste.

Ce soir, c'est son anniversaire. Il a trente et un ans, deux femmes, un chiot, une cave bien remplie, des verres pleins de brandy, des ennuis plein la tête, et des voisins qui traînent, comme d'habitude, attirés par leurs éclats de rire et les aboiements du chiot.

Un couple endimanché passe devant les grilles.

Engels ouvre la fenêtre.

« Eh oui. Comme vous avez raison. Nous vivons dans le péché ! Regardez bien ce vice, dit-il, attirant Mary près de lui. Voilà le vice en question. N'est-il pas ravissant ?

– Scandaleux, grommelle l'homme en cravate.

– Oui, scandaleusement joli, comme vous dites ! Et voilà mon autre vice », dit-il, saisissant Lydia à la taille.

La cravate outragée bombe le torse devant sa femme. Il évoque la police en changeant de trottoir et plonge dans le jabot de sa chemise, le nez enfoui dedans.

« Faites ! Faites donc », lui lance Engels tout à sa joie du jour.

Il a trente et un ans et il vit toujours.

« Mon Dieu, mais comment est-ce possible ? Les mots… », fait l'indigné en frappant le sol de sa canne, les yeux exorbités et les joues cramoisies face à la scène qui se joue avec cet homme et ces deux femmes ivres, qui rient, qui rient si fort.

Engels lève sa bouteille.

« Nous pratiquons les langues, chère madame, cher monsieur, les mortes et les vivantes, et la grammaire des corps. Comme deux négations forment une affirmation, deux vices font une vertu, n'est-ce pas ? »

Engels atteint son but. Le couple se carapate.

« Je l'aime bien, cette formule, fait remarquer Mary en refermant la fenêtre.

– Je la tiens d'un Français. Charles Fourier. Tu connais ?

– Un membre de votre Ligue ?

– Non, pas lui. Il est mort depuis longtemps. Mais c'était un grand homme. Un précurseur socialiste. C'est drôle, maintenant que j'y pense… Sa mère s'appelait comme toi…

– Mary ?

– Oui. Marie Muguet. »

Mary vide un autre verre. Le salon est éclairé de dizaines de bougies. Les murs sont couverts de tentures ocre et bistre. Des tapis ottomans recouvrent le plancher. Le chiot joue dessus, sautant sur les motifs. Elle s'assied, puis se relève. Elle tourne un peu en rond. Pendant que Lydia s'active pour préparer le dîner, il lui parle de Fourier et de ses grandes idées, socialistes, utopiques, et de ses phalanstères, ces grandes communautés d'hommes et de femmes qui partageraient tout : leur travail, leurs revenus et peut-être même leur corps.

« Comme nous ! » dit-elle.

La gaieté de Mary s'esquinte toujours un peu quand Engels se lance dans ses longues théories.

« Marié ? demande-t-elle.

– Pas que je sache. »

Mary lui tourne le dos. Elle souffle un peu fort. Elle a déjà beaucoup bu. Elle est devenue grise. Elle a viré. Ils n'ont même pas dîné. Elle tient de moins en moins bien l'alcool.

« Contre le mariage ? » murmure-t-elle d'une voix troublée. Une voix de bocal bizarre.

Mary a trente ans, elle aussi. L'âge d'avoir un enfant. D'avoir une famille. Du jour au lendemain, elle pourrait bien tout perdre et finir à la rue, dans cette « Petite Irlande », quartier-taudis de la ville situé vers Oxford

Street, où s'entassent les filles comme elle, ouvrières irlandaises qui n'ont pas eu la chance de se mettre sous le toit d'un homme. Le grand Charles Dickens, auteur vénéré dans tout l'Empire, en a fait dix nouvelles, deux romans et des milliers de lignes.

Le chiot se faufile entre eux. Mary se baisse pour le prendre. Engels s'approche d'elle.

« Mary, ma chère folie, tu sembles fatiguée, c'est peut-être l'alcool. »

Elle lui tend le chien et va se servir un verre.

« Quand vous me prenez, je ne crie pas au vol !

– Que dis-tu ?

– Quand vous faites l'amour avec moi, je ne crie pas au vol ! »

Engels la regarde, un brin dubitatif. Il ne comprend pas bien où elle veut en venir.

« Non ! Bien sûr que non, voyons. Quelle drôle d'idée ? Pourquoi me dis-tu cela ?

– Parce que l'autre jour vous avez déclaré que le mariage était un vol, une forme d'asservissement de l'autre.

– Vrai ! C'est la première oppression de classe. Le mariage est un pacte odieux qui soumet les organes génitaux de la femme à son mari, au nom de la procréation. C'est un vol. Ça, oui, c'est ce que je pense. »

Mary vide son verre.

« Pourtant, quand vous m'aimez, je ne crie pas au vol. Je m'offre à vous. C'est tout. Comme un cadeau. Peut-être qu'un jour vous m'épouserez. Moi, ou ma sœur, même, si vous la préférez. Et je prends le pari que jamais ni elle ni moi ne crierons au voleur si vous demandiez notre main.

– C'est joliment tourné.

– Vous voyez que je ne suis pas grise. J'ai plein de jolies couleurs en tête.

– Je vois ça. Je m'en réjouis », dit-il en passant la main sur ses épaules.

Il aime l'odeur de sa peau. Elle est sucrée et proche de celle de la cannelle.

« Cette odeur ! Que c'est bon. »

Elle minaude en inclinant la tête pendant qu'il tourne autour d'elle, son nez remontant le long de son cou.

« Servez-moi », dit-elle.

Il hésite.

Le chiot pisse sur le tapis.

Engels contourne le drame en sermonnant le chiot.

Mary se met à tousser. Plus fort que d'habitude. Derrière elle, la table est dressée par Lydia avec toute la vaisselle faite pour éblouir. Ce soir, pour son anniversaire, Engels aura droit à son plat préféré : un ragoût de mouton. La cuisine sent le cumin et la fleur d'oranger. Il est dix heures passées. Mais l'esprit de fête est en train de tourner. Ils se passeront de Mary. Elle vient d'aller se coucher.

Une heure ou deux plus tard, Engels suit Lydia. Ils s'amusent. Ils se cherchent. Engels pousse la porte de la chambre. Mary est dans leur lit. Elle semble endormie. Elle reste dans son coin sans se mêler à leurs jeux.

Ce n'est qu'au petit matin, quand les rideaux de la chambre laissent passer un peu de jour, qu'Engels remarque la couleur de ses lèvres. Elles sont bleues. Sa bouche est grande ouverte, comme si elle happait l'air. Un rictus la défigure.

« Ça me pèse ! » dit-elle.

Mary se plaint de la poitrine.
Ses bras sont lourds.
« Je ne me sens pas bien. »
Engels connaît ces signes.
« C'est le cœur. »

1863-1864,
la grande crise du coton

9

Freddy a bien grandi depuis toutes ces années. Il ne tient plus dans un cageot à fruits. Il ne tète plus le sein que lui tendait Charlotte. Il a appris à marcher avant qu'Evans ne revienne. Il sait se tenir à table, un couteau dans une main, une fourchette dans l'autre. Il n'est pas très bavard. Il sait lire et écrire. Et depuis quelques mois, quand il se place contre le dos de Charlotte et qu'il aligne sa main sur leurs crânes respectifs, il sent la différence. Il n'a même plus besoin de décoller les talons, légèrement, en cachette. Freddy est plus grand qu'elle, d'un pouce. Charlotte est fière de lui. Elle dit qu'il est joli garçon avec ses cheveux noirs, ses yeux rieurs et ses lèvres bien ourlées.

« Bonne-maman ? appelle-t-il de cette voix incertaine, hésitant entre deux âges, ni enfant ni adulte.

– Oui ? demande Charlotte.

– Embrasse-moi.

– Encore ? Mais quelle sangsue ce garçon ! »

Freddy se colle contre elle. Il aime tout d'elle. La rondeur de son ventre. L'odeur de sa peau. Ses longs cheveux auburn avec leurs reflets roux. Ses fossettes au coin de ses lèvres.

Il aime l'appeler, comme ça, pour rien, pour qu'elle réponde, pour s'assurer qu'elle est bien là.

Charlotte est bonne-maman. Elle est à la fois sa complice, son soleil, l'adulte qui dit non, l'amie qui dit oui.

Ils vivent à Londres dans un rez-de-chaussée étroit, parfaitement adapté à leur petite vie à deux.

Plusieurs fois par an, le docteur Malte leur rend visite. Il s'annonce et bonne-maman s'active. Elle récure. Elle range tout et ouvre grand pour lui faire bon accueil. Freddy a longtemps cru que c'était lui le bon Dieu, Dieu le père, avec sa courte barbe et ses remèdes miracle qui faisaient naître chez elle des sourires extatiques. Souvent, le docteur Malte débarque avec de nouvelles bouches à nourrir.

« Tiens, Charlotte, quelques gosses pour un mois. »

À deux shillings la semaine, ils couvrent ses frais de loyer.

Freddy n'est pas jaloux. Elle dit qu'il est le seul qui compte pour elle. Elle dit qu'elle l'élève de son mieux et le plus haut qu'elle peut. Leur vie n'est pas fameuse. Freddy l'a bien compris. Il voit les autres maisons, les enfants, les mamans. Ils ont souvent plus que lui.

Pourvu qu'il ait des ailes et s'arrache à ce bourbier. Il l'emmènera avec lui.

L'été dernier, Charlotte a gardé des jumeaux, dont Freddy a oublié le nom. Deux garçons plus petits que lui. Elle leur a fait à manger parce qu'ils étaient pleins de dents et que ça lui faisait trop mal de donner le sein quand les petits ont des dents.

L'un des deux gosses l'agaçait. Il disait qu'il avait huit ans, mais Freddy se disait qu'il était au moins deux fois plus grand que lui. Ce qui lui aurait fait seize ans. Mais non. Freddy n'a pas seize ans. Pas encore. Seize, c'est l'âge du fils de M. Sprang, le marchand de fruits à l'angle, celui qu'il aide pour un ou deux pennies le coup de main. Seize ans, c'est quand on a des muscles et des poils partout, comme Sprang Junior, le fils du maraîcher, celui qui se bat tout le temps, la terreur du coin de la rue. Les jumeaux que gardait Charlotte avaient six ou sept ans. Oui, six ou sept ans, ça collait mieux.

« Le sale petit menteur », se répétait Freddy jusqu'à ce qu'ils s'en aillent.

Freddy se persuade qu'il a douze ans, parce qu'il faut bien deux chiffres et quelques années de rabiot pour compter tout ce temps qu'ils ont passé ensemble, lui et sa bonne-maman ; douze ans pour savoir lire, bien mieux que les jumeaux, douze ans de courtes fièvres et de tas de boutons qui ont laissé des croûtes, puis de petites cicatrices sur ses joues et son menton ; douze ans pour apprendre à voler des amandes sur les étals de Sprang à l'angle, sans jamais se faire prendre, ni par lui ni par son fils plein de poils ; douze ans pour savoir ce qu'il faut faire quand Charlotte a ses crises de « mélancolie », comme elle les appelle, et que Freddy doit se précipiter jusqu'au cabinet de Malte, sans se perdre, de jour comme de pluie, pour lui ramener ses pilules.

« C'est bien ça, bonne-maman, j'ai bien douze ans, n'est-ce pas ?

– Oui, à peu près.

– Mais précisément ?

– Je ne sais pas.

– Pourquoi, tu ne sais pas ? Pourquoi n'ai-je pas d'anniversaire ?

– T'es né prématuré, tu le sais bien. On en a déjà parlé.

– Oui, oui, je sais bien, dit-il. Mais je suis né quand de l'autre femme ?

– Avant le terme.

– Et le terme, c'était quand ? Je suis prématuré quand ?

– J'ai oublié, dit-elle. Je sais juste qu'il pleuvait et que c'était l'hiver. »

Comme il n'y a pas d'anniversaire, que tous les jours se suivent comme dans le calendrier, noir sur blanc, sans relief, Freddy l'a décrété, il a douze hivers, donc douze ans. Et bonne-maman laisse dire, tant qu'il parle plus bas qu'elle, tant qu'il lui obéit, tant qu'il range ses affaires, tant qu'il ne pleure plus lorsqu'elle doit s'y remettre. Freddy, le bon garçon.

Depuis que bonne-maman a rendu les jumeaux, Malte n'est pas revenu. Pour payer le loyer, Charlotte a dû reprendre son déguisement. Plusieurs fois par semaine, elle enfile une robe très décolletée, elle se couvre de couleurs et d'un parfum qu'il déteste.

Charlotte redevient moche.

Elle reçoit des amis.

« Tu coûtes cher ! »

Il s'en veut.

Elle l'embrasse.

« Tout coûte cher ! C'est pas que toi, mon chéri. »

Freddy voudrait pleurer, mais son parfum l'obsède. Il

sent tellement fort ! Il se demande comment les amis de Charlotte peuvent le supporter.

Certains ne font que passer. D'autres restent plus longtemps, parfois même toute la nuit. La plupart du temps, Freddy doit faire un tour, pas seulement pour le parfum ; un tour pour les laisser tranquilles, entre amis. Il a compris. Il les a vus, rebondissant sur elle.

Freddy traverse Soho, dépasse le cabinet de Malte et court vers le nord de Londres, jusqu'au parc interdit. Le parc de Hampstead Heath. La première fois qu'il en est revenu, fier de sa nouvelle trouvaille, il n'a pas résisté au plaisir de lui raconter ce qu'il avait vu là-haut.

« Un immense parc, bonne-maman. Avec plein de canards et de gens qui se promènent. »

Charlotte avait soudain perdu ses fossettes. Elle était devenue rouge. Elle s'était mise en rogne et lui avait fait jurer de ne plus y retourner.

« Mais pourquoi ? C'est pas dangereux. Y a plein de gardiens qui passent !

– Parce que ! C'est comme ça ! » avait-elle dit.

Freddy se décolle d'elle. Il a senti le parfum.

« Je vais recevoir un monsieur important. Un député, mais chut. Entendu ? Il ne faut pas le dire. Il m'aime bien, je crois. Prends tout ton temps. »

Freddy la regarde, sans un mot. Il sort. Il va prendre tout son temps. Il va désobéir pour lui faire payer ça.

Hampstead est un morceau de campagne tombé aux confins de la ville. Il aime ses collines à dévaler pieds nus. Il se perd volontiers dans sa forêt de hêtres clairs aux troncs couverts de noms, de promesses et de regrets. Il peut passer des heures à jouer autour de ses étangs pleins de joncs et de canards sauvages. Le spectacle est permanent. Il ne s'y ennuie jamais. Des promeneurs bouffis d'orgueil défilent au bras de leurs guenons pleines de rubans nacrés. Des grandes dames qui ne valent pas un pet de sa chère bonne-maman et qui se donnent de grands airs avant de s'asseoir sur les bancs.

Cette fois, le soleil tarde et ses rayons sont ras. C'est l'automne et le ciel du parc est traversé d'oiseaux migrateurs.

Freddy a découvert une mare. Il observe les canards la tête entre les joncs. Mais il a beau siffler, souffler dans un brin d'herbe tendu au creux de ses paumes, caqueter et jeter toute la mie de pain dont il dispose, rien n'y fait. Les canards lui font le coup du mépris.

Une fillette s'avance vers lui. Elle tient un long bâton à la façon des bergers des almanachs illustrés. Freddy retient son geste. Elle est suivie de loin par un petit groupe de femmes. Deux jeunes filles plus âgées qu'elle, et deux dames. La première est très brune. Elle a de longs cheveux noirs bouclés comme des copeaux de bois que la chaleur de l'atelier aurait fait tourner. Sans doute leur mère. Une autre, moins jolie, l'accompagne, les mains jointes sur une robe épaisse et triste. Elle semble bougonner.

Freddy cherche un caillou pour déclencher le vol d'un gros oiseau qui se mêle à ses canards.

« Touché ! »

Au-dessus de la pelouse, la femme grise fait voler une grande toile que les trois autres attrapent par les coins. En la tendant par terre, le rond gonflé devient un carré net.

Pendant que les deux grandes filles préparent le pique-nique, la fillette au bâton s'approche de lui.

« Tu fais quoi ? demande-t-elle.

– Rien.

– Tu sais faire ça ? » dit-elle en faisant ricocher un caillou.

Freddy ouvre de grands yeux. Il croit que c'est de la magie. Comme un coup de foudre. Le caillou est tombé amoureux de l'onde et flirte avec elle.

Il voudrait qu'elle recommence. Mais il n'ose pas lui demander.

Le gros oiseau est de retour.

Freddy cherche un caillou. La fille en ramasse un, elle aussi.

« Vas-y ! » dit-il.

Elle l'envoie ricocher, rebondir, encore. Encore un petit baiser. Encore un rebond, entre la masse et l'onde, comme bonne-maman et son nouvel ami, le « député-mais-chut », aussi beau qu'un caillou avec son crâne ras et rond que Freddy a vu de loin.

Le gros oiseau s'envole et se réfugie sur la rive opposée.

La petite éclate de rire, trop heureuse de son tour. Elle a les ongles noirs et porte des escarpins ternis par la poussière. Mais ce qui intrigue Freddy, surtout, c'est cette manière qu'elle a de rassembler ses cheveux, de les enfouir sous son col, comme pour les y cacher.

« C'est bizarre pour une fille de faire ça.

– De faire quoi ? demande-t-elle en reproduisant le même geste.

– Tes cheveux. »

Elle sourit entre ses coudes levés pour finir de se coiffer.

« Mon père dit que je suis un garçon manqué. »

Elle a de grands yeux noirs, comme lui. Une chevelure épaisse, comme lui. C'est vrai qu'elle fait garçon manqué, ou bien fille réussie, c'est selon.

« Score à battre, six rebonds. À toi, maintenant ! » dit-elle.

Freddy se lance. Son premier caillou frappe la surface et coule. Pareil pour le deuxième. Le troisième rebondit et s'affaisse. Raté. Même les canards au loin semblent se moquer de lui.

« Ka-ka-ka-ka-ka… »

Elle observe ses gestes, analyse son lancer et surtout le choix de ses projectiles.

« Prends les plats comme des soucoupes. »

Elle lui donne une pierre, bien plate, bien ronde, qui s'enfonce comme les autres.

« J'y arrive pas.

– Comme ça, dit-elle en lui montrant comment il faut la tenir, entre l'index et la paume. C'est le secret du ricochet. »

Elle mime un lancer.

« À la fin, tu donnes un petit coup de poignet pour qu'elle tourne sur elle-même. Et là, elle va rebondir comme une puce, tu vas voir. »

Freddy réussit. Il compte :

« Deux, trois, quatre rebonds !

– T'as vu ! dit-elle.

– Oui. C'est mieux. Mais t'en fais plus que moi. »

Il reste loin du compte. Elle relance. Il ramasse d'autres

galets. Il s'applique. Il voudrait que ça dure. Cette fille a un don. Pour faire des ricochets, certes, mais aussi pour faire passer le temps. Il file, sans un soupçon d'ennui.

Mais la dame brune l'appelle. Elle lui lance des tas de mots dans une langue inconnue.

« On est allemands, dit-elle.

– Allemandes », corrige-t-il.

Il a bien regardé. Il n'y a que des femmes autour de ce pique-nique.

« Oui, allemandes, tu as raison.

– C'est pas grave. »

Freddy s'excuserait bien de l'avoir corrigée. Ce n'est pas son genre. Mais elle veut lui parler :

« J'ai eu un grand frère, mais il est mort. On l'appelait Mouche. Il était drôle. Il passait son temps à nous tourner autour. Alors on le chassait comme une mouche, d'où son surnom. Tu as des frères et sœurs ?

– Je suis fils unique.

– Moi j'ai deux sœurs. Les deux grandes là-bas. Et tes parents, où sont-ils ? »

Elle attend sa réponse en ramassant d'autres cailloux.

Freddy finit par dire que sa mère est nourrice et qu'ils habitent l'East End.

« Et ton père ? demande-t-elle en ratant son lancer.

– Mon père ? »

Freddy a vu défiler des tas d'hommes dans sa maison. Certains passent seulement, sans qu'il ait le temps de les voir. D'autres viennent régulièrement et insistent pour le rencontrer. Ce fut le cas de Virgil, le portier du *Royal*. Un fidèle. Et Charlotte l'aimait bien. Puis vint M. Halter, qui dirigeait un petit théâtre à Londres. Halter l'appelait

« fiston » et s'était mis en tête que Freddy serait acteur plus tard.

« Tu seras mon premier enfant acteur, n'est-ce pas, fiston ? »

Halter l'obligeait à lire des tas de vers compliqués, debout sur la table du salon. Mais comme Freddy avait le vertige et pas la moindre envie de se donner en spectacle, il avait fait de son mieux pour jouer les mauvais fils. Il avait une astuce. Quand Halter débarquait, Freddy se mettait à tousser à s'en décrocher la glotte et l'autre faisait demi-tour en se couvrant le visage, maudissant les lieux, les miasmes et ce « sale gosse ! ». Charlotte le retrouvait dehors et Freddy devait sortir.

Freddy passait de longues heures à observer les gens : les passants qui bougonnaient tout seuls ; ceux qui pleuraient le soir, quand il était très tard, que tout était désert. Il scrutait les gamins qui se tapaient dans la rue pour désigner le plus fort. Il voyait des mères qui débarquaient chez eux pour reprendre les enfants que leur avait confiés Malte. Elles faisaient toujours vite. Toujours très pressées. Elles reprenaient leur gosse en évitant de croiser le regard de Charlotte. Freddy notait tout. Les mimiques des enfants dans la rue rappelés quand la soupe était chaude. Les gestes d'agacement des plus grands. Les visages qui se détendaient ou les mots qui n'allaient pas avec le reste du corps. Il demeurait sans bouger quand des policiers déboulaient chez eux parce qu'ils voulaient se faire de l'argent. Tous les prétextes étaient bons.

« C'est pas légal de garder ces fils de pute, criaient-ils au passage. Faut qu'ils aillent à l'Assistance. »

Et Charlotte leur donnait quelques shillings pour qu'ils s'en aillent.

Jusqu'à l'été dernier, Charlotte avait toujours deux ou trois enfants à garder. Les policiers repartaient plus riches et laissaient les enfants là. Ils avaient à faire ailleurs.

« Tussy, le pique-nique est prêt !

– Continue, demande la fillette.

– Il y a eu aussi M. Stocker. Il était huissier de justice à Southgate ou quelque part par là. »

Stocker était venu pour saisir leurs meubles, mais il s'était contenté de prendre le temps et les lèvres de bonne-maman, parce qu'elles étaient « douces », disait-il, et que c'était « injuste », qu'elle méritait « mieux que ça ». Stocker laissa les meubles en plan. Puis il disparut.

D'autres suivront. Ils ne disaient rien, se contentaient de la prendre sans jamais prononcer de gentilles choses sur elle. Comme les galets de l'étang, ils se contentaient de ricocher sur elle.

« Chez nous, dit-elle, on déteste les huissiers. Papa les appelle les corbeaux. »

Freddy lance une pierre plate. Il compte cinq rebonds.

« Je préfère les canards ! poursuit-elle.

– Moi aussi », dit Freddy, qui n'avait plus de voix.

Il regrettait d'avoir autant parlé. Il n'aurait peut-être pas dû parler autant de Charlotte.

10

Le vent.

La morsure de l'hiver.

Le fracas du galop.

Engels a vieilli. Son front a reculé. Il a plus de ventre qu'avant et un peu moins d'aisance en selle. À quarante-trois ans, il est devenu quelqu'un à Manchester. Son usine emploie plus de quatre cents personnes. Il travaille beaucoup. Ses semaines sont surchargées. Mais dès que son emploi du temps le permet, il s'échappe. Il chasse. Ça lui change les idées. Il chasse pour se vider la tête. Surtout aujourd'hui.

Il sent les paquets de boue gicler sur son visage, par salves. Il aime ça. Il chevauche son hunter, un demi-sang alezan qu'il a payé le prix fort à Murray, le maquignon.

Engels bat la campagne parmi les cavaliers de la Cheshire Hunt. Des nobles. Des hommes d'affaires. Tous riches, comme lui. Il se grise de vitesse en déjouant les obstacles, d'instinct, d'un coup de reins, comme cette branche de chêne sous laquelle il se glisse au tout dernier moment.

« Allez, mon beau ! Plus vite ! Galope ! Plus vite ! »

lance-t-il, couché sur sa monture, une main de chaque côté. Il se retourne, défiant le mauvais sort.

À l'orée de cette forêt, d'autres arbres, plantés bas, forment des touffes de rameaux, des chevelures végétales dont une mèche plus longue que les autres vient lui strier la gueule.

« Galope ! »

L'hiver inhibe ses nerfs.

« Allez ! »

Sa pensée en apnée rumine le souvenir de Mary.

« Plus vite ! »

Les antérieurs de son alezan grattent le sol loin devant. Ses oreilles sont pointées.

« Monsieur, attention ! Obstacle ! » lui lance un valet de chasse.

Engels n'avait pas vu l'énorme souche sous lui. Son cheval s'élance. Il serre les mollets contre les flancs de sa monture. Il rapproche les mains de l'encolure. Il sent le sang de l'alezan qui pulse, fruit de dizaines de croisements des plus grands haras d'Angleterre. Un cheval magnifique. Un pur-sang d'une rare noblesse.

Mary avait le cœur et les poumons fragiles. Il le savait pourtant. Son sang s'est gâté avec tout ce vin bu. Il aurait dû dire non, calmer cette débauche d'ivresse et de chahuts. Lui qui voulait la sauver. Lui qui voulait la tirer de cette vie de misère, épuisée par l'usine, achevée par leur vie, c'est à cause de lui qu'elle est morte.

La vitesse.

Le danger.

Oublier.

L'oublier.

Pourvu que le renard soit malin et qu'il l'entraîne au-delà des bois de Norton Priory, peut-être jusqu'à Chester et sa sinistre église Saint-Werburgh, aussi triste qu'un cercueil.

Le son du cor résonne.

Engels porte l'habit rouge de la chasse de sir Hugh Lupus Grovesnor, marquis de Westminster, lord du Cheshire, flanqué de ses deux comtes, Cholmondeley et Crewe. Il cale son galop dans celui du veneur, traversant la campagne dans un bruit tantôt sec, tantôt lourd, tantôt plat, tantôt lisse, tantôt sec, tantôt lourd ; et, soudain, se met à virer parce que le valet posté en contrebas recommence.

« Obstacle ! »

Cette fois, il s'agit d'un muret de vieilles pierres. Lors de la dernière chasse, il a provoqué deux chutes et la perte d'un cheval.

Engels tend les jambes, en suspension au-dessus de sa selle.

« Bien sauté, gentleman ! »

Sa monture est robuste. Au bout de quelques foulées, elle a repris son galop comme si de rien n'était.

Engels s'en veut encore. Il a profité de Mary, sans la moindre contrainte, sans promesse, sans engagement. Si son cœur a lâché, c'est qu'elle n'en pouvait plus de se frustrer de tout, de voyages, de mariage, d'enfant, de vie de famille, de sorties officielles, de promenades en ville, de n'être pas aussi belle que la femme du Maure, de n'être pas Johanna dont il prononçait le nom, parfois, le soir, en rêvant… Son cœur a cessé de battre. Elle est morte de lui autant que du travail à l'usine. Folle amoureuse.

La meute des chiens se fige au bout de la prairie.

Ses souvenirs cèdent la place à l'urgence du moment.

Engels tire sur ses rênes et met son cheval au trot. Il ressent l'excitation des foxhounds brun et blanc. Leurs queues tracent des virgules dans l'air, un brouillon d'apostrophes accompagnées de jappements. Ils ont vaincu leur proie.

Le renard s'est rendu, épuisé. Il se colle à une pierre. Il montre encore les crocs. Mais les chiens ne sont pas dupes. Ils tournent comme des fous autour de la bête prise. Ils aboient. Ils mordent l'air. La meute n'a qu'une envie : prendre ce renard en gueule, déchiqueter ses tendons, tous ses muscles et ses os.

L'hallali est sonné. Les hommes lancent des « Hurray ! » prononcés à l'ancienne, des « Hurray » de Westminster, de pairs du royaume ou de membres du Parlement.

Le trophée, assommé, est brandi par la queue. Sa langue pend sans vergogne, comme un long ruban rose. Ses petites pattes sont liées. Sa queue est toute gonflée. Sa fourrure finira en manchon ou en sortie-de-bal sur les épaules des dames.

C'est pour ça qu'il est là.

« Hurray ! »

Il sait faire.

« Hurray ! »

Les cris chassent les peines.

« Hurray ! »

Les cris repoussent la peur.

« Hurray ! »

Engels a appris cela très jeune, du temps de son enfance allemande, à Barmen, quand il passait des heures agenouillé au temple, coincé entre son père autoritaire et ses frères moqueurs, qui reprenaient en chœur des « Oh ! » d'effroi, des « Ah ! » d'indignation au gré des admonestations lancées par Krummacher. Du haut de sa chaire, l'affreux prédicateur moulinait ses menaces, vomissait ses diatribes contre celui qui ignore et refuse de se soumettre.

« Haro sur le malin ! Que Ta volonté soit faite, Seigneur ! »

Krummacher l'effrayait presque autant que son père. Il avait des yeux fous et la rage envenimait ses mots. Le dieu de cet homme-là était abominable. Il ne tolérait rien. Pas la moindre incartade, pas la plus petite once de doute. Pourtant, ce prédicateur drainait des foules soumises, des hordes de fidèles envoûtés par ses diatribes divines, ses orages en droite ligne des Cieux ruisselants d'apocalypses. On était avec lui ou contre lui. Il n'y avait pas de purgatoire, aucune place entre les deux. Son père le vénérait. Au temple de Barmen, Engels père l'obligeait à clamer comme tout le monde des « Amen » convaincus. Et si, pour son malheur, le poison du doute rendait ses « Amen » moins audibles, Engels était bon pour la trique ou le fouet. Enfermé à la cave. Battu comme un clébard.

« Dis-le ! Jure. Jure que tu l'aimes, ton Dieu ! »

Son père cognait fort, jusqu'à ce qu'il abdique et qu'il clame… – « Plus fort ! Plus fort ! » – qu'il n'avait pas de doute ! Juste avant de rendre l'âme plus sûrement qu'aucun ange.

« Amen ! »

« Hurray ! »

Son père avait raison. Il n'est qu'un bon à rien. Il n'a

même pas été foutu de sauver Mary, la femme qu'il aimait. Ils étaient seulement deux pour la porter en terre, lui et sa sœur, Lydia. Un enterrement laïque. À quoi bon prier Dieu. La vermine s'occuperait d'elle plus sûrement qu'aucun ange.

Le renard est jeté dans une carriole. La prise rejoint d'autres prises, en tas. Une douzaine. Des renards roux, des lièvres et une paire de faisans ramenés par les fusils. La chasse a été bonne et l'équipage s'en va le long des chemins de terre et des fermes aux volets clos, vers Eaton Hall, deux heures et demie plus loin. La pression est retombée. Les vestes rouges se couvrent de manteaux pour se protéger du froid.

Au prochain relais de chasse, sir Lupus délaissera sa monture pour une voiture fermée. C'est son droit. C'est le privilège d'un pair. Et puis, c'est lui le chef de la Cheshire Hunt.

Engels va lentement dans la foulée du comte de Crewe, un jeune homme ambitieux, dont la nuque très à pic ne préfigure rien de bon. Engels a lu d'étonnantes théories sur la forme des crânes. La nuque serait le siège des bons sentiments : de l'attachement, de la loyauté et de la bienveillance. Celle de Crewe tombe raide comme les côtes de Cornouailles. Il ne vaut rien qui vaille. On dit qu'il est ignare et incapable de tenir sa monture. Depuis le début de cette chasse, le comte a déjà cassé deux cravaches sur la croupe de son cheval.

Les paysans se découvrent sur son passage. Ce n'est pas l'homme qu'ils saluent, c'est son rang, sa dignité de comte et l'histoire qu'il trimbale.

Engels fait le calcul. Ils ont croisé dix fermes, trois pêcheurs, deux paysans à charrette, un groupe de femmes, des oies, des vaches. À chaque fois, le comte a été salué par un signe des hommes et les femmes ont pincé le bout de leur robe. Crewe, et l'autre aussi, le comte de Cholmondeley.

D'où vient cette déférence ? cette extase féodale ? Pour lui, c'est absurde, comme tout ce qui fait ce monde.

À l'entrée de Congleton, Crewe caracole, mais personne ne s'incline. Les passants baissent la tête et les enfants font demi-tour. Les fers des chevaux claquent sur le pavé des ruelles. Des paires d'yeux les scrutent à travers les volets.

C'est la ville.

Sur la place du centre, le marché vivote. Des chalands proposent encore quelques rubans de velours, du chocolat et des épices pour les fêtes de fin d'année. Sur une dizaine d'étals, des draps de gros coton sont empilés.

Engels est déjà venu. Il était là, cet été, avec Mary et Lydia. Ils ont fait quelques emplettes, acheté des rubans faits par les artisans. La place grouillait de monde. Les artisans de Congleton vendaient le produit de leur travail quand partout ailleurs, dans tout le Lancashire, la mécanique remplaçait les bras. Le savoir-faire des artisans devenait mode d'emploi, anonyme, mécanisé. Congleton résistait. Pas longtemps. Plus maintenant. Une usine se dresse à la sortie de la ville. Le comte de Crewe est un de ses actionnaires.

En remontant la rue qui traverse la ville, Engels lit sur les murs des tas de slogans hostiles.

« La grève, sans concession ! »

Congleton a changé.

« À bas les traîtres ! Tous unis ! »

L'usine a imposé ses règles et sa violence, aussi.

« Les artisans avec nous ! Tous ensemble ! »

Engels aime ces slogans, ces appels à l'union, la plus large possible. Il l'encourage chez lui, dans sa propre usine. Ses ouvrières sont syndiquées. Elles sont probablement parmi les mieux payées du Lancashire et elles travaillent seulement treize heures par jour.

« Ces maudits socialistes, marmonne un cavalier près de lui, ils voudraient tout brûler ! »

Engels se redresse sur sa selle. Il observe attentivement le cavalier près de lui. Il mémorise ses traits. Son nom lui est revenu. Il s'appelle Edward Plummer. Banquier, à Liverpool.

Les cavaliers remontent le long rectangle de brique et de grès que forme l'usine de Congleton. Sa façade est aveugle. Ses vantaux sont scellés. Sa longue cheminée abrite un couple de cigognes. À l'arrêt.

« Combien de temps encore faudra-t-il les subir ? » demande le comte de Crewe.

Engels tend l'oreille.

« Inacceptable ! répond un cavalier.

– Si cela continue, dit le comte, il faudra… »

Mais la fin de sa phrase est coupée par le fracas d'une vitre. Un corps passe au travers. C'est celui d'un homme défait, qui se désarticule en l'air dans une gigue absurde. Un tronc. Deux bras. Deux jambes qui toupillent et valdinguent selon une courbe en cloche, comme celles que suivent les chatons de ball-trap.

Des cris, de loin, résonnent. Des « Hip ! hip ! » vengeurs.

« Ça vient de là ! » dit le comte en désignant l'entrée.

Pendant qu'une partie de la troupe se rue vers la porte

principale, Engels tire sur ses rênes et cherche une autre issue. Il remonte le talus et fait le tour des briques rouges. Dans un creux au pied du mur, il devine une trappe. Il met pied à terre et s'en approche, lentement. Il voudrait que son cœur fasse moins de bruit. Il n'entend plus que ça, son palpitant qui cogne.

« Inspire ! » pense-t-il. Il tire de sa botte le couteau que possèdent les membres de la chasse. Il tourne sa lame d'un quart pour caler sa butée à la base de son pouce. Le dos collé aux briques, la main libre en avant, il distingue des crissements qui ressemblent à des pas.

Combien sont-ils ?

Il entend des murmures. Il est pris de vertige. Il regarde à droite, à gauche. Il n'y a personne pour l'épauler. Il s'avance vers la trappe. Les bruits se rapprochent. Il sent son pouls qui bat. Il cale sa lame sur sa poitrine jusqu'à ce qu'une ombre surgisse. Un homme sort, encore plus surpris que lui. Il sent l'odeur de la peur.

Engels est comme lui, pétrifié.

Un autre arrive derrière. Il tient un nerf de bœuf.

Le premier lève les poings pour se défendre.

Engels serre son couteau, mais le garde contre lui.

Le garçon ne comprend pas ce qui se passe. Il hésite. Comme Engels ne bouge pas, il lève le poing. Il va le frapper.

« Vas-y ! Frappe », dit Engels.

Le garçon ne comprend pas.

« Frappe et va-t'en, ordonne-t-il. Vite ! »

Engels ferme les yeux pour amortir le coup. Il cesse de respirer pour éviter de savoir, se ferme de l'intérieur, barricadé, comme du temps où son père lui faisait payer ses doutes. Son crâne vrille. Une eau noire comme l'encre s'écoule dans tout son corps et il tombe.

Allongé sur le côté, Engels distingue des touffes d'herbe devant ses yeux.

Combien de temps est-il resté sonné ?

La meute se rapproche.

Le piqueur tient ses chiens au bout de longues laisses. Engels se relève et secoue ses coudes crottés.

« Vous êtes blessé, monsieur ? Rien de grave ? s'inquiète le maître-chien.

– Je n'ai rien pu faire, ment-il.

– Avez-vous vu quelque chose, ou quelqu'un ?

– Un seul homme. Il n'est pas loin. Il est parti par là. »

Engels indique le sud et donne de l'agresseur une description farfelue. Pourvu qu'il soit loin.

« Mais j'en viens ! répond le piqueur. Ce n'est pas possible ! J'en reviens et mes chiens auraient senti quelque chose.

– Vous osez mettre ma parole en doute ! » lance Engels en cherchant son cheval.

Il se ravise. Les fuyards ont pris son bel alezan. Qu'importe. Engels achètera un autre cheval, un alezan du même haras, au prix fort, trois fois le prix. C'est de l'argent. Ce n'est que du vil argent. Il en a tant gagné.

11

Freddy retourne au parc. C'est la troisième fois cette semaine.

Pour s'y rendre, il a pris l'habitude de passer par la même rue. Une artère le long de laquelle s'alignent des dizaines de marchands d'instruments de musique, de violons, de flûtes et surtout de pianos. Toutes sortes de pianos. Râblés. Allongés. Bruns. Noirs. Laqués ou pas. Freddy s'arrête devant une vitrine. Au fond, derrière tous les pianos à vendre, un homme donne un cours de solfège. Freddy est intrigué par ses élèves. Deux silhouettes. Bien dignes, bien droites. Infiniment sérieuses, comme si elles devinaient qu'elles étaient observées, qu'une foule de badauds se tassait dans la rue pour les regarder faire. Les deux prennent des poses de virtuoses ou de reines. Elles ressemblent aux deux sœurs du pique-nique, avec leur long cou de cygne qu'elles font osciller.

Les sœurs de Tussy. Freddy se dresse sur la pointe des pieds. Il fouille toute la boutique. Il les entend qui jouent. Quelques notes lui parviennent. Et puis soudain une voix :

« Mais qu'est-ce que tu fais là ? »

Pris de court, il se retourne et découvre bonne-maman.

Elle est au bras d'un homme qui la laisse poursuivre seule. Elle traverse la rue vers lui. Elle parle bas. Elle sourit.

« Je fais mon tour, comme tu m'as dit. »

Elle passe sa main dans ses cheveux.

Son ami l'attend plus loin. Freddy a reconnu le « député-mais-chut », qui s'impatiente.

« À tout à l'heure, dit-elle. Je ne rentrerai pas trop tard. »

Elle lui dépose un baiser sur le front et s'en va.

Pendant que bonne-maman s'éloigne, une ombre compacte quitte le fond de la boutique et s'approche de la vitrine. Ce n'est pas le professeur de piano. Ce n'est pas la mère non plus. C'est un homme qui s'avance. Il est épais. Sa barbe et sa chevelure hirsute lui donnent des airs de sanglier noir. Il agrippe le rideau sur le côté de la vitrine. Freddy lit sur ses lèvres qu'il n'a rien à faire là.

« Décampe ! »

Il a cru lire « Décampe ! ».

Le rideau est tiré. La vitrine est aveugle. Freddy n'aperçoit plus que son propre reflet. C'est drôle, pense-t-il. Je lui ressemble un peu. Si j'avais de la barbe, je pourrais lui ressembler.

Freddy contourne le parc, fait des ronds dans l'eau. Il attend que l'heure tourne. Quand il repasse devant la boutique du marchand de pianos, le professeur de solfège n'est plus là. Il n'y a plus personne.

Freddy rentre chez lui.

La porte est ouverte et bonne-maman l'attend derrière.

« Pourquoi t'es essoufflé ? Tu ne t'es pas battu, au moins ? demande-t-elle.

– Je te jure que non. »

La pièce sent la sueur et le cigare. Une bouteille entamée est posée sur la table. Freddy compte deux verres.

Bonne-maman se recoiffe, debout devant la glace.

« Il t'a trouvé très beau ! » lance-t-elle.

Elle ramène en chignon ses dernières mèches humides. Elle porte un peignoir chair, brillant, qui moule ses hanches comme les peignoirs qu'il a vus plus haut, dans les boutiques pour dames des beaux quartiers de la ville. Ses seins remontent haut, pris dans un entrelacs de dentelles et de broderies.

Freddy se met à rougir. Ça lui arrive parfois, quand bonne-maman l'oublie. Le parfum, la nuque et ce peignoir qu'il déteste et qu'il aime, un peu confusément, selon les circonstances. Charlotte, sa bonne-maman, sa presque mère, l'agace avec ses coquetteries pour d'autres.

« Il est joli, n'est-ce pas ? »

Elle tourne sur elle-même, de trois quarts. Ses pupilles sont dilatées.

« Oui.

– C'est un cadeau. De la vraie soie sauvage. Et il coûte une fortune ! »

Elle se colle au miroir sans se soucier de Freddy ni du chat qui s'est glissé chez eux, ni de la table parsemée de restes froids. Le dîner n'est pas prêt. Elle parle. Elle se regarde. Elle se fait des sourires.

« C'est bien gentil, n'est-ce pas ?

– J'ai un peu faim, dit-il.

– Tu vois ces boutons ? Ils sont en nacre. C'est formidable, la nacre. On la ramasse en mer. C'est l'or des fonds marins. C'est rare. Lui, au moins, il ne s'est pas fichu de moi. Pas comme l'autre…

– Bonne-maman ! » coupe-t-il.

Il craint qu'elle ne se lance dans une comparaison de tous ses amis, passés et présents.

« Et puis regarde, il a acheté ça pour toi. »

Elle lui tend un paquet. Il contient une toupie de bois. Ses flancs sont rayés de bandes jaunes et bleues, qui forment un halo vert quand il la fait tourner sur les lattes du plancher.

« Il est gentil ! » dit-elle.

Freddy croise les doigts. Pourvu qu'il reste gentil. Il voudrait qu'un nom se fixe, qu'un nom chasse tous les autres. Il voudrait bien un père, quelqu'un pour lui montrer comment on devient un homme.

Bonne-maman est heureuse. Elle sourit, siffle et chantonne à longueur de journée. Elle porte un nouveau châle et une paire de bottines à hauts talons de bois. Elle passe ses journées avec des gants de cuir sur mesure comme les femmes de Whitehall. Elle sort un soir sur deux.

Freddy enchaîne les lancers, les détours par la rue des pianos, les coups d'œil, et dîne seul.

« Un jour, nous serons trois et je ne sortirai plus sans toi. Pardonne-moi, mon amour. »

Charlotte est déjà sortie quand le docteur Malte débarque. Il semble contrarié.

« Elle n'est pas là ?

– Elle va rentrer, répond-il. Ce soir, elle m'a promis de rentrer tôt. »

Le docteur Malte s'assied près du poêle. Il fait comme s'il était chez lui. Il a ses habitudes. Il se sert un verre de vin. Freddy tire le plaid sur le matelas de sa chambre et sent que le docteur l'observe. Il rassemble les bords du plaid. Il bastonne son oreiller pour gonfler les boules de coton. Malte se sert un autre verre. Freddy fait le tour de son lit. Sa chambre est prête. De retour au salon, Malte ne le quitte pas des yeux.

« Quelque chose ne va pas, docteur ?

– Vous êtes allés au parc, toi et Charlotte, récemment ? »

Freddy balaie la crasse qui traîne sur la table.

« Je vous avais prévenus, pourtant ! »

Il est sec. Cassant. C'est la première fois que Freddy l'entend parler sur ce ton. Ses sourcils forment un pli entre ses yeux. Sa bouche tire vers les coins.

« Je vous avais dit qu'il fallait être prudent. »

À bien y penser, Malte semble plus inquiet qu'en colère.

Freddy bredouille des promesses pleines de dénégations. Il s'embrouille, puis se ravise.

Comme le poêle brûle fort et que le temps devient long, Freddy va se coucher. Malte vide un autre verre et finit par s'assoupir lui aussi, les pieds sur une chaise et la tête en arrière.

Au milieu de la nuit, bien plus tard que promis, bonne-maman est de retour. Elle fait beaucoup de bruit et s'amuse de ce qu'elle renverse.

« Oups, rit-elle, ce que je peux être maladroite ! »

Freddy se lève pour l'embrasser.

« J'ai un peu bu », dit-elle.

Il l'aide à se défaire de sa veste et accroche son chapeau.

« Tiens, il est là, lui ! » dit-elle en apercevant le vieux docteur.

Malte s'éveille.

« Oh, mon ami, mon cher ami, dit-elle en le regardant à peine. Ce n'est pas le bon moment. Je n'ai même plus le temps, voyez-vous, de m'occuper de moi. »

Elle défait les épingles qui tenaient son chapeau. Elle dénoue son écharpe. Elle est en soie, comme sa robe.

Charlotte a bien changé. Elle est devenue coquette. Elle prend son temps. Elle prend soin d'elle. À force de se reluquer, elle s'est mise à se revendiquer.

Le docteur attrape son bras pour l'entraîner dehors.

Freddy l'entend qui parle. Il capte des bribes de phrases à propos du fameux parc. Il s'inquiète. Malte dit que quelqu'un les a vus. Il parle de danger. Pour lui autant que pour eux. Charlotte pleure. Elle jure qu'elle sera prudente. Elle évoque son nouvel ami. Elle dit que c'est du sérieux.

« Je ne peux pas partir ! Je veux pas quitter cette ville ! dit-elle. Pas maintenant ! C'est pas le moment ! »

Malte parle trop bas. Freddy ne distingue plus ses mots. Ils semblent se mettre d'accord.

Quand Charlotte rentre, elle est seule. Elle a séché ses larmes. Elle se mouche. Elle a perdu sa gaieté de tout à l'heure. Le docteur s'en est allé.

« Je t'interdis de retourner au parc. C'est bien compris ? » dit-elle.

Freddy promet ce qu'elle veut.

Pourtant, les jours suivants, quelque chose a changé.

Charlotte sort moins souvent. Elle est devenue terne. Ses jambes sont si fines qu'on dirait des brindilles.

« C'est Malte ? C'est à cause de lui ? demande Freddy.

– Non, non, mon petit. C'est autre chose, prétend-elle.

– Je ne vais plus au parc, tu sais. Jamais ! »

Elle sait.

Ses bottines s'usent vite. Le cuir au bout a perdu de son lustre. Comme son teint, d'ailleurs, malgré la belle saison.

Charlotte traîne tout le jour dans son ancien peignoir. Pas en soie. Pas seyant. Elle ne sort plus celui qu'on lui avait offert. Elle répète tout le temps qu'elle est très fatiguée, qu'elle doit se reposer. Parfois, elle demande si Freddy ne l'a pas vu.

« Qui ça ?

– Mon ami le député, précise-t-elle. Il n'est pas venu quand je dormais ?

– Non, bonne-maman. Je suis désolé. »

Charlotte s'est recluse, sans sa chemise, sans sa soie, sans un mot, sans ami pour la distraire.

Freddy jette la toupie. Souvent, il pense à elle, à Tussy, à la petite fille du parc.

« Bonne-maman ?

– Mmmh.

– C'est quoi être amoureux ? »

Charlotte hésite. Elle lève la tête et finit par répondre :

« C'est quand on s'est perdu.

– L'autre jour, j'ai cru que c'était elle.

– Qui ça ?

– Tussy, dans la rue des… »

Freddy retient la fin de sa phrase. Charlotte regarde dans le vide.

« Perdu ! » répète-t-elle.

Il lui apporte une tasse de thé chaud.

« On n'a plus rien à faire ici », dit-elle.

Freddy pose la tasse devant elle, avec un sucre.

« Faut qu'on s'en aille d'ici, reprend-elle. Cette ville, je la déteste. Et puis ces gens, ces hommes, ils ne savent faire que deux choses : promettre ou menacer. Les hommes sont plus mauvais les uns que les autres. Crois-moi. Même Malte, oui. Même ce vieux docteur Malte. »

Il regarde Charlotte qui repose la tasse.

« Aide-moi, Freddy. Aide-moi à ranger tout ça. »

Avant de partir, Charlotte a laissé un mot pour son ami le député.

« Au cas où », précise-t-elle.

Elle a griffonné quelques lignes. Elle s'est relue plusieurs fois. Elle a corrigé une phrase. Elle a laissé un nom de ville, Manchester. Et une adresse.

Freddy a plié ses affaires. Il enfile sa chemise et se retourne pour fermer la porte. Elle ferme mal. Il insiste.

« Laisse. Cela n'a pas d'importance », dit-elle.

Freddy a les mains moites. Il n'a jamais quitté cette ville.

12

Sur le cheval qu'on lui prête, Engels éprouve les muscles de sa mâchoire. Il l'étire. À droite. À gauche. Il a mal à la jointure du crâne.

Rien de bien grave.

Dans son dos, il sait que le chef de meute le scrute. Il lève le nez vers lui, comme font les chiens de sa meute, subodorant le mensonge.

Engels l'a vu faire. Il a lancé ses chiens dans tous les sens, et pas seulement dans la direction qu'il lui avait indiquée. Il a fouillé le sol pour chercher des traces de sabots. Il a poussé ses foxhounds vers les berges de la Dane. Engels aurait fait la même chose. C'est par là qu'il aurait fui à la place des agresseurs, vers la rivière, pour brouiller sa piste.

Le piqueur a passé une longue heure à exciter ses bêtes, traquant le moindre indice, la marque d'une semelle dans le sable, une branche brisée trop haute, un fil qui flotte… Il a remonté le courant, jusqu'à ce que ses chiens se mettent à tourner en rond. Ayant perdu leur trace, ils lapaient la surface pour étancher leur soif.

Sur le chemin du retour, on ne parle que du meurtre

du directeur de l'usine. Le comte est persuadé que ce sont des syndicalistes. Il y en a plein Congleton. Ils étaient artisans. Ils n'ont pas supporté de se voir relégués derrière des machines travaillant dix fois mieux, plus vite et moins cher qu'eux.

« Des syndicalistes ? Quelle sottise ! commentent des chasseurs à l'arrière. Ces syndicalistes sont comme nos chiens. Ils mordent, ils s'excitent quand ils sont en bande, mais jamais ils n'attaqueraient la main qui les nourrit. Moi je vous le dis. C'est un coup des Irlandais ! »

Le piqueur hoche la tête.

« Les Irlandais sont des brutes, ils sont capables de tout, dit-il. Ils peuvent briser une grève pour gagner quelques pièces. Ils peuvent aussi briser la nuque de celui qui voudrait y mettre fin.

– Ils ont tué ce pauvre homme, j'en suis sûr », dit un autre.

Les cavaliers se disputent. Tout est envisagé quand personne ne sait rien.

Engels laisse dire.

En retrait, sur le cheval qu'on lui a prêté, il se fait surprendre par un foxhound. Le chien s'est glissé sous son cheval. Engels tire sur ses rênes, serre ses étriers. Son cheval ne répond plus et fait des embardées de droite et de gauche, affolant le restant de la troupe. Soudain, il arme sa jambe arrière et administre au chien un coup de pied magistral qui le fait valdinguer, loin derrière, dans le fossé.

« Mon leader ! » lance le piqueur.

Engels remonte la troupe. Sans un mot. Sourire en coin. Il a fait taire le chien et son maître. C'est un joli coup double !

Ils approchent d'Eaton.

Les deux comtes passent les grilles du parc, longent le bassin et ses splendides jets d'eau jusqu'au palais de sir Lupus Grovesnor. Ils y passeront la nuit. Eaton abrite cinquante-cinq chambres et une salle de réception capable d'accueillir mille hommes et une reine. C'est l'un des plus beaux palais du royaume. Son fumoir est le lieu où se discutent les affaires du pays et même de tout l'Empire. Sir Lupus est influent. Avec les deux comtes et ses pairs, ils vont sûrement débattre de ce qui préoccupe la Couronne : l'Amérique, cette lointaine cousine. Les États-Unis d'Amérique se sont lancés dans une drôle de guerre, pour ou contre l'Union. Une sorte de guerre civile opposant le Nord et le Sud, comme les Modernes et les Anciens. La presse prétendait au début que cette guerre de Sécession n'était qu'un feu de paille. Cela fait deux ans qu'elle dure.

Engels n'en croit rien.

Il a vu les derniers chiffres. Les entrepôts sont encore bien remplis. Mais le prix du coton grimpe. Les États du Sud peinent déjà à fournir les tisserands et les filatures du Lancashire. Les planteurs américains se plaignent de manquer de bras. La guerre a perturbé leurs rendements. Beaucoup d'esclaves ont fui vers le Nord.

Ces lords d'Eaton se croient invulnérables. Les grèves, les assassinats, les menaces et cette guerre outre-Atlantique qui dure ne les alertent pas. Ils pensent que ce ne sont que des péripéties, des soubresauts de l'histoire. Ces aristocrates anglais sont si puissants, si haut perchés au sommet de leur Empire. Ils se croient invulnérables. Le fumoir d'Eaton est déjà un sanctuaire. Pourvu qu'il soit leur tombe.

« Monsieur Engels ? »

Un jour, se dit Engels, il n'y aura plus de grilles.

Un jour, il n'y aura plus de maîtres, il n'y aura plus de masques. Il n'y aura plus de pairs.

« Monsieur Engels ? »

Il n'y aura plus de propriété. Il n'y aura plus de lutte des classes puisqu'il n'y aura plus de classes. Et ces Lords, ceux d'Eaton, ne voient pas ce qui se trame. Ils ne se doutent de rien.

« Monsieur Engels… Nous sommes arrivés », répète le palefrenier.

Engels est le dernier en selle. Il est devant un box des écuries d'Eaton. Somptueuses. Parfaitement entretenues. Elles forment un palais dans le palais, une aile sur deux étages ponctuée de dizaines de box surmontés de rosiers et de fleurs hors de portée des chevaux.

Des valets dessellent les montures.

Engels met pied à terre. Ses talons sont pleins de boue. Le gravier s'incruste entre sa semelle et son talon. Il cherche son couteau pour détacher ces plaques et se souvient de Congleton, de la trappe et de l'herbe. Il a dû tomber là-bas.

Engels talonne le mur pour se désencombrer.

« Tenez, Monsieur, avec ça ce sera plus facile. »

Le piqueur lui tend un couteau.

« C'est bien le vôtre, n'est-ce pas ? »

Ses initiales F. E. sont gravées sur la lame.

« Je l'ai trouvé dans la Dane », dit-il d'un ton de suspicion plus poisseux que cette boue dont Engels se délivre.

Engels gratte sa semelle.

Le piqueur le renifle.

Il a sûrement deviné.

Engels est le cheval de Troie.

Un jour, avec son ami le Maure et tous leurs compagnons de l'Internationale, il fera tomber cette citadelle. Et il n'y aura plus de grilles. Non. Plus aucune.

13

Freddy suit bonne-maman. Avec leur grosse malle et leur matelas roulé, ils se fondent dans la foule de ceux que Londres chasse.

À la gare, ils s'entassent sur les bancs de bois vissés au plancher d'un wagon de train parlementaire, à un penny le mile. Leur compartiment de troisième classe est chargé de gens de l'East End, comme eux. Quelques Irlandais en font partie. Freddy remarque de nombreuses femmes seules, leurs paniers contre leur ventre et leurs épaules rentrées pour se protéger du froid. Le wagon n'a ni vitres ni cloisons, seulement un parapet qui leur arrive aux genoux. Des cordes verticales sont dressées de part et d'autre, comme des haubans de bateau. Sans doute servent-elles à prévenir les chutes.

Freddy n'avait jamais pris le train. Il a froid. Il a mal au cœur. Il est triste de quitter son parc interdit et ses galets et le souvenir de cette fille.

À la gare suivante, bonne-maman lui confirme que c'est là qu'ils vont vivre.

« Manchester, dix minutes d'arrêt ! »

Freddy soulève leur malle et la traîne entre les rangs,

parmi les coudes, les genoux, les cageots de poules et la paille dont le sol du wagon est recouvert.

Le quai est muet, presque vide.

Les autres passagers restent à leur place. Ils poursuivent leur voyage, vers le nord.

Un employé de la compagnie siffle le départ. Freddy éprouve un serrement de cœur.

« Pourquoi ne descendent-ils pas, comme nous ? Où vont-ils tous les autres ?

– Au terminus à Liverpool. »

Freddy saisit la poignée de la malle. Il aurait préféré suivre les autres jusqu'au bout. Manchester ne lui dit rien qui vaille avec ce long quai vide, gris, froid, et la dizaine de charrettes alignées le long. Vides elles aussi.

« Vous êtes tombés du train ? » lance un charretier, déclenchant l'hilarité des autres. Ils fument pour s'occuper.

Bonne-maman porte le matelas roulé.

« Avance. Dépêche-toi, ordonne-t-elle d'un coup de coude.

– Mais, bonne-maman, tu les entends ?

– Ne les écoute pas. Suis-moi. »

Freddy fait de son mieux. Il porte toutes leurs affaires dans cette grosse caisse en bois qui pèse plus lourd que lui.

Un omnibus les prend.

Ils longent des canaux, un ruisseau, des briques rouges et des maisons encore plus mal en point qu'à Londres.

Freddy avait vu juste.

Le quartier dans lequel ils descendent est plus sinistre que celui qu'ils ont quitté. Ses bicoques sont faites de simples planches de bois, de plaques de ferraille et d'amas de briques montées à la va-vite, coincées entre un ruisseau pestilentiel et des petits potagers autour desquels les gens se lamentent tous en celte. Ce n'est pas par hasard si ce quartier est surnommé la Petite Irlande.

Ils remontent un sentier.

« C'est là ! » dit-elle.

Leur logement est une maison sans numéro. Un simple mur de torchis renforcé de planches de bois mal taillées, mal équarries. Une truie impressionnante laboure de son groin la terre claire de l'entrée. Rien n'y pousse.

Freddy suit bonne-maman jusqu'au premier étage. Selon ses instructions, il cale la malle contre le mur, sous la fenêtre. Il dessangle le matelas et s'apprête à l'étendre sur le plancher humide.

« T'es sûre, bonne-maman ?

– Vas-y, je te dis. »

Leur prédécesseur leur a laissé une table, deux chaises, des draps et un peu de vaisselle.

Au rez-de-chaussée vit un couple sans enfant. Quand Charlotte leur demande où elle doit mettre ces meubles et couverts oubliés, ils répondent qu'elle peut bien garder tout ce qu'elle veut. Celui qui occupait le premier ne reviendra pas de sitôt. Il a pris le train l'autre jour.

« Il est parti pour Liverpool, dit la femme en se grattant les coudes.

– Pour aller où ? demande Charlotte.

– On ne sait pas bien. Il est parti, comme ça. On l'a vu à la gare. Il est monté dans le train et puis pffittt. Évaporé ! Y a pas assez de travail. Même pour nous autres, les demi-payes. »

Freddy range ses affaires. Du coin de l'œil, il surveille

Charlotte. Ses gestes sont ralentis. Elle souffle. Ses mélancolies la reprennent. Assise sur le matelas, elle gobe deux pilules. Il lui en reste un sac. Mais Londres est loin, maintenant. Si ça devait la reprendre, Freddy ne saurait pas comment faire. Le cabinet de Malte est à deux heures d'ici.

Toute la nuit, sur le matelas qu'ils partagent, il la sent qui se retourne. Elle se lève pour ouvrir la fenêtre. Elle se relève pour la refermer. Elle soupire et renifle.

« Tu dors ? demande-t-elle.

– Non. »

Freddy prétend que c'est l'odeur qui l'empêche de dormir, l'odeur d'humidité. Mais c'est elle qui l'inquiète. Elle semble tellement hors d'elle, ailleurs, comme éperdue.

Pour gagner de l'argent, Charlotte s'est mis en tête de refaire la nourrice. Mais son corps ne suit plus. Ses seins sont deux poches vides. Et quand une femme du coin lui confie son enfant, rien ne vient. Plus une goutte.

Le lait, c'est Freddy qui l'achète, au prix fort. Un bidon en fer-blanc coûte aussi cher que ce qu'elle perçoit pour garder un nourrisson.

« Je ne comprends pas, dit-elle. Il nous reste plus que ça ? Où est passé mon billet de cinq livres ? Je dois perdre la tête.

– Laisse moi faire, bonne-maman. Je vais trouver moins cher. »

Freddy n'ose pas lui dire le prix qu'il paye le lait. Il pense que c'est mieux ainsi, que faire la nourrice ça l'occupe, coûte que coûte. Chaque jour, il parcourt le quartier pour en dégoter à un meilleur prix. Il a peut-être trouvé. Un vieux bonhomme dispose d'un carré d'herbe vers Oxford Station. Il possède une vache laitière et quelques poules. Il est pingre. Freddy apprend à le prendre. Il attend que la journée soit passée pour que le vieux grippe-sou ait eu le temps de bien boire. L'alcool le rend moins âpre au gain.

Mais au bout de quelques semaines, Charlotte doit renoncer. Elle est trop vieille et trop usée pour faire la nourrice.

« Arrête de pleurer, bonne-maman. Je vais trouver autre chose.

– Je ne suis plus qu'une vieille même plus bonne à aimer. »

Freddy l'embrasse fort, comme pour se fondre en elle.

« Si seulement je pouvais prendre ta fatigue ! » dit-il.

Freddy fait tout ce qu'il peut. Il ramasse des bouts de ferraille pour un penny la caisse. Il aide l'éclusier à gratter ses panneaux de bois. L'eau glacée ne le rebute pas. Il peut tenir longtemps sans respirer sous l'eau, le temps d'arracher toutes les algues. Il fait parfois le commis pour l'épicier chinois, Leu Phong. Il se démène.

Charlotte n'a plus de pilules.

Un jour, les voisins du rez-de-chaussée proposent à Freddy un marché.

« Tu es dégourdi, dit la femme aux coudes pleins de croûtes.

– Je me débrouille.

– Si tu trouves un verrat pour notre truie, on te donnera un petit. Ça te va ? Un petit de la portée, contre un verrat vaillant. T'en feras ce que tu voudras. Tu pourras le vendre, l'élever ou le faire rôtir. C'est toujours ça de pris.

– Oui, c'est toujours ça de pris.

– Alors, tu es d'accord ?

– D'accord ! » répond-il.

Ce que Freddy ignore, c'est que cela fait des années que ses voisins engraissent leur grosse truie à perte. Elle est très gourmande et surtout taciturne.

« Elle fait des manières », concède le mari.

Freddy lui présente une ribambelle de porcs. Un cul noir du Hampshire, qui ne la renifle même pas. Puis un pied blanc du Berkshire, une belle bête que le garçon a dégotée tout au bout du quartier, près de la Bourse du commerce.

Le couple le voit venir. Freddy approche le pied blanc de la truie, mais celle-ci baisse le cul. Elle se refuse.

Quelques jours plus tard, Freddy prétend qu'il tient enfin le fameux reproducteur. Un tamworth à poil roux. Échec. Puis un grand blanc du Yorkshire. Sans résultat. La truie fait des manières et s'obstine face aux mâles.

« Je te l'avais bien dit », lui rappelle le mari.

Charlotte suit ce manège. Elle voit son cher Freddy gratter le jour des écluses et tous les soirs revenir avec un nouveau mâle pour cette maudite truie, qu'ils surnomment « la grande dame ».

« Elle est peut-être trop vieille.

– Attends un peu, bonne-maman. Je vais y arriver, dit-il. Tu vas voir. »

Un soir, Freddy débarque avec un vieux porc tout tremblant. Un piétrain à taches beiges qui se traîne d'un pas de sénateur jusqu'à l'enclos de la belle au groin pas si charmant. C'est le cinquième du mois. Les gens du rez-de-chaussée décrètent qu'avec une telle approche, le bougre a peut-être ses chances.

Le pétrain roule des épaules, dodeline du groin et impose le silence aux curieux rassemblés.

La grande dame lève un peu les oreilles sans toutefois bouger le reste. Freddy a rejoint bonne-maman. Ils sont à la fenêtre. Freddy lui serre la main.

Le verrat la renifle.

La truie lève la queue.

« Ça commence bien », dit Charlotte.

Le verrat fait le tour d'elle et s'aligne. Il prend tout son temps, comme s'il fallait que tout le monde contemple la saillie qui va venir.

Freddy ouvre de grands yeux. Le vieux verrat donne une grande impulsion.

« Ohhhh ! » font les badauds.

Le piétrain se dresse et glisse.

« Nooooon ! »

Il retombe sur le dos.

« Qu'est-ce qui se passe ? »

Le vieux verrat est mort. Foudroyé par un arrêt du cœur. *Rigor mortis*.

À la fenêtre, bonne-maman peine à retenir son rire.

« Oh non, la pauvre bête. Il y était presque, dit-elle.

– Mais pourquoi ? demande Freddy, dépité.

– Oh, mon Freddy. Tous ces efforts !

– Je ne comprends pas, bonne-maman. Il est mort ? Vraiment ?

– Oui, oui, bel et bien mort, dit-elle en le cajolant de son mieux.

– C'est pas de ma faute, hein ? C'est pas de ma faute s'il est mort ?

– Mais non, mon grand. Tu n'y es pour rien, voyons. C'est cette truie qui l'a tué.

– Elle lui a brisé le cœur, c'est ça ?

– Oui, oui, rit-elle. Brisé net ! »

Pendant que les propriétaires du mâle mort réclament quelques dédommagements, Freddy referme la fenêtre. Le moment est venu de se faire oublier. Ils se retrouvent elle et lui. Il a aimé son rire. Il en voudrait d'autres. Ils sont si rares, ses rires. Cela faisait si longtemps.

« Bonne-maman, je ne veux plus que t'aies le cœur brisé. Je ne veux pas que tu dérives. »

Pendant que les propriétaires du verrat pestent encore, Freddy lui annonce qu'il a fait une rencontre.

« Comment ça ?

– En suivant une charrette. Ici, tous les chariots transportent la même chose : du coton. Des ballots de brut. Des tissus. Il n'y a que cela ici.

– Et alors ?

– J'ai suivi le plus chargé.

– Bien vu, Freddy.

– J'ai traversé la ville, remonté un cours d'eau, et je l'ai vu quand on l'a déchargé. J'ai vu celui qui l'avait acheté. Il s'appelle M. Saltz. Il est teinturier. On dit que c'est le meilleur.

– Un Irlandais ?

– Non. Un Anglais. Son atelier se trouve aux confins de la ville. C'est très grand, Manchester. Il cherche un apprenti, quelqu'un de débrouillard.

– Comme toi ! s'écrie-t-elle en retrouvant ce début de sourire qu'elle avait à la fenêtre.

– Il a dit que si j'étais sérieux, il pourrait me verser un demi-shilling par semaine !

– Un demi-shilling ! Tu vas être son apprenti ? »

Freddy ne mange pas tous les jours à sa faim, loin de là. Pourtant, ses épaules sont solides pour un petit gars de son âge. Charlotte dit qu'il est brave. Surtout très volontaire. Mais Saltz avait prévenu. Les affaires sont mauvaises. Pas sûr que cela tienne.

Freddy veut y croire. Il se moque des affaires. Il travaille à l'atelier et ne compte pas ses heures. Il remplit des cuves de toile. Il trie les pains d'indigo, par origine. Il passe de longues heures à plier des toiles en quatre, puis en seize. Il travaille la teinture bleue : bleu de Saxe, bleu d'enfer, bleu turquin, bleu maya, bleu naissant, bleu mourant, bleu bondi, bleu cobalt, bleu roi, de Berlin ou de France, bleu paon, le bleu céleste des pharaons, le bleu de chauffe des serfs de l'An mille, le bleu guède des négociants d'Amiens qui fit tourner la tête au roi Louis IX, le Très-Pieux, au point que ce dernier abandonna la pourpre pour le bleu roi de guède.

Au bout de quelques jours, Freddy connaît une cinquantaine de mots pour décrire les nuances de bleu. Il est attentif. Il apprend vite. Il est le premier sur place et le dernier parti. Il sait que chaque teinte varie selon le temps du bain, selon la qualité du colorant et même selon le tissage. Certains teinturiers versent de la chaux dans leur bain. D'autres y ajoutent un peu de carbonate de soude. En Chine les artisans saupoudrent leurs cuves d'un peu de cendre de bois.

« Mais le problème aujourd'hui, c'est la toile », répète Saltz.

Il est très exigeant. Quand il reçoit une toile, il l'étale et passe la main dessus, d'avant en arrière, dans le sens de la trame. Il tripote les bords pour éprouver ses fibres. Ses doigts savent repérer la moindre imperfection. Le coton qu'il préfère, c'est le texan. Il est plus dense, plus mordant que ceux qui viennent de Caroline ou de Virginie.

« Il n'y a rien de mieux que le coton texan. Mais avec la guerre là-bas, les planteurs sont à la peine. Les propriétaires sont au front, les plants pourrissent sur pied et quand un lot est prêt, il reste bloqué au port, à La Nouvelle-Orléans, en Louisiane. La marine du Nord s'est postée au large. Les Yankees appellent ça le blocus. Des dizaines de navires bloquent les exportations de coton. Alors moi, j'ai pas le choix, je dois prendre ce qu'on me donne. Y a encore des stocks qui viennent de Virginie ou de Caroline. Il est moins bon. Il me bouffe plus d'indigo, c'est sûr, mais faut bien ça pour tenir.

– Il n'y en a pas d'autres ?

– Si. De l'indien ou de l'égyptien, mais il a moins de moelle, moins de colonne vertébrale. Il me suce tout mon bleu. C'est pas rentable. »

Freddy ne fait pas encore la différence. Son apprentissage commence à peine.

« Touche cette matière, ce tissage, cette rugosité naturelle. C'est ça, le coton texan ! »

Freddy se laisse guider. Il mime les gestes de Saltz.

« C'est ce coton-là qui a fait de nous le plus grand pays du monde. Et moi, je lui donne la plus belle des couleurs. »

Freddy aime bien quand Saltz dit des choses comme ça. Ça nourrit plein d'espoirs. Un jour, il pourrait passer maître. Et faire du bleu comme lui, et se faire un nom, et une réputation.

À la fin de la journée, Saltz le retient.

« T'es un bon teinturier, Freddy.

– Merci, maître.

– Tu aimes ce métier ?

– Oui, maître.

– Tu veux que je t'apprenne quelque chose ?

– Oui, bien sûr.

– Alors, bois ça, dit-il en lui tendant une pinte de bière.

– Et après ? » demande Freddy. C'est la première fois qu'il boit de l'alcool.

« Pisse.

– Pour quoi faire ?

– Pour fixer le colorant.

– Oui, mais où faut-il que je pisse ?

– Je vais te montrer », dit Saltz en se pointant devant la première des seize cuves.

Il tombe son pantalon et pisse, pour l'exemple.

« Il faut ça. Mais pas n'importe quand. Les soirs de pleine lune. Je sais, ça fait un peu sorcier, mais je t'assure que ça, tu vois, c'est bien le seul truc qui vaille. Une fois par mois, tu pisses. Et je t'avouerai que tout seul, il faut se les faire, les seize. »

Freddy comprime sa vessie.

« Voilà un des secrets du plus beau bleu du monde. Et me demande pas pourquoi. J'en sais rien. Je sais juste que c'est vrai. C'est vrai depuis que mon père fait ça. Et mon grand-père aussi. »

Freddy se déboutonne devant les cuves de tête, celles du premier rang. Toute la nuit, il va boire et pisser et parler avec Saltz.

Freddy aimerait lui ressembler.

Il aimerait tant avoir un père comme lui, un père qui lui apprendrait des secrets. Saltz n'a ni femme ni enfant. Si Charlotte se reprenait, il pourrait la lui présenter.

14

À la sortie de la gare, la voiture d'Engels l'attend.

« Monsieur, votre associé vous demande. M. Ermen est au Stock Exchange. Il m'a chargé de vous dire que c'était urgent.

– Vous savez pourquoi ?

– Les nouvelles d'Amérique, Monsieur. Paraît qu'elles sont pas bonnes. »

Engels fouille sa voiture. D'ordinaire, son chauffeur laisse toujours un exemplaire du journal sur la banquette arrière.

« Vous n'avez pas le *Manchester Guardian* ? »

Le cocher marmonne une vague excuse et s'apprête à se lancer, mais Engels le retient.

« Un instant ! »

À la sortie de gare, il y a toujours des vendeurs à la criée. Des enfants, pas plus hauts que trois pommes, qui se promènent avec d'énormes piles de journaux.

« Non, rien, grogne Engels. Allons-y ! »

Le Stock Exchange est l'un des plus beaux bâtiments de Manchester. Un édifice immense construit sur le modèle des temples antiques, avec de hautes colonnes et un fronton sculpté. Ses pierres sont encore claires. Ses fondations remontent au début du siècle. Quand on l'a érigé, le chemin de fer occupait les esprits. Mais depuis quelques années, c'est le coton qui prime. Il est la grande affaire qui occupe les négociants de la ville.

La voiture d'Engels s'arrête devant l'entrée. Il cale son haut-de-forme. Devant les grilles, les deux gardiens s'inclinent. Ici, tout le monde connaît M. Engels.

Le Stock Exchange est en effervescence. Engels n'aime pas ça. Il passe l'escalier, franchit l'immense porte et s'engouffre dans le hall. Il est si haut qu'il pourrait abriter un train entier, dressé comme une colonne.

Les courtiers sont inquiets, agités comme jamais. Ils brandissent leurs carnets. Ils crient dans le brouhaha.

Le hall est mal conçu. Il est carré, couvert de marbre blanc et rose qui casse en mille échos les ordres qui y sont lancés. Engels joue des coudes pour se frayer un passage. Il s'enfonce vers le fond. C'est là que se trouve le tableau des cours. L'huissier chargé de prendre note fait le va-et-vient sur la coursive. Rien ne va plus. Il note et efface aussitôt. Engels retient un chiffre. Le cours du coton s'est emballé :

80 cents la livre.

L'huissier efface.

86 cents.

Jamais le cours du coton n'a atteint un tel taux. Il y a un mois, il valait trois fois moins. À peine 30 cents la livre.

Engels cherche Ermen. D'ordinaire, il est là, sous le tableau des cours.

L'huissier trace d'autres chiffres à la craie. Le coton vient de repasser sous la barre des 75 cents.

Engels sent que quelqu'un le presse. Un ventre se colle à son dos.

« C'est une catastrophe », commente Peter Ermen.

Engels déploie le journal qu'on lui tend. Un titre barre la une du *Manchester Guardian* :

« LE GÉNÉRAL NORDISTE T. SHERMAN ADOPTE
LA STRATÉGIE DE LA TERRE BRÛLÉE »

L'article inventorie les dernières victoires du général Sherman : Eatonton, Milledgeville, Louisville, Waynesboro, Millen. Il compare le chef yankee à un barbare détruisant tout sur son passage, non seulement ses ennemis, mais aussi les routes, les voies ferrées, les propriétés privées et surtout les champs de coton, les entrepôts et les stocks. Après la chute d'Atlanta, c'est tout le Sud cotonnier que les soldats de Sherman sont en train de mettre à sac.

Le sous-titre du *Guardian* reprend une phrase du télégramme que le général américain vient d'adresser à son Président, Abraham Lincoln :

« Je me permets de vous offrir pour Noël la ville de Savannah, avec cent cinquante canons et une grande quantité de munitions, ainsi que quelque vingt-cinq mille balles de coton. »

Engels fait le calcul. Que représentent vingt-cinq mille balles de coton à l'échelle des usines de Manchester ? Pas grand-chose. À peine un mois de production. Mais, ajouté à tous les champs que Sherman a brûlés avant, au port de La Nouvelle-Orléans dont plus rien ne sort, c'est une vraie catastrophe. Son résultat s'affiche plus haut, à la craie sur fond noir, sur le tableau des cours.

Ermen sue et pue. Il a peur comme les autres. Il craint de tout perdre.

C'est de l'argent qui brûle.

Le cours passe à 85 cents !

« Maudits Yankees. Qu'ils la gagnent, cette putain de guerre. Mais sans toucher aux champs », lance quelqu'un.

Il n'y a plus de bonne cause.

Il n'y a plus de camp des braves, pour l'Union, pour l'abolition de l'esclavage.

C'est le coton qui prime. Ce sont les stocks qu'il faut refaire pour fournir les usines.

Le cœur battant de l'Empire.

Sans coton, tout s'arrête.

« Maudits Yankees. »

« Sherman est devenu fou ! Lincoln nous a trahis ! »

L'huissier repasse devant le tableau et efface le dernier cours.

Des centaines de négociants sont pendus à cette craie.

90.

« Que fait-on ? » demande Ermen.

Depuis qu'il est passé associé, Ermen l'estime. Engels est calme, rassurant. Il a surtout hâte de quitter cette foule. Peter Ermen s'accroche à lui.

« Vous avez une idée ?

– Je connais bien quelqu'un…, répond laconiquement Engels. À Liverpool. »

Le visage de Peter Ermen perd deux teintes de couperose. Son ventre se relâche et tire encore plus sur les boutons qui l'ornent. Engels ne sait rien de cet homme. À qui est-il marié ? Comment une femme peut supporter une telle masse de graisse et de sottise ? Cela fait plus de quinze ans qu'il travaille avec lui, mais il ignore tout de lui.

« Je compte sur vous », dit Ermen.

Engels lève les yeux vers le tableau des cours, mordille l'intérieur de ses joues, inspire, réfléchit, puis s'échappe, loin du vacarme du Stock Exchange.

Il est à peine quatre heures et déjà le jour se décline en rubans roux et ocre sur les toits de la ville. Le ciel est dégagé. Il s'est débarrassé des fumées des usines. On respire un peu mieux que la veille, et moins bien que demain. Cette crise a du bon. Elle dégage l'horizon.

« Pourvu que ça dure, pense-t-il. Pourvu que Sherman brûle et pille. »

À Ardwick, dans sa maison cossue des faubourgs de Manchester, Lydia a préparé le repas. Malgré le deuil qu'elle porte, elle s'est donné du mal pour recevoir ses hôtes.

Le Maure et sa famille vont venir. Lydia se moque bien du Maure et de ses problèmes d'argent, lui qui n'a jamais rien fait pour gagner un seul shilling. Elle n'aime pas plus sa femme, Johanna, et ses grands airs. Elle fait cela pour leurs filles. Surtout pour la dernière, Tussy, avec laquelle elle correspond. Elles se sont vues quelquefois.

La cuisine d'Ardwick est remplie d'exhalaisons piquantes, à base d'échalotes et de vin que Lydia a fait bouillir. Elle a préparé un rôti à sa façon. Une recette de famille. Irlandaise. Pendant que le plat chauffe, elle hache des filaments de safran qu'elle roule sous ses doigts pour n'en garder que l'essence.

Engels se tient derrière, humant tout ce qu'il peut et salivant d'avance.

Du beurre fond dans un bol, au-dessus d'une bougie. Lydia le saupoudre d'épice et sa cuillère de bois transforme le cuivre en or.

À la fenêtre, une ombre passe. Le Maure a des cheveux hérissés comme ceux d'un fou furieux. Il tape au carreau de la cuisine. Sa femme Johanna le suit de près. Elle porte un chapeau de feutre et un col en zibeline. Sa bouche décoche à Engels un sourire invincible. Lydia touille sa sauce.

Leurs filles suivent. Les deux aînées, Jennychen et Laura, ont les cheveux longs, finement bouclés d'anglaises. Tussy cache les siens dans un chapeau menu.

Du bout de sa cuillère, Lydia leur indique l'entrée de derrière, côté jardin.

« Je suis tellement heureuse », dit-elle en enlevant son tablier.

Engels enlace le Maure plus longtemps qu'à l'usage. Cela fait trois mois qu'ils ne se sont pas vus. Le Maure était occupé avec sa nouvelle maison de Londres. Il a fallu tout refaire. Ses filles partagent une chambre. Le Maure et sa femme ont la leur. Le salon est assez grand pour abriter un bureau. Ils sont bien mieux qu'avant. Mieux lotis. Engels le sait bien. C'est lui qui paye tout.

Engels attend un mot concernant la mort de Mary. Mais rien ne vient. Rien n'est venu non plus lorsqu'il lui a annoncé, l'autre jour, par courrier. C'est sans doute par pudeur que son ami ne dit rien.

La table que Lydia leur réserve est un heureux spectacle. Elle est dressée sur une nappe impeccable, tout en déclinaisons d'assiettes en émail et de couverts argentés, pour la soupe, pour le plat, pour le pain. Sous le chandelier planté de bougies neuves, chacun dispose de son jeu de salière et de poivrière en porcelaine sculptées d'une Ève et d'un Adam.

Les filles du Maure font le tour de la table, plusieurs fois. Elles forment une farandole joyeuse et s'amusent à compter les verres et les bougies :

« Vingt et un, vingt-deux, vingt-trois.

– Arrêtez ce jeu stupide », tranche leur mère.

Les filles rougissent et se perdent en excuses.

Lydia, surprise par la réaction de Johanna, s'approche d'elles pour les rassurer.

« Je fais le repas et après je vous montrerai vos chambres, dit-elle.

– Nos chambres ?

– Je suis sûre qu'elles vont vous plaire. Et puis, il fallait bien remplir cette grande maison.

– Merci, Lydia », répondent-elles à voix basse, comme pour échapper à leur mère.

Pendant que Lydia discute avec les filles dans la cuisine, Johanna est au salon. Elle défait une à une les épingles de son chapeau. Engels la regarde faire, sous le charme. Elle est si belle. Il lui arrive encore de rêver d'elle certains soirs.

Pour honorer ses hôtes, Engels a acheté du caviar qu'il leur sert à la cuillère. C'est le plat préféré du Maure. Le caviar et la viande. Il alterne, l'un, puis l'autre. La pêche et le filet. L'échalote et le citron. Prenant soin à chaque fois d'accompagner le tout d'un très bon vin d'Auxerre. À la deuxième bouteille, Engels lui demande où il en est de son livre.

Pour les trois filles du Maure, c'est le signal. Le moment est venu de les laisser entre adultes. Elles vont pouvoir découvrir leurs nouvelles chambres.

Le Maure finit sa bouchée et répond que ses furoncles lui laissent un peu de répit.

« Je peux travailler. J'avance bien.

– Combien de chapitres ? demande Engels.

– Trois pour l'instant.

– C'est bien.

– Si je garde ce rythme, je pourrai te faire passer l'ensemble d'ici trois à quatre mois.

– Si vite ? »

Cela fait des années qu'il répète la même chose. Mais Engels n'est pas pressé. Il sait que ce livre sera important pour lui et pour la cause qu'ils défendent.

« J'avance rapidement. Rien ne vient me perturber.

– Tant mieux. Tu penses à un titre ?

– *Le Capital* !

– Intéressant. Tu peux me lire quelque chose ? »

Le Maure fouille dans sa sacoche et sort quelques feuillets.

Adossé à la cheminée, deux doigts coincés dans la poche de son gilet tendu, il se lance :

« L'argent est cette matière absurde, métal ou papier

couvert d'encre, qui transforme le valet en maître, le maître en valet, le crétinisme en intelligence et l'intelligence en crétinisme. Il a la qualité de pouvoir tout acheter, prendre, jeter, faire croire et puis faire taire. Il est ce métal vil capable de tout corrompre, de la pensée à l'acte. Il est ce qui rend le noir blanc ; le laid, beau ; l'injuste, juste ; l'ignoble, noble ; le vieux, jeune ; et le lâche, vaillant.

– Tu cites Shakespeare ! remarque Engels.

– Oui, répond Johanna. C'est dans *Timon d'Athènes*. Karl aime Shakespeare, tu le sais. Depuis longtemps. Mais il peut faire mieux encore. Si seulement il m'écoutait, nous n'en serions pas là. »

Engels s'apprête à lui répondre, mais le Maure l'arrête d'un geste de la main.

« Elle a raison, dit-il. Je bute toujours sur ce chapitre. J'ai du mal à le finir. Je cherche la bonne formule. L'argent est la confusion et la permutation de toutes les valeurs qui font le monde.

– Voilà », dit-elle.

Il s'est tourné vers elle. C'est pour sa femme qu'il poursuit. Engels est hors jeu.

« L'argent est le monde à l'envers et son miroir rend fous ceux qui le désirent, parce qu'il n'a pas de fin. Il est la soif de tout. »

Pendant qu'il lit, sa femme, de son index, désigne la vaisselle à Lydia. C'est d'un mépris souverain. Lydia se lève et débarrasse la table.

« L'argent peut tout et réduit tout. Il brise les roches et dessèche les rivières. Il dresse de grandes lignes de fer et relie les antipodes du monde. Il est ce panache de fumée qui traverse les océans et rend l'inaccessible accessible, le bout du monde à portée de main. »

Engels a écouté. Il se dit que ce livre va tenir ses promesses. Johanna est sévère. Mais c'est l'actualité qui préoccupe Engels :

« Tu dis que le bout du monde est à portée de main. C'est tellement vrai ! Est-ce que tu as suivi ce qui s'est passé à la Bourse ?

– La flambée des cours, répond-il.

– Une crise s'annonce, dit Engels. Elle a commencé avec cette guerre à l'autre bout du monde et elle pourrait bien frapper l'économie de l'Empire.

– Je suis au courant. J'ai lu le journal en arrivant. Leur général Sherman se prend pour Attila…

– C'est peut-être le moment ! Celui que nous attendions toi et moi », dit Engels.

Le Maure s'empare de la bouteille et se verse un grand verre de vin rouge.

« L'Empire est solide. Il ne va pas sombrer pour des ballots de coton.

– Détrompe-toi. Il est fragilisé. Et ça ira de mal en pis. C'est une vraie crise, tu sais. Profonde. Structurelle. Il suffit d'une chiquenaude, pour que tout s'effondre.

– Je ne sais pas », répond le Maure en s'essuyant les lèvres. La peau de son ventre est tendue. Il a trop mangé. Il ne s'est pas retenu. Il en est incapable. Il a fallu qu'il dévore, tout, très vite. Comme s'il s'agissait du dernier repas de sa vie.

« L'Internationale est encore fragile. »

Johanna acquiesce en silence.

« Karl, c'est toi qui l'as écrit. Sans ses moyens de production, tout le système capitaliste s'effondrerait d'un coup. Le moment est venu. La matière première va manquer. Les usines fonctionnent au ralenti. Elles pourraient s'arrêter si ça continue. J'en sais quelque chose. Des dizaines de milliers d'ouvriers du Lancashire se retrouveront bientôt sans rien. À nous de jouer. Il faut nous unir avec les autres mouvements ouvriers. Ensemble, nous serons plus forts. Et nous pourrions donner le coup final à ce maudit Empire.

– Il est trop tôt, objecte le Maure, ravalant un renvoi. Nous ne sommes pas assez nombreux. À peine quelques centaines. Notre Internationale est faite de têtes brûlées. Nous serions balayés en quelques jours.

– Si ce n'est pas nous, d'autres le feront, dit Engels en baissant la voix.

– Ah, vraiment ? Et qui cela ?

– À Congleton, l'autre jour, des hommes sont passés à l'acte. Ça s'est passé devant moi. Il y a eu un mort. Le directeur.

– Je sais. Un acte sans lendemain. Quelques pauvres types en colère ne font pas une révolution. Crois-moi. Je reçois tous les jours des émissaires du Lancashire.

– Que faire ? demande Engels.

– Il faut que je voie avec les autres, ces crétins de chartistes, les syndicalistes du Lancashire : Swingkhurst, Mowley et d'autres.

– Et moi ?

– Toi, Engels ? Tu finances ! Débrouille-toi pour trouver de l'argent. Il faudra plus d'argent. Beaucoup plus.

– C'est ce que je fais, mais cette crise risque de nous coûter cher, à l'usine.

– J'ai besoin de toi ! Nous avons besoin de toi !

– Il est tard, tranche Johanna. Allons nous coucher, voulez-vous ? »

Ils regagnent leurs chambres. Engels retrouve Lydia. Elle ne dort pas. Elle n'a pas dit un mot pendant tout le dîner. Elle rumine ses reproches.

« Je n'aime pas cette femme. Elle me prend pour sa bonne, dit-elle.

– Elle est particulière. Mais ce n'est pas contre toi. Elle est glaciale avec toutes les femmes.

– Odieuse, oui.

– Elle est dure. Avec ses propres filles aussi.

– J'ai vu cela. Elle ne leur a pas parlé de la soirée. Et dès que l'une d'elles se permettait de prendre la parole, elle haussait les épaules et roulait les yeux au ciel, comme si elles ne disaient que des sottises.

– Avec toutes les femmes, je te dis.

– Mais qu'est-ce qu'elle leur reproche ?

– Je ne sais. Ce n'est pas bien clair. On dirait qu'elle leur en veut. Je crois qu'elle rêvait d'avoir un fils.

– Elle en a eu deux.

– Oui. Ils sont morts. Tuberculose.

– Mais ses filles n'y sont pour rien.

– Je sais bien.

– Et moi non plus je n'y suis pour rien.

– Je suis désolé, Lydia.

– Ils vivent à vos crochets et ils se payent de mots. Je n'aime pas ces manières. »

Engels souffle sa lampe de chevet.

Plus tard, après quelques silences et des froissements de draps gênés, Lydia finit par lui avouer qu'elle a autre chose sur le cœur. Elle attendait un mot, pour elle, pour lui, pour la mort de Mary, un mot de condoléances, juste une phrase ou un geste. Un peu de compassion.

Engels aussi.

15

Freddy pensait que Saltz était au-dessus des autres, qu'il avait le pouvoir de traverser cette crise qui gelait les commandes. Il était persuadé que Saltz pouvait faire fi de la réalité, l'infléchir dans son sens. Freddy y croyait dur comme fer, surtout depuis que deux nouveaux clients, deux braves Américains représentés par leur chargé d'affaires, lui avaient fait miroiter un contrat conséquent. Ils prétendaient disposer de mille pièces de sergé de coton stockées à Liverpool et avaient émis le souhait que Saltz les teigne de son bleu le plus pur.

Les autres teinturiers, qui venaient de fermer ou s'apprêtaient à le faire, n'en croyaient pas leurs yeux. Saltz leur avait montré la commande, bien écrite, tamponnée, avec des signatures et des références au bas.

« Ah oui ! C'est pourtant vrai », avait lâché Constant, un de ses concurrents.

Saltz avait présenté la commande au banquier, M. Plummer fut surpris qu'on veuille encore faire un tel deal.

« Pourquoi ces New-Yorkais confieraient-ils mille toiles

à un teinturier anglais pour les revendre ensuite, là-bas, en Amérique ?

– Cent toiles, rectifia Saltz. D'abord, une commande de cent toiles, puis neuf autres si tout va bien.

– C'est bien cela. Mille en tout. Mais la question, c'est pourquoi vous ? demanda le banquier, échaudé par le récent krach boursier.

– Je n'en sais rien, répondit Saltz. Peut-être qu'ils aiment mon travail. »

Les deux commerçants de New York, MM. David et Strauss, firent passer une nouvelle lettre au banquier, précisant que M. Saltz était, à leurs yeux, « le meilleur », que « nulle part en Amérique on ne savait faire un bleu pareil, aussi profond et surtout aussi résistant que le sien ».

Le banquier de Liverpool lui accorda trois semaines et une ligne de crédit. Plummer était prudent. Il avait déjà perdu assez d'argent comme ça.

Saltz reçut son premier lot. Cent toiles. Il était soulagé, non seulement parce qu'elles arrivaient au moment opportun, mais aussi parce qu'elles étaient faites d'un coton de qualité, un sergé bien épais, très densément tissé, susceptible d'absorber, sans les engloutir, ses derniers pains d'indigo.

Saltz et Freddy ne perdirent pas de temps. La sueur efface les doutes, et qu'importe si tout autour les artisans, les ouvriers, les négociants et un banquier frileux les prenaient pour des fous.

La presse avait trouvé un nom pour désigner cette crise : « Cotton Panic », la panique du coton.

La seule à ne pas lire la presse ni à écouter les autres, c'était Charlotte.

« Tu es grand. Et ce Saltz est un saint homme. Donne-toi tout le mal qu'il faut.

– Oui. Et quand cette commande sera honorée, je te le présenterai.

– Si tu veux, mon chéri. »

Saltz et Freddy passaient toutes les heures que comptait le jour, et une partie de la nuit, à fouler d'arrache-pied, à tremper et à sécher ce « premier lot d'essai ». Leurs clients l'attendaient. Leur savoir-faire était en jeu. Et ils faisaient, Saltz et Freddy. Et ils savaient, Saltz et Freddy, qu'avec une toile pareille ils honoreraient haut la main cette fameuse réputation.

Leur bleu était éblouissant.

Ils reçurent une autre commande. Signée cette fois Joe Strauss & Co. Cent nouvelles toiles et une partie de la somme due.

« Le reste arrive. Une simple erreur comptable, précisa l'émissaire. Cela décale de quelques jours votre paiement. Mais il viendra. Pas d'inquiétude. »

Saltz tiqua un peu.

Le banquier s'indigna.

Freddy était conscient qu'avec ce qu'il avait reçu Saltz avait à peine de quoi acheter assez de teinture.

Ils étaient les derniers à travailler dans tout Manchester.

Pour teindre ce nouveau lot, Saltz ordonna de faire fondre tous leurs pains dans une seule et même cuve. Ils y foulèrent et y massèrent chaque toile de toutes leurs forces.

Le chargé d'affaires de Strauss & Co leur avait précisé que ces pièces étaient destinées à des mineurs :

« C'est pour les gars du Grand Ouest. C'est un marché énorme ! C'est la Californie, monsieur Saltz. La guerre passe au-dessus de cet État et de ceux qui y triment. Là-bas, on paye comptant avec l'or qu'on ramasse, et les fruits des vergers se récoltent comme par miracle tant la terre et le soleil y donnent. Les gens de Californie veulent ce bleu-là et pas un autre, pour pouvoir travailler dans la crasse, la boue, la poussière et je ne sais quoi encore. Ils triment bien assez pour ne pas vouloir passer pour des pouilleux. »

Quand vint le dernier bain et qu'ils n'eurent plus de bleu, Saltz dut se résoudre à faire comme les autres. Il versa quelques gouttes de liqueur d'intestin pour délayer sans diluer le contenu de sa cuve.

Le maître et l'apprenti restèrent longtemps à regarder leur dernière toile sécher. La deux centième. Ils attendaient que le commis vienne, la regarde, colle son nez dessus et se laisse tromper par toutes les herbes aromatiques qu'ils avaient répandues pour couvrir leur secret.

Le représentant arriva, la joue gonflée de chique.

Il se dit satisfait.

« Très satisfait, même. »

Il cracha près d'une cuve. Il n'avait rien sur lui pour régler cette commande. Il dit qu'il repasserait.

C'était il y a deux jours.

Freddy observe encore cette toile qui pend au-dessus des cuves. Cela fait des heures qu'elle faseye au soleil. Mais son bleu ne bouge pas. La toile est teinte à cœur, et le soleil d'hiver a beau darder dessus ses derniers rayons, rien n'y fait. La toile ne se chamarre pas. Ils ont fait leur boulot. Du mieux qu'ils ont pu.

Le représentant n'est pas revenu. Personne ne l'a vu ! Ni à Manchester ni dans tout le Lancashire !

À New York, il semblerait que M. Strauss ne soit guère mieux loti. Dans sa dernière lettre, il se plaint de n'avoir rien reçu, pas une seule toile. Aucune ! Il s'étonne qu'une tempête puisse avoir retardé aussi longtemps une simple livraison. Par steamer, la traversée de l'Atlantique prend dix jours tout au plus.

Saltz est devenu la risée du quartier. On dit qu'il s'est fait abuser par un escroc. Certains prétendent que ce dernier a été vu l'autre jour à Liverpool et qu'il allait embarquer pour Amsterdam.

Reste ce pan de bleu qui pendouille dans la cour.

Les cuves ont retrouvé leur couleur d'origine. Cuivre. Freddy a remisé ses balais. Le vent s'est levé, à peine. Pas de quoi faire une tempête.

Ce matin, Saltz lui a demandé de l'aide pour démonter ses cuves. Le cuivre vaut cher. Les huissiers viendront les prendre, pour éponger ses dettes.

« Je ne pourrai pas te payer. Je n'ai plus rien, Freddy. Je suis désolé. »

Freddy s'était fait une haute idée de son maître. Ce garçon né comme l'aube, sans avant, sans hier, avait grandi en glanant çà et là des repères faute de père : l'art de se taire, l'art de tenir un couteau, l'art de faire illusion en brossant ses souliers. Freddy avait mimé ce qu'il avait pu auprès des amis de bonne-maman. Mais ce maudit voleur et cette satanée crise lui prenaient plus que tout : l'espoir d'une vie meilleure, pour lui et pour Charlotte.

« J'ai gardé ça pour toi. »

Saltz lui tend un ballot de toile cirée.

Freddy l'ouvre, précautionneusement, et découvre un pain de bleu.

« C'est le dernier.

– C'est du tamil nadu ? demande Freddy.

– Oui. »

Freddy n'éprouve ni gratitude ni regret. Juste la sensation désagréable qu'on vient de lui arracher un rouage de sa mécanique intime, une pièce de son puzzle d'avenir. Il se retrouve sans maître, stoppé dans son élan.

Saltz est prêt. Il a empaqueté ses affaires. Dans quelques heures, il sera à Liverpool à bord d'un navire de l'American Steamer Line.

« Un billet pour New York payé par M. Strauss lui-même ! Un bateau à vapeur de près de trois cents tonneaux. Deux cheminées. Deux mâts et une coque de métal. Regarde. C'est le bateau qui est dessiné dessus. »

Saltz lui montre son billet. Son nom figure dessus. En dessous, Freddy lit celui du bateau qui l'emmène : *USS Barbarian.*

« Tu vas me manquer. »

Freddy observe la cour de l'atelier. Son sol est percé de trous. Ses murs n'ont plus rien à cacher, plus de secret, plus rien.

Saltz a jeté son sac sur son épaule. Il part sans se retourner. Il va traverser l'Atlantique. Il a de la chance qu'on l'attende quelque part.

« Qu'est-ce qu'on va faire ? se lamente bonne-maman. Il faut que t'ailles voir les marchands de Dulcie Bridge.

– Mais, bonne-maman…

– Va les voir, je te dis. Ils ont besoin de bras.

– Je les connais.

– Moi aussi. Je les ai vus l'autre jour. Ils sont riches et ils ont plein de boutiques avec des ateliers derrière. T'apprendras vite.

– Ils ne payent pas.

– Comment ?

– Ils ne payent pas leurs employés. Je le sais. Les deux anciens apprentis de Saltz ont trimé dur pour eux sans jamais rien toucher. C'est la crise, bonne-maman. Une vraie crise, pour tout le monde.

– Tu dis n'importe quoi ! »

Elle regarde par la fenêtre. Le potager est en friche. La truie a disparu. Ne restent que le bloc et un anneau sans chaîne. Partout dans le quartier, les jardins sont en souffrance. Avant, du temps des grèves, les habitants pouvaient travailler. Il fallait bien produire, même moins cher. Aujourd'hui, il n'y a plus rien. Tout le pays s'est arrêté. Des papiers gras recouvrent les fenêtres des usines. Des planches en bois sont clouées sur les portes pour éviter les vols de machines ou les trafics de pièces détachées. Les derniers Irlandais ont déserté le quartier.

« Alors quoi ? »

Charlotte rentre son menton. Elle enfonce sa tête dans ses épaules. Elle se met à pleurer, un peu comme les chats feulent. Ça vient du tréfonds d'elle. Les bras ballants. Les poings serrés. Son dos se courbe et prend une forme sinistre, sa forme désemparée.

« J'ai une idée », dit-il en l'entourant de son mieux.

Elle n'entend plus, n'écoute plus.

« J'ai une idée », répète-t-il avec ses grandes mains

maladroites qui lui frottent le dos. Mais c'est le cœur de Charlotte qui a froid. Le cœur et l'âme. Glacés.

Elle s'éloigne de la fenêtre. Elle se redresse un peu. Elle relève la tête et le fixe droit dans les yeux.

« Tu es devenu un homme.

– Je suis fort, bonne-maman.

– Les hommes forts s'en vont.

– Je ne pars pas. Je ne te laisserai pas.

– Tu vas t'embarquer, comme les autres, comme tous les autres. Je les vois faire tous les jours, plier leurs affaires pour l'Australie ou la Nouvelle-Zélande, ou que sais-je. Saltz est bien assez fou pour vouloir l'Amérique. Il est plus fou que les autres. Les hommes s'en vont en laissant femmes et enfants. Pourquoi ce sont toujours les hommes qui partent ?

– Je ne suis pas comme ça.

– Bien sûr que si. Tu es un homme, comme tous les autres ! »

Elle pense à tous ceux qui l'ont laissée tomber. Elle pense qu'elle ne fera plus rien de sa vie. Elle pense qu'elle est bonne à crever.

« Je suis là, je suis là, bonne-maman. Fais-moi confiance. Je vais t'expliquer et tu vas voir qu'on va s'en sortir tous les deux. Rien que nous deux, d'accord ? Fais-moi confiance.

– Aucun homme… aucun homme », balbutie-t-elle.

Ses yeux sont deux baies rouges.

Des mèches collent à ses joues.

Un creux s'est formé à la base de son cou.

Ses épaules sont relevées.

Elle est vieille bien avant l'âge. Elle voudrait des pilules. Et Malte ne répond toujours pas à ses lettres.

Dans sa poche, Freddy sent le billet qu'il a volé à Saltz. Son aller simple pour l'Amérique.

« Je vais t'expliquer », dit-il.

16

Engels laisse son coupé dans le centre de Liverpool. Il préfère poursuivre à pied. Ça le détendra. Il passe devant les quais, les dockers, les marins et les filles qui tapinent. Il faut bien s'occuper quand on n'a rien à faire.

Engels porte une volière. Il a posé dessus un voile de tissu noir. Il voudrait qu'il fasse nuit, que les gens se détournent, que les deux femmes qu'il croise soient frappées de cécité.

« Où tu vas comme ça, blondinet ? C'est un cadeau pour ta rombière ? » lance l'une d'elles, avant d'éclater de rire.

Engels coince son sourire. Elles ont raison. Il a l'air ridicule avec cette volière. Et même peut-être indigne. Il n'aime pas ce qu'il va faire. Le poids que pèse cette cage est celui de sa mauvaise conscience.

Des marins ont deviné.

« Tiens, tiens ! Un cadeau pour Dressner », dit un type dans son dos.

Dressner, l'ornithologue. Le briseur de blocus. L'allié des généraux sudistes et des esclavagistes. Dressner habite au bout du quai.

Cette cage est le droit d'entrée d'Engels dans la maison du diable. Les badauds, les deux femmes, les dockers du quai Saint-George, tout le monde à Liverpool a entendu parler des lubies d'Henry Dressner.

Mais Engels n'a pas le choix. S'il veut faire tourner son usine et acheter des caisses d'armes, il lui faut du coton. Dressner est le seul à pouvoir faire sortir le coton d'Amérique. Du golfe du Mexique à l'Atlantique, de Mobile à La Nouvelle-Orléans, tous les ports sont asphyxiés par la marine yankee.

Il passe devant une frégate dont le pont vide est briqué. Un sloop est amarré derrière. Ses deux voiles sont ferlées pour faciliter le travail des dockers. Ils débarquent des barriques. De riz. De maïs. Des mouettes déversent sur eux leurs fientes et leurs cris rauques.

Un groupe de coolies à nattes noires s'affaire autour des cales d'un trois-mâts de la Black Line.

« À droite ! Voilà, doucement ! Déroule doucement ! »

Des caisses en bois de manguier marquées d'idéogrammes sont débarquées par des grues bâties comme des gibets.

« Aidez-moi à porter ça là », lance le coolie.

Une charrette tirée par un « gentil géant », un cheval de trait à fanons longs et blancs comme des bottes de cosaque, s'approche du sloop.

Tout Liverpool est là. Le plus grand port du monde est réduit à quelques voiliers et des anneaux vacants. Engels en connaît chaque quai. C'est là qu'il se rend trois fois par an pour surveiller le coton qu'il importe d'Amérique. Il est débarqué par balles d'une demi-tonne, bien compactées, bien rangées dans l'entrepôt du bout du quai dont la façade porte son nom, Ermen & Engels. Du moins, en temps normal.

Il n'y a pas mis les pieds depuis l'été dernier.

Engels traverse le parvis de Saint-Nicolas. La cage collée au nez, il s'agace du couinement ridicule de son perchoir, sur lequel sont accrochés deux oiseaux rares, dont le chanvre a remplacé le chant. Deux petits plumeaux sans vie.

Le boyau de ruelle qu'il remonte est gluant. On y passe de profil. Sa cage frotte aux murs. Sa veste se couvre de sable. Au fond, Engels déboule sur une grosse maison de construction récente. Il y a un autre accès. Il ne l'avait pas vu.

Sur le perron, Dressner attend la paire promise.

Il est plus grand qu'Engels. Plus maigre aussi. Il porte la cravate à l'épate. Après avoir jeté un œil gourmand sur le voile, il se retourne et l'invite à le suivre.

Dès le couloir, Engels plonge dans un capharnaüm de becs, de pattes, de corps secs et de plumes. Un sinistre cabinet qui n'a de curieux que le nom. Engels déteste les volatiles. Son malaise s'accroît. Les murs de la maison de Dressner sont tapissés de rapaces, d'échassiers, de palmipèdes et de passereaux cloués, collés, figés à tire-d'aile ou les serres accrochées à de fausses branches en pierre. Cet homme vit dans cette drôle de gloriette avec sa mère, visiblement sénile, calée dans un coin du salon, un plaid sur les genoux. Elle ne se lève pas quand il entre. Elle ne bouge pas d'un cil.

« Surprenant ! s'exclame Engels devant l'immense

vautour dont les ailes déployées cachent la cheminée de marbre.

– Un souvenir du Texas. »

Dressner a un front de génie, le nez pointu et des paupières aussi flasques qu'une vieille capote de fiacre. Il est tout en longueur et en angles, comme s'il se nourrissait des graines que ses oiseaux ne mangent pas.

Engels sent que ça monte. Son nez se charge. Sa gorge le chatouille. Il est allergique aux plumes.

« Dieu vous bénisse ! » dit Dressner.

« Inévitable », pense Engels en se mouchant.

Il faut bien croire en Dieu pour vénérer cette faune.

Son hôte ouvre la fenêtre et précise que la moitié de cette collection provient d'un don de son ami Dufy, un médecin employé au fort Stockton, au Texas. Un passionné comme lui, taxidermiste. Dufy préfère les plumes aux chairs, les animaux aux hommes. Il s'est fait rattraper par la guerre, pris en étau entre son fort perdu, sa passion et les troupes venues du Nord.

Dressner parle sans arrêt, sans se soucier de savoir si son hôte le suit. Engels n'a pas le choix. Il se donne quinze minutes avant d'en venir au fait.

Quinze minutes.

« Dufy est mon aîné. De beaucoup, je crois. Mais il est bien plus courageux que moi, et que les soldats de son fort. Je l'ai vu au petit matin partir sous le feu des troupes ennemies. Il voulait que nous fassions le tour des pièges qu'il avait dressés le long de la Devil.

– La Devil ?

– Un affluent du Rio Grande. Un miracle de cours d'eau malgré son drôle de nom, n'est-ce pas ? La Devil a creusé un de ces canyons que l'on ne voit que dans cette partie du monde. C'est là que niche une faune exceptionnelle. C'est le cas de cet urubu, un vautour surprenant comme vous dites, avec sa tête rouge et ses plumes de jais. Un charognard très doué, doté d'une vue perçante, qui détecte sa cible à des distances prodigieuses. »

Dix minutes, compte Engels.

« Ou cette sarcelle, plus charmante. On dirait un canard d'Amérique, n'est-ce pas ? avec sa petite tête ronde. Sa découverte dans ce canyon a été une surprise. Elle vit d'ordinaire sur les côtes, près des plans d'eau. Cela veut dire qu'elle est capable de couvrir des distances bien plus importantes que nous le pensions », poursuit-il, avant de tendre le bras au-dessus de sa mère. Elle reste immobile. Vieille chouette parmi les chouettes alignées au-dessus d'elle.

Cinq minutes.

Au quatrième rapace, une petite alouette tachetée dont les yeux sont cerclés de brun, Engels n'y tient plus :

« Je viens pour notre affaire.

– Soit », répond Dressner.

Il fait claquer ses mains devant lui comme un môme impatient.

« Qu'avez-vous apporté ? »

Dressner soulève le voile, colle son lorgnon aux grilles et marmonne quelque chose. Esquivant le fauteuil et le plaid de sa mère, il saisit un carnet de croquis. Sans cesser de marmonner, il en feuillette les pages, fait des allers-retours, en quête d'informations liées aux deux spécimens qu'Engels vient de lui offrir.

« On dirait deux pluviers. Avec ce petit col noir, je crois que ce sont des siffleurs. »

Engels n'en sait rien. Et ne s'en porte pas plus mal.

Les doigts de Dressner sont couverts de bagues. Certaines sont en argent. D'autres en or. Des petites pierres sans valeur les sertissent. Elles cliquettent quand il tourne les pages. Des tas de croquis défilent, comme celui du canyon traversé d'un fil bleu. Il figure la Devil, ponctuée de nids de verdure et de plages de sable. Un autre représente un navire au profil surprenant.

« Vous permettez ! l'interrompt Engels, avant qu'il perde la page.

– Le *CSS Owl*, lâche Dressner. Un navire à coque plate pour filer au ras de l'eau sans se faire détecter. Un de ceux que j'utilise. Et ces deux-mâts, voyez-vous ? Fins comme des cure-dents. Leur concepteur les a voulus inclinés sur le modèle des clippers, pour la vitesse. Et là, vous voyez, le *Owl* dispose d'un moteur à vapeur qui entraîne des roues à aubes.

– Et cette coque ? demande Engels.

– Elle est grise pour se fondre dans l'horizon.

– Incroyable !

– Un navire, classe fantôme, précise Dressner. Pour passer le blocus sans se faire repérer par la marine ennemie, il faut renouveler son combustible toutes les six heures. De fond en comble. Comme ça, la fumée sort moins noire. Mais le mieux, c'est de traverser la nuit ou par très mauvais temps, quand tout est gris au large. On n'a que quelques heures pour franchir le golfe.

– Quel golfe ?

– Du Mexique, monsieur Engels », dit sa mère.

Engels se retourne. Il avait cru un instant que ce fou de Dressner avait fait empailler sa mère.

« Et ça fonctionne bien ? Vous passez facilement ?

– Facilement, non. Il y a des pertes. Je me suis fait prendre une fois. Je venais de quitter le port de Matamoros, au Mexique. Mais comme je suis citoyen britannique et qu'officiellement il n'y a pas de blocus parce qu'il n'y a pas de guerre entre l'Amérique et l'Amérique, ils ont dû me relâcher. C'était juste avant que Sherman brûle Atlanta.

– Ce voyage remonte à l'été dernier ?

– C'est ça. Juillet dernier.

– Et les balles de coton ?

– Ah ça. Nous étions chargés à fond de cale ce jour-là. Pas de chance. Quatre cents tonneaux pour Cuba. Les Yankees ont gardé le butin. C'est de bonne guerre, me direz-vous. Comptez un peu ! Quatre cents tonneaux de coton ! Ça en fait des paquets de mille dollars ! Tant mieux pour eux et tant pis pour votre concurrent. Je crois qu'il a fait faillite depuis.

– Qui était-ce ?

– Pas de nom ! » rétorque Dressner.

Il referme son carnet dans un claquement sec.

« Mais le mois dernier, je peux juste vous dire que je suis passé avec deux cents tonneaux. Du coton du Texas !

– Tout ça pour du coton, marmonne la mère.

– Maman, s'il vous plaît. »

Sa mère reprend la pose.

« Je fais ça pour mes petits », dit Dressner en balayant d'un geste son étrange collection.

« Et pour l'argent », pense Engels.

Le coton que cet énergumène fait passer coûte trois fois le prix officiel.

Engels paye d'une traite à tirer sur les comptes de l'usine. Le document est signé par lui et par son associé. Peter Ermen était rassuré en le paraphant ce matin.

L'argent n'a pas d'odeur.

Tant pis pour les esclaves des plantations du Sud.

Engels voit le document disparaître dans la poche de Dressner. Sa mère est immobile. Ses oiseaux sont figés. Et l'équation de Fourier lui revient à l'esprit, celle qu'il crachait l'été à la face des bourgeois, avec les deux sœurs Byrns aux bras : deux vices font une vertu. Mary est morte si vite ! Le coton le dégoûte. L'argent le dégoûte. Mais c'est un mal nécessaire. Pour la cause.

« Je peux voir le bateau ? » demande Engels.

Le *CSS Owl* est maintenu hors d'eau dans le chantier naval. Officiellement, il est en révision. Un problème de turbine axiale. En réalité, il est là pour disparaître. C'est la seconde nature de ces bateaux fantômes. Ils transportent et s'effacent. Ils ne laissent pas de traces. Celui-là a déjà perdu ses initiales, CSS, qui signifient *Confederate State Ship*, en pleine mer, sous une couche de peinture grise dans la zone qu'on appelle grise parce qu'elle se situe hors de portée de tous les codes de la marine marchande. Le *Owl*, qui veut dire chouette, va devenir l'*Eagle*.

Perchée sur une rampe de fer, sa coque est retenue par des dizaines de madriers bien calés sur ses flancs. Le *Owl* n'est plus qu'une coquille vide. Son moteur et ses roues à aubes sont en pièces détachées. Ses mâts sont démontés.

Engels insiste. Il veut voir ses entrailles. Une poignée

d'hommes sont à l'œuvre. Ils briquent et frottent ses cales couvertes de poussière, un fichu sur le visage pour se protéger les yeux et le nez de la fluche.

Au fond, Engels soulève une bâche et découvre une vingtaine de caisses. Elles sont pleines de bottes, de pantalons, de vestes et de paille. Il y en a une autre pile à côté. Elles sont plus longues. Hermétiquement fermées.

« Et dans celles-là ? »

Dressner ouvre la première et dévoile des boîtes de cartouches. Des fusils. Des Pattern 53 des armureries d'Enfield.

« C'est pour les troupes sudistes ! »

Engels compte les caisses. Seize en tout. L'Internationale a trop peu d'armes. Ses hommes en auraient bien besoin.

« Combien pour ces quatre caisses ? » demande-t-il.

17

Pour Freddy et Charlotte, la journée a bien commencé. En moins d'une heure, ils ont vendu trois souches de billets de loterie.

« Loterie de l'Australasian Company ! »

Charlotte agite sa petite boîte en fer-blanc. Un cadenas la verrouille.

« Tentez votre chance ! Tirage la semaine prochaine ! » lance-t-elle.

Freddy la suit de près et reprend en écho :

« Une place gratuite pour un monde meilleur. Un penny le billet. Tentez votre chance ! »

Devant le hangar du Temperance Hall, des centaines d'ouvriers ont bravé l'interdit. Ils risquent la prison. Les réunions sont prohibées. Des femmes, beaucoup de femmes, plus jeunes que Charlotte, flanquées de rares enfants et des grappes d'hommes nerveux qui fument autant qu'ils peuvent.

« Loterie de l'Australasian Company ! »

Depuis le début de la crise, toutes les villes du Lancashire, Preston, Blackburn, Manchester ou Stockport, ont été touchées. Il n'y a plus de travail. Il n'y a plus de revenus. Le peuple des usines crève de faim et n'a plus rien à perdre. Le mois dernier, les émeutiers de Preston ont attaqué un entrepôt alimentaire. La police s'en est mêlée et a laissé seize morts sous ses sabots et ses bottes. Le lendemain, les tisserands de Stockport se sont réunis par solidarité avec leurs camarades. La police y est retournée. Dix morts de plus. Des bâtiments publics ont été visés. Une banque a pris feu la semaine dernière à Liverpool. La seule usine de Congleton a brûlé. Une autre a été saccagée à Stockport. Des magasins sont régulièrement pillés à Manchester et à Blackburn. Hier encore, c'est la mairie qui a failli partir en fumées si les pompiers n'étaient pas arrivés à temps avec leurs lances à eau et leurs étranges citernes. La porte et les fenêtres ont volé en éclats. Le maire de Manchester s'en est tiré. Il est sain et sauf mais la police est sur les dents.

Le couvre-feu est instauré. Tous les coups sont permis pour les forces de l'ordre. Au-delà de vingt ouvriers réunis dans une seule et même pièce, l'assaut peut être donné.

Pourtant, la cour du Temperance Hall est saturée de monde. Freddy doit s'imposer pour se frayer un chemin.

« Loterie de l'Australasian Company ! »

Les ouvriers de Manchester attendent leurs leaders, leurs mots d'ordre, leurs consignes. Et des conseils, aussi. Tous se serrent les coudes. Freddy vend ses billets d'illusions par dizaines. Des billets de tombola pour une loterie fictive.

Mowley est une des figures attendues. Il est aussi large que long. Il a été docker, puis tisserand et maintenant syndicaliste. Il porte la casquette en laine des ouvriers du Lancashire. Il parle fort, avec des mots simples. On le voit un peu partout depuis le début de la Cotton Panic. Il est arrivé parmi les premiers, ce matin.

« C'est pour quelle caisse ? demande-t-il.

– Pour la caisse de solidarité des Lions de Manchester, ment Freddy.

– Connaît pas.

– C'est le nom que se donnent les anciens ouvriers de GrindMills. »

Il y a plusieurs centaines d'usines dans le seul district de Manchester. Impossible de toutes les connaître.

Mowley a glissé un penny dans la boîte.

« Gardez le billet, dit-il. Moi, je reste.

– Vous ne voulez pas tenter votre chance pour une traversée gratuite ? demande Freddy.

– Pas pour moi », répond Mowley sous l'œil admiratif des ouvriers.

Mowley n'a pas vu qu'une main s'était tendue pour le prendre à sa place. Un type qui le suivait comme un disciple et qui rêvait sûrement de se carapater. Pas fou !

D'autres mains ont suivi. Beaucoup d'autres. Et autant de pièces et de billets dans la boîte que tient Charlotte. Ils sont là, depuis une heure, à battre le pavé de la cour.

« Ne tardons pas », dit Charlotte.

Sa petite boîte pèse déjà bien assez lourd. À trop vouloir gagner, on risque de tout perdre.

« Encore un peu, s'il te plaît, dit Freddy.

– Pas longtemps. »

Quelque chose la gêne. Ou plutôt, une présence. Il y a cet homme là-bas, qui se tient à l'écart. Il a relevé la tête. On dirait qu'il guette. Sous sa casquette noire, elle a vu son visage coupé en deux par une rougeur immonde. Une tache de naissance lie-de-vin. Et des lèvres éclatées comme des figues trop mûres. Il a baissé la tête. Il a fait un pas de côté. Il s'est glissé derrière un groupe de femmes. Il vient de disparaître.

L'idée de cette loterie vient de Freddy.

Il y a pensé en voyant le billet de Saltz. Son aller simple pour l'Amérique. Freddy n'a rien montré, mais il lui en voulait de pérorer comme ça, de se gargariser de ce voyage qui allait le sauver, lui.

Ce billet valait tout. Il était plein d'espoir. Et rien qu'en découvrant le navire dessiné dessus, Freddy s'est pris à rêver, à s'imaginer à bord, lui aussi, au loin, jusqu'aux côtes américaines. Charlotte lui en avait parlé quand il était plus jeune. Le grand amour de sa vie y était allé. Evans. Et il n'en est jamais revenu. Il doit s'y trouver mieux. C'est ce que s'est dit Freddy. Si un homme est capable de renoncer à Charlotte jeune, sans ses mélancolies, pour l'Amérique, c'est que ce pays-là doit en valoir la peine.

Freddy a volé le billet. L'apprenti a dépouillé le maître. Sans le moindre remords. Tant pis pour Saltz. Tant pis s'il s'est retrouvé plombé devant la passerelle de l'*USS Barbarian.* Saltz fera comme eux. Il devra se débrouiller. C'est la loi du plus fort, celle du plus adapté à son milieu, que tout le monde évoque depuis qu'un certain Charles Darwin l'a popularisée.

Freddy a observé le billet bleu horizon. Il en a scruté les détails, le tracé des lettres de l'American Steam Line, les interlignes gravés, le numéro de cabine, partiellement effacé.

En quittant l'atelier, Freddy a vu un tronc de fer-blanc

qui rouillait près d'une friche. Un tronc comme ceux qu'agitent les pauvres à la sortie des lieux de culte. Freddy ne croit pas en Dieu. Pas besoin de s'agiter à la sortie des églises et des temples. Il ne croit pas plus en l'homme.

Il s'est souvenu de Halter, l'ancien ami de sa mère. Il avait les poches pleines de tickets d'entrée pour son cabaret de Londres et se vantait de les faire fabriquer par une paroisse du coin.

« Les grandes paroisses des grandes villes ont leur propre imprimerie. C'est leur machine de guerre, leur trésor le plus cher. C'est par l'impression qu'ils gagnent les consciences. Et ces culs-bénits de la paroisse Saint-James m'impriment des billets pour tous les culs sur scène qui ont fait ma fortune, eh ben oui. C'est cocasse ! » avait-il déclaré avant d'éclater de rire.

Freddy ne riait pas. Charlotte non plus, d'ailleurs. Elle gardait pour l'Église une révérence ancrée. Et le sens du sacrilège.

Freddy sollicita la paroisse la plus riche de Manchester. Au révérend qui l'accueillit, il demanda s'il pouvait lui imprimer des dizaines de billets calqués sur le modèle de celui de Saltz.

« À qui vas-tu vendre cela ? demanda le révérend.

– À tous ceux qui en rêvent.

– Ils sont nombreux ! dit le serviteur de Dieu, plissant ses yeux malins.

– C'est pour une loterie. Et le lot à gagner, c'est un aller simple pour un pays lointain.

– Comme pour le paradis ! »

Freddy promit d'emblée qu'une partie des fonds irait à sa paroisse.

« Combien ? demanda le révérend.

– Dix pour cent ! »

Freddy avait calculé que s'il parvenait à vendre cent tickets de loterie, il pourrait payer l'aller simple du gagnant pour Sydney ou ailleurs. Les compagnies bradaient leurs billets. Tous ces pays lointains, l'Australie, l'Océanie et l'Amérique, même, avaient besoin de chair fraîche, de main-d'œuvre. Au final, Freddy avait compté que cela leur laisserait assez pour vivre. À condition que le révérend accepte.

« Vingt pour cent », exigea-t-il.

Comme Freddy n'avait plus rien, que Charlotte avait tout dépensé et qu'il n'avait pas le choix, il tenta de négocier :

« Et si je vous donne mon pain de tamil nadu pour faire de la teinture ?

– Va pour quinze pour cent, alors. Mais avec ton bleu du ciel. »

Le révérend pensait qu'il était généreux.

Freddy savait qu'à ce tarif-là, il n'avait aucune chance de dégager assez d'argent pour offrir au gagnant son billet. Il n'y aurait que des perdants. Mais avec Charlotte, ils allaient pouvoir se payer de quoi vivre.

Le jeune garçon serra la main du révérend en se disant que tous les dupes, les pigeons, les poisseux, les cocus, les dandins pourront toujours se plaindre auprès de ce saint homme. Les temples sont faits pour ça, non ?

Freddy obtint dix souches de dix billets chacune.

Dans la marge qu'il avait laissée vierge, il inscrivit des noms de lignes très exotiques : Australasian Steamer

Company, New Zealand Company, et même la Tasmanian and Papuasia Sail Company. Il avait lu ce nom dans un atlas. La Tasmanie. Il repassa chaque lettre à la mine de crayon. Il traça quelques droites pour leur donner ce relief qu'ont les billets de banque. Il fit une série de boucles et de déliés pour imiter la signature d'un trésorier de ligne qu'il baptisa Jeffrey C. Thomson, du nom d'un révérend, un autre, qui venait voir bonne-maman avant, du temps de leur vie à Londres. Le révérend Thomson venait tous les lundis dépenser avec elle, pour elle et en elle, tout l'amour du Seigneur. Sans le savoir, il devenait après coup le deuxième garant de leur parfaite arnaque. Le premier multipliait les billets comme les petits pains. Le deuxième leur donnait l'absolution d'un trait de plume.

À Blackburn, Freddy et Charlotte ont écoulé quinze billets. À Preston, une vingtaine. Et depuis ce matin, ils ont vendu trois souches.

Mais la chance est comme la truie de leurs anciens voisins : capricieuse.

De gros nuages se forment.

Des femmes pressent leurs enfants contre elles.

Les hommes frappent les cloisons pour qu'on ouvre le hangar.

« Ahhh ! » font des dizaines de voix.

Les battants s'ouvrent enfin.

En quelques secondes à peine, la cour s'est vidée. Freddy et Charlotte s'apprêtent à rentrer à leur tour.

La grosse masse orageuse obscurcit tout le ciel.

Un homme s'avance vers eux.

« Je peux voir ? »

Il porte la moustache à la mode chez les Français, la moustache fine de l'empereur Napoléon III. C'est comme ça que les caricaturistes anglais représentent les Français.

Freddy lui tend sa souche de l'Australasian Steamer Company.

« L'Australasian, c'est l'Australie ? demande-t-il. C'est là-bas qu'ils ont trouvé cette grosse pépite ?

– Oui, monsieur », répond Freddy.

Depuis qu'il vend ces billets, cette question revient souvent. Le mois dernier, en Nouvelle-Galles du Sud, près des montagnes Bleues, un mineur aurait déniché une concrétion d'or pur, un fragment aussi gros qu'un poing. Depuis, Sydney a le vent en poupe et le prix des billets pour l'Australie a légèrement augmenté.

L'homme glisse deux pennies dans la caisse de Charlotte et plie ses deux billets.

« C'est vrai alors ce qu'on dit ? »

« Pauvre pigeon, pense Freddy. En voilà encore un qui est bon pour le temple. »

« Gros comme ça, répond Freddy en serrant le poing.

– Incroyable ! Incroyable ! Si je pouvais partir. Si seulement… », dit l'homme à la moustache.

Il dit qu'il est crevé, qu'il a besoin de manger, de gagner quelque chose, et que ce ne sont pas les formules et les slogans des chartistes qui changeront le cours des choses.

« Mais ça, dit-il en empochant les billets, ça au moins, c'est une chance…

– Je vous le souhaite, répond Freddy.

– Y a combien de voyages à gagner ?

– Un par souche, ment Freddy.

– Vraiment ?

– Parfaitement, m'sieur. Un par souche. C'est ce que m'a dit le trésorier, M. Jeffrey Thomson.

– Je le connais. Loué soit cet homme, petit.

– Loué soit-il ! Oui. Il est bon, c'est sûr. Il fait ça pour notre bien ! Faut dire qu'on se bouscule pour ce foutu pays. »

Le moustachu hésite, fouille dans sa poche et, au lieu de s'en aller, se penche à l'oreille de Freddy.

« Combien y t'en reste ?

– De cette souche ?

– Oui, oui… »

Freddy se mord les lèvres pour éviter de flancher.

« Vous êtes le premier de notre quatrième souche. »

L'homme s'écarte, réfléchit et sort de sa poche un shilling.

« Je la prends, alors.

– Toute la souche ? s'étonne Freddy.

– Oui. »

Sa surprise une fois passée, Freddy répond qu'il a raison.

« C'est comme ça qu'on gagne. Et surtout, n'oubliez pas le tirage.

– Où ça ?

– À la paroisse Saint-Francis, dans deux semaines.

– Je n'oublierai pas ! » dit le moustachu de cet air entendu qu'ont tous les gens qu'on dupe quand ils sont bien ferrés, qu'ils y croient dur comme fer et pensent de leur extorqueur qu'il est la meilleure chose qui leur soit arrivée.

Charlotte tâte sa boîte en fer.

« Elle est pleine », dit-elle.

Freddy sourit. Cette idée est une manne. Et avec un peu de chance, si cela continue, ils pourront peut-être même s'acheter un vrai billet, qui sait ?

18

Engels est persuadé que le moment est venu. La crise est là. Profonde. Les usines n'ont plus rien à filer. Plus de coton. Plus de matière première. Les ouvriers n'ont plus rien à travailler. Cela fait des mois qu'ils ne touchent plus de salaire. Le peuple est en colère. Il a faim. Il a froid. Il a peur, surtout. Il est capable du pire. Oui. Le moment est là. Celui du grand bouleversement. Il suffit de pas grand-chose pour fédérer les insurgés de Preston ou de Liverpool. Pourvu que le Maure soit bon.

Engels rajuste sa casquette de grosse laine. Elle est molle et humide. Elle gratte, mais il n'a pas le choix.

C'est un jour important.

C'est la grande réunion qu'il attendait depuis décembre. Le Maure a donné son accord. S'ils parviennent à convaincre les leaders du Lancashire de rejoindre l'Internationale, ils pourront se lancer. Mais il va falloir échapper à la vigilance de la police. Ils ont rendez-vous de l'autre côté de la ville. Avec quelques leaders et des centaines d'ouvriers.

Pour se fondre dans la masse, Engels a remisé son chapeau de chez Lock sur St James's Street, le meilleur chapelier de Londres, son costume sur mesure et ses bottines en cuir de Russie. La seule chose qui pourrait trahir sa condition bourgeoise, c'est sa canne. Impossible de s'en défaire. Elle le rassure. Il va y avoir du monde et lui n'aime pas ça.

Engels et le Maure longent le mur. Engels se faufile aisément. Son ami est plus lourd. Il souffre à chaque fois qu'il veut courir un peu. Une poignée de camarades l'escortent. Des ouvriers, des artisans prêts à prendre sa défense. Ensemble, ils remontent un sentier de halage. Le sable criblé de givre crisse sous leurs pieds. Un voile de brume recouvre le canal et leurs pas.

Les *narrowboats*, ces petites péniches qui naviguent à fleur d'eau, sont de plus en plus rares. Il faut dire qu'il n'y a plus grand-chose à transporter. Ni charbon, ni bois, ni sable. Depuis des semaines, le canal de Bridgewater ressemble à un serpentin triste, un couloir d'eau stagnante où grouillent les grenouilles et les araignées.

Manchester manque de tout.

« Attention ! prévient le type devant. Cette écluse est pourrie. »

L'homme se retourne vers Engels pour lui tendre la main.

« Merci, je vais y arriver. »

Le type est vieux. Il a le dos voûté et de longs cheveux gris. Engels baisse les yeux et découvre sous ses pieds un rondin couvert de lichen sur lequel il doit passer. Les pales de l'écluse sont pourries et filtrent à peine l'eau qu'elles sont censées retenir. Engels écarte les bras pour franchir le rondin sans perdre l'équilibre. L'eau du canal stagne sous lui. On dirait un vieux miroir piqué.

Pas question de se faire prendre.

En remontant le canal, ils passent près d'une péniche à quai. Sur sa coque en bois vide, un marin est assoupi. Ou plutôt, il fait semblant de dormir. Il a dû les entendre venir, il a ouvert un œil, puis il s'est rallongé en rabattant un coude sur ses yeux.

Depuis le krach boursier, les bateliers de Manchester sont la proie des pillards. Leurs cargaisons sont recherchées et comme, depuis des semaines, ils ne transportent plus rien, on les soupçonne de tout. Les Écossais détiennent le monopole du transport sur tous les canaux qui vont jusqu'à Liverpool. Les *narrowboats* sont à eux. Ils les construisent et les font naviguer. Ils dorment sur leur péniche. Ils mangent sur leur péniche. Ils y passent des semaines entières, debout quand ils travaillent, leur gouvernail en main, parfois aidés par un cheval lorsque leur cargaison est trop lourde. On dit que leurs femmes élèvent leurs enfants quelque part, en amont, dans un campement précaire dont l'adresse est secrète.

Depuis le début de cette crise, ils sont régulièrement accusés de voler des denrées, du charbon, de la farine ou du sucre. Des bruits courent qu'ils auraient même constitué des stocks pour faire flamber les prix. Ils ont très mauvaise presse. Quelques-uns croupissent dans les eaux des canaux, les orteils croqués par les loutres et les yeux pleins de têtards. Le bois de leur péniche a disparu. Il a servi de bois de chauffage. L'hiver a été rude.

Engels passe près de l'homme qui fait semblant de dormir.

« Rassure-toi. Tout va bien ! » dit-il.

L'Écossais s'est relevé. Un nuage de buée s'échappe de ses narines.

« Je vous souhaite une bonne journée. Que Dieu vous protège, messieurs », lance-t-il, rassuré.

Le Maure a été clair en partant ce matin. Pas de lames, pas d'armes, rien, pas même de bâtons. Inutile de jeter de l'huile sur le feu. Ce n'est qu'une réunion, pas une expédition. Il faut rester discrets. Il y a eu assez de blessés comme ça depuis le début de la crise. Inutile de perdre des forces avant la grande bataille. Engels a approuvé. C'était lundi dernier. Mais en partant ce matin, son premier réflexe a été de palper la poche intérieure de sa veste. En plus de sa canne, il trimbale un calibre .32, un Webley dont le barillet est chargé de six cartouches métalliques. On ne sait jamais. Comme tout le monde, il a lu le journal. Il n'a aucune envie de finir dans une cellule de Newgate à Londres, ou pire encore, de Bellevue, pas loin d'ici.

À mesure qu'ils s'approchent du hangar, le sentier se rétrécit. Les troupes du Maure s'espacent. Elles forment de petits groupes, de trois ou quatre hommes, de part et d'autre du canal. Engels n'en connaît aucun, ni de nom ni de tête. Et jusqu'à ce qu'ils arrivent, il ne saura rien d'eux. Le Maure cloisonne tout.

La consigne, là encore.

Le secret est de mise.

Mais les murs parlent, eux. Ils sont couverts de mille affiches, collées, contrecollées, des appels à la grève, des appels à la reprise, des slogans qui exigent la destruction de tout, des usines, des machines et du trône ; d'autres par-dessus réclament une trêve.

« C'est là », dit l'homme aux cheveux gris. Il montre

un vaste hangar calé au fond d'une cour. « Le Temperance Hall. »

À l'origine, ce hangar avait été construit par la paroisse locale pour faire le bien. D'où son nom : Temperance Hall. C'est là que des bonnes dames soignaient les plus pauvres, leur faisaient l'école et la morale, pour le salut de leur âme. Mais cela fait des années que l'écho de la parole sainte n'y résonne plus. Elle est remplacée par les enchères et les cris. Depuis le début de la crise, ses murs se couvrent régulièrement d'étagères pleines de bouteilles, de vin, de litrons de contrebande, de remontants peu amènes, de tord-boyaux, de tout ce qui se boit et saoule au son des petits violons et des flûtes irlandaises fabriquées en laiton. Les samedis et les dimanches, l'endroit empeste la sueur et la sciure du calvaire, parce que des poids lourds, des boxeurs, suivis comme des monstres de foire, s'y affrontent à coups de poings, de pieds, de tête, de dents et de tout ce dont la nature les a pourvus pour envoyer leur adversaire *ad patres*.

Engels dénombre une trentaine de planches près de l'entrée. De quoi faire des gradins. Les semelles de ses bottines sont couvertes de duvet. Le parvis du hangar est plein de taches de sang séché et de lignes rouges sinueuses qui filent jusqu'au fond de la cour. Le Temperance Hall est devenu un tripot, une salle de liesse en marge, à l'abri de hauts murs et reclus tout au bout d'un dédale de venelles.

Les leaders ont proposé ce lieu pour se retrouver. Il devrait les tenir à l'abri d'une charge policière.

Sa cour est balayée par le vent de l'orage.

« Allez ! Avancez un peu ! Tassez-vous vers le fond. Y

a de la place encore ! » crie un type accroché aux portes coulissantes.

Engels se glisse dedans, poussé par ceux qui le suivent. Le Maure est devant. Il doit prendre la parole. Un texte qu'il a rédigé l'autre jour, à Ardwick, après le dîner. Engels ne sait pas ce qu'il contient. Son ami n'a pas voulu le lui faire lire.

« Johanna m'a relu. Ça va aller », dit-il.

Hier encore, il le peaufinait. Cela fait longtemps qu'Engels ne l'a pas entendu prendre la parole en public. Pourvu qu'on ne se moque pas de son léger zézaiement. Ça le rendrait fou de rage.

« Encore un petit effort ! Allez ! Tassez-vous ! »

Le type ferme les panneaux.

Des centaines de personnes sont massées dans le hangar. Il n'y a pas de rangées. Il n'y a pas de bancs. Ils s'entassent en désordre et déjà Engels étouffe. Tous ces dos, toutes ces nuques, tous ces inconnus qui le poussent et le tirent, comme au temple de Krummacher. À gauche, un impatient râle des mots humides, chargés de mauvaise bile. À droite, une femme s'inquiète parce qu'elle cherche son fils. Engels se dresse sur la pointe des pieds, tangue un peu et sent une main qui le pousse vers l'avant. Il serre le pommeau de sa canne. Sa main glisse. Elle est moite. La crosse de son .32 frotte contre l'intérieur de son bras.

Quelqu'un tire sa manche une fois de plus.

« Ça suffit, j'ai compris », dit-il, exaspéré.

Engels se retrouve au fond, près de l'estrade où le Maure l'attend, ainsi que John Mowley, le tisserand de Stockport. Une haute silhouette se dresse. Swingkhurst va parler.

*

Swingkhurst est un géant. Quand il lève le poing, tout le monde l'imite. C'est le signe de ralliement. Le bras droit forme un L au coude. Le poing brandi. Comme ce leader du Lancashire. Swingkhurst a la gueule craquelée par la petite vérole. La peau de son visage est comme la croûte d'un pain de graines qu'on aurait trop fait cuire. Sa voix transperce la salle :

« Camarades ! »

Freddy et Charlotte l'ont vu à l'œuvre, l'autre jour, à Preston. Il avait rassemblé des centaines d'insurgés. Freddy avait insisté pour s'y rendre parce que le révérend de Saint-Francis avait entendu dire qu'il y aurait du monde.

« Beaucoup de monde, mon fils. De quoi faire une belle quête ! »

La première.

Puis tout a basculé. Après cette réunion, les militants de Swingkhurst ont investi l'entrepôt de Ponzi & Sons bourré jusqu'au plafond de sacs de blé, d'orge et de sucre. Charlotte et Freddy ont eu de la chance. Ils sont partis à temps, juste avant la charge.

« Allons-nous-en », répète Charlotte.

Elle tient sa boîte d'une main et de l'autre tire sa manche.

Des paquets de grêle s'abattent sur la toiture en tôle. Le fracas remplit l'espace. On ne distingue plus rien des mots que Swingkhurst balance. C'est comme un déluge.

Les slogans se disloquent.

La salle est devenue soudain humide. Des coups de tonnerre éclatent. Certains se couvrent les oreilles. D'autres se poussent. Mais Charlotte sent la foule. Elle devine son mouvement. Quelque chose d'autre se passe. Son intuition l'alerte. Une vague va s'abattre sur eux. Elle vient de l'entrée du hangar.

Sa main cherche Freddy, qui lui échappe et tombe. Charlotte s'est retournée. Elle a vu les battants s'ouvrir d'un coup sec, dans un bruit plus violent que celui du tonnerre.

Le vacarme des sabots se mêle au reste.

Le cri de l'assaut gèle tout.

Des sabres sont levés. Des hauts-de-forme déboulent. Les boutons des uniformes brillent. La charge qui se prépare sera brutale. C'est la police montée. Tous les contrevenants vont le payer cher. Charlotte, Freddy et tous les autres.

« Freddy ! » hurle-t-elle.

Le jeune homme a disparu, englouti par la foule qui s'écrase et se gonfle comme un essaim d'oiseaux.

*

Engels tient à peine sur ses jambes. Son corps est figé dans la posture absurde des surpris. Il est bouche bée.

Il n'a pas le temps de s'esquiver quand une balle se loge dans la cloison devant lui, à l'endroit où se trouvait Swingkhurst une fraction de seconde plus tôt. Un tir tendu. Précis. Il vient du fond. Engels a senti le souffle de la balle. Elle est passée près de lui. Swingkhurst a eu de la chance. Il s'en est tiré, par miracle, parce qu'il s'est accroupi.

Un corps rampe à ses pieds.

« Aidez-moi, je vous en supplie. Ma jambe. Je suis blessé à la jambe. Aidez-moi ! »

Des coups de feu claquent et se mêlent aux grêlons.

Engels distingue des sons. Des appels au secours.

Les chevaux hennissent. Les gens se coulent autour. Les bêtes chargent vers eux. La foule devient folle. Affreuse. Incontrôlable. Cette pieuvre immonde s'agite de partout, agrippe, blesse et mord.

Des chevaux piétinent des corps. L'un se cabre, jette ses antérieurs en avant et retombe sur un crâne ; plus loin sur un bras ils s'écrasent. Une partie de la foule se détache. Ils sont une vingtaine à se ruer vers la porte située derrière l'estrade. Elle est étroite. Ils s'agglutinent autour. Ils tapent. Ils hurlent.

« Sortez-nous de là. C'est un piège. Ouvrez ! Ouvrez ! »

La cloison branle. S'ils continuent comme ça, c'est toute la structure du hangar qui risque de s'effondrer.

Engels sent le courant d'air. La porte a dû céder. Il en est encore loin.

Les policiers à cheval distribuent des coups de cravache. Ils frappent du plat du sabre.

Un cheval fait une embardée et cogne la cloison latérale. Une poutre se détache du toit.

« Attention ! Ça s'effondre ! »

On hurle des ordres.

« Ouvrez ! »

La poutre tombe sur la foule.

Des coups de sifflet retentissent. Il y a ceux qui se

couchent et ceux qui courent partout. L'essaim n'a plus de logique. Il est devenu aussi fou que les chevaux.

Les sabres sont tournés, d'un quart de tour, côté tranchant.

« Les leaders ! hurle un officier. Je veux les chefs. Ciblez vos coups ! Gardez des balles ! »

Il y aura des morts, comme à Preston et à Blackburn. C'est un massacre en bonne et due forme. Ils ont la loi pour eux et, au ball-trap légal, les policiers se défoulent. Ils portent l'insigne de bronze de la police de Salford. Leurs uniformes sont neufs, pleins de boutons dorés, et leurs bottes bien cirées. Il y a une dignité dans l'acte de réprimer. La Couronne a de l'argent et de l'orgueil. Elle fait ça bien, dans les règles de l'art.

Engels a trop de haine contre l'ordre pour se mettre à ramper. Les coups de cravache qui sifflent au-dessus de lui l'insultent.

« Tu es fou ! Baisse-toi », lui ordonne un inconnu.

Engels imagine son nom en lettres majuscules. Il imagine Johanna von Westphalen en train de se tordre les doigts pendant son oraison. Il y aurait des cierges, des articles et des larmes pour lui, rien que pour lui. Lydia serait là. On se souviendrait de lui. Le Maure lui rendrait grâce. Toute cette souffrance servirait à quelque chose. Il faut bien que cette vie folle ait du sens.

*

Charlotte se ratatine. La poutre s'est écrasée près d'elle. Elle a lâché son tronc dans un réflexe de peur. Elle s'est défaite de tout pour mieux fuir. Une femme est piégée.

Elle a la jambe coincée sous ce morceau de toit qui lui est tombé dessus. Son enfant est dessous. Elle appelle au secours. Elle se désarticule et tend la main dans le vide. Mais Charlotte ferme les yeux.

Freddy se couche sur elle. D'une main, il tient sa nuque plaquée et de l'autre l'enlace.

Freddy, son brave Freddy. Il a beau venir d'un autre ventre que le sien, Charlotte sent tout de lui. Elle devinait sa tristesse quand un homme débarquait. Sa fierté de rapporter des pilules parce qu'elle était en manque. Son dépit lorsqu'il rentrait bredouille et qu'elle manquait de lait.

Elle aurait tant voulu lui offrir une jeunesse. De la gaieté. De quoi vivre plus léger. Mais ses mélancolies lui pourrissent l'existence. Et ces hommes, tous ces hommes, ont achevé de sucer le peu de vie qu'il lui restait.

Autour d'eux on se lève. Certains se protègent la tête de leurs mains. D'autres prient à genoux pour que les chevaux s'écartent. Les lames des épées tranchent tour à tour l'air et la chair avec un sifflement sinistre.

Un duvet s'est logé sous sa narine, collé par la morve qui s'écoule. Ses doigts grattent les fissures. Le plancher est hors d'âge.

« Tu vois ? » lui demande Freddy.

Charlotte relève la tête.

Les policiers forment une ligne sur la largeur du hangar, comme pour faire une battue et lever du gibier. Ils s'avancent lentement vers eux. Le type hideux, celui qu'elle avait vu dehors, est de retour. Il est debout, du côté de la police. Il cherche en même temps qu'eux. Complice.

« On va rouler sur le côté, d'accord ? »

Freddy se dégage d'elle et roule.

« Viens ! »

Charlotte l'imite.

Elle sent le plancher trembler sous elle. Elle sent une main qui frôle la sienne. Elle sent le souffle d'un cheval qui passe. Elle entend le bruit de succion d'une lame qui s'enfonce dans une cuisse. Pas la sienne. Pas celle de Freddy. Le blessé hurle. Elle ne l'a jamais vu. Victime prise au hasard. Charlotte se fait le plus petite possible. Ses bras contre ses flancs. Ses jambes recroquevillées. Son cou réduit à rien. Freddy l'enlace contre la cloison.

Les rôles sont inversés.

Il est la mère et elle l'enfant.

L'homme au visage hideux ne porte plus de casquette. Son crâne est plein de creux. Il passe tout près d'eux, sans les voir. Charlotte et Freddy sont cachés derrière deux corps meurtris. Il a fait demi-tour. Il a rejoint le chef des policiers, le superintendant. Il parle avec un drôle d'accent. Il ne vient pas d'ici. On dirait de l'allemand.

*

Engels a rejoint le Maure. Il a un genou au sol. Il sent l'odeur de l'urine et la poudre des fusils. Une tête se lève près de lui et encaisse un coup de bâton. Engels n'a pas bougé. Il garde un genou au sol et l'autre relevé, dans cette attitude martiale qu'avaient les insurgés des barricades sur les gravures qu'il collectionne. Il en possède des dizaines, cachées dans son bureau. Des gravures de 1848 et de 1849 qui figurent le printemps des peuples, à Paris, Berne,

Bruxelles, Berlin, Cologne, Vienne, Milan et même à Venise, pourtant Sérénissime.

Les policiers avancent.

« Les chefs ! Je veux les chefs vivants ! Compris ? » répète un officier à cheval.

Il y a eu des fuites. Un mouchard a parlé.

Les policiers ne tirent plus. Ils retiennent leurs coups. Ils s'organisent, méthodiquement. Ils fouillent les corps au sol et retournent des têtes.

Sur son cheval, dominant au milieu de ses hommes, le superintendant se distingue. Ses manches sont couvertes d'entrelacs et de broderies. Sa poitrine est un champ de médailles bardé de noms de massacres : Salford, Blackburn, Preston, Wigan.

Mowley se met à courir.

« Ça va là-bas ! crie un policier.

– Lui ! » hurle le superintendant.

Les sabres se relèvent.

Les fusils pointent la masse.

« Il va sortir par le fond. Visez les jambes. Il nous les faut vivants ! » crie l'officier.

Des plombs déchirent les cloisons. Des copeaux de bois éclatent et des quartiers de chair sont arrachés par les balles. Une joue est traversée. Les policiers ne savent pas viser.

« Plus bas les tirs, bon Dieu ! »

Engels sent la menace. Ce bruit. Ce sang. La mort qui frappe au hasard. Et cette foule clairsemée. Il ne grêle plus dehors.

Sa main tremble. Il a perdu sa canne.

Tout s'embrouille. Le temps s'accélère et l'espace se dilate.

Il ne sait plus ce qu'il fait. Sa main plonge dans sa veste. Son index déverrouille le barillet de son arme. Le bout de son doigt passe sur six chambres, six cartouches, dont le culot est encore lisse. Son bras se tend et son œil droit se rive sur la ligne que forment la chambre et le canon. Son pouce arme le chien. Son index enveloppe la détente, réduite à une virgule d'acier, une apostrophe de rien qu'il suffit de presser pour que tout dégénère. Engels ne pense pas. Il agit par réflexe. La peur guide tout. Il ferme les yeux. Que Ta Volonté soit faite ! Que Ta Volonté soit défaite. Son index presse la détente. La balle jaillit. Au même instant, un corps a surgi dans son axe. Il s'est interposé. Engels tombe en arrière. Le corps pèse sur lui. Cette fois, c'est bien réel. Engels est empêché. Il ne peut plus bouger. Il a les mains coincées sous le corps étranger. Il a les jambes pliées, sans prise pour se redresser. Son arme pèse une tonne. Il a la bouche pleine de cheveux, les longs cheveux de l'homme gris.

Du sang s'écoule entre eux.

Engels n'a pas mal. Il est juste sonné. Il voudrait se libérer. Prend appui sur un coude. Au bout de quelques instants, il parvient à faire rouler le vieil homme.

Tout est devenu plus calme. Aux cris succèdent les râles, les frottements des blessés qui se traînent au sol. La poudre s'est dissipée. Les policiers sont partis. Ils poursuivent des fuyards. Ils se sont trompés de cible.

Engels s'en est sorti. Il s'accroupit près de l'homme qui lui est tombé dessus.

« Stephen ? Stephen, ça va ? demande le Maure.

– Qu'est-ce que j'ai fait ? interroge Engels. Il est mort ? »

Le Maure palpe le cou du vieux, déchire sa chemise et cherche d'où vient ce sang. Il colle son oreille contre son cœur. Sa face noire tranche avec la pâleur du vieillard. Ce dernier ouvre les yeux. Il dit qu'il est blessé.

« J'ai mal là. »

À l'aine.

« On avait dit pas d'armes ! Qu'est-ce qui t'a pris ? »

Le Maure lui en veut. Encore plus que le vieux qui s'est jeté sur sa balle.

Ils vont compter les morts et les nombreux blessés.

*

« Freddy ! Freddy ! Aide-moi, crie Charlotte. Je ne sens plus mes jambes ! »

Des mains se tendent vers elle. Des hommes la relèvent. Freddy vient de la rejoindre.

« Où étais-tu passé ? demande-t-elle.

– Je cherchais... »

Freddy dessine dans l'air la forme du tronc de quête.

Charlotte ne répond pas. Elle l'observe et s'assure qu'il n'est pas blessé.

« Rien ? Nulle part ?

– Non, non, ne t'inquiète pas. »

Charlotte s'est relevée. Elle agite les jambes pour s'assurer qu'elles fonctionnent normalement. Elle secoue la sciure qui imprègne sa jupe. Pas de sang. Elle se palpe le ventre. Elle passe la main dans ses cheveux et chasse la mèche qui lui tombe dans les yeux.

« Ne traînons pas ici. »

Charlotte jette un coup d'œil autour d'elle. Elle aussi cherche la boîte. Elle contenait beaucoup d'argent. En passant près de la poutre, elle se souvient de sa trouille. Elle a jeté le tronc.

« C'était par là », dit-elle.

Charlotte fouille le sol jonché de lambeaux de tissu, de vêtements déchirés et de gisants.

Sa boîte a disparu. Quelqu'un a dû la prendre.

« Un policier, sûrement, dit Freddy. Ils ramassaient tout ce qui traînait pendant leur sale battue. »

Freddy a en vu un arracher une sacoche sous le ventre d'une femme.

Deux hommes s'activent près de l'estrade. Ils transportent un blessé. Charlotte reconnaît ces silhouettes. Surtout celle du petit et le bruit que fait la canne qu'il tend au vieux près de lui. Un bruit creux.

Lui revient l'amertume du temps où elle vivait à Londres et de ses nuits chez Malte dans le quartier des tanneurs. Ses souvenirs sont confus, embrouillés par les liqueurs du docteur et son laudanum. Elle vivait hors de tout, comme en apesanteur. Deux moments se télescopent. Le premier devant l'agence Cook à la gare, le jour de son agression. Le second chez Malte avec cet homme petit, son collier de barbe et cette canne à la main.

Quelqu'un prononce un nom :

« Par là, monsieur Engels, dépêchez-vous. »

C'est ça. C'est lui.

Elle s'en souvient maintenant. Engels. Cet homme

avait surgi au pire moment de sa vie, quand elle perdait son enfant.

« Charlotte, faut y aller ! »

Celui qui accompagne Engels se confond avec un souvenir d'immeuble. Une odeur de cire. Un escalier de guingois et une porte entrouverte.

« Charlotte ! »

L'image d'une tignasse dans une barbe épaisse. Un palier triste et sombre. Une porte qui se ferme quand Charlotte passe devant avec Freddy dans ses bras, dans son cageot à légumes. Elle l'a déjà vu.

*

Engels est intrigué par le regard de cette femme avec un jeune garçon près d'elle. Pourquoi le montre-t-elle du doigt ?

« Maure, tu les connais ceux-là ? »

Le Maure garde la tête basse. Il s'occupe du blessé.

« Laisse-moi tranquille », grogne-t-il.

Si ce vieil homme ne s'était pas jeté sur lui, Engels aurait commis la pire erreur de sa vie. Il aurait tiré sur le superintendant. Il se serait attiré toutes les foudres du royaume. Le meurtre d'un officier de police, c'est la mort assurée.

Engels coince sa canne sous son bras.

La femme aux beaux yeux verts le regarde. Elle a les traits tirés. Le garçon qui l'entraîne a une quinzaine d'années. Il a les cheveux noirs, un grand front, des yeux sombres, un visage qui le met mal à l'aise.

Il a reconnu cette femme. Elle était chez Malte à

Londres. Et Malte devait s'occuper de l'enfant de Nim, la bonne. C'était il y a presque quinze ans.

« C'est pas possible ! » murmure-t-il.

Treize, quatorze ou quinze ans, c'est à peu près l'âge de ce garçon. Il ressemble tant au Maure !

19

Freddy et Charlotte ont eu de la chance. Ils ont pu se sortir de ce piège infernal. Ils ont filé droit. Sans se retourner. Ils ont traversé le canal, puis le quartier de la Petite Irlande. Ils ont longé la berge. Remonté l'escalier de leur appartement. Pas vu. Pas pris. Charlotte s'est écroulée, épuisée. La nuit doit faire son œuvre, réparer corps et âmes.

Freddy a fait ses comptes.

Deux souches pleines. Trois billets détachés. Vingt-trois tickets en tout !

Il les cache dans la bourre du matelas.

Charlotte dort à sa place ou fait semblant de dormir.

Freddy n'a pas sommeil. Depuis cette folle journée, il est incapable de fermer l'œil. Attablé dans le salon, à la lueur d'une bougie dont la cire fond trop vite, il sort une pochette en cuir. Elle contient l'argent de la fausse loterie. Il compte ce qui leur reste. Deux shillings et six pennies. Au prix que leur coûtent le loyer, le pain et l'opium de Leu Phong, l'épicier, ils ont à peine de quoi tenir deux mois.

« Ce sergot de malheur. Je me souviens maintenant. Je

crois bien que je l'ai vu, celui qui a pris le tronc. Un gars avec une drôle de tronche. Tout cabossé. Je te jure que si je le croise, il me rendra des comptes, celui-là. Saleté de voleur ! »

Freddy peste tout seul.

« Cette sale race d'hommes ! »

Ils font partie d'une force qui s'arroge tous les droits, ils tuent et frappent toujours au nom de leur loi. Leur uniforme fait d'eux ce qu'ils sont, une faction sans âme avec un haut-de-forme porté sur un front bas, équipés d'un bâton pour mieux se faire entendre, brandissant leur arme pour trancher tout litige, sans engorger les taules.

Ces policiers ont la conscience d'un sifflet, en marche ou en arrêt. Ils n'ont pas d'entre-deux.

Freddy oscille, lui. Il balance toute la nuit entre les nuances de la culpabilité. Il fallait bien le faire. Mais au prix de quel danger ! Il faut de l'argent pour vivre, mais c'est de l'argent volé. Il se souvient de ce type qui s'est fendu d'un shilling pour une souche entière. Freddy n'a pas eu le temps de le glisser dans le tronc. Il a sauvé le shilling. Il a eu de la chance et le moustachu aussi puisqu'il est parti juste avant que les policiers débarquent. Était-il de mèche avec eux ? Savait-il que la police s'apprêtait à charger ?

Deux shillings et six pennies. C'est loin d'être une fortune. Pourtant, cette somme pèse lourd. Freddy voudrait retrouver ce pigeon, lui rendre des comptes et peut-être obtenir son pardon.

Mais Charlotte a dit non.

Il imagine qu'il pourrait faire amende honorable en proposant ses bras, deux ou trois shillings de sa sueur et de son travail à ceux qu'il a abusés. Charlotte a refusé. Il imagine autre chose. Une autre scénario : il leur dirait que la loterie a été annulée. Il pourrait se présenter sans avoir à se cacher puisque les événements ont bouleversé la donne. Il serait dans son droit. Et il n'aurait plus besoin de leur rendre leur argent.

C'est vicieux comme raisonnement. C'est tordu, mais ça se tient. Ça se tient tellement bien qu'il en perd le sommeil.

Pendant que Freddy rassemble ses pièces, il répète à voix haute qu'il n'est pas mauvais ! pas mauvais !...

Charlotte s'est réveillée. Elle remonte sa couverture.

« Mais non, t'es pas un mauvais bougre.

– J'aurais pas dû faire ça. Et puis, il ne fallait pas rester. Tu me l'avais bien dit, pourtant ! J'aurais dû t'écouter. »

C'est le milieu de la nuit. Les fenêtres sont closes. Un filet de courant d'air fait osciller le voile. La bougie s'est réduite à une coulée informe. Freddy porte des mitaines et tisonne la bûche. Un mulot se glisse à ses pieds, redresse la tête, se lève sur ses pattes arrière, puis disparaît dans le mur.

« Arrête de ressasser !

– C'est tous ces morts qui me pèsent. Et puis ce pauvre type qui a pris toute une souche avant de partir. Et cette femme avec son enfant qui a insisté pour en acheter deux. Heureusement elle n'a pris qu'un ticket. Je ne voudrais pas qu'ils soient morts. Je ne voudrais pas qu'on me dise que j'ai volé l'argent des morts. »

Il l'entend qui se redresse. Charlotte se gratte le crâne.

« Va au Palais des Sciences ! dit-elle.

– Quoi ?

– Va au Palais des Sciences !

– Pour quoi faire ?

– Avec ce qui vient de se passer, ils vont sûrement y aller. Le spectacle est gratuit le jeudi.

– C'est autorisé ?

– C'est un spectacle, Freddy. Pas une réunion ou un rassemblement. Le couvre-feu tolère les spectacles. Et tu verras qu'ils y seront, tes gens du hangar. Je les connais. Ils vont y aller pour prendre des nouvelles. »

Freddy s'est réveillé très tôt. Il a coupé du bois, pisté le mulot et colmaté la fenêtre. Mais avant de partir, pendant qu'il se change dans la pièce d'à côté, Charlotte ouvre le tiroir sous la table. Elle en sort la pochette. Elle déverse l'argent.

« Freddy, viens voir ! »

Sur la table, son doigt maigre et noueux trace une ligne invisible.

« À gauche, c'est pour tes remords », dit-elle, avant de faire glisser les pièces. Elle compte : « Douze pennies… treize… Voilà ! Un shilling et trois pennies. »

De l'autre côté, elle fait passer le même montant.

« Et voilà, dit-elle. Trois pennies pour la fin de la semaine. »

Freddy observe le shilling qui trône sur la ligne invisible. Sa face oxydée représente la reine Victoria jeune. Le front bien dessiné. Le nez droit. Les joues pleines et un pli sous le menton.

« Cette pièce est pour toi, dit-elle.

– Mais pour quoi faire ?

– Pour m'acheter un carnet.

– De loterie ?

– Parfaitement. Je vais acheter les tickets que tu voudras bien me vendre.

– Je ne comprends pas », dit Freddy en boutonnant sa blouse.

Charlotte soupèse les pièces. Au coin de sa bouche, une contorsion infime, une éclaircie contenue qui ne demande qu'à s'étendre. Puis elle se penche vers lui.

« Moi je les aime, tes tickets. Ils te ressemblent. Ils sont beaux et on a envie d'y croire.

– Je pensais que t'en voulais plus ? Que tu ne voulais plus jamais entendre parler de loterie ? Qu'il fallait qu'on trouve autre chose ?

– Ce shilling est pour toi, Freddy, si tu me vends tes derniers billets.

– Vrai ?

– Apporte ! »

Freddy revient avec sa souche préférée, celle de la Tasmanian Company.

« Ils sont tellement bien faits », dit-elle.

Le dessin du navire est précis. Les trois lignes au-dessus de la signature du trésorier font plus vrai qu'un billet de banque. Charlotte les glisse dans sa chemise.

« C'est fini, la loterie !

– Oui. Je sais », répond-il.

Freddy traverse la ville, gonflé comme un héros. À chaque fois qu'une plaque de glace se présente sur son chemin, il saute, haut et loin, pour faire cliqueter ses pièces. Il se sent riche. Riche de ces pièces et surtout de ce que Charlotte lui a dit.

Il remonte la Medlock. Il traverse le pont et poursuit vers le centre de Manchester. Si les passants le regardent, c'est qu'il est peut-être beau. Sa casquette sur la tête. Son pantalon de coton et sa blouse longue. Freddy a fière allure !

Une fois passé le canal, les flaques fondent sous la paille et le passage des chevaux. Plus besoin de sauter. Il n'entend plus ses pièces calées au fond de sa poche. Freddy se fie au soleil pour maintenir son cap. Il croise un groupe d'enfants au sourire plein de dents. Ils portent des vestes d'homme sur des gilets de cachemire.

« Tu l'as vu celui-là ! Non mais, pour qui il se prend avec son allure bête, dit l'un d'eux.

– Qu'il rentre chez lui. Il n'a rien à faire là ! »

Quand il se retourne, Freddy remarque que les garçons se poussent du coude en le montrant du doigt. Ces garçons pleins de morgue sont les sentinelles des beaux quartiers de la ville. Freddy n'est pas de leur monde. Ici, c'est Campfields. Et quand on a leur âge, une bande, un quartier, un monde c'est ce qui compte le plus.

À Campfields, les rues sont larges et propres. Les voitures sont bien tenues. Des cochers prennent soin de ramasser le crottin. Les ordures ménagères sont cachées dans les cours. Même l'air qu'on respire semble plus pur qu'ailleurs. Les maisons sont en pierre. Les trottoirs sont en pierre. Les rues sont pavées. Il n'y a pas de boue ici. Pas d'herbe, que du foin pour atténuer le roulement des voitures. Les vitrines des boutiques sont peintes de couleurs vives. Elles sont pleines de faux cols, de plastrons, de cravates qu'il n'a jamais portées et de chapeaux ornés de plumes extravagantes.

Deux femmes sortent de l'une d'elles.

Freddy va les croiser.

« Où se trouve le Palais des Sciences, s'il vous plaît ? »

Mais, au lieu de lui répondre, elles se cachent le visage et s'inclinent comme pour prendre leur élan. Elles laissent dans leur sillage des brassées de fleurs fraîches et un parfum de doute.

« Il paraît que la tuberculose fait encore des ravages chez ces pouilleux, dit l'une.

– Ce n'est qu'un début. Après, c'est le choléra », répond l'autre.

Freddy connaît ces maux. Ils tuent sans y toucher, portés par l'air mauvais et les miasmes de la Medlock. Il fait partie de cette fange, de la Petite Irlande, loin d'ici.

Un cocher trotte vers lui et l'évite de justesse en dressant sa badine d'un air de revanche. Un homme marche lentement. Freddy le laisse passer. Un omnibus tiré par deux paires de chevaux file dans l'axe d'une voie ferrée inscrite dans les pavés. En bas, dans le wagon fermé, des femmes sont rassemblées dans le sens de la marche. En haut, sur l'impériale, Freddy dénombre une dizaine d'hommes. Le cocher est devant. Ses jambes sont à l'abri d'une bâche fourrée. D'un gant, il tient les rênes. De l'autre, il joue d'un fouet si long qu'il pourrait d'un coup sec lui mordre le bout du nez. Il est calme, bien calé dans son droit et son emploi de cocher.

« Allez ! Allez ! Va-t'en ! » lui lance-t-il.

Freddy poursuit son chemin.

À Campfields, les fenêtres sont immenses et la lumière

filtrée par des rideaux de flanelle. À Campfields, les poignées de porte sont en cuivre et ne s'ouvrent que de l'intérieur. À Campfields, les femmes portent des dentelles, des plumes et des robes chatoyantes. Mais aucune ne lui fera jamais autant d'effet qu'un ticket de tombola glissé dans la chemise de sa chère bonne-maman.

Pourtant, quelques pas dans cette ville et ces petits rires pointus semblent avoir eu raison de ses récentes illusions. Ses semelles creuses sont pleines d'eau. Sa blouse de coton le gratte. Le shilling qu'il possède ne pourra rien y faire. Freddy a vu les prix affichés dans les vitrines et au cul des omnibus. Il sait maintenant ce que veut dire l'expression « hors de prix ». Ça veut dire qu'il n'est pas de Campfields et que ces femmes avaient sûrement raison de se méfier de lui. Il ferait mieux de décamper s'il veut éviter de prendre une rouste par ces garçons sentinelles.

Au carrefour, sur sa droite, il aperçoit une place très aérée. Au milieu, des tonnes de pierres blanches parfaitement emboîtées se dressent haut dans le ciel. Le bâtiment est immense et ses murs sont ponctués de fenêtres aussi vastes que des porches d'église.

« C'est ça ? » se demande-t-il, ébloui.

C'est écrit en toutes lettres. Tout le long de la façade : Palais des Sciences.

Ses portes sont ouvertes et aspirent des petits groupes d'hommes et de femmes. Ils ne portent pas de vêtements « hors de prix ». Ce sont des gens simples, comme lui. Des ouvriers en blouse. Des femmes chapeautées, mais sans plumes. Des enfants qui font leur âge, sans cachemire ni vestes d'homme. Freddy est rassuré. Tous les premiers jeudis du mois, le Palais des Sciences fait le plein de peuple.

Tout autour, des sergots rôdent, bâton à la ceinture et sifflet dans la poche. Ils détronchent les passants. Ils les narguent même, parfois. Mais le droit a changé de camp. Il n'y aura pas de charge. C'est un spectacle qu'on donne ce soir. C'est comme les prêches, les cours et les bals populaires. Les lois antiémeutes et le couvre-feu ne s'y appliquent pas.

Freddy sort sa monnaie.

« Une place, s'il vous plaît.

– Tiens ! lui répond le bonhomme à l'entrée. C'est gratuit le jeudi. »

Il fait si chaud à l'intérieur.

Mardi soir dernier, c'était « la générale », comme on dit au spectacle. Les aristocrates sont venus en s'acquittant d'un droit d'entrée fixé selon leur bon vouloir. Hier, c'était « la première ». Les bourgeois de Manchester ont payé un tarif établi d'avance. Aux jeux de cartes, il faut payer pour voir. Mais pour ces bourgeois-là, la règle s'applique aussi pour être vus. Les bourgeois de la ville payent pour être vus et bien vus. Ils sont capables d'acheter cinq, six ou sept tickets d'entrée pour s'offrir une cour, des proches ou des relations.

Ce soir, c'est gratuit. C'est pour le peuple qu'on joue, comme tous les jeudis soir. Le public n'a pas le lustre de la veille, encore moins de l'avant-veille, pourtant le théâtre a fait le plein.

Dans le hall, Freddy croise des types des teintureries de Hulme, des ouvriers de Chorlton aussi, et puis de Pendleton. Il y en a même de Salford. Toute la ceinture est là, tous les faubourgs industrieux de la ville.

Des affiches sont accrochées sur des chevalets de

peintre. En grandes lettres rouges, elles annoncent le célèbre hypnotiseur Spencer Hall. Il est de retour après une tournée européenne. Un dessin le représente en costume de scène. Il a les bras tendus. Entre ses paumes et le sol, une femme est allongée, comme suspendue dans le vide. Elle est seulement retenue par ses extrémités. La tête sur un tabouret. Les pieds aussi. Et rien entre les deux.

Freddy a les mains moites. Il se poste au milieu d'un escalier monumental. Il scrute les visages. S'accroche à des détails physiques. Calé sur la rampe en pierre de taille, il suit le ballet des gens qui montent, mollement, pas très pressés de voir le spectacle. Il capte des noms :

« Miller a pris une balle. »

« Woolf a le bras cassé, rien de grave. Dieu soit loué ! »

Les trois anciens de Hulme lui adressent un bref signe. Il y répond d'un doigt sur la casquette. L'un d'eux se claque la cuisse.

« Ils nous le paieront ! » lâche-t-il.

Son voisin lui fait remarquer la dizaine de policiers plus haut.

« Ils cherchent encore », dit-il un ton plus bas.

Derrière, personne ne bronche. La sonnerie du spectacle peut bien retentir, son petit bruit strident, son vibrato de laiton, il reste encore pas mal de monde en bas dans le hall. Des femmes, surtout. Elles se tiennent par le bras. Elles se prêtent des mouchoirs. Les nouvelles sont mauvaises. Le chiffre de douze morts circule.

La sonnerie de laiton retentit à nouveau. Comme personne ne se presse, elle se double d'un coup de sifflet.

« Le spectacle, c'est là-haut », hurle un policier de troisième classe.

Il a seize ans, à peine. Pourtant, il se permet de lancer des ordres comme s'il s'adressait à un troupeau inhumain.

« Dépêchez-vous », poursuit son supérieur, un deuxième classe en haut-de-forme dont le bord est usé et le sommet enfoncé, comme si une pierre lui était tombée dessus.

Freddy fait demi-tour et s'engage dans la salle. Il roule des épaules comme font ceux qui l'entourent pour faire croire aux sergots qu'ils n'ont pas peur, qu'ils peuvent bien crier et siffler de toutes leurs forces : ils s'en balancent, eux ; pas pressés de se soumettre.

20

Charlotte n'en peut plus de se cambrer sous les hommes pour seulement quelques pièces, de se dilapider par bouts : ventre, cuisses, bouche.

Que reste-t-il d'elle ? Plus grand-chose.

Mais les drames ont du bon. Tous les morts du Temperance Hall, tous ces blessés avec lesquels elle a fui le hangar l'ont rappelée à la vie. Oui. Étrangement. Comme si Dieu lui annonçait qu'Il ne voulait pas d'elle.

Pendant que Freddy va laver sa conscience, Charlotte se prépare.

Dans la cour, près d'un tas de détritus empilés depuis des semaines, elle dégote une bassine moins rouillée que les autres et la remplit d'eau bouillie.

Charlotte tend une toile entre elle et les baraques voisines, par habitude. Elle laisse tomber sa robe et ôte ses dessous qu'elle accroche sur le fil. Elle s'empare d'un bout d'éponge. Elle pose un pied dans la bassine, puis l'autre. Un frisson la parcourt. L'eau est encore tiède, mais le vent de cette fin d'hiver lui crispe tout le corps.

Elle gorge d'eau son éponge. Elle se la passe sur les bras, les cuisses et l'entrecuisse. Elle se frotte au savon de potasse. Sa peau se couvre de plaques blanches et roses. Ses hanches retiennent l'eau. Ses seins fanés ne retiennent plus rien d'autre qu'un grenu de chair de poule.

Elle se tamponne le ventre avec sa robe roulée en boule. À l'abri de la toile dressée, elle sèche le bas de son dos autour de cette blessure qu'un talon de policier a laissée l'autre jour.

Elle coiffe ses longs cheveux. Cela fait des années qu'ils ont perdu leurs jolis reflets roux. Des mèches blanches s'y sont mêlées. Qui voudrait d'elle, maintenant ?

Dans sa malle, elle déniche une chemise qui sent le bois mouillé. Un caleçon long, un jupon, un surcot et s'habille.

Sur le bord de la fenêtre, elle retourne un plat d'étain. Bien lisse. Poli. Elle se passe du rouge sur les lèvres. C'est sans doute le détail qui distingue les filles de peu des autres. Les bourgeoises de Campfields sont à la mode française. Elles sont pâles comme la mort. Il faut qu'elles fassent livides. Elles se mettent du bleu terne au cou, du vert pâle sur les joues et du gris pour se cerner les yeux, jusqu'aux pommettes, parfois. Elles pensent que ça les rend saintes. Les filles comme Charlotte n'ont pas besoin de jouer les agonies, les langueurs troublantes ou les fausses saintes-nitouches. Au contraire ! Elles font de leur mieux pour masquer le mauvais sort et paraître plus alertes. Les filles comme elle affichent leurs couleurs. Celles de la vie. Rouge fanfare pour les lèvres. Vert émeraude aux paupières. Elle frotte ensuite ses dents d'un doigt mouillé de vin et de clou de girofle, pour l'haleine.

Devant le plat d'étain qu'elle redresse à nouveau, elle tire longuement ses cheveux pour en faire un chignon. Elle les tient haut d'une main et, de l'autre, elle entortille des mèches autour de ses oreilles. Une vague de coquetterie. Une virgule d'insouciance. Puis elle tourne la tête pour se voir de profil. Charlotte regrette le nez qu'elle avait du temps de Clonmel. Droit comme celui de sa mère.

Elle glisse des épingles dans ses cheveux, les noue de fils de lin en prenant tout son temps. Elle avait oublié la douceur de ces instants, quand les gestes sont calmes et les pensées lointaines.

Charlotte est prête. Elle n'a plus besoin de rien.

Elle se souvient de tout à propos de M. Engels, de la visite chez Malte et de ce que le docteur lui en a dit la dernière fois qu'elle l'a vu, à Londres, avant de quitter la ville :

« Méfiez-vous de cet homme et de ses amis. Je ne sais pas comment, mais ils savent. Cela ne vient pas de moi. Je suis une tombe, Charlotte. Mais quelqu'un leur a dit que vous éleviez Freddy. Ils vous cherchent. Partez ! »

Charlotte connaît l'ami d'Engels. Elle pense que c'était lui dans le hangar. Barbu. Hirsute. C'est lui qu'elle avait aperçu quinze ans plus tôt, à Dean Street, en sortant de chez cette pauvre fille qui ne voulait pas de son fils. C'est peut-être lui le père de Freddy ! Charlotte ignore son nom. Malte n'a jamais voulu le lui donner. Ce n'est qu'une question de temps. Bientôt, elle aura rassemblé toutes les pièces du puzzle.

Pour l'heure, elle dispose d'une adresse, à Eccles. C'est celle de l'usine qui porte son nom : Ermen & Engels.

Elle va bientôt savoir combien vaut son secret.

Charlotte arrache un peu de bourre au matelas. Elle la malaxe et la tasse pour en faire deux masses rondes qu'elle glisse dans sa chemise. Elle la referme puis la lace très serré pour gonfler sa poitrine.

« C'est mieux », pense-t-elle en remontant ses seins. Elle se trouve un peu plus digne et presque désirable. Il faut ça pour qu'un homme ouvre sa porte sans raison. Elle palpe ses hanches et sent le manche de son couteau de Sheffield. On ne sait jamais.

Des orties poussent contre le mur. Elle retient sa respiration. En arrache quelques-unes. S'en frotte les mains. Ce geste, Charlotte le tient de sa mère, qui le tenait des vieilles femmes du village. Il éloigne les morts.

En remontant le remblai, elle croise des chats pas bien épais et des rats qui ne s'enfuient plus. Les bouches d'égout ne rejettent plus grand-chose, à peine un fin filet. Après le canal de Rochdale, elle traverse Campfields, coupe vers Salford, saute dans un omnibus et se laisse conduire jusqu'à Eccles.

L'usine Ermen & Engels abrite une immense filature.

Deux étages, trois cheminées, des dizaines de fenêtres composées de carrés de verre modulables conçus, selon les cas, pour garder la vapeur ou sécher les machines. Les briques de la façade sont d'un rouge aussi vif que les lèvres de Charlotte.

Elle lit le nom en grand sur un panneau de bois : « Victoria Mills – Ermen & Engels ».

Avant de se présenter, elle s'appuie au mur pour secouer les pans de sa robe. Elle frotte la poussière de sa première bottine. Elle relève une jambe pour nettoyer la seconde. La porte est entrouverte. Elle peut voir des dizaines de machines alignées. Des poulies. Des bras mécaniques. Des bielles et des caissons à vapeur aussi larges qu'une locomotive. Des centaines de courroies se dressent au-dessus des machines et s'étirent jusqu'au plafond. Tout le long, des milliers de fuseaux attendent. Sans fil, « malingres », comme disent les tisserands.

Un enfant balaie le sol. Sa paille frotte les dalles. Il est seul. La poussière qu'il fait valser n'est pas celle du coton. Elle est grise, triste, comme toutes ces machines à l'arrêt.

« Petit ! » lance Charlotte.

Une main coupe son élan.

« Sortez d'ici. »

Le cœur de Charlotte bastonne. Elle s'était mis en tête qu'elle n'aurait pas peur. Elle a été surprise.

L'homme devant elle est massif. Il a remonté ses manches. Il n'a pas l'air de savoir ce qu'il doit faire de ses grosses mains de boxeur. Charlotte sent qu'elle le trouble. Elle connaît bien les hommes.

« Je cherche M. Engels », dit-elle.

Le bonhomme la fixe un temps comme s'il cherchait la réponse. Il a des yeux d'iguane, ronds comme deux bulles et tellement écartés qu'ils semblent pouvoir rouler indépendamment l'un de l'autre. Il cherche encore un peu, puis finalement s'accorde sur l'idée qui lui vient.

« M. Engels ?

– Oui, le directeur ! C'est bien son usine, n'est-ce pas ? C'est marqué sur la pancarte au-dessus de l'entrée. »

Le bonhomme se détend. Charlotte connaît ces gros bras. Pas méchants, mais aussi lents que lourds.

« Pas là ! Moi je garde ça, vous voyez, et y a personne là-dedans. Y a plus personne qui vient travailler là ! »

Charlotte sourit de son mieux, pour se montrer aimable.

« Merci, monsieur. Je m'en vais, mais l'homme qui vous paye pour garder son usine, ce M. Engels…

– Eh ben quoi… »

– Il doit bien avoir un bureau quelque part, non ?

– Oui. Un beau bureau, ça ! Bien confortable, avec des tas de fauteuils et du cuir et des choses qui sentent bon.

– Ici ?

– Non. À Southgate. »

Le simplet à tête d'iguane évoque un quartier près du centre. Il a perdu l'adresse, mais il se souvient du nom d'une taverne. C'est comme ça qu'il se repère.

« *Le Lion d'or.* »

Elle remercie et fait demi-tour.

À Manchester, un pub sur deux s'appelle Le Lion quelque chose : *Le Lion rouge*, *Le Vieux Lion*, *Le Lion noir*. Des lions de toutes les couleurs et de tous les âges qui servent tous la même bière.

Charlotte se souvient qu'en Irlande elle passait des heures à arracher les cônes de houblon aux tiges duveteuses et rêches qui grimpaient jusqu'au toit des fermes. Quand elle rentrait chez elle, elle en gardait toujours une ou deux grosses poignées pour les glisser dans son lit. Les femmes prétendaient que le houblon facilitait le sommeil.

Trois miles et quelques cloques plus tard, elle finit par repérer une enseigne près de la Bourse et un dessin de lion dont la dorure s'estompe.

« C'est peut-être la bonne ! » pense-t-elle.

Avant de pousser plus loin, elle bifurque vers le bar et quémande un peu d'eau.

« J'ai les pieds en compote ! »

Le tenancier la regarde d'un air dégoûté.

« Dehors », dit-il.

Il lui désigne la cour où se trouve un abreuvoir. Elle pourra s'y plonger autant qu'elle le voudra.

« C'était pour les chevaux. »

En fait de cour, il s'agit d'une impasse. À gauche, les écuries. Une dizaine de box, mais pas un seul cheval. Des brins de paille souillée jonchent le sol. Une charrette démembrée gît au milieu de la cour. L'abreuvoir est derrière, encadré de tiges vierges, de feuilles jaunes gelées et d'une poignée d'asters qui survivent malgré le froid.

Sous le brouillon que dessinent les rameaux de lierre grimpant, Charlotte tombe sur la même pancarte qu'à Eccles. Trois tours rouges dessinées et l'adjectif « extra » pour qualifier le fil produit par Ermen & Engels.

Le jour tombe à peine.

Une silhouette passe sous les fenêtres du premier étage.

Charlotte s'asperge le cou, s'essuie les mains, rassemble ses cheveux juste au-dessus de ses oreilles, mouille ses lèvres redevenues ternes, sort sa minaudière en nacre et se repasse du rouge.

21

Engels est loin des bureaux de Southgate et de sa maison d'Ardwick.

Son nom circule probablement dans les commissariats du Lancashire. Il doit figurer sur les listes des personnes recherchées parce qu'il avait une arme. Son avocat, Tulkinhorn, est persuadé qu'il a été dénoncé.

« C'est l'affaire de quelques semaines », assure-t-il.

Cet homme de réseaux et d'influence a quitté Londres pour Manchester et il est venu retrouver Engels dans ce coin de pub à l'ombre. Ils parlent bas. Mais Josiah Tulkinhorn est l'archétype du vieil Anglais plein de manières, parfaitement en phase avec l'esprit de palais qui règne sous Victoria. Pas facile d'être discret avec un tel énergumène. Sur la banquette voisine, des buveurs se moquent de lui.

Tulkinhorn a dépassé le mitan de sa vie, mais il se tient droit comme un mât. Il a le regard ardent, les sourcils bien taillés. Il est ganté de blanc et revêtu d'un frac impeccable. Il a cette fière allure dont rêvent ses clients et l'esprit tortueux des juges qu'il fréquente. C'est d'ailleurs ce qu'il vend, son air et son esprit.

« Vous disposez bien d'une garçonnière quelque part ?
– Un petit appartement à l'ouest d'ici.
– Alors, disparaissez. Et surtout n'en sortez plus jusqu'à nouvel ordre. Terrez-vous. Enterrez-vous. Enfermez-vous avec votre cher ami allemand. Faites ce que je vous dis. Je connais la composition de l'encre que les juges utilisent pour condamner les gens. Elle m'est très sympathique et, en payant le prix, je pourrai la faire tourner. »

Maître Tulkinhorn est un avocat réputé. Les ponts d'or qu'on dresse devant lui reposent sur des ragots, d'abominables on-dit et des petits crimes entre gens de bonne compagnie. Sa clientèle est riche. Il est le brillant défenseur de tous les noms souillés. Sa clientèle est comme les prisons du pays. Elle est pleine d'innocents calomniés. Comme Engels, qui n'a jamais tiré puisqu'il n'y a pas de victime. Sa seule faute est de s'être trouvé au mauvais endroit au mauvais moment. Il a jeté son arme.

Engels a quitté Ardwick, sa grande maison, Lydia et son vieil épagneul pour se réfugier à l'autre bout de la ville. Il se terre à Salford avec le Maure, Johanna et leurs filles.

Depuis le drame du hangar, ils vivent entassés dans un appartement assez vaste, mais sans luxe.

Johanna a pris la main sur tout. Le ménage, la cuisine. Tout le jour, elle s'assure que les rideaux sont bien tirés. Elle change toutes les bougies dans le salon et les chambres. Elle s'enferme avec son mari pour corriger ses articles. Le directeur du *New York Daily Tribune* lui en a commandé une série sur l'impact de la guerre de Sécession sur l'économie du Lancashire. C'est elle qui décrypte ses pattes de mouche. C'est elle qui traduit son charabia en mots, son allemand incorrigible dans un anglais intelligible. Johanna régente tout de lui, désormais.

Engels vit claquemuré dans sa honte. Il a failli deux fois. Dans le hangar, d'abord, enfreignant la consigne, et surtout quinze ans plus tôt, quand il était chargé de faire disparaître cet enfant.

À tour de rôle, les filles de Johanna se relaient pour lui porter son repas. Trois ou quatre fois par jour, il leur demande de l'eau pour remplir la bassine dans sa chambre. Engels se lave les mains. Toute la journée. Ses phalanges sont devenues rouges à force d'être lavées. Sa peau se desquame par endroits. Mais c'est plus fort que lui. Il se lave comme s'il pouvait faire peau neuve.

Le Maure s'est absenté. Il a pris le train pour Londres. Engels ne sait rien. Personne ne lui dit rien. Pour s'occuper, il tente de relire *Le Rouge et le Noir*.

Quelqu'un frappe à sa porte.

« Je suis occupé, lance-t-il, glissant rapidement son roman sous l'oreiller.

– C'est moi !

– Je ne veux pas être dérangé, répond-il.

– C'est moi, Johanna, ouvre ! »

Comme il tarde, elle donne un coup de pied au bas de la porte.

« Il n'y a plus que nous ! »

Engels frotte ses mains puis les renifle, machinalement.

Elle donne un autre coup, plus fort.

Engels s'avance. Écoute. Il l'entend derrière qui insiste. Il tourne le loquet.

Johanna entre, sans un regard pour lui.

Il s'est reculé jusqu'au bord du lit.

Johanna ferme la porte pendant qu'Engels macère.

« C'est vrai ce qu'on m'a dit ? »

Elle est debout devant lui, les bras croisés. Et deux horizontales formées par ses bras et ses épaules enserrent sa magnifique poitrine. À la base de son cou, sa peau palpite à peine. Elle sent bon. Engels l'imagine douce, lisse, onctueuse. Une idée folle lui vient. Il pourrait l'embrasser pour éviter la suite, pour donner un autre tour aux mots qui vont venir. Il en a tant rêvé. Mais ce n'est pas le moment. Pas du tout.

« Qu'est-ce qu'on t'a dit ?

– Qu'il était là. Bien vivant, dans le hangar. »

Johanna cale son dos contre la porte. Il sait que ça va être long. Une longue explication. Johanna a envoyé ses filles faire un tour à Campfields. Il y a un spectacle au Palais des Sciences. Ils sont seuls dans cet appartement. Elle et lui.

« Je te parle de ce garçon. Ce bâtard, dit-elle avec dégoût. Celui que tu étais censé faire disparaître. Mon frère m'a tout raconté. Mon frère m'en avait déjà parlé quand il est venu à Londres. Je ne voulais pas le croire. Mais là, cette fois, même Karl dit qu'il y était. »

Engels encaisse le coup.

C'était bien lui.

Johanna tire le rideau.

Deux hommes passent sous ses fenêtres. Il fait gris. On voit mal. Ils portent des manteaux sombres. L'un d'eux laisse derrière lui un panache de fumée. Ils poursuivent leur marche et disparaissent au bout de la rue.

« Je ne m'y attendais pas, dit-il. Moi aussi, j'ai eu du mal à le croire. »

Engels explique qu'il avait cru bien faire, à l'époque. Il avait confié la mission à un docteur à Londres.

« Malte ? précise-t-elle avec un regard lourd.

– Oui, c'est ça. Markos Malte. Il devait avorter l'autre femme. Empêcher cette naissance. Je l'ai payé cher pour ça.

– C'est un cafard, dit-elle. Un faux médecin incapable de tenir sa langue. »

Johanna le fixe. Engels se souvient de tout.

« Quand je suis retourné le voir à son cabinet, Malte m'a assuré que le problème était réglé. Je ne comprends pas. Je me souviens de la somme. Vingt livres. J'ai payé cher pour ça.

– Vingt livres ? C'est beaucoup, mais pour rien, mon pauvre ami. Il est né avant terme et ton docteur l'a confié à une femme, ou vendu, ou je ne sais quoi encore. Tout ce que je sais, c'est qu'elle est venue avec ce docteur à Dean Street. Ils y sont arrivés tous les deux. Ils en sont repartis à trois. »

La femme du hangar, pense Engels. Celle qu'il avait vue chez Malte. Celle qui se tenait près du garçon. La petite maigrichonne avec de beaux yeux verts.

« Comment le sais-tu ? Toute cette histoire, je veux dire. Malte… la fille… l'enfant… et moi ?

– Par négligence ! Par ta faute ! Parce que tu as commis l'erreur de ne pas prendre au sérieux nos attentes. Nous t'avions supplié d'intervenir. J'étais là quand le Maure t'a écrit pour te demander de l'aide. C'est peut-être la seule erreur que nous ayons commise. Et mon frère en a profité. Tu as déjà entendu parler de mon frère ?

– Bien sûr ! »

Ferdinand von Westphalen. Ancien ministre du roi de Prusse. Il a été en charge de la police du roi. C'est à cause de lui qu'ils ont dû fuir la Prusse. C'est à cause de lui que le Maure est un apatride. Ils sont ennemis intimes depuis de nombreuses années. Ferdinand a pour sa sœur des sentiments puissants. Il n'a jamais accepté qu'elle ait épousé un tel individu. Il a passé sa vie à le lui faire payer.

« C'est un homme puissant et obstiné. »

Elle affiche un sourire entendu. Le sourire du dauphin. Coincé au coin de ses lèvres. Pour surveiller sa sœur, Ferdinand von Westphalen avait truffé toutes les villes d'Europe d'hommes à lui. Des policiers, des mouchards ou des espions. Il y en avait à Paris, à Bruxelles et puis à Londres, aussi. Surtout à Londres. Cette ville est peut-être la capitale d'un grand empire, elle est aussi la capitale des socialistes allemands, des exilés rouges, comme eux. Ils sont près de deux mille rien qu'à Londres. Engels les connaît bien.

Johanna poursuit :

« Il est habile, mon frère. Très prévoyant. Il a toujours un coup d'avance. »

Elle a l'œil rivé entre le rideau et l'angle du mur, tourné vers son récit.

« Un jour, ses hommes ont mis la main sur une de ces petites putes d'Allemands qui traînent près des quais. Une affaire de mœurs, dans un cabaret dont j'ai oublié le nom. *Chez Claude* ou quelque chose comme ça. »

Claudwell, rectifie Engels. Il connaît. Il y est souvent allé. Avec le Maure, d'ailleurs.

« L'Allemand s'était fait prendre dans une histoire dont

j'ignore les détails. Je n'ai pas insisté pour les connaître d'ailleurs. Cela ne m'intéresse pas. En revanche, je sais qu'il a parlé, qu'il a tout révélé sur ses fréquentations. Sur ses petits camarades de jeux, tous ceux qui l'entretenaient. Il faut croire qu'il plaisait. Il avait pas mal d'amants. Et parmi eux…

– Malte ! devine Engels.

– Oui. Ton cher docteur Malte. Il a dû le trouver à son goût, j'imagine. Ils ont fumé ensemble. Ils ont couché ensemble. Ce faux docteur devait se sentir bien seul. Ils ont parlé, surtout Malte. Il a parlé de toi. Du Maure. De cette mission que tu lui aurais confiée. Le barman a passé ses nuits dans les cellules d'un commissariat. Puis il a été conduit dans les salons du consulat de Prusse. Il confirma les faits, les noms et l'histoire de cette femme que Malte n'avait pas avortée. Nim, employée de Karl Marx. Les espions de Ferdinand ont suivi Malte lorsqu'il s'est rendu à Dean Street. Il est venu avec une jeune fille. »

Le frère de Johanna lui a tout raconté. Ferdinand avait lancé un de ses hommes de main.

« On le connaît bien, du reste. On l'a vu sous nos fenêtres pendant de longs mois. Il se cachait toujours dans le terrain vague en face, avec sa gueule de crime. »

Engels s'approche de la bassine. Il est sur le point de se laver une fois de plus les mains. Il se ravise. Plus tard.

« Une gueule de crime et une cervelle d'oiseau, dit-elle. Le jour où Malte est venu chercher l'enfant, le Maure était présent. Il travaillait. Les enfants étaient présents aussi. Moi, j'étais en voyage. À Cologne, chez un oncle qui avait promis de nous donner un peu d'argent. Le Maure travaillait sur une série d'articles.

– Oui, je me souviens. Sa première commande pour le *New York Daily Tribune.*

– C'est ça. Et tu sais que lorsqu'il écrit, le monde peut s'écrouler. Plus rien ne compte. »

Ce jour-là, donc, il écrivait. Comme les filles s'ennuyaient, elles ont dû lui demander l'autorisation de sortir. Le Maure n'a pas répondu. Les filles ont dû prendre son silence pour un accord et elles se sont ruées dehors avec leur frère, Mouche, allongé dans le landau. Elles ont joué aux mères de famille promenant bébé et ce bougre d'espion s'est laissé abuser. Il a pris cette sortie pour une ruse et il a suivi les enfants. Quand il s'est ravisé, il était trop tard. Malte, le nouveau-né et une fille venue de nulle part étaient montés dans une voiture et lui avaient échappé.

« Comment sais-tu tous ces détails ?

– Mon frère, répond-elle. Il n'a pas résisté au plaisir de tout me raconter.

– Quand ça ?

– Il n'y a pas longtemps, dit-elle. Il est passé à Londres. »

Engels se représente la scène. Il voit Johanna attablée avec son diable de frère. Il sait que Ferdinand est amoureux de sa sœur. Depuis toujours. Il est prêt à tout pour elle. Il a dû se prendre au jeu. Et, pour le seul plaisir de la faire rire un peu, il lui aura conté avec l'esprit qui est le sien les détails de son échec. Ferdinand a de l'humour. Il est laid, maigre et triste. Il a une voix perchée et des yeux globuleux, mais il a le sens du grotesque et de l'autodérision. Johanna sait s'y prendre avec lui. Elle en joue. Son attitude a toujours été ambiguë, comme si elle entretenait la possibilité de l'impossible.

« Je vois. Et après ? demande Engels.

– Mon frère a fait suivre Malte. Mais depuis cet échec, ton ami docteur s'est montré plus méfiant. Il prenait mille précautions pour éviter de trahir l'adresse de la fille et du gosse. »

Engels hoche la tête.

« Je comprends. Mais c'était il y a quoi, dix ans, non ! quinze ans ! Les hommes de ton frère n'ont pas été capables de le retrouver ?

– Ils ont perdu sa trace. Après, je te rappelle que mon frère a dû rendre son portefeuille. On était au début des années 1850. Changement de gouvernement. Ferdinand était considéré comme trop conservateur aux yeux du roi de Prusse. Disgrâce. Dix ans de mise à l'écart. Dix ans de vacances pour lui, et pour nous, par la même occasion. »

Mais depuis, le vent a tourné en Prusse comme dans le reste de l'Europe. Le frère de Johanna est de nouveau bien en cour.

« Il a été nommé conseiller personnel du roi, dit-elle. Ferdinand a vite réactivé ses réseaux. Il a repris la main. »

Johanna soulève le rideau.

« Tiens, il est de retour », dit-elle.

Engels se glisse derrière elle. Il distingue une silhouette. Il ressemble au type qui se tenait près du superintendant dans le hangar. Il avait remarqué son visage déformé par une tache de naissance, et la lèvre boursouflée. Impossible de l'oublier.

« C'est Ludwig, dit-elle. L'homme de main de mon frère.

– Qu'est-ce qu'il fait là ?

– Il perd son temps », dit-elle.

Elle ferme le rideau.

C'était bien lui, dans ce hangar. Il en est sûr maintenant. Il a bien dû les voir. Le Maure, lui et l'enfant. Comment l'a-t-elle appelé ? Freddy. C'est ça. Freddy. Pourtant, l'homme de main n'a rien fait. Quelque chose lui échappe. Engels ne comprend pas.

22

Freddy pousse les portes d'une salle extravagante. Son plafond est décoré de nuages et d'anges dansants. Des tentures de velours dégringolent vers la scène. À l'étage, au-dessus des fauteuils d'orchestre, d'étranges boursouflures ressemblent à des baignoires soulignées de moulures et de liserés d'or fin.

Freddy n'a jamais vu un tel luxe.

Il dévale des rangées de fauteuils rouge vif tournés vers la scène comme une armée de soldats.

« Où vas-tu, petit ?

– Je cherche une place.

– T'es tout seul ? »

Freddy est fasciné par la bouche du placier. Elle s'étire sur toute la largeur de son visage. Immense.

« Oui. »

Il lui fait faire demi-tour.

« Ce n'est pas pour toi, ici. Tu vas là-haut, au poulailler. »

Freddy jette un œil par-dessus son épaule. Il se demande pourquoi il n'aurait pas sa place en bas. Il ne voit que des casquettes et des crânes tonsurés poivre et sel. Des dos larges. Des profils glabres et secs. Pourquoi irait-il s'installer parmi les poules ?

Les femmes et les enfants sont assis dans les « baignoires » du premier étage.

Freddy sort de la salle, traverse le vestibule, fait le tour et s'engage dans un petit escalier en colimaçon dont la structure métallique couine et branle sous ses pas. Deux étages plus haut, il découvre le poulailler.

Il y reste des places. Freddy bouscule des genoux. Il se faufile en laissant tomber des excuses :

« Pardon ! Désolé ! »

Ce n'est pas la première fois qu'il se rend au spectacle. M. Halter, l'ami de sa mère, lui avait fait découvrir les coulisses d'une salle qui ressemblait à un gros cube sans âme, sans tentures ni peintures. La salle était seulement ponctuée de tables et de chaises rudimentaires. Les coulisses étaient pleines de plumes et de seins et de filles qui péroraient cul nu, une bouteille dans une main, un vieil amant dans l'autre.

Quand la sonnette avait retenti, Freddy avait rouvert les yeux et vu que les filles couraient dans tous les sens. Le rideau allait se lever. Il se souvient des pompons qu'elles portaient, pareils aux embrasses qui tiennent les rideaux. Certaines avaient eu la drôle d'idée de les coller au bout de leurs seins. L'une d'elles s'était plantée devant lui.

« C'est bien droit ? » avait-elle demandé, avant de faire tourner le pompon sur son sein comme la roue sur son essieu. Puis elle avait fait son entrée en scène.

Freddy est bien assis. Il imagine les filles qui s'agitent derrière le rideau en velours rouge. Il sait que le bruit de fond va bientôt se tarir. Le silence va se faire. Il y aura de l'attente, des sifflets, des signes d'impatience. Le temps que la lumière revienne et que jaillisse une nuée de filles nues.

Ça y est. Le rideau se lève.

Il n'y a pas de lumières. Juste un trou noir et une scène vide.

La salle s'emplit de murmures.

Les danseuses ont peut-être peur. Il y a des policiers plein le théâtre. Elles pourraient se faire prendre.

Les spectateurs sont dissipés. Ils parlent. Ils se retournent. Certains s'apostrophent à plusieurs rangs d'intervalle.

Un petit homme s'avance enfin. Il se présente comme l'assistant du docteur Spencer Hall et précise qu'avec un tel foutoir le spectacle ne peut pas commencer. Il semble désemparé. Il cherche du soutien, mais toute la salle le snobe. Les spectateurs se moquent de lui et du spectacle. Ils parlent fort, si fort qu'on entend à peine l'assistant expliquer que « le bruit dissipe les ondes et perturbe les esprits ».

Le brouhaha perdure.

L'assistant s'obstine. Il prétend que « le vacarme et les agitations sont les pires ennemis du magnétospiritisme ».

Des rires fusent. Des blagues un peu salaces l'invectivent. D'autres voix appellent au calme.

« C'est du travail ! Respectez-le, dit l'un.

– Ouais, ouais. Un peu de tenue ! »

Des voix se télescopent.

« Magnéto quoi ?

– Ouh ! Ouh !

– Spiritisme ! Ouh ! Ouh ! »

L'assistant roule des yeux. Le spectacle a commencé.

Mais du mauvais côté de la rampe. Quelques secondes plus tard un semblant de calme s'installe.

L'assistant remercie rapidement, espérant que l'accalmie durera, puis s'esquive sur le côté de la scène.

« Magie ! clame un farceur. L'esprit s'est dissipé. »

La scène prend une étrange teinte bleutée. Les mains des voisines de Freddy s'agrippent aux accoudoirs. Spencer Hall s'avance, lentement. Il est suivi par deux silhouettes. Spencer jette un long regard sur la salle. Il s'impose.

On entend le grésillement des mouches qui finissent en fumerolles contre les becs de gaz.

Deux soldats en uniforme entourent Spencer Hall. Le premier claudique. Il a une jambe de bois. Le second tangue aussi. Une longue canne remonte sur son épaule à chaque fois qu'elle touche le sol.

En travers de la scène, un panneau dessiné est déroulé. Il représente un champ de bataille, avec du gris au ciel et des traits pour les éclairs. Des éclats de brun semblent jaillir du sol. Des nuances de rouge et de jaune figurent un incendie au loin.

Un roulement de tambour résonne. Freddy sent son cœur et ses poumons vibrer sous les coups de baguette. Une trompette s'immisce. Ses notes stridentes poussent toute la salle au front, vers le champ de bataille.

Le spectacle est en place.

Il n'y aura ni breloques ni seins nus. Freddy n'est plus au cabaret. Il est en Amérique, en pleine guerre civile. Le docteur Spencer Hall dirige toutes les opérations.

« Je vous présente deux vétérans de la guerre », lance-t-il.

Sa voix puissante impose le respect dans la salle.

Il dit que le premier, avec sa canne, s'appelle Collins. Il a été major. L'autre était simple soldat. Son nom est Stroke, Jeremy. Avec des mots scandés par le roulis des tambours, Spencer raconte la bataille d'Atlanta, qui opposa, l'été dernier, les troupes confédérées du général John Hood aux Yankees du général Sherman.

« Imaginez une ville aussi grande que la vôtre prise par les flammes et les tirs de canon. Imaginez des troupes sudistes encerclées qui se défendent pour tenir leur position. Elles savent que si Atlanta tombait, leurs chances de victoire s'envoleraient. Pendant de longues semaines, les Yankees de Sherman ont essuyé un déluge de fer et de feu. Des boulets de canon. Des balles à bout portant. Des baïonnettes. Des combats plein les rues. »

Spencer Hall détaille tout : les mouvements des soldats, les poursuites, les cris. Le fracas des fourgons. Les explosions des wagons de munitions.

« Voici deux rescapés, mesdames et messieurs. Deux hommes qu'on disait condamnés, déjà morts. Et pourtant… »

La trompette s'est tue, d'un coup. Les tambours poursuivent, mais en sourdine cette fois, maintenant les spectateurs dans un état de latence.

« Le major Collins et le soldat Stroke sont là, devant vous. Ils ont été sauvés, rendus à la vie par le miracle suprême : le miracle de la science, mesdames et messieurs. Soldat, je vous en prie ! » dit-il à l'intention de Stroke.

Stroke s'avance vers le cône de lumière qui l'attend sur le devant de la scène.

« Voyez ! Voyez bien ! Le soldat qui est avec nous ce

soir est un miraculé. Il a été traversé par l'éclat d'un boulet de canon. »

Stroke soulève sa veste. Un morceau de son flanc est creusé. Sans os ni muscles. On ne voit plus que la peau. Il est bardé de coutures, de stries rouges encore vives qui vont des hanches jusqu'au thorax.

Freddy grimace. Il s'imagine les douleurs éprouvées par ce type.

Arcbouté sur sa canne, Stroke rabat sa chemise.

« Major ? » appelle Spencer Hall.

Le major Collins a son rond de lumière, lui aussi. Une fois dedans, il se penche et détache le bout de bois qui remplace son tibia.

Même les mouches se tiennent coites. Sans voleter.

« Le vaillant major Collins et le brave soldat Stroke ont été blessés comme tant d'autres lors de la bataille d'Atlanta. Ils ont été ramenés vers l'arrière. Ils ont été confiés aux chirurgiens de l'armée. Il a fallu les opérer d'urgence. Mais il n'y avait plus de quoi les anesthésier. Trop de cris. Trop de monde. Plus de morphine. Imaginez la transe des médecins couverts de sang et des blessés sous les tentes ! Des milliers et des milliers. Je vous le dis, c'était l'enfer ! Pourtant, ils ont bel et bien été sauvés par des mains expertes. On les a opérés, sans qu'ils ne sentent rien. Non. Rien. Et savez-vous comment ? »

Après une longue apnée, la salle reprend son souffle. Quelques réponses éclatent :

« Opium. »

« Alcool. »

« Éther… »

D'autres s'en mêlent pour détendre la galerie :

« Massue. »

« Berceuse. »

Spencer remonte ses manches, tend le bras, puis frissonne comme s'il était pris d'un tic.

Le tambour s'est tu.

Les soldats ne bougent plus.

Spencer brandit son poing, bien haut, pour que tout le monde puisse voir.

« Deux soldats allongés, dit-il. Dociles, soumis sans la moindre résistance au scalpel des médecins. Incisés. Leurs chairs, nerfs et muscles à vif. »

Les voisines de Freddy respirent bruyamment. Elles ronflent presque, mais leurs yeux grands ouverts ne ratent rien du spectacle.

Spencer cale sa main dans l'axe de la lumière. Il ménage son effet.

« L'un a dû être amputé, l'autre soulagé d'une bonne brassée de boyaux. Ils auraient dû mourir. Ils avaient leur place réservée au paradis des soldats, dans l'au-delà. Mais le fluide, mesdames et messieurs, le magnétisme blotti au fond de nous... Et pour soumettre ces deux blessés de guerre, il a fallu... »

Spencer tend la main. Il libère son pouce d'abord. Puis déploie lentement son index, suivi de son majeur. Une chaînette se déroule. Une masse ronde et dorée dégringole et se balance.

« Ceci ! »

Les voisines de Freddy s'éventent. Des murmures cascadent du poulailler jusqu'à l'orchestre sur des dizaines de rangs. Freddy perçoit des phrases couvertes par les tambours, puis le retour des sifflets. Il entend plus clairement les mots de défi lancés par la salle vers Spencer.

Ils veulent voir.

« Deux impotents et une chaînette ne suffisent pas… »

« On n'est pas dupes. »

« Des histoires ! Des histoires ! »

« Très bien, répond Spencer. Que ceux qui doutent du pouvoir du magnétisme se lèvent. Allez ! Je vous en prie ! Levez-vous ! Allons, allons ! Ne soyez pas timides ! Je ne suis pas armé ! »

Freddy se penche. Les strapontins claquent en bas. Une partie de l'orchestre s'est levée. Les baignoires et le poulailler hésitent. C'est loin. C'est inquiétant.

« Combien êtes-vous ? demande Spencer sans perdre son aplomb. Cette scène peut contenir jusqu'à trente personnes. Quinze ? vingt sceptiques ? Alors, approchez ! Approchez donc ! »

Les spectateurs s'avancent.

« Vous aussi, dit-il en levant les yeux vers les baignoires du premier. Vous pouvez venir sur scène, tant que vous y êtes, oui ! Femmes, enfants, hommes. Au choix. »

Quelques applaudissements résonnent. Avantage à Spencer. Les voisines de Freddy se sont rassises, impatientes que ça reprenne. On fait plus de lumière pour éviter les chutes. Spencer se moque au passage d'un trouillard qui au dernier moment préfère faire demi-tour.

« Revenez ! Je ne suis pas le diable, enfin. Voilà ! Et un sceptique qui se rend ! »

La salle éclate de rire.

Les incrédules s'entassent derrière lui. Spencer est un géant. Il les dépasse d'une tête, comme les vétérans d'ailleurs. Deux colosses. Deux bêtes de guerre qui doivent sentir la poudre, ou quelque chose d'étrange, car les curieux se gardent de trop les approcher.

« Ils sont en vie, bel et bien, dit Spencer. Approchez ! Touchez-les ! Posez-leur des questions. Ils parlent le même anglais que vous, juste un petit accent. C'est l'accent de l'Amérique. »

Freddy dénombre une majorité d'hommes. Ils sont fiers de jouer les jurés de la soirée. Freddy a complètement oublié ce qui l'a poussé à venir ici.

Une partie de la délégation de spectateurs s'approche de l'estropié Collins. Ils lui serrent la main. Ils louent les chevrons de sa manche et font le tour de sa douleur. Ce soir, ils pourront dire qu'ils ont sympathisé avec des soldats d'Amérique. Des frôle-la-mort. Des hommes qui ont connu le fameux Abe Lincoln, le Président, celui dont on parle dans la presse parce qu'il va gagner cette foutue guerre. Bientôt.

Dans la salle, on s'interroge :

« … comment s'appelait cette bataille, j'ai oublié ?

– Atlanta. Il a dit que c'était le tournant. Une bataille très importante. Trois mille morts. Rendez-vous compte !

– Oui. C'est impressionnant. »

La grande histoire prend vie. Elle se discute. Elle s'éprouve et se palpe grâce à ces deux blessés. On ne parle presque plus de ce qui s'est passé au Temperance Hall. Un grand malheur chasse l'autre.

« C'était quand, cette bataille ?

– Il y a huit ou neuf mois. »

Pendant que les spectateurs se massent autour des rescapés, une jeune femme intrigue Freddy. Ses yeux. Ses cheveux noirs et cette façon qu'elle a de bouger les épaules quand elle marche.

Freddy étire le cou. Il s'accroche au balconnet.

Il voudrait mieux voir.

« Vous avez un problème ? » s'inquiète sa voisine.

Cette fille sur l'estrade ressemble à celle qu'il avait tant cherchée. On dirait bien la fille du parc, à Londres. La jeune fille aux ricochets.

Comment s'appelait-elle déjà ?

23

Charlotte se masse les lèvres. Elle aime la sensation de la graisse sur sa bouche. Cette pellicule, ce gras imbibé de poudre de cochenille pour la teinte rouge. Deux simples traits de maquillage sur ses lèvres regonflent son estime.

À droite de la cour, au pied du bâtiment qui abrite les bureaux d'Ermen & Engels, deux manutentionnaires s'affairent. Ils transportent des caisses vers un grand entrepôt situé sous les bureaux.

Charlotte s'avance.

« Bonjour… »

Elle n'ose pas les perturber. Leurs boîtes ressemblent à des petits cercueils. Elles sont en bois clair, à peine poncé, et pèsent très lourd si l'on en juge par tout le mal qu'ils se donnent pour les porter, les mains calées dessous. Ils progressent à petits pas vers le fond de l'entrepôt.

« Je cherche… »

Ils réagissent à peine. Ils doivent en finir avec cette pile au fond où Charlotte les suit. Voilà. C'est fait. Pendant que l'un s'affale, adossé au mur, l'autre se tourne vers elle.

« Je cherche M. Engels. »

Dans la semi-obscurité, Charlotte distingue la sueur qui coule sur son nez. Ses doigts se cramponnent à ses cuisses. Il reprend des forces. Ses épaules forment deux boules, remontées jusqu'au cou.

« Quoi ? demande-t-il, comme s'il sortait d'un rêve.

– M. Engels. »

Il se déplie un peu, puis se redresse jusqu'à se cambrer en arrière, plaquant ses mains contre ses hanches. Son ventre se déploie sous le nez de Charlotte. Elle voit sa blouse qui se tend et souligne ses épaules. Cela fait si longtemps qu'un homme ne l'a pas prise dans ses bras.

« Je m'appelle Charlotte Evans, dit-elle en s'éclaircissant la voix. Je cherche le bureau de M. Engels. »

Il finit de s'étirer et lui répond d'aller voir à l'étage.

« Là-bas, ils sauront vous dire. Ça fait longtemps qu'on ne l'a pas vu. »

Charlotte tâte son col pour s'assurer qu'il est bien droit. Elle remonte l'entrepôt sombre et sent le regard de l'homme dans son dos. Elle s'accroche à la rampe et s'engage dans l'escalier.

Les marches sont en bois et craquent sous ses bottines. Elle sait que l'instant prime, celui du premier regard, quand tout se joue, avant les mots, avant les convenances, avant que le pour et le contre ne brouillent les intuitions.

Ce n'est pas pour elle qu'elle est là. Elle n'a plus rien à vendre. La solitude l'a prise et elle l'emportera. C'est pour lui qu'elle monte ces marches, pour son Freddy, mieux que son fils, devenu si grand maintenant. Elle s'était fait tant d'idées sur la maternité. Quand elle avait su qu'Evans allait faire d'elle une mère, elle s'était persuadée qu'elle ne se conjuguerait plus qu'à l'inconditionnel, qu'elle donnerait toujours tout. Elle se figurait qu'une mère c'est éphémère, le temps de quelques tétées. Elle croyait dur comme fer qu'une mère ça se gonflait de vie, ça se gorgeait d'amour, ça se creusait d'angoisses quand l'enfant s'en allait, puis se ratatinait comme une feuille fanée et qu'à la fin, sûrement, Evans la ramasserait.

Charlotte s'est reprise, depuis. La vie a fait le tri entre ces idées et le vrai. Charlotte a fait de son mieux. Elle a bu et aimé, son fils, bien sûr, et d'autres. Des hommes. Beaucoup d'hommes. Elle a usé ses rêves dans des dizaines de bras. Elle a laissé Freddy seul, parfois des nuits entières. Elle a souillé son corps. Elle a perdu son âme. Elle s'est recroquevillée bien avant qu'il sache se tenir droit tout seul.

C'est lui qui l'a relevée, Freddy. C'est lui qui l'a soutenue quand elle était à terre. Il est son presque fils, son plus que fils, devenu l'homme de sa vie. Elle s'était dit qu'une mère, ça donnait des racines et des ailes. Freddy n'a pas de racines. Il est né dans la boue. Il a grandi dans un taudis. Mais ses ailes ont poussé. Elles sont encore fragiles s'il veut prendre son envol. Il faut qu'elle puisse tenir. Encore quelques mois. Il lui faut dénicher de quoi vivre encore un peu et l'emmener loin d'ici. Peut-être en Irlande. Ils en ont parlé hier. Il pourrait prendre ses racines à elle, à Clonmel.

L'étage est un labyrinthe de cloisons. De nombreux bureaux sont vides. Charlotte se faufile entre des chaises. Elle pousse une première porte derrière laquelle trois personnes s'affairent, relèvent à peine la tête et sans un mot reprennent le cours de leurs activités.

« Voilà la vie de bureau », pense-t-elle.

« Je cherche M. Engels.

– Au fond », lui répond un garçon.

Des papiers et de l'encre. Des chiffres et des mots. Et un bruit si différent de tout ce qu'elle a connu. Après le babil des enfants qu'elle a élevés, les ronflements des hommes et les râles de passage, les hurlements et les coups de matraque des policiers, la bienfaisance et les *workhouses*, Charlotte découvre un monde de papier. Le seul bruit qui domine est celui du frottement des feuilles, du crissement des plumes et de la craie sur le grand tableau qui occupe tout un pan de mur.

« Combien a-t-on de balles d'égyptien ?

– Mille. Mais Le Caire a du retard.

– Combien ?

– Une bonne semaine, à cause de la crue du Nil, paraît-il. »

Charlotte lit des tas de noms inscrits noir sur blanc : Wilmington, Galveston, Sumate, Le Havre, Alexandrie, Bombay, Pernambouc, Bahia… Certains sont reliés par des flèches et ponctués de chiffres, de poids ou de mesures. En tout cas d'abréviations étranges tracées avec la minutie qu'ont les gens de commerce.

« Je cherche M. Engels.

– Derrière », lui répond un jeune homme qui a l'âge de Freddy. Sans doute un apprenti. Il porte une chemise blanche. Un bandeau de tissu noir sur sa manche pour éviter les taches et une paire de bretelles souligne son ventre plat.

Si seulement Engels pouvait prendre son Freddy en apprentissage !

Charlotte arme son plus beau sourire pour braquer

sans le braquer, prendre sans arracher. Il va falloir qu'elle trouve les mots pour lui soutirer de l'argent.

Combien vaut son secret ? Combien pour son Freddy ?

Le nom d'Engels est écrit sur la porte vitrée. Elle distingue une masse noire. Une ombre. Charlotte gonfle sa poitrine. Elle rajuste ses deux boules de coton et tape le carreau de verre dépoli.

« Oui ? »

Une femme ouvre.

Charlotte est prise de court. Elle réduit son sourire et découvre un bureau de maître, avec de gros fauteuils et un canapé de cuir. Les murs sont couverts de boiseries. Elle sent l'odeur du cuir et de la cire. Des tableaux sont accrochés. Un petit dessin à la sanguine représente Engels et son ami du hangar. Très barbu. Chevelu. Il est posé sur une table basse près des fauteuils. Deux tableaux de scènes de chasse vernis brillent à la lueur du feu de cheminée.

« Qui le demande ?

– Je suis la nourrice », répond bêtement Charlotte, encombrée du discours qu'elle avait préparé.

La femme qui la reçoit laisse dire, comme si cela allait de soi. Elle a le regard droit. Elle porte des habits simples et répond sans manières :

« Il n'est pas là. »

Charlotte comble le vide du récit de ce qu'elle a vécu l'autre jour, au Temperance Hall ; et de ce qu'elle y a vu.

La femme lui répond : « Oui. » Elle sait ce qui s'y est passé. Mais « Non ». Elle n'y était pas.

Charlotte lui demande qui est l'homme sur la sanguine près d'Engels.

« Pourquoi ? demande la femme.

– Parce que c'est moi qui ai élevé le fils de cet homme », lance Charlotte.

La femme fait la moue. Charlotte s'en veut d'avoir parlé si vite. Elle a été trop frontale.

Son ventre fait des siennes. Elle sent ses muscles qui se tendent. Elle triture sa manche.

« Je m'appelle Lydia. Et vous ?

– Charlotte Evans. Je viens de Clonmel, en Irlande.

– Voulez-vous un peu de thé ? »

Lydia l'invite à s'asseoir.

« Je vis avec M. Engels depuis vingt ans. »

Lydia ajoute qu'elle est irlandaise elle aussi.

« Avec ma sœur, dit-elle, nous avons fui la Grande Famine. »

Lydia évoque les années noires, la dysenterie, le mildiou.

« Vous avez connu ça vous aussi, je suppose ?

– Oui, répond Charlotte.

– Avec ma sœur, on s'est réfugiées à Manchester. »

Lydia raconte leurs années à l'usine, ouvrières dans plusieurs filatures, dont celle de M. Engels, leur vie commune et la vie sans sa sœur, morte.

« Je suis désolée. »

Charlotte s'enfonce dans le canapé pour l'écouter. Elle cale ses gestes sur les siens. Elle prend sa tasse comme elle, la main sous la soucoupe comme elle. Délicatement, elle souffle sur la vapeur qui se forme à sa surface. Charlotte sent que les choses tournent bien pour elle. Ses jambes sont rassemblées, ses chevilles sagement collées l'une contre l'autre. Comme Lydia. Deux Irlandaises assises face à face. Deux destins.

Charlotte envie Lydia. Elle est calme et posée. Elle semble si sage.

« Je n'ai pas eu d'enfant, dit Lydia. Comment est ce petit ? »

Voilà, c'est le moment. Charlotte est venue pour ça.

Elle s'avance vers la table basse. Elle ne regarde pas Lydia. Elle ne regarde rien qui puisse la perturber. Elle décrit dans le détail la petite chambre de Dean Street. Elle se souvient du nom de la femme qui vivait là avec son nouveau-né. Et puis, il y avait cet homme dont elle a vu le visage, à l'étage.

« C'était il y a quinze ans, mais je l'ai pas oublié. En fait, c'est lui que j'ai vu aussi l'autre jour dans le hangar. J'en suis sûre. C'est le même que sur ce dessin, dit-elle en montrant la sanguine.

– Le Maure, marmonne Lydia.

– Une tête comme celle d'un sanglier.

– Continuez », dit Lydia.

Charlotte évoque les années qu'elle a passées à s'occuper de lui, sa condition de nourrice et son ancien ami.

« Un député. Hermann Stranford. Vous le connaissez ?

– Non, répond Lydia.

– C'est mon médecin qui nous a présentés. Hermann Stranford habitait près du parc d'Hampstead, à Londres. Il s'y rendait souvent pour faire de longues promenades. Je l'y ai accompagné. Je crois même que je l'ai croisé.

– Qui ?

– Lui, dit-elle en fixant le petit dessin sur la table basse. Comment l'appelez-vous déjà ?

– Le Maure.

– C'est drôle. C'est pas le nom que j'avais retenu.

– Karl Marx, corrige Lydia.

– Oui, c'est ça. Un nom comme ça, Marx. Un nom qui faisait allemand. Mon député était anglo-allemand, vous comprenez. De père anglais et de mère allemande. Ils avaient des origines communes, Marx et lui. Ça crée des liens, forcément. Mais il disait aussi qu'il fallait se méfier de lui. Il disait qu'ils se saluaient, mais qu'ils n'étaient pas du même bord, politiquement je veux dire. Adversaires politiques.

– Je veux bien le croire, dit Lydia.

– Quand je lui ai présenté mon Freddy, il l'a trouvé charmant. Il lui a même offert des jouets. Et puis, il s'est mis à me poser des questions. Des tas de questions sur son père. Je ne savais pas quoi répondre. Comprenez. Je n'en savais rien, moi, de ce père. Je ne comprenais pas ce qu'il voulait. Il me parlait souvent de ce Marx. Karl Marx par-ci. Karl Marx par-là. Est-ce que je l'avais vu ? Est-ce que j'étais bien sûre de ne l'avoir jamais vu ? Et après, je n'ai plus vu mon député. Ni lui ni Malte d'ailleurs. Jamais. Mais maintenant j'ai compris.

– Compris quoi ?

– Je sais que c'est lui, le père de Freddy.

– Qui ça ?

– Marx. C'est flagrant. Ils se ressemblent que c'en est pas croyable ! Tenez ! dit-elle en plongeant la main dans son corsage. Je vais vous le montrer, mon Freddy. C'est le portrait qu'on m'a fait de lui. »

Charlotte lui tend une petite feuille pliée en petits carrés.

« On ?

– On, c'est un homme qui passait me voir, un peu artiste, un peu marié, plutôt riche. Très malheureux. »

Charlotte raconte que cet homme venait dans son gourbi de Londres pour se confier, parler des heures durant. Quand il avait vidé son sac, il posait sa tête simplement sur ses genoux. Il payait cher pour ça. Charlotte se contentait de le coiffer avec les doigts, longtemps. Quand il se sentait mieux, qu'il avait le cuir et les cheveux bien gras, il prenait son carnet et faisait des tas de dessins. Si la plupart des clients de Charlotte avaient le coït triste et que, une fois leur affaire faite, ils se carapataient, lui, c'était tout le contraire, il ne voulait plus partir. Il restait même dîner parfois. Un soir, il avait laissé ce dessin de Freddy.

« Il a grandi depuis ! » précise Charlotte.

Freddy a l'œil qui frise. De jolis yeux foncés. Et ses longs cheveux noirs bouclés lui donnent des airs d'angelot. Il a une trace de cambouis sur la joue gauche. Ses lèvres sont gourmandes. Il ne sourit pas. Il regarde fixement, devant lui. Il porte deux chemises, l'une par-dessus l'autre. Et comme tant de gamins pauvres, il arbore des bretelles pour retenir un pantalon trop grand.

« Cette ressemblance ! C'est stupéfiant », confirme Lydia.

Elle demande si elle peut le garder.

Charlotte réfléchit.

« Je vous le vends : dix livres. Et vous direz à votre Engels et à son ami Marx que Freddy est bien vivant.

– Vous faites ça pour l'argent ? C'est ça ?

– Non, madame. J'ai fait ça par amour. Pendant près de quinze ans. Mais il faut aussi que je vive. J'ai plus rien. »

Lydia se penche sous le bureau. Elle compose un code, ouvre la porte d'un petit coffre-fort et sort une liasse.

« Tenez. Mais je vous demande une chose.

– Quoi ?

– Je veux que cette histoire reste entre nous, entendu ? Rien que nous deux.

– D'accord. Mais pendant combien de temps ?

– Dix jours. Ça fait une livre par jour, ça devrait vous suffire, non ? »

Charlotte plie les billets.

« Et dans dix jours, vous irez me voir à Ardwick. Voilà mon adresse. Ne remettez plus jamais un pied ici. C'est trop risqué.

– Je sais. Je l'ai bien compris, vous pouvez me croire. Mais je n'ai plus le choix, madame. »

24

Freddy se balance d'une fesse sur l'autre, tanguant, roulant à l'estime, comme un steamer dans le mauvais temps. Avec tout ce monde sur scène, il a du mal à la voir.

Au parc, Freddy a connu une petite fille. Sur scène, il aperçoit une jeune femme. Elle est peut-être même un peu plus grande que lui. C'est possible. À cet âge, les filles poussent par saccades, tandis que les garçons grandissent plus en langueur, presque dans l'engourdissement. Les jeunes filles sont de plus en plus vives et les jeunes hommes de plus en plus lourds, pleins de leur virilité. Les polarités se forment, à deux rythmes opposés.

Freddy s'agite. Il voudrait lui faire signe. Il lève, puis baisse le bras. Il le relève à peine, plein d'irrésolution. Et finalement le rengaine parce qu'une voisine s'agace :

« Va la voir, ou range-toi ! »

Freddy se tient plus tranquille, quelques secondes, le temps de faire le tri entre ses vieux souvenirs et l'émotion naissante.

D'ordinaire, Freddy ne regarde pas les filles. Ni celles de son âge ni les autres. Elles passent, invisibles, de près, de loin, sans que rien se passe. Elles font partie du paysage.

Elles se fondent dans la foule. Certaines ricanent, d'autres pressent le pas. Elles se déplacent toujours accompagnées de leurs sœurs ou cousines ou parents. Elles semblent avoir toujours tant de choses à se dire, des secrets à partager, surtout si elles se sentent observées. Cette fois, c'est différent. Il ne voit qu'elle sur scène. Combien de fois est-il retourné à l'étang rien que pour elle ? Combien de fois s'est-il mis à courir parce qu'il avait cru la voir au bout de l'allée avec une dame au bras, ou toute seule ? Il l'a retrouvée et le monde a changé.

Perché tout en haut du poulailler du Palais des Sciences, Freddy se souvient.

« Tussy ! dit-il. Elle s'appelait Tussy ! »

Le visage de la jeune fille se tourne vers la salle. Elle a placé sa main en visière au-dessus de ses yeux pour se protéger des feux de la rampe. Elle a levé la tête vers lui.

L'a-t-elle vu, elle aussi ?

Freddy s'arrache de son rang sans égard pour ses voisines, les gens et les grognements qu'il déclenche. Il traverse un vestibule. Vide. Il dégringole l'escalier et croise un groupe de policiers. Il s'en moque. Il n'a rien fait de mal. Il fait le tour jusqu'à la porte de la salle. Il pousse celles de l'orchestre. Les spectateurs du fond se retournent pour voir qui vient dans ce faisceau de lumière. En faisant irruption avec toute cette clarté, Freddy a capté l'attention d'une partie de la salle, mais aussi de la scène, de Spencer Hall, des deux soldats, des volontaires et de Tussy qui plisse les yeux. Freddy sourit. Il a de la chance. Il a trouvé une place dans les tout premiers rangs. Il peut la voir, maintenant, de près.

« Tussy ! C'est moi ! » lance-t-il.

Depuis le temps qu'il la guette. C'est venu sans réfléchir.

Elle esquisse un signe de la main.

Elle se souvient peut-être !

Un garçon et une fille. Deux indicibles qui se fondent. L'essence d'un sentiment. Bonne-maman avait tort. Aimer, ce n'est pas seulement quand on s'est perdus. C'est aussi se retrouver.

« Tu vas t'asseoir, oui ! » râlent les gens des rangs derrière.

Freddy se tasse dans son siège. Un long voile noir est déroulé. Des becs de gaz s'éteignent. La salle plonge dans le noir. Ne reste plus que Spencer sous son cône de lumière. Des ombres s'agitent devant. Des fuseaux noirs sur fond noir disposent un divan sur la scène. Spencer tire un volontaire par la manche, au hasard.

« Regardez mon pendule ! »

Après quelques allers-retours, le volontaire bascule dans un drôle de sommeil. Les assistants en fuseau l'allongent sur le divan. Spencer annonce qu'il l'a plongé « dans un sommeil nerveux ».

« Cet homme ne voit plus, ne sait plus ce qu'il est en train de vivre. Et surtout il ne sent plus rien », dit-il.

Le nouveau voisin de Freddy grince des dents. L'autre à sa droite fait une moue dubitative et roule bizarrement sa lèvre supérieure pour qu'elle touche son nez. On dirait qu'il se renifle la bouche.

Spencer désigne un volontaire. Et c'est Tussy qu'il tire vers l'avant de la scène.

« Tu veux bien m'assister ? »

Freddy scrute son visage. Elle n'a pas peur. Elle est juste intriguée. Lui aussi. Elle esquisse un sourire. Lui aussi. Il vit ce qu'elle vit.

Spencer tend les bras au-dessus de l'endormi. Son corps se raidit. Deux tabourets sont glissés jusqu'à lui. Le premier sous sa tête, le second sous ses pieds. Tout le reste de son corps est suspendu dans le vide.

Dans la salle, près de Freddy, des grincements de dents résonnent.

Le volontaire est transformé en planche.

Spencer invite Tussy à lui palper le dos, pour voir s'il n'y aurait pas une latte, ou un bout de bois quelconque, pour le faire tenir droit.

« Non, il n'y a rien », déclare-t-elle.

Une musique enveloppe la salle. Finis les tambours, le clairon, la baudruche et le papier froissé pour figurer les coups de canon. Désormais, ce sont des cordes qu'on pince. Des notes grincent dans un tempo lugubre. La salle s'engourdit.

« Je peux faire de lui ce que je veux. Lui couper les bras. Lui arracher les yeux ou seulement les poils du nez. Il ne va pas bouger, mesdames et messieurs. »

Spencer invite Tussy à s'asseoir sur lui.

« Dessus ?

– Oui, dessus, mademoiselle ! »

Tussy se retrouve assise au milieu d'un corps raide, les jambes dans le vide, pas vraiment rassurée.

La salle retient son souffle. Un piano joue une mélodie mélancolique.

« Dans quelques minutes, cet homme se réveillera sans savoir qu'une jolie jeune fille l'a pris pour un cheval devant quatre cents personnes ! Grâce à l'hypnose. Oui, messieurs-dames, l'hypnose ! Retenez bien ce mot. »

L'escabeau est de retour. Tussy redescend. Elle se retourne plusieurs fois pour s'assurer que le volontaire ne lui tient pas rigueur du tour qu'on vient de lui jouer.

« Je vais prononcer quelques mots, dit Spencer, et notre ami s'éveillera. »

Les masses noires le portent jusqu'au divan.

« Il existe une formule que j'ai inscrite dans son esprit. Je la lui ai soufflée tout à l'heure, pendant qu'il fixait mon pendule. Ce ne sont pas des mots magiques ou venus de je ne sais quel rituel. Non, mesdames et messieurs. Ce sont des mots qui ont force de loi désormais, rien qu'entre lui et moi. Et quand je les prononcerai, il se réveillera, comme si de rien n'était. »

Tussy recule vers le fond. La salle est plongée dans un silence de cloître. Des mains couvrent des oreilles. Certains ne veulent pas entendre les mots que s'apprête à dire Spencer. Ils ont peur de sombrer à leur tour.

Spencer se penche et le volontaire s'éveille.

« Oh merde ! » lâche un type près de Freddy.

De rares applaudissements éclatent.

« Oh merde ! répète le type avant de se fourrer les doigts dans la bouche. Je me suis cassé une dent. »

Des spectateurs se lèvent. Spencer s'incline, se redresse et calme la liesse qui monte. Il n'a pas terminé.

Le major Collins fait son retour. Suite et fin du spectacle. Il raconte le canon. La blessure. Son moignon.

Freddy cherche Tussy. Elle a quitté la scène.

Le major évoque ses heures passées sous une tente

marquée d'une grande croix rouge. L'assemblée boit ses paroles. Spencer l'a bien ferrée.

Freddy s'est levé pour la retrouver. Elle est là. Elle lui fait signe de la rejoindre au pied de l'estrade.

Le major décrit avec force détails le pendule, le trou noir, le réveil et son corps couturé.

« Dégage, petit. Tu gênes », lance un type au premier rang.

Freddy s'en moque. Il est près d'elle.

« Te souviens-tu de moi ? demande-t-elle.

– Bien sûr que je me souviens », dit-il.

Mais les mots s'agglutinent. Il n'ose plus dire son nom. Freddy se tient debout près d'elle, dans ce coin de salle sombre, observant le major sans vraiment suivre la scène. Son épaule frôle la sienne. Ses yeux glissent sur elle. Son visage est une lune éclairée par la scène. Un croissant de sourire. La face cachée du bonheur. Freddy sent son cœur bête. Ses mots sont coincés au fond de lui.

La musique a repris.

Freddy pourrait rester comme ça jusqu'à la fin du monde, rien qu'avec des bouts d'elle. Un coin d'épaule. La moitié d'un visage. Une odeur.

La salle s'est levée pour ovationner Spencer. La lumière l'envahit. Spencer se gave de tout, des hourras, des bravos, et caviarde leurs retrouvailles.

Freddy n'entend plus ce que dit Tussy.

Spencer a tout pris, même l'attention de Tussy, puisqu'elle se retourne pour saisir le paquet de tracts qu'on lui tend.

« Faites passer ! »

Tussy lui en donne un. Le prospectus décline les talents et les tarifs du docteur Spencer Hall.

« Pour une dent à extraire : 3 livres… Pour une tumeur : 4 livres. Pour une amputation : 5 livres. Pour un mal de tête : 2 livres. »

Il prétend tout soigner. Les problèmes de sommeil, de bile, de goutte et même de fécondité.

« Quelle chance de te retrouver ici ! dit-elle. Je suis tellement heureuse. Tu sais que je t'ai cherché au parc. »

Ses yeux s'écarquillent malgré lui.

« J'y retourne souvent avec mes sœurs et mes parents. À chaque fois que je passe près de l'étang, j'ai une pensée pour toi », dit-elle.

Freddy se gorge de ce miracle. Elle, si près de lui. Elle, qui lui offre ces bouquets d'attention. Il en redemande.

« Pas toi ? Tu ne dis rien. Tu n'es pas content de me voir ? »

Le temps se fige. Le visage de Tussy passe de la joie au doute. Celui de Freddy se délite. Il va falloir lui dire, se livrer à son tour.

« Si, si, bafouille-t-il.

– Ben dis donc, on ne dirait pas. »

Tussy s'est renfrognée. Elle tient les bras croisés comme une barrière entre eux. La bulle a éclaté. Mais par où commencer ? Freddy a vu tant d'hommes se présenter chez bonne-maman. Ils avaient des mots plein la bouche. Il les a entendus dire. Beaucoup. Et promettre, encore plus, sans se soucier de tenir. Il a entendu fredonner toutes les fadaises du désir, toutes les conjugaisons de vouloir et d'aimer. Les possessifs. Les démonstratifs. Tout ce que ces hommes lorgnaient vers elle. Sans compter. Sans retenue. Sans lendemain. Des mots d'envie. Des mots pour rien. Des mots qui sonnaient bien et qui finissaient toujours par la flanquer à terre. Malheureuse.

Freddy voudrait connaître les mots cachés qui disent sans abuser. Ceux qui offrent sans reprendre, qui donnent sans promettre.

« C'étaient des faux ! » crâne-t-il, comme font les hommes quand ils ne savent pas se livrer.

Tussy ne comprend pas.

« Des faux quoi ?

– Des faux militaires, le soldat et le major, dit Freddy en se retournant pour désigner l'estrade.

– Ah bon, comment le sais-tu, monsieur Je-sais-tout ?

– Moi ? Non. Je sais que je ne sais pas grand-chose. Mais je sais de manière sûre que ces deux types, ce Collins et ce Stroke, ont raconté que des couillonnades.

– Ah oui ?

– Leurs uniformes sont faux ! »

Pour lui prouver qu'il dit la vérité, Freddy raconte les mois qu'il a passés à teindre le bleu chez Saltz. Celui du drapeau des Yankees avec son carré d'étoiles sur fond bleu smalt et ses bandes rouges et blanches. Celui des commerçants new-yorkais.

« Celui que ces faux soldats portent est bleu pastel. Presque azur. Le vrai, le bleu des uniformes yankees, est teinté de cobalt.

– Tu leur en veux d'avoir fait ça ?

– Non. C'est leur gagne-pain. Moi, je n'en veux à personne d'avoir un gagne-pain. Chacun se débrouille comme il peut.

– Tu l'as déjà fait, toi ?

– Fait quoi ?

– Triché. »

Tussy le fixe avec des yeux brillants. Chez elle, tout l'émerveille. Sa bouche pleine de dents blanches. Ses questions. Le courage qu'elle a eu de monter sur la scène. Et cette féminité qui le trouble.

« Oui, je l'ai déjà fait, dit-il.

– C'était bien ?

– Non. Je ne dois pas être aussi malin que ce Spencer Hall. J'ai tout perdu, enfin, presque tout. On a fini par me voler ce que j'avais volé. »

Le sourcil de Tussy forme un accent perplexe.

« Vraiment ?

– Vraiment, je te jure. Avec bonne-maman, on avait récolté de l'argent. Une jolie somme, mais on nous a presque tout pris. »

Son sourcil s'aligne à nouveau sur le droit.

« Alors tu ne dois plus rien à personne », dit-elle d'une voix grave qui tombe bien, clémente.

Freddy mesure l'idée.

« C'est vrai.

– Un mal pour un bien », dit Tussy.

Les rideaux sont tirés. La salle se vide lentement. Un bref silence s'installe entre les deux jeunes gens.

« Tu as reconnu mes sœurs ?

– Tes sœurs ? Non. Elles sont là ?

– Elles viennent de passer devant nous. »

La foule qui quitte la salle. Il cherche les cous de cygne de la rue des pianos.

« Tu veux bien nous raccompagner ?

– C'est que…

– Raccompagne-nous, sinon je dis que t'es un voleur à ces messieurs de la police. »

Freddy sent son bras qui se glisse sous le sien.

Elle mime les autres couples et tant pis si trois gourdes les regardent avec des airs de blâme parce que cela ne se fait pas de marcher si près l'un de l'autre quand on est si jeunes et sûrement pas mariés.

25

Engels a relu Stendhal. Toute la nuit, l'histoire de Julien Sorel épris de Madame de Rênal, lui a occupé l'esprit. Il s'est identifié. Il a rêvé de batailles et il se retrouve là. Cloisonné. Il n'a pas de portrait sous son oreiller. Il ne rêve pas de l'Empereur. Il rumine. Le Maure n'a même pas eu le temps de monter sur l'estrade. Les leaders n'ont rien entendu de ce qu'il avait à dire. L'occasion était trop belle. Julien Sorel s'est résigné. Pas Engels. Ils allaient rallier les leaders du Lancashire à l'Internationale.

Aux petites heures du jour, Engels prend son écharpe et son chapeau pour aller faire un tour. Il peut bien se permettre une petite marche discrète jusqu'à la paroisse de Salford.

Deux inconnus sont plantés devant l'immeuble. Sans doute des hommes de Ferdinand.

« Il n'est pas là, Ludwig ? » demande-t-il.

Les deux hommes se regardent, surpris.

« *Wo ist Ludwig ?* » reprend-il en allemand.

À quoi bon faire semblant ? Ils ne sont pas cachés, après tout. Ils notent. Ils enregistrent les allées et venues.

Johanna avait raison. Les espions de son frère ne feront rien contre lui. Ils savent qu'il se cache. Ils n'ont pas appelé la police britannique pour autant.

« Pas aujourd'hui. C'est son jour de repos », répond le plus petit des deux. L'espion ressemble à un boxeur avec son nez froissé comme un bout de chiffon posé en boule au milieu de son visage. Ses yeux sont deux billes noires qu'on ne distingue plus de ses pupilles.

« Et vous, monsieur Engels. Où allez-vous ?

– Suivez-moi, vous verrez bien. »

Le boxeur hausse les épaules. C'est plus simple. Et puis, ça le réchauffera. Il a fait froid cette nuit.

Les rues du quartier sont désertes. Tout Salford dort. Sauf eux. Un marchand ambulant s'est installé près de la paroisse. Son percolateur est brûlant. Il a sorti des tasses. Ça sent bon le café chaud.

« Je vous en offre un ? » dit Engels.

Les deux Allemands acquiescent. Ils viennent de Rhénanie. Ils expliquent que le troisième homme, Ludwig, est engagé dans une autre mission. Ils ignorent laquelle. Engels n'insiste pas.

En rentrant de sa promenade, Engels découvre une enveloppe glissée sous la porte d'entrée. Elle contient des articles découpés dans le *Times* de Londres et le *Manchester Guardian*. Ils évoquent la fin de la guerre en Amérique. Le 8 avril dernier, le chef des armées confédérées, le général Lee, s'est rendu. Enfin. L'acte de reddition du Sud a été signé dans une petite maison d'Appomattox, en Virginie. Le président Abraham Lincoln a gagné. L'enveloppe contient aussi une lettre de Lydia :

« Mon chéri, cette victoire d'Abe Lincoln a été bien accueillie par toutes vos relations d'affaires. J'ai déjà enregistré trois commandes de mille bobines de qualité extra diamant, pour un montant de huit cents livres. Je vous les joins pour signature. Les négociants du Stock Exchange ont assuré que nous serions bientôt réapprovisionnés. Le coton est de retour ! C'est la fin de la crise ! J'espère vous revoir très bientôt. »

Ces nouvelles le laissent froid. Il se dit qu'il faudra du temps pour que le coton repousse dans le Sud. Lydia ne le sait pas. Elle n'a pas le sens du commerce. Elle n'a pas son expérience. Ce n'est qu'une ouvrière. Une authentique prolétaire. Elle ne se rend pas compte.

Engels retourne l'enveloppe.

Vide. Rien ne tombe. Pas un mot de son conseil à Londres. Pourtant, maître Tulkinhorn lui avait assuré que ça prendrait peu de temps : « Quelques jours tout au plus ! »

Engels s'impatiente. Il étouffe. Il est coupé du monde. Il y aura peut-être d'autres réunions des leaders. La crise n'est pas passée. Pas encore. Mais il faut faire vite. Il a lu qu'il y avait eu d'autres grèves à Liverpool. Les dockers s'y sont mis. Six morts avant-hier. Qui sait si son nom figure encore sur la liste des personnes recherchées ? C'est peut-être une façon de lui soutirer de l'argent. Qui sait s'il y figure seulement ? Tulkinhorn est habile. Et aussi âpre au gain. Engels se rejoue la scène mentalement. La charge est passée près d'eux dans le hangar. Ils auraient pu se faire attraper, comme d'autres. Et pourtant. Ils ont pu s'en tirer, le Maure et lui. Sains et saufs. C'est peut-être que les sergots n'avaient pas l'intention de les embarquer. Comment savoir ?

Johanna est au lit. Elle n'en sort jamais avant que midi sonne. C'est une dormeuse et une coquette aussi. Elle peut passer des heures face à son reflet, les yeux dans les yeux de sa psyché à étudier ses traits. Une ride au coin de l'œil. Un bouton sur le front. Une mèche blanche qu'il faut teindre d'urgence sous peine de passer pour une vieille.

Engels est confiné depuis dix jours avec Johanna et ses filles : Jennychen, Laura et Tussy. C'est presque une habitude pour lui de vivre parmi les femmes. C'était le cas à Ardwick, du temps des deux sœurs Byrns. C'était le cas à l'usine avec ses ouvrières. Dix femmes pour un homme. Quatre cents ouvrières à l'usine d'Eccles. À peine trente-cinq hommes, pour la plupart employés de bureau, loin des machines, à Southgate.

En remontant le couloir, il entend ricaner. Des bruits de verres qui s'entrechoquent. Puis un coup sourd résonne, comme si quelqu'un tombait. Ça vient du salon, tout au bout. Il entrouvre la porte. Les filles sont allongées en étoile, dans leurs chemises de nuit.

Il observe Jennychen, l'aînée. Elle a vingt ans à peine. Ses longues cuisses sont découvertes. Elle est jolie. Elle va plaire.

Laura est plus jeune et surtout plus pudique. Elle porte un cardigan rabattu par un lacet qui fait le tour de sa taille. Ses cheveux bouclés s'éparpillent sur le sol. Ses oreilles sont parfaitement dessinées. Et les petites secousses de son rire rendent sa nuque délicieuse. Engels déglutit, figé avec un sourire idiot.

Tussy, la cadette, lève les jambes en équerre. Sa chemise dégringole jusqu'au ras de ses cuisses.

« À moi ! » dit-elle.

Tussy cale ses mains sous ses reins, les jambes levées, et se met à déclamer des vers dans cette drôle de position. Se sœurs restent allongées. Sans bouger.

« L'amour est une fumée formée des vapeurs de soupirs :
– Ouh ! ouh !
Purifié, c'est un feu dans les yeux des amants,
Agité, une mer nourrie des larmes des amants ;
– Ouh ! ouh ! »

Tussy, les jambes en l'air, se tourne vers sa sœur.

« Alors, Laura ? T'as deviné ? »

Laura n'hésite pas un instant :

« Roméo, Acte I, scène 1, répond-elle.

– Bien joué ! s'exclame Tussy. À toi maintenant. »

Tussy abaisse les jambes.

Engels connaît ce jeu. Le Maure l'a inventé pour distraire ses filles, mais sous une forme plus pudique. Habillées. Assises. C'est le jeu de qui perd gagne. À tour de rôle, chacun doit trouver le personnage de Shakespeare dont on cite une tirade.

Laura dresse les jambes vers le plafond. Elle pointe les pieds. Ses bras sont calés sous ses reins. Elle fait la bougie. Laura souffle. Elle cherche l'inspiration. Elle a trouvé :

« Un peu de chagrin montre beaucoup d'amour, mais beaucoup d'amour,
– Ouh ! ouh ! – montre trop peu d'esprit. »

C'est au tour de l'aînée. Jennychen hésite. Elle voudrait dire Juliette Capulet, mais cela ne sonne pas bien.

« Roméo encore, dit-elle.

– Raté ! déclare Laura. C'est sa mère. C'est Lady Capulet, ma vieille. Allez, t'as perdu, maintenant vide ton verre. Allez hop ! Cul sec ! »

Jennychen doit boire d'un trait. C'est le gage prévu par cette nouvelle version. Une version pour jeunes filles devenues grandes. C'est de l'eau-de-vie. La bouteille est posée au centre.

Laura recommence. Elle se remet en position et défie une nouvelle fois Jennychen :

« Ces plaisirs violents ont des fins violentes

– Ouh ! ouh !

Ils meurent dans leur triomphe comme le feu et la poudre

Qui se consument en s'embrassant. »

Jennychen est dépitée.

« Je ne sais pas ! J'ai trop bu », soupire-t-elle.

Tussy éclate de rire.

« Allez, allez ! Devine », insiste la benjamine.

Engels se retient de rire. Mais il n'y aura pas de suite. Seulement un mouvement vif. Celui de Jennychen, qui se relève la première. Elle a vu. Elle croise les bras sur tout ce qu'elle peut cacher, ses seins et son ventre presque nu.

Johanna est là, dans le couloir. Elle a surgi dans le dos d'Engels.

Lui est tétanisé, honteux de s'être fait prendre dans une telle position.

Tussy se carapate au fond du canapé.

Laura glisse sur le côté. D'un mouvement rapide, elle

tente de cacher la bouteille. Mais les trois verres sont là, par terre, en évidence.

« On s'amusait, maman ! dit Jennychen. C'était le jeu de Shakespeare !

– Oui, très touchant, répond la mère. Vous connaissez par cœur votre *Roméo et Juliette*. »

Johanna s'avance vers les verres. L'un d'eux est encore plein. Elle le ramasse et le vide d'un trait.

« Ce boucan dès midi ! Je vous avais priées de respecter mon cycle. Je dors, mes filles. Je dors, que voulez-vous ? Je dors parce que je n'ai que ça à faire. Pour une fois que je m'occupe.

– Oh, maman ! Pardon ! » dit l'aînée, qui se dépêche de ramasser les autres verres.

Johanna la rattrape.

« Laisse ! »

Elle se tourne vers Engels. Elle a un œil moqueur.

« Cher ami, je vous sers ? Un peu d'eau-de-vie ? Ce spectacle a dû vous donner soif. »

Laura quitte la pièce, suivie de près par Tussy.

L'aînée se traîne. Jennychen est moins vive que les autres. Sa silhouette se découpe sous sa chemise de nuit. Elle est près de la fenêtre. Engels devine ses formes. Ses petits seins haut perchés. La pointe de ses tétons. Ses hanches régulières. Son pubis forme une ombre entre ses cuisses.

Johanna glisse derrière elle pour tirer les rideaux.

« Comment était votre sortie hier ? demande-t-elle. Vous êtes rentrées bien tard, toi et tes sœurs. »

Jennychen lui raconte le Palais des Sciences. Le monde. Les soldats sur scène avec cette mise en scène impressionnante.

« Tussy est montée sur le dos d'un type, raide. Hypnotisé par le docteur Spencer Hall. Elle se tenait sur lui et lui ne sentait rien. Je n'ai jamais rien vu de pareil.

– Très élégant ! » lâche Johanna en jetant un œil noir à Engels.

Il rougit.

Jennychen ne relève pas. Elle poursuit :

« Tussy s'est fait remarquer, comme d'habitude. Elle a même retrouvé un de ses amis en sortant.

– Un ami ? »

Jennychen balance le torse. Elle est gênée. Engels regarde ailleurs.

« Oh, maman, je parle trop. Je t'ennuie avec nos histoires de petites filles.

– Mais non, voyons. Dis-moi. Pour une fois qu'on ne parle pas de politique. On ne parle que de ça dans cette foutue famille ! Ça me change. Allez, ma fille, raconte ! »

Comme Jennychen a un peu bu, elle contourne la réponse et se perd dans les détails. Les deux soldats blessés, le clopinant et l'autre.

« Mais cet ami ? » insiste sa mère.

Jennychen précise qu'il y avait beaucoup de monde et que Tussy l'a retrouvé à la fin du spectacle.

« Elle n'en a fait qu'à sa tête. Tu la connais. Elle a traîné avant de sortir. Je ne sais pas ce qu'ils se sont dit, mais elle a insisté pour qu'il nous raccompagne.

– Il ?

– Euh…

– Jusqu'ici ? s'étonne Johanna. Je vous avais demandé

de vous faire très discrètes. Pas question de ramener quelqu'un ici. Je pensais que c'était clair. Mais qui est-ce ? »

Jennychen répond à côté, une fois de plus :

« Ne t'inquiète pas, maman. Personne ne sait que nous vivons ici. Tussy a prétendu qu'elle vivait à Ardwick. C'est là qu'on nous a accompagnées. »

Engels s'amuse de ces finesses d'esprit. Elle passe du « il » au « on ». Mais cela ne tiendra pas. Il connaît Johanna. Quand elle a une idée en tête, elle n'en démord pas. Elle est plus coriace que les chiens de la Cheshire Hunt.

« Tussy est une petite prétentieuse. Elle a voulu faire cossu. Elle voulait montrer la grande maison d'Ardwick. Alors on y est allés. C'était loin à pied. Un bon quart d'heure. Sur place, elle nous a demandé d'attendre… Je ne devrais pas tout te dire.

– Je suis ta mère, dis-moi !

– C'est à Tussy de te raconter la suite. Je ne sais pas, moi. Je ne sais rien. Et puis tu m'as toujours dit que cela ne se faisait pas de parler pour les autres, n'est-ce pas ? »

Johanna ne lâchera pas. Elle s'amuse. Pour presser la confidence, elle va jouer les mères complices. Elle se compose un air affable. Elle mime un intérêt pour les histoires de ses filles. C'est bien la première fois qu'elle s'intéresse à leurs petits secrets.

« Bon. Mais entre nous, est-il joli garçon ? »

Jennychen cherche ses mots :

« Oui, plutôt. Mais…

– Comment s'appelle l'heureux élu ?

– Freddy. »

Le sang d'Engels se glace.

« Mais c'est étonnant, ajoute Jennychen, il ress…
– Tais-toi, ordonne sa mère.
– Il a…
– Ça suffit ! crie-t-elle.
– Mais, maman ? »

Johanna saisit le bras de sa fille et serre fort. Ses doigts font le tour de son biceps. Ses ongles s'y enfoncent. Jennychen se débat.

« Tu me fais mal, maman ! Arrête ! »

Jennychen lance des yeux perdus et se met à courir. Johanna la rattrape. Sa tête cogne contre un mur. Tout se passe tellement vite. Johanna pousse sa fille. Les cris de la mère couvrent les pleurs de la fille.

« Tais-toi !
– Mais tu me fais mal, maman !
– Tais-toi ! »

Johanna est une furie.

« Hors de ma vue ! Va-t'en ! » hurle-t-elle.

Jennychen quitte le salon en courant. Elle retrouve ses sœurs et s'enferme à clef dans leur chambre.

Engels n'a pas bougé. Il n'avait jamais vu Johanna se mettre dans une telle colère. Elle a tellement changé ! Elle a les yeux exorbités, le front barré de rage. C'est à lui qu'elle s'adresse. Elle s'est placée devant lui. Personne d'autre n'entend.

« Je te donne une semaine. Une semaine pour t'occuper de ce gosse. Je ne veux plus jamais entendre parler de lui. T'as compris ? J'ai fait trop de sacrifices pour laisser un bâtard perturber tous nos plans. Regarde-moi bien, Engels. Regarde-moi droit dans les yeux. Je suis la femme du Maure, Johanna von Westphalen, fille d'Amalia von

Westphalen, petite-fille de Jane Wishart de Pittarow, petite-fille de la dernière duchesse d'Argyll. Et chez les Westphalen, Engels, on m'écoute, on me respecte. Nous sommes une vieille famille. Je ne laisserai pas ce bâtard ni sa pute de nourrice nous nuire !

– Je comprends, Johanna. Mais calme-toi, s'il te plaît. Je vais trouver une solution.

– Je ne me calmerai pas. Tu ne me connais pas. Tu ne connais rien de moi. Si ma réputation devait être souillée, si mes filles devaient se fourvoyer à cause de ce petit bâtard, tu pourrais entrevoir ma nature profonde. Et ma bestialité. J'ai perdu mes fils. J'en ai perdu deux. Et ce n'est pas cette pute de nourrice qui en fera venir un autre. Le Maure est à moi. Tout ce qu'il a fait, je l'ai fait avec lui. J'ai tout sacrifié pour cet homme. Tout.

– Calme-toi, Johanna. »

Elle vide un autre verre d'eau-de-vie. Engels crève de soif, mais ce n'est pas le moment.

« À cause de ce bâtard, nous faisons le dos rond. Oui, à cause de lui. »

Engel s'approche des rideaux. Cette obscurité l'angoisse. Il évite la fenêtre en pensant aux deux hommes. Il gratte une allumette. Le chandelier éclaire un peu mieux le salon.

« J'ai passé un pacte avec mon frère.

– Un pacte ?

– Nous avons passé un accord, tous les deux. Si l'existence de ce bâtard était révélée, ce serait l'image de mon mari qui serait atteinte. »

Engels acquiesce, sans l'interrompre.

Elle revient sur ce dîner avec son frère. C'était il y a

quelques semaines, juste avant qu'ils ne débarquent ici, à Manchester, en famille. Ferdinand avait retrouvé Freddy.

« Ferdinand est un homme intelligent. Au nom des Westphalen, il a accepté de ne rien dire de l'existence de cet enfant. Pour l'image de notre famille. Pour ma réputation. Il a renoncé ainsi à l'idée de nuire à Karl. Tu sais comme il le hait. Cela n'est pas nouveau. Cette histoire aurait pu lui causer du tort. L'enfant caché de Karl Marx. Son fils caché. Avec la bonne !

« Nous nous sommes mis d'accord, mon frère et moi. Je me suis engagée. Plus d'appels à la grève. Plus de drapeaux rouges. Plus de menaces sur Londres ou Berlin ou je ne sais où. J'ai promis qu'il regagnerait son cabinet et se contenterait d'écrire. C'est pour ça que mon frère vous a fait suivre.

– Jusqu'au hangar ?

– Il voulait s'assurer que je tiendrais parole.

– Et le Maure ?

– Le Maure aussi. Il est mon mari. Il m'écoute. »

Engels comprend mieux ses réticences l'autre soir à Ardwick, son insistance pour rédiger seul son discours, et pour qu'il n'y ait pas d'armes.

La colère passée, Johanna se confie :

« J'aurais tellement voulu lui donner un fils ! Mais pas lui. Pas ce fils de pute. Pas lui. Chasse-le, je t'en supplie. Il nous a fait du mal. Je ne veux pas qu'il s'en prenne à mes filles maintenant. Je ne supporterai pas qu'il les approche. Engels, fais ça pour moi. »

La pauvre femme, pense-t-il. Elle est folle. Tout cela est trop. Son orgueil de mère est démesuré. Et le Maure est encore plus fou qu'elle. Comment a-t-il pu accepter ?

Une phrase lui vient en tête. Une phrase absurde et pourtant tellement juste : Si Adam a vendu le paradis pour une pomme, c'est qu'on peut tout brader.

C'est ce qu'a fait son ami. Pour sa réputation. Pour ménager sa femme.

Cet enfant, ce bâtard de Freddy, est le fruit défendu !

26

Charlotte a le cœur léger. Cela faisait si longtemps qu'elle se laissait glisser, plombée par la malchance et les désillusions. Dix livres la requinquent. Elle peut se dire que dès demain elle ira chez l'épicier Leu Phong pour faire le plein de tout. Elle dépensera beaucoup et, quand elle n'aura plus rien, elle retournera à Southgate ou à Ardwick, qu'importe. Elle ira voir cette femme, l'Irlandaise, Lydia Byrns.

Oui, ce marmot est bien vivant.

Freddy. De chair et d'os. Il est le calque de son père.

Cela n'a pas été simple pour eux. Charlotte et lui n'ont pas vécu une vie de bureau, le cul dans le cuir, du papier dans les mains et les doigts souillés d'encre, seulement d'encre.

Charlotte a dû se vendre. Elle a dû gober des milliers de pilules pour effacer le souvenir d'Evans et de l'enfant qu'elle portait et de toutes ces bouches d'hommes et de ses attentes pour rien. Il faudra que quelqu'un paye pour ça. Pour tout ça. Cette chère compatriote lui crachera des billets. Demain, elle ira chez le Chinois, avec ou sans Freddy.

Il est tard. Où est-il ? Il a dit qu'il reviendrait vite, juste après le spectacle. Il a promis qu'il ne traînerait pas, avec tous ces sergots qui rôdent.

Pourvu que Freddy se presse. Elle a acheté une saucisse et du chou qu'elle a fait mijoter. Le salon sent le graillon.

Charlotte a disposé deux assiettes sur la table.

Emmitouflée dans son long châle, elle fait les cent pas de la table à la cheminée. Parfois, elle chipe un peu de pain qu'elle grignote. Elle s'use les nerfs à l'attendre.

Il faut qu'elle lui raconte. Elle est si impatiente.

Un bruit de pas l'alerte.

Quelqu'un monte les marches. C'est Freddy qui débarque, encore plus heureux qu'elle. Il n'a ni faim ni soif. Juste hâte de raconter sa soirée au Palais des Sciences et sa rencontre avec une fille très aimable et surtout très jolie.

« Quelle fille ?

– Tussy. Elle était sur la scène avec Spencer.

– Une comédienne ?

– Non, non. Enfin, pas encore. Plus tard. Peut-être. Elle m'a dit qu'elle en rêvait mais que sa mère s'y opposait.

– Elle veut faire du théâtre ?

– Elle en rêve. Mais elle n'en fera pas !

– Je comprends. C'est un métier dur pour une femme. Tu vas la revoir ?

– Samedi prochain, j'espère. Elle veut qu'on se retrouve au bal. C'est pas interdit, le bal ? »

Charlotte regarde Freddy. Ses yeux pétillent. Il ne tient pas en place. Il parle vite et s'agace de devoir s'asseoir. Il voudrait être à samedi.

« La polka, tu connais ?

– Bien sûr ! dit-elle.

– Il paraît qu'on dansera la polka. »

Charlotte lui répond qu'il suffit de faire un premier pas de côté puis de changer de jambe au bras de sa partenaire. Elle connaît ses classiques. Elle sait presque tout danser à force d'avoir usé les parquets de music-hall, d'avoir passé des nuits entre les seaux à champagne et les hommes qui payaient pour un quadrille, une pastourelle ou une polka avec elle, qu'importe, pourvu que Charlotte finisse par rouler au lit avec eux. Il fallait bien danser au milieu de tous ces hommes, jouer les femmes à tout plaire. Elle revenait au matin et trouvait Freddy en larmes parce que des sales gosses étaient passés en criant « Fils de pute ! Fils de pute ! », juste devant chez eux.

« C'est vrai que t'es comme ça ? demandait-il.

– Non, Freddy, ce n'est pas vrai, mentait-elle avec ses mains qui sentaient fort tous ces corps anonymes. Je suis juste une pauvre mère qui fait de son mieux. »

Elle a fait ce qu'elle a pu.

Freddy sait se défendre. Il en impose aux autres. Les gamins de la rue ne viennent plus le chercher. Il est plus costaud qu'eux. D'un seul coup de poing, il leur rectifierait le portrait. Mais que sait-il des femmes ? Ils n'ont jamais parlé de cela, elle et lui. Tout est allé si vite ! Elle n'a même pas eu le temps de lui apprendre à danser.

« Tout est dans le haut du corps, pourvu qu'on sache tourner et sourire. Surtout sourire ! Regarde », dit-elle.

Charlotte lâche son châle et pousse la table contre le mur. Elle frappe deux trois fois les mains pour marquer une mesure. Elle ferme les yeux et tend les bras pour danser sans se cogner.

Freddy s'applique.

Ensemble, ils dansent une gigue qui les emplit de joie. Ils sont heureux. La soirée se prolonge. Ils voudraient qu'elle dure encore, Freddy a sa main et Charlotte qui siffle des airs en rythme.

« Le sourire, dit-elle, c'est ce qui donne la grâce. Laisse la technique aux sots. Tu verras, tu danseras parfaitement. Comment s'appelle-t-elle, déjà ?

– Tussy.

– J'avais oublié. Je suis épuisée », dit-elle en se massant les pieds.

Un essaim de points noirs traverse le ciel vers l'ouest, comme s'ils fuyaient le levant.

Charlotte les regarde passer en se retenant de lui dire qu'en amour il y a des joies intenses qui vous décollent du sol, qui vous font voler haut, et des chagrins bien plus lourds que les deuils, qui vous creusent des tombes de l'intérieur.

Freddy va bientôt s'en aller. Il va tenter sa chance.

Combien de femmes faut-il pour faire un homme ? Freddy en a eu deux. C'est son algèbre intime. Une pour le mettre au monde. Une seconde pour l'élever. Cette fille, Tussy, sera-t-elle la troisième ? Pourvu qu'elle lui sourie, qu'elle soit douce avec lui, qu'elle prenne soin de son petit Freddy devenu grand. Qu'elle en fasse un homme heureux. Qui sait si cette Tussy sera la bonne, celle qu'il aimera, et lui donnera la joie immense d'être aimé en retour. Les femmes savent faire cela. Elles savent rendre les hommes heureux.

Charlotte enlève ses mules pour éviter de faire craquer les marches. Une fois dehors, sa main glisse sur les murs encore couverts de la rosée du matin. Les rues du quartier sont désertes. Un chat saute sur le muret d'en face. Le sol a dégelé. Les frimas ont vécu. La boue succède au givre. Quelques brins d'herbe émergent, à peine.

Charlotte a pris son plus grand panier. Elle a une longue liste en tête. Vin. Bière. Huile. Beurre. Pain. Œufs. Farine. Des pelotes de laine, de la blanche et de la rouge, et de la bleue aussi. Une paire de draps neufs. Et de la bourre pour refaire leur matelas.

Le soleil a pris de court la lune, et c'est un beau spectacle de les voir tous les deux valser à contretemps. Du bleu tapisse le ciel. Du roux couvre les arbres. Du beige enduit les murs. L'air frais nettoie tout.

En remontant une ruelle, elle croise un couple discret. Une jeune femme du quartier au bras d'un jeune gars en casquette bleue chaussé de bottes de soldat. Elle avait entendu que les Irlandais de Lincoln étaient de retour. C'est le premier qu'elle voit. Le vétéran et la femme s'en vont bras dessus bras dessous. Elle pense que c'est un signe, qu'il y aura du travail bientôt.

Quel bonheur ! Que c'est bon !

La boutique de Leu Phong est devant elle. Elle fait l'angle du carrefour et s'étire en longueur vers la grande rue qui mène au centre de Manchester. Ses cloisons sont faites de planches noircies par les saisons et par l'huile de vidange.

Leu Phong est devant sa porte.

Parfois elle lui achète du laudanum, à crédit.

« Du cordial de Godfrey ? demande-t-il, réservant son bonjour à ceux qui payent comptant.

– Pas aujourd'hui, non merci. »

Leu Phong lève les yeux. C'est bien la première fois qu'il la regarde dans les yeux. Elle distingue ses pupilles sous ses paupières bridées. Elle lui montre son panier. Il est déjà rempli de pain et de grosses pommes de terre qu'elle a prises sur l'étal.

Elle entre la première.

« Je vais vous prendre aussi des morceaux de chocolat. » Elle tapote la vitrine perchée sur le comptoir. « Ceux-là !

– Combien ? demande Leu Phong.

– Les trois gros, avec les éclats d'amande. Et du lait, il vous en reste ?

– Oui. »

Leu Phong plonge entre les étagères de sa réserve. Les planches sont alignées, dressées sur cinq rangées jusqu'au plafond. Elles ne sont pas toutes remplies. Ça reviendra. La femme de Leu Phong est derrière le comptoir, près de sa caisse en fonte bombée sur le devant, ponctuée de boutons nacrés.

« Ça coûte cher tout ça, avertit-elle.

– Oui, je sais, répond Charlotte. Et je n'ai pas fini.

– Pas crédit ! »

Charlotte lui cloue le bec en sortant deux billets. La mère Phong les examine, incrédule.

Les bras chargés de chocolat et de lait, son mari dépose le tout sur le comptoir, sourit, décolle son crayon et s'apprête à prendre note.

Pendant un temps sublime, Charlotte lui fait faire des tas d'allers-retours, ajoutant tout ce qui lui passe par la tête. Des mouchoirs. Un napperon. Une paire de gants et des lentilles pour Freddy. Il adore les lentilles. Et quand le produit manque, elle fixe ses conditions :

« Pour le début de la semaine prochaine, alors.

– Oui, pas plus tard », promet Leu Phong.

Mme Phong s'est détendue. Elle connaît ces billets. Pas comme ces billets verts, les dollars venus d'ailleurs qu'on lui présente ces derniers jours et qu'elle accepte parce que les Chinois de Liverpool les prennent, eux aussi. Ils disent que c'est du bon argent, dont le taux de change est avantageux, et qu'il y en aura d'autres, beaucoup d'autres, très bientôt avec cette Sécession qui a cessé. Sa caisse s'en remplit un peu plus chaque jour. Et le soir, quand elle compte ses dollars, elle en a des sueurs froides. Et si c'étaient des faux ?

Charlotte la comprend. Il faut se méfier des contrefaçons.

« Ils sont si bien faits de nos jours, paraît-il ! »

Leu Phong dépose un sachet de sucre en poudre.

« Et avec ça, madame ?

– Deux autres poignées d'amandes. Non, trois, s'il vous plaît.

– Bien, madame.

– Je vais faire un gâteau. »

Charlotte butine parmi les sacs et les caisses pleines de fruits. Elle prend un plaisir fou à mépriser les prix, les poids qui font toujours pencher la balance du côté du plus cher.

« Un sachet de raisins secs.

– Oui, madame. »

Elle commande, sans compter. Mais ce qui lui fait le plus de bien, ce ne sont pas ces sacs qui s'empilent sur le comptoir pour elle. Ce qui l'enorgueillit, c'est qu'on l'appelle « madame ». Charlotte en rajoute pourvu qu'on le dise encore.

« Vous avez de cette pâte de curry qui vient des Indes ?

– Oui, madame.

– Et du beurre salé ?

– Oui, madame. »

Leu Phong revient avec du beurre et un pot de curry qu'il ouvre comme s'il s'agissait d'un trésor.

« Voilà, madame. »

Charlotte n'a pas fini. Mais un détail l'intrigue.

« Votre madame, monsieur Phong, est-ce que vous le dites avec une majuscule ?

– Pardon ? »

Charlotte se penche vers lui.

« Quand vous me dites "madame", vous le pensez comment ? Avec une majuscule ? »

Leu Phong exécute un rapide calcul mental. Puis il ajuste sa veste et sort une paire de gants blancs.

« Bien sûr, chère Madame. »

Charlotte éclate de rire.

Elle rêve du jour où tout le monde mettra des gants pour elle, où on lui offrira des bouquets de Madame, avec ou sans curry, amandes ou sucre en poudre, et ce serait mieux encore s'il n'y avait rien à vendre, à acheter ou à prendre. Leu Phong va d'un étal à l'autre. Il disparaît. Revient. Remplit son panier. Puis un autre, sous l'œil épanoui de son Bouddha de femme. Charlotte se dit qu'au fond, il suffit de pas grand-chose pour être pris pour quelqu'un. Un ton qui tombe de haut. Des envies plein la bouche. Un commerçant soumis et quelques billets de banque. Alors, tout devient possible.

Les époux convoquent Billy, le commis de l'épicerie. Le pauvre garçon, il dormait dans son coin, au fond de la réserve. Comme ils n'ont pas d'enfant, ils ont embauché un petit gars du quartier.

« Bonjour, dit-il en se frottant les yeux.

– Bonjour, Madame, corrige Leu Phong.

– Bonjour, Madame », dit le commis.

Il ressemble à Freddy. Cheveux bruns. Yeux noirs. Plutôt joli garçon.

« Tu vas porter les courses de Madame. Madame comment, au juste ? s'enquiert le commerçant.

– Madame… c'est déjà bien assez. »

Le commis porte tout. Les deux paniers pèsent lourd.

Billy marche lentement. Il faut faire des petits pas pour éviter de glisser. Pas question de renverser la précieuse marchandise.

Le soleil illumine sa journée. Il est perché devant elle, pas trop haut pour faire durer le bonheur. Il lui chauffe le visage.

Deux hommes se retournent sur son passage.

« Ce n'est pas trop lourd ?

– Non, Madame.

– On est presque arrivés », dit-elle.

Sur une margelle, face au canal, des gamins tuent le temps en taillant des bouts de bois. Les lames de leurs couteaux renvoient des éclats de soleil. Ils portent des casquettes noires, baissées. L'un d'eux casse la pointe de son bâton. Un autre s'est levé et s'enfuit en courant.

« Qu'est-ce qu'il a à détaler comme ça, lui ? » se demande-t-elle à voix haute.

Charlotte et Billy remontent jusqu'au carrefour. Le

soleil les éblouit. Charlotte distingue une ombre qui s'avance à contre-jour.

L'ombre devient une voix.

« Freddy ? » demande la voix.

Charlotte ne peut rien voir. L'ombre se fond dans le rond du soleil devant elle.

Elle entend les deux paniers qui tombent. Son commis se carapate. Elle entend le bruit de ses pas. Il s'éloigne à grandes enjambées.

Dans le halo de lumière, un bras se dresse vers elle. Un point noir l'arrête. Une silhouette se dessine. Un cliquetis bref résonne. Charlotte sursaute. Un nuage bleu se forme juste devant son nez. Elle a tourné la tête. Elle a reconnu cet homme. Un autre coup de feu éclate. C'était lui dans le hangar, avec sa gueule de monstre. Charlotte sent sa tempe qui s'enfonce, son corps qui bascule. Son crâne brûle. Ses bras n'ont plus la force d'amortir le choc.

Elle tombe sur le côté. Elle sait qu'elle va se faire mal parce qu'elle ne se retient pas. Elle sait qu'elle va souffrir. Le ciel passe du bleu au rouge. Son cœur bat encore quelques coups. Elle devine que du sang lui couvre le visage. Elle n'a plus de volonté. Elle n'éprouve plus rien d'autre qu'un regret venu de loin. Evans. Elle n'entend pas les autres tirs. Les balles qui manquent leur cible et se perdent. L'homme vise le commis. Il doit se tromper de cible. Qui sera là pour Freddy ? Qui va le protéger ?

27

Lydia a suivi les affaires d'Engels. Pendant ses semaines de planque, elle a parcouru des dizaines de miles chaque jour, jusqu'à Southgate ou l'usine d'Eccles, pour rassurer son associé. Elle a enregistré les commandes. Hier, elle lui a fait suivre la lettre de son avocat. En trois mots elliptiques, Tulkinhorn lui annonçait : « Tout est arrangé » et joignait sa note. Cinquante livres !

Engels a payé. Il est de retour à la maison.

Lydia a rangé le salon, accroché son manteau, épousseté son haut-de-forme. Chez un caviste du centre, elle a acheté une caisse de vin de Bordeaux, château-margaux. Du 1848. Son préféré.

Engels s'est assis.

Elle a rangé ses bottes à revers. Elle y a glissé des embauchoirs pour en maintenir la forme. Elle a ouvert le petit réduit ménagé sous l'escalier et aligné cette paire parmi une dizaine d'autres. Elles sont sous ses vestes préférées, celles de la Cheshire Hunt.

Engels lui a demandé si elle s'en sortait. Une simple question lancée en l'air, au hasard, et retombée à plat.

L'odeur de la pomme cuite embaume la maison. Lydia

a préparé le repas. Mais au dernier moment, il a fallu qu'elle sorte acheter un peu de cannelle chez l'épicier d'Ardwick.

Elle a ouvert les fenêtres pour chasser les odeurs, posé deux verres sur un petit guéridon, ôté son tablier, tiré le fauteuil pour s'asseoir près de lui, ramené ses jambes pour laisser passer le chien et abattu les volants sur ses bras pour qu'ils tombent bien. Pour lui. Pour lui être agréable.

« Sans-Nom, arrête ça, dit-elle. Je ne sais pas ce qui lui prend depuis que tu es revenu. »

Le vieil épagneul grogne et montre ses derniers crocs dès que Lydia s'approche d'Engels.

« T'es un bon chien », dit-il en lui caressant la croupe.

Lydia déteste cet animal, un chien de chasse qui ne chasse pas et qui n'en finit pas de se répandre en poils, en grognements et en pleurs quand son écuelle est vide. Une mauvaise idée de sa sœur.

Engels lit son journal.

Une grande affaire défraie la chronique. Selon les journalistes du *Manchester Guardian*, les Yankees auraient détourné d'importants stocks de coton. Lincoln et ses généraux ne se seraient pas contentés de brûler les champs de Caroline, du Texas et de Louisiane, ainsi que leurs entrepôts. Ils auraient amassé des centaines de milliers de balles saisies. Au lieu de les détruire comme c'était annoncé, ils les auraient stockées, dans le plus grand secret. Ces stocks constituent une manne pour l'Amérique. Un vrai trésor de guerre, dont personne ne connaît la véritable valeur. Or, depuis que la paix est signée, les amis de Lincoln jouent et gagnent. Ils ont la haute main sur les cours. Ils distillent la marchandise, savamment, pour maintenir le marché. Ils ont faussé la donne. Et les négociants de Manchester ne savent plus vraiment sur quel pied danser.

Engels tourne la page du journal.

Lydia le regarde.

Un fossé se dresse entre eux, infranchissable.

Les heures sont rallongées. Ce n'est pas nouveau. Cela fait longtemps qu'ils forment un duo triste, depuis que Mary est morte. Ils n'en parlent jamais. Pourtant le vide qu'elle a laissé est palpable, bien présent. Mary sa sœur, si jolie, si gaie, sotte amoureuse de lui. Mary qui rendait la vie belle et leur trio splendide. Leur ménage est devenu bancal. Leur couple s'est anémié. Lui qui disait que le mariage était une forme d'aliénation, la soumission de l'un à l'autre, ce qu'il en fait aujourd'hui est plus grave : Lydia se sent pire que mariée.

Une bouffée d'angoisse monte en elle. Elle hésite.

« Pourquoi me traitez-vous si mal ? »

Engels remonte son journal.

« Je mérite un peu d'estime… »

Il croise les jambes.

« Vous m'entendez ? »

Il baisse son journal.

« Plaît-il ? »

Son visage est courtois. Il n'a rien entendu.

Ses larmes montent. Sa sœur ne pleurait pas. Jamais. Mary était plus forte et ne faisait pas d'esclandre. Lydia se sent si moche. Elle se dit qu'il n'aime rien d'elle, au fond. Ni son nez, ni ses épaules, trop musclées à son goût, ni ses lèvres sans doute trop fines, ni son odeur, ni sa cuisine, ni ses tendresses. Rien. Engels n'aime plus rien d'elle depuis que sa sœur est morte.

« Que disais-tu ? »

Lydia a tant de choses sur le cœur. Par où commencer ?

Un peu plus d'attention… Un mot en arrivant… Un merci quand elle lui tire ses bottes… Un baiser pour dormir… Un compliment pour l'odeur qui vient de la cuisine. Lydia roule ses idées pour en polir les angles et, le temps qu'elle trouve les mots justes, il s'est déjà replongé dans son journal. Une muraille de papier.

L'épagneul s'étire, tend ses pattes avant et bâille bruyamment. Sa queue pleine de poils blancs fouette l'air et fait tomber les verres du guéridon. Lydia se précipite pour éviter qu'ils tachent le tapis jaune citron.

« Trop tard ! » dit-elle.

Lydia éponge les taches. Elle ramasse les bouts de verre. Elle le voit qui se lève pour flanquer Sans-Nom dehors.

Elle jette les débris dans un bac sous l'évier. Elle s'en veut. Elle enroule un torchon autour de sa main et sort du fourneau un gâteau cramé. Elle se brûle les doigts en le posant sur le bord de l'évier.

« Quelle imbécile je suis ! »

Elle ouvre la porte pour aérer la cuisine. Elle trempe ses doigts dans l'eau pour éviter les cloques. Le chien est revenu par la porte entrouverte. Elle l'écarte d'un coup de pied.

« Oh, toi, va voir ton maître, sale clébard ! » grogne-t-elle.

Engels est dans l'entrée. Il enfile son manteau. Il a un regard gêné.

Lydia s'essuie les mains sur la jolie robe brodée qu'elle avait mise pour lui, pour fêter son retour.

Le fantôme de Mary passe entre elle et lui. D'autres fantômes aussi. Mais ça, elle n'en sait rien. Ils se cachent tant de choses.

Lydia se dit qu'elle fera encore du gras, de la matière d'insomnie. Sa colère fermentera. Engels ne l'aime pas. Il ne l'a jamais aimée. Il aimait le trio qu'ils formaient. Il aime le Maure, son chien, la baronne probablement, mais pas elle. En tout cas pas vraiment. Il s'est juste habitué.

Il est parti.

Dans le salon, l'épagneul se loge en boule à la place de son maître. Lydia ramasse son journal. En bas de la dernière page du *Guardian*, elle parcourt les faits divers. Une femme a été abattue en pleine rue. Elle s'appelait Charlotte Evans. Son agresseur a pris la fuite. Un témoin, commis dans une épicerie de la ville, a été blessé dans l'affaire. La police s'interroge. Il n'y a pas eu de vol. La femme était visée, directement. Les policiers évoquent l'hypothèse d'un homicide volontaire.

28

Freddy a vu son corps ramené sur un brancard par deux types en sabots, suivis d'un sergent de ville. Charlotte est étendue sur le ventre, le visage contre la toile. Le policier lui a demandé s'il était bien son fils.

« Oui. »

Les deux types ont posé le brancard à terre. Ils ont estimé la taille de la table.

« Trop courte ! » a dit le premier.

D'un geste du menton, il a désigné la porte à son confrère. Puis il s'est tourné vers Freddy.

« Permettez ? »

Freddy n'a pas compris.

Les brancardiers ont dégondé la porte.

Le policier lui a demandé qui sa mère fréquentait.

« Personne », a répondu Freddy.

Dans le salon, ils ont calé la porte à l'horizontale, puis ils ont hissé Charlotte pour l'allonger dessus. Sur le dos, cette fois.

Ils ont posé un linge pour cacher son visage.

Le policier a évoqué un crime, un panier vide et l'autre plein, une mise en bière et des taxes à payer.

Freddy n'a rien compris.

En sortant, le policier lui a administré une tape sur l'épaule. Il lui a même souri, brièvement, avant de baisser la tête pour éviter le chambranle. Il portait un chapeau qu'il n'a jamais quitté. Un courant d'air s'est formé. Mais Freddy n'a plus froid. Il pense à ce policier. Il se dit que, d'ordinaire, on montre plus d'égards quand on entre chez quelqu'un. On ôte sa casquette, on se découvre en présence d'un défunt. Toutes les pensées de Freddy se crispent sur ce détail.

Pendant que Charlotte gît sur cet autel instable, un type, plus triste que lui, se présente. Il dit qu'il est croque-mort. Il a une voix de faire-part.

Freddy accepte ses services.

« Mais je peux rien faire sans avance », dit-il.

Freddy lui tend quelques pièces pour chasser la pensée inadmissible de sa bonne-maman morte.

Le croque-mort siffle pour faire monter ses acolytes. Deux garçons, plus jeunes que lui, entrent. Ils sont bardés de seaux, de linges et de grosses éponges. L'un d'eux déroule un mètre de ruban. L'autre dresse un voile au milieu de la pièce et tous les trois disparaissent derrière, avec Charlotte. Tout va si vite !

Ils sont restés chez lui jusque tard dans la nuit, le temps que cette pompe fasse son office funèbre. Puis ils ont décroché le rideau. Ils ont repris leurs serviettes. Ils ont ramassé leurs outils, leur bassine à moitié pleine et quelques bouteilles aussi, remplies de liquide jaunâtre. Et ils s'en sont allés.

Charlotte est revêtue d'une chemise impeccable. Sa tête est maintenue par un petit coussin rouge. Elle est pieds nus, les mains croisées sur son ventre. Son visage est couvert d'un voile fin comme celui d'une mariée.

Depuis le début du jour, une dizaine de curieux sont venus. Ce deuil est une mascarade. Où étaient-ils, tous ces gens, quand ils avaient besoin d'aide ? On accompagne les morts. Mais on lâche les vivants. La hantise du néant fait trembler les paupières et parfois même déclenche quelques départs de larmes.

Freddy scrute leurs visages. Il devine leurs pensées. Ils prient pour le salut de son âme et surtout de la leur. Ils implorent un pardon pour celle qu'ils traitaient de pute, de fille de mauvaise vie, qu'ils refusaient d'aider ou de regarder passer sans se croire obligés de faire un signe de croix. D'autres ont bien dû la siffler. Ils sont serrés les uns contre les autres, sur deux rangs autour d'elle.

Freddy a reconnu le grand avec ses yeux tombants. Il arbore un cache-nez et se planque derrière les autres. Il venait parfois, très tôt, dans le dos de Freddy, quand il partait chez Saltz apprendre son métier. Le grand bonhomme honteux se confond dans la masse de fadaises de tous ces tristes sires calés derrière leurs femmes, leurs épouses, convaincues d'être bien gentilles d'être venues jusque-là.

Noires.

Muettes.

La plupart des présents en savent plus que Freddy sur le coup de feu tiré. Ils ont lu le journal.

« Elle m'a parlé de toi. »

Il ne reste plus qu'elle maintenant. Une grande dame

brune, vêtue comme une bourgeoise des beaux quartiers de la ville. Elle s'approche de lui. Elle dit qu'elle s'appelle Lydia Byrns et qu'elle connaît sa mère.

« Ma mère ne connaissait personne. Qu'est-ce que vous racontez ?

– Tu te trompes. Elle est venue me voir l'autre jour.

– Pour quoi faire ? »

Lydia hésite.

« Elle m'a parlé de votre loterie. Elle avait besoin d'argent. »

Freddy plonge ses mains dans ses poches. En l'écoutant parler, il triture ses coutures pour former des petites billes de coton, minuscules, qui ressemblent à des larmes sèches.

Lydia s'approche du cadavre. Elle soulève le dais noir. Elle prend la main de Charlotte, fine, pâle.

« Légère comme une plume, dit Lydia. Chez moi, dans mon *clachan*[1], comme on dit en Irlande, les plus pauvres mouraient en “odeur de sainteté”. Ils tombaient comme des mouches à cause de la famine. Le ventre vide.

– Elle m'a raconté ça.

– J'ai vu ma famille décimée pour rien, parce qu'ils crevaient de faim. Ils n'avaient rien fait d'autre que de gratter la terre où ne poussent que les lièvres. La plus mauvaise terre de l'île, celle du sud-ouest. Et après le prêtre, c'était le fossoyeur qui passait, pas plus épais que nos morts. En mourant, ils étaient tous si creux qu'ils n'avaient pas d'odeur.

– Ma mère n'était pas une sainte ! »

1. « Village », en irlandais.

Lydia repose le drap.

« Elle m'a montré un petit portrait de toi. »

Freddy le connaît, ce dessin. Charlotte le trimbalait sur elle, « en lieu sûr », disait-elle, parce qu'elle était persuadée qu'un jour son auteur serait connu, qu'il aurait de la valeur et qu'elle pourrait en tirer quelque chose.

« Il est ressemblant », dit-elle.

Freddy ne relève pas. Il ignorait tout des projets de Charlotte, de sa journée à courir Manchester, Eccles, Southgate. Charlotte n'a pas eu le temps de lui raconter. Elle disait juste qu'elle avait prévu de lui faire une belle surprise.

« Arrêtez de me regarder comme ça », dit-il.

Lydia se détourne. Le courant d'air revient. Il glace l'air de la pièce.

« Qu'est-ce qu'elle vous a dit d'autre ? » demande Freddy.

Lydia lève la tête au plafond et répond :

« Elle m'a dit qu'elle voulait te ramener en Irlande. Elle m'a dit que la vie ici était insupportable. Elle était venue me demander si je ne connaissais pas quelqu'un pour te ramener au pays.

– Au pays ?

– À Clonmel.

– Ah. Elle m'a déjà parlé de cette ville, mais pas vraiment d'y retourner…, s'étonne Freddy.

– C'était l'autre jour, juste avant de… »

Cela fait vingt-quatre heures que Freddy n'a pas dormi. Il a veillé toute la nuit. Il a tenu le jour. Il s'est maîtrisé devant tout ce monde, tous ces visages sinistres qui faisaient semblant de la regretter. Mais pour la première fois, quelqu'un lui parle d'elle. Tout ce qu'il retenait depuis la veille commence à se fissurer. Il sent sa gorge qui se gonfle. Il sent sa peau qui brûle. Il se sent orphelin. Il sait qu'elle se rapproche. Elle l'enveloppe de ses bras.

« Oh, mon garçon, mon pauvre garçon ! dit-elle. Je suis là ! Je suis là. »

Il pleure longuement tout ce qu'il a de tristesse. Il pleure jusqu'à la fin des cierges.

« Je n'ai pas l'air comme ça, mais je ne suis plus un petit garçon. »

Lydia passe sa main sur sa joue.

« Tu sais, dit-elle, les hommes pleurent eux aussi. »

Il se mouche, passe derrière le cadavre de sa mère et revient.

« Je crois que je porte malheur !

– Mais non ! Non ! dit-elle, en agitant la main devant son nez, comme on chasse l'odeur d'une sottise.

– Tout à l'heure, j'ai entendu les femmes parler dans l'escalier.

– Mais encore ?

– Elles disaient ça. Elles disaient que je portais malheur.

– Ah bon ? Et pourquoi ça ?

– Je ne sais pas. Je n'ai pas compris, justement. »

Lydia fouille l'un des paniers que le policier a rapportés. Il ne contient plus grand-chose, à peine quelques pommes et un petit bout de chocolat. Elle plante son couteau dans la pomme et fait crisser sa chair.

« Il ne faut pas les croire, dit-elle. Ce sont de mauvaises langues. Tu ne portes pas malheur, Freddy. Personne ne porte malheur. Ni toi ni aucun autre. Les sales coups du sort s'abattent sur nous tous, à tour de rôle. Tout le monde a son lot de malheurs. Et de petits bonheurs, aussi. Tu verras, ça reviendra.

– Ma mère vient de mourir. J'ai vu ces gens mourir l'autre jour au Temperance Hall. Je suis un tricheur, un voleur, et l'enfant de personne. Ma mère de naissance n'a pas voulu de moi. Mon père non plus d'ailleurs.

– Ton père ?

– Je ne sais rien de lui. Je sais seulement que personne ne veut de moi. Je porte malheur.

– Freddy !… »

Lydia cherche ses mots. Elle croque un quartier de pomme. Elle profite d'avoir la bouche pleine pour grommeler :

« Tu ne devrais pas rester ici.

– Quoi ?

– Reste pas seul. »

C'est bien ça. C'est bien ce qu'il avait entendu.

« Ce sont les lâches qui partent, dit-il. Je n'ai pas peur. Charlotte, elle disait ça aussi, que ce n'étaient rien que des lâches tous ceux qui s'en allaient. Pas moi. Je suis pas comme eux. »

Freddy est content de sa phrase, de son hochement de menton qui ressemble à une déclaration d'homme. De vrai. De courageux. Bonne-maman serait fière de lui.

« La lâcheté, Freddy, comme le courage, est une notion abstraite. Certains passent des années à tricoter des phrases, des slogans, des blasons. Méfie-toi de ces grands mots. On ne soigne pas une douleur avec des proverbes. Tu ne devrais pas rester ici. C'est une mauvaise idée. Tu dois partir, Freddy. Je suis allée voir Billy, le commis de Leu Phong. Son nom est cité dans le journal. Il est le témoin de l'affaire. D'après lui, l'assassin de ta mère te visait. Il a prononcé ton nom avant de tirer. Il te cherchait. Il a blessé le commis. Il a cru que c'était toi.

– Mais pourquoi ?

– Je ne sais pas. Je te le dirai dès que je le saurai. En attendant, je voudrais t'aider à quitter ce pays. Pour ta mère. Fais-le pour ta mère ! »

29

À Liverpool, Engels traverse « le quai du Tigre », où l'on croise pêle-mêle des fumeries d'opium, des bars à mathurins, de vieilles putes à coolies et un pavillon de bois. Un étrange bâtiment construit comme une pagode. Ses trois étages sont soulignés de rangées de tuiles vernies et de lanternes à franges qui s'éclairent de l'intérieur. La nuit, on les voit de loin.

C'est là qu'Engels est venu se saouler à mort, pour oublier cette honte qui le colle corps et âme. Engels n'a pas osé. On ne tue pas un môme, ni une femme. Il en est incapable.

« Les beautés ! Les beautés ! clame la maquerelle. M. Engels est là. »

À l'entrée de la pagode, Engels est pris d'assaut par une cascade de rires qui dévalent l'escalier. Elles se ruent dans ses bras comme s'il était le Messie. C'est pour ça qu'il est là. Il est venu se réfugier entre les jambes des filles, à cœur perdu.

Elles sont une dizaine. Blanches ou noires. Rousses ou blondes. Elles roucoulent en hindi, en anglais, en peul, en bantou ou en arabe tant que les clients payent.

« Choisis-moi ! lance l'une d'elles.

– Non, prends-moi, beau gosse », exige une autre à la bouche titanesque.

Elles le poussent toutes ensemble, sans attendre sa réponse, vers un immense divan aussi cramoisi que lui.

Un palmier est planté. C'est le totem des lieux. Le hall est décoré de mobilier Empire. Du velours. Des franges. Des dégradés de soie rouge. Les causeuses sont occupées. Les poufs sont pleins d'hommes. Les bornes s'auréolent des fumées de cigare. Les murs laqués noir sont incrustés de miroirs aux formes orientales inspirées de l'idée que s'en font les clients de passage, voyageurs immobiles.

Un chapeau se glisse derrière un vieux piano droit et se met à jouer si faux qu'on dirait qu'il le fait exprès.

« Oh non ! Pas ça ! » se lamentent les filles.

Elles se couvrent les oreilles. L'une d'elles surgit dans le dos du pianiste pour lui cacher les yeux.

« C'est bon ! C'est bon ! » dit Engels, qui connaît bien les lieux.

Cerné par des bras et des jambes, il parvient à plonger une main dans sa veste. Il en sort un billet, au hasard, et le tend pour que Madame Babylone, la mère maquerelle, renvoie le pianiste à ses cours de musique.

« C'est vrai qu'il faut qu'on s'en occupe ! »

Les filles acclament Engels.

« Merci pour nos oreilles. »

Dans ce bordel, tout est fait pour la joie. Le plus petit événement provoque l'exaltation.

« La vie est courte. Profitons-en ! Oui. Profitons ! »

On rit beaucoup et on rit jeune. Aucune fille n'y reste plus d'une saison.

Sauf Madame Babylone. Elle est là depuis des lustres, mais elle sourit rarement.

« Vos amis vous attendent au salon », dit-elle.

Par un miracle qu'Engels a du mal à s'expliquer, vu tout ce qui vient de lui tomber dessus, c'est bien la voix de Madame Babylone qui lui parvient. Il pousse des seins et des fesses et émerge.

« Quels amis ? Je n'ai que des ennemis », dit-il.

Sa chemise est défaite. Il n'a plus de portefeuille. Trois filles se redressent en même temps que lui. Une Peule sculpturale, vêtue d'une chemise de soie. Une Égyptienne ventrue, tétonneuse, à la bouche faite aux mesures de tous les pharaons du Caire. Et une Anglaise menue, à la peau cuivrée, dont les hanches insinuent que nuit et blanche riment avec tout le reste d'elle.

« Ils sont deux. Ils ont insisté. Je suis désolée », dit la maquerelle.

Engels tient à peine debout.

« Je reviens, dit-il. Bougez pas. Et si vous n'avez pas de nouvelles de moi d'ici dix ans, les filles, joignez le consul de Prusse à Londres. C'est un ennemi fidèle.

– Promis ? demandent-elles en agitant son portefeuille en gage.

– Promis. »

De l'autre côté du hall, derrière le bar anglais tenu par un authentique eunuque turc, les visiteurs l'attendent. Ils sont tenus à l'écart, dans le salon privé. Deux Allemands mal à l'aise, les mains jointes sur la table, le dos droit, éclairés par une lampe à huile. Engels reconnaît leurs visages labourés par des poings de boxeur. Ce sont des hommes de Ferdinand von Westphalen.

Dans ce réduit de salon, Engels se coupe du monde. Les bruits sont étouffés. Même l'air semble plus épais. Il se doute bien que ce sont eux qui ont fait le coup l'autre jour, qu'ils ont tué cette femme et blessé le commis. Lui ne leur a rien demandé. C'est Ferdinand qui paye.

« Nous avons un problème, monsieur Engels, lui dit le plus petit des deux.

– Quoi ? répond vivement Engels, impatient de se replonger dans les bras des filles pour oublier tout ça.

– Nous cherchons l'enfant », dit-il.

Engels est encore saoul, mais il reste capable de faire la part des choses.

« Ce n'est pas mon affaire », dit-il.

Le petit Allemand balaie la tête de droite à gauche. Il crispe un peu la bouche comme s'il retenait ses mots.

« Non, mais cela pourrait le devenir », dit-il.

Engels sent la colère monter. Qu'est-ce qu'ils font là ? Ils n'ont rien à faire là.

« Et pourquoi ça ? »

Le grand prend la parole. En anglais, cette fois. Il n'a même pas d'accent :

« Votre femme, monsieur Engels. Lydia Byrns. Elle est au courant. C'est elle qui le protège, maintenant. »

Engels reste bouche bée. Il sait ce que ces hommes sont capables de faire.

« Depuis... quand ?

– Charlotte, la nourrice, l'a rencontrée l'autre jour. Ça

s'est passé chez vous, dans vos bureaux. Un de nos hommes l'a vue. Ludwig, vous vous souvenez ? »

Il doute, puis se ravise.

Ces hommes sont des professionnels... Bon... Ils ont passé la moitié de leur vie à observer dans l'ombre... Sûr... À noter chaque détail, à deviner chaque mot échangé à voix basse dans les coins des cafés... C'est vrai, ça... Ils sont entraînés... Oui... Ils savent ce qu'ils font... Johanna... Johanna... Son pacte... Son frère... Quel merdier !

« Le garçon a disparu. Lydia doit savoir où il se cache. »

Engels se dégrise.

« Nous ne ferons rien contre elle », précise le plus petit des deux, celui qui s'était montré aimable chez le marchand de café de la paroisse de Salford. « Mais nous comptons sur vous. C'est à vous de jouer. L'enfant a disparu. Votre femme sait où il est. Et nous c'est tout ce qu'on veut savoir.

– Vous la laisserez tranquille ?

– Oui, monsieur. On veut juste une adresse... »

Engels se lève, trop vite. Inspire. Pendant que les deux brigands s'effacent, il se raccroche à la table et finit plié en deux, vomissant tout ce qu'il vient de boire. Madame Babylone est près de lui. Elle a fait venir un serveur pour éponger le vomi. Elle a l'habitude. Engels retourne auprès des filles, pressé d'effacer ce souvenir.

Madame Babylone fait venir d'autres filles et fait ouvrir l'*ott-el-hamam*, la salle d'eau du sous-sol. Des filles nues, dont il ignore le nom, l'origine et tout le reste, lui passent de l'huile sur le corps. Elles lui fouettent le sang avec des branches d'eucalyptus. Elles massent son dos, longuement. Elles le détendent dans la vapeur du bain turc. Elles font tout ce qu'elles peuvent pour qu'il pense à autre chose. À lui. Rien qu'à lui. À tout le mal qu'il s'est donné pour profiter de ces rares moments entre leurs mains. Sans avoir aucun compte à rendre. Encore ! Encore ! Il fait peau neuve.

Quand il sort, il est vêtu d'un simple peignoir. Il oublie tout. Le hall de la pagode est un espace joyeux de sons, de rires, de chairs qui se trémoussent et de vin qui se renverse. Engels s'y plonge comme s'il retrouvait son milieu naturel. L'urgence de la débauche.

Une main passe dans son dos et ses épaules s'abaissent. Une bouche frôle son oreille et son audition se règle sur le violon et le fifre qui jouent des airs d'Irlande. Un bras enserre sa taille, un pas l'entraîne plus loin. Engels lève son verre et embrasse à pleine bouche la jeune rouquine qui passe.

« Que c'est bon ! »

Plus tard, bien plus tard, Madame Babylone l'accompagne vers la salle où des dizaines de dos perdent des centaines de livres autour de tables de jeu dont les dés sont pipés, les cartes biseautées et les croupières croupe nue pour se faire pardonner de rafler toutes les mises. Chez Madame Babylone, les hommes perdent par plaisir et gagnent quand ils aiment. Sa pagode est un monde à l'envers qui ne cesse de se rabattre et de se mélanger. Le trou noir de la morale. Un jeu de cartes sans roi, rempli de reines de cœur.

Engels est là pour ça, pour oublier ce qu'il faut… ce

qu'il doit… ce qu'il pourrait… ou tout ce qu'il aurait dû… Il n'y a plus personne dans le salon privé. Il n'y a plus personne qui l'attend à Salford, à Ardwick, à Barmen ou à Berlin. C'est aussi bon que la Cheshire Hunt. Mais là, il se laisse conduire. Il est la proie. C'est son monde à l'envers. Et qu'importe si, dehors, Lydia veut jouer les mères, les dames de bon secours. Ils n'oseront jamais s'en prendre à elle. Plus tard.

« Pas maintenant », dit-il, avant de s'effondrer.

Engels ne se souvient que de trois d'entre elles.

La première s'appelle Flor. Elle est rousse comme un feu de grange. Elle a une peau de lait et des seins haut perchés qu'elle fait valser quand elle le chevauche. Elle y passera la nuit.

La deuxième, égyptienne, passe des heures à faire danser ses doigts sur lui. Mais elle ronfle la nuit.

La dernière est bantoue. Madame Babylone ne lui parle que d'elle depuis quarante-huit heures :

« Elle va vous plaire. Elle revient d'Amérique. Elle était avec le colonel John Sartorius. Vous connaissez ? Le colonel Sartorius. Un sudiste. L'un des plus fameux officiers confédérés.

– Comment s'appelle-t-elle ?

– Lady B.

– B pour Black ? demande-t-il.

– Allons, pourquoi vouloir savoir ? Appelez-la Lady B, c'est tellement plus joli. »

Lady B est une liane. Elle a de longues cuisses musclées, des bras comme des lassos et le plus beau des sourires. Elle s'est assise près de lui. Sa peau semble vernie. Elle porte un chemisier noir sans manches, et son profil ressemble à celui d'un chat sauvage : le nez court, en accent, les pommettes hautes et le front bombé.

« Raconte-moi ! » dit-il.

Pendant qu'il passe la main pour une paire de valets, Madame Babylone l'enivre des faits d'armes de sa nouvelle recrue :

« Elle a vingt et un ans. Elle a passé des mois dans le sillage de Lee, esclave à Stratford Hall.

– Elle ! Laissez-la avec ses mots à elle, chère madame. »

La maquerelle se renfrogne.

« J'étais sa favorite », dit Lady B.

Sa voix a quelque chose de cassé.

Engels caresse sa joue.

« Je n'en suis pas surpris. »

Comme la fille est timide, la maquerelle poursuit. Engels la laisse faire cette fois. L'important, c'est qu'on comble l'instant vide par une belle histoire.

« Elle était sous sa tente à Gettysburg, en Pennsylvanie. Elle vous dira comment son maître, John Sartorius, dirigeait ses troupes, le respect qu'il inspirait, ça va vous plaire, monsieur Engels. Elle était contre lui la veille de la bataille, lorsque ses fantassins, impatients d'en découdre, rôdaient dans le campement. Racontez-lui ! »

La jeune femme se tortille. Elle cherche le courage de se lancer. Elle prête plus de poids à ses mots qu'à ses baisers. C'est peut-être cela la suprême élégance. Elle se lance.

« Le jour, ils se jetaient sur les lignes nordistes sur un ordre de lui. Prêts à mourir. Le soir, ils ôtaient leurs bottes quand ils passaient près de sa tente. C'était très surprenant. Ils n'osaient pas réveiller leur grand chef.

– N'est-ce pas étonnant ? insiste la maquerelle. Elle était là, notre chère Lady B.

– Oui. Je voyais leurs ombres qui glissaient sur la toile de notre tente.

– C'est vrai ?

– Ils marchaient sur la pointe des pieds. »

La fille, une fois lancée, prétend qu'elle a vu Gettysburg, Atlanta et Savannah. Elle y était. Elle va tout lui raconter, jusqu'au jour où elle est passée au Bureau des affranchis. C'est lui Sartorius qui avait fait ajouter son nom sur la liste, bien avant la victoire du Nord.

« Cela fait une semaine qu'elle est là. Elle vient juste d'arriver, dit la maquerelle.

– Et moi, je l'aime déjà », dit Engels.

Il s'incline pour coller son nez dans son cou. Sa peau est douce et tendre comme la chair d'une figue. Il aime son odeur. Elle sent le Sud et les épices. Elle n'a même plus besoin de sourire. Engels gobe tout. Depuis qu'il est entré, il a laissé son sens critique au vestiaire, engourdi sous des litres d'alcool. Il faut très peu de mots pour qu'il se gargarise. Tant pis si tout est faux, si cette fille n'a jamais vu un seul champ de bataille, si les champs dans lesquels elle dormait étaient des champs de tabac ou de coton. Tant pis si elle vient du quai un peu plus loin. Née ici. Tant pis si cette fille a déjà des seins de mère, plombés par le lait maternel, striés par les grossesses. Elle est douce et légère. Elle ment en souriant. Elle le berce d'histoires. Et elle est assez agile pour l'aimer comme s'il était le premier.

C'est pour cela qu'Engels paye.

Cette pagode est un leurre. Ses fenêtres sont aveugles.

Ses murs sont couverts de trompe-l'œil et ses rideaux montrent tout ce qu'il ne faudrait pas voir. Tout est biaisé et c'est mieux ainsi.

Quand Engels se réveille, après plusieurs nuits, il ne cherche plus sa montre dans les draps de Bintu Ebwele. Ni ses boutons de manchettes ou le gros rouleau de livres qu'il cachait dans sa veste. Il est venu pour ça. Pour qu'on le déleste. Pour qu'on le soulage. L'argent lui permet de choisir où et quand.

Madame Babylone raye la dernière ligne de son livre de comptes : « Lady B, nuits complètes : cinquante livres. Champagne offert. »

La maquerelle le raccompagne à la sortie.

« Mes filles sont impatientes de vous revoir. »

La lumière lui tombe dessus. Il n'a plus l'habitude du jour. La porte de la pagode se referme derrière lui.

Engels ajuste son chapeau. Son gilet le comprime. Il est à peine midi et l'air empeste déjà. Il traverse le quai.

Il n'en revient pas.

Liverpool est une ruche. Ses quais sont noirs de monde. Ses dockers s'activent avec une frénésie qu'il avait presque oubliée. Quelque chose a changé. En arrivant, l'autre soir, il y avait bien quelques bateaux en provenance d'Europe et d'Asie. Des frégates, un ou deux sloops, guère plus.

Aujourd'hui, c'est toute une armada qui s'étend sur plusieurs lignes de rang.

Engels compte des dizaines de navires auréolés de grues, de poulies, de charrettes et de dockers en sueur. Des steamers pavoisés de la bannière étoilée. Des bateaux qui reviennent de La Nouvelle-Orléans, de Charleston, de Wilmington ou de New York. Tous chargés de centaines de balles de coton grosses comme des chaloupes et empaquetées si serré qu'il faudrait une hache pour en couper les liens.

Ce n'est pas l'effet de l'opium.

C'est là, devant ses yeux. Bien réel.

Engels reconnaît l'officier britannique qui passe devant lui. C'est celui dont il avait graissé la patte, des mois plus tôt, quand il avait reçu la cargaison de Dressner. La douane était allée boire plus loin. Les rares dockers présents avaient touché un salaire triple. Les ballots de coton étaient si maigres qu'ils avaient été filés en quelques semaines seulement.

Cette fois, plus de blocus ni de navires fantômes. L'officier britannique note tout et prend la part qui revient de droit à la Couronne.

Il en sort de partout, des ballots pleins de coton.

La crise est passée.

Il n'y aura plus de disette.

Les dockers sont à l'œuvre et vont fournir aux usines du Lancashire assez de matière première pour habiller le monde entier. Il n'y aura plus de grèves parce qu'il y a de quoi payer. L'or blanc va inonder le pays et gonfler les avoirs de ceux qui possèdent les machines. Il y aura des promesses, beaucoup de promesses, quelques hausses de salaire, de quoi donner aux travailleurs l'illusion que la vie est belle, que le système est bon, que le capitalisme est humain, que l'argent est un bienfait pour tous. Il y aura du travail pour tous. Ils seront occupés. Ils pourront se bercer de rêves de vie meilleure. Il y aura de l'argent dans les coffres des banques. Il y en aura un peu dans les poches des pauvres aussi. Il n'y aura plus de révolte. Il y aura assez pour les faire taire. Bien assez.

Le moment est passé.

Dans le train qui le ramène chez lui, Engels abaisse sa fenêtre. Il passe la tête dehors et ferme les yeux pour éviter les éclats de charbon. Il a bien bu. Bien joui aussi. Le vent le rafraîchit. Il sent le claquement de l'air quand il passe un poteau. Une gifle invisible.

Un autre poteau se profile. Il garde la tête dehors. Au tout dernier moment, il ferme les yeux. Le vent claque au passage. Il est passé plus près. Il aurait pu finir décapité, la tête roulée dehors et le reste du corps dedans, parmi les passagers. Il pense à Lydia.

« Voulez-vous fermer ? Ce vent, c'est insupportable », grogne un type assis près de lui.

Engels se retourne. Tous les yeux sont sur lui. Braqués. Mauvais. Une femme rajuste son châle.

« C'est vrai, ça. Il fait un froid de gueux.

– Le froid est pour tout le monde, madame, pas seulement pour les gueux.

– Assez ! Assez de mauvais esprit », ronchonne un passager derrière.

Si les bourgeois de première n'ont plus peur des pauvres, c'est que la crise est passée. Chacun a retrouvé sa place.

Engels va descendre, prendre une voiture et retrouver Ardwick. Lydia va lui ouvrir la porte, l'embrasser, tirer un petit tabouret et l'aider à ôter ses bottes. Il va croiser son regard. Elle va sentir son parfum, l'odeur de la femme noire, de Bintu Ebwele, et elle ne dira rien. Lydia ne dit jamais rien quand il revient de là-bas. Mais il va bien falloir qu'elle lui révèle l'endroit où se cache ce gamin.

30

Freddy devrait danser et le voilà qui pleure pendant qu'un fossoyeur aplanit le tas de terre. Il devrait être en train de faire un demi-pas vers l'avant et, pieds joints, un autre pas, et à nouveau pieds joints, tourner…

« *In nomine Patris, et Filii et Spiritus sancti.* »

La main du prêtre fait le signe de croix. Freddy l'imite. C'est facile. Les jambes raides et la main droite qui trace deux traits dans le vide. Plus facile qu'un pas de danse.

Le prénom de Charlotte est gravé en lettres fines sur une pierre posée à la va-vite. Un artisan local a repassé deux dates au pinceau plus épais, en blanc. 1828-1865. Deux dates plus lisibles que son nom. Un bouquet de fleurs est posé sur la terre.

Ses parents ne sont pas là pour la pleurer. Ils sont morts depuis longtemps. Les curieux ne sont pas là non plus. Personne. Pas un voisin. Charlotte a pourtant droit à un vrai enterrement, avec un carré de terre, une pierre tombale à son prénom et un livre de prières récitées par un prêtre.

Freddy est seul. Il a beau chercher, personne ne vient. Pourtant, Lydia Byrns avait dit qu'elle le retrouverait, par amitié pour elle puisqu'elles étaient amies. Et puis pour lui aussi.

Freddy l'a guettée. Plusieurs fois, il a posé sa main sur le bras du prêtre pour qu'il espace ses strophes. Lydia a tout payé : la tombe, les fleurs, la canne noire, le crêpe et le silence du prêtre, catholique irlandais. Le père a accepté de fausser son livret, de modifier les dates et d'attendre quelques jours avant de préciser son nom de famille. Un bon père. C'est l'enterrement de Charlotte. Charlotte, c'est tout. Son nom attendra. Evans. C'est devenu une habitude d'attendre ce nom-là.

« Arrête de t'agiter, mon fils. Y a personne. Faut finir. »

Il a raison. Charlotte disparaît comme elle a vécu : dans la plus stricte indifférence.

Le prêtre claque son livre.

« Il est dix heures, mon fils. J'ai une messe à dire. »

Il ôte son écharpe, la plie, l'embrasse et lui tourne le dos. Il a les épaules qui pointent sous sa chasuble. Il est maigre comme un clou. Il a un cou de tortue, tendu vers sa paroisse pleine de fidèles qui l'attendent.

Le cimetière est comme lui : en creux. Il a été bâti un peu plus bas que le reste de la ville pour échapper au regard des vivants.

Freddy rassemble les fleurs balayées par le vent. Demain, ses violettes auront probablement roulé sur la tombe d'à côté. Quelle importance ! Il ne croit ni aux messes, ni aux cierges, ni aux cieux. Les prières sont pour lui des aveux de faiblesse et les fleurs, une sottise. Aucune pelletée de terre, aucun chant même sacré ne pourra combler le vide que Charlotte laisse. Freddy sent qu'un cimetière s'est formé en lui, un immense creux aveugle.

Un employé de la commune ratisse les allées entre les tombes. Ses gestes ont la vivacité des litanies du prêtre. Trois hommes entrent dans le cimetière. L'employé, intrigué, relève son râteau et le serre contre lui. Sur les trois hommes qui passent, deux portent une casquette bleu marine avec un insigne plaqué devant. Deux petits fusils dorés en croix. Le troisième, le plus grand, est fin comme un serpent. Une ceinture en cuir usé fait le tour de sa taille et maintient à ses hanches un pantalon de soldat. Le soleil fait briller son ceinturon doré estampillé « US ». Trois vétérans sans gloire. Trois soldats de retour qui arpentent ce cimetière et bifurquent vers la tombe de Charlotte. Ils s'arrêtent juste devant. Sans un mot.

Le plus grand tient un bouquet d'œillets. Les autres ôtent leur casquette. Lentement, ils joignent les mains et observent un moment de silence. Le premier est leur chef. Freddy le sent. C'est lui qui a fait le premier geste. C'est lui qui donne le ton. Ses joues sont deux crevasses. Le col de sa chemise bâille comme s'il avait passé des mois à sucer des cailloux. Il porte des bottes qui lui montent jusqu'aux genoux. Leur bout est enfoncé. Leurs talons sont striés de marques d'étriers.

Freddy se dit que ces hommes ont dû voir du pays. Des prairies et des plaines qu'il imagine immenses. Ils ne le regardent pas. Ils font comme si Freddy faisait partie du cimetière. Le premier, le plus grand, dépose son bouquet près de la pierre tombale. Ses œillets forment des boules qui ressemblent à des poussins.

« Je m'appelle O'Brian », dit-il en se tournant vers Freddy.

Le brun se nomme Galloway. Il a des dents pourries et

un abcès à la lèvre qui tord le bas de sa gueule. Il passe souvent sa langue dessus.

Freddy se souvient des tarifs du docteur Spencer Hall, l'hypnotiseur du Palais des Sciences. Pour soigner un abcès, il demandait quatre livres.

Le dernier est plus petit. Il dit que son nom c'est Jasper, mais que tout le monde le surnomme Sligo.

« Parce que je viens de Sligo. Tu connais ? »

Freddy répond que non.

« C'est le nom de ma ville en Irlande. Un grand port. Tu ne connais pas Sligo ?

– Non. »

Sligo colle son nez sous sa bouche, comme s'il allait renifler ses réponses.

« Mais t'es né où ? »

Son crâne chauve est traversé de veines apparentes, comme des lombrics amorphes. Son front se gondole sous les plis. Il pue. Ses yeux effraient Freddy parce qu'il les roule, comme le ferait un fou.

« Laisse-le », râle O'Brian qui l'écarte.

Sligo ne bronche pas.

« Je sais bien qu'il est moche, mais c'est un bon soldat », ajoute O'Brian.

Freddy balaye du bout du pied une racine qui dépasse. Il voudrait qu'ils s'en aillent.

« Je suis désolé pour ta mère, dit O'Brian.

– Vous la connaissiez ?

– Non, pas personnellement. Mais je sais ce qui lui est arrivé, répond O'Brian.

– Qu'est-ce que vous faites là, alors ?

– C'est Lydia qui m'envoie. »

Sans relever la tête, Freddy écrase la racine sous ses pieds.

« Elle m'a dit de venir te chercher.

– Je n'ai pas besoin de vous !

– Elle veut que tu nous suives au pays », insiste O'Brian.

Freddy se retourne vers Sligo, qui écarquille les yeux. Galloway se passe la main sur la lèvre et grimace.

« Je n'ai pas peur de vous. Allez-vous-en ! »

Le regard d'O'Brian s'assombrit.

« Écoute-moi bien, petit con. Je n'ai pas de temps à perdre. Je sais qui tu es. Lydia m'a raconté. Je pourrais te laisser là, après tout. Ce n'est pas mon histoire.

– Ouais, lâchent Sligo et Galloway.

– Je ne suis pas ta mère. Paix à son âme. Puisse-t-elle reposer en paix. Mais j'ai fait cette promesse à lady Byrns, et je compte bien la tenir. Elle et moi on a le même sang. Le sang d'Irlande. Quand l'un des nôtres est en danger, on ne le laisse pas seul. Surtout ici, dans ce foutu pays !

– Maudits Anglais », grogne Sligo en se tournant pour cracher.

Freddy ne répond rien. Il déteste ce Sligo qui ne respecte rien. Les âmes des morts sont rancunières. Il ne devrait pas cracher là. Il déteste cet O'Brian qui ordonne et commande au nom d'un sang qui n'est même pas le sien. Freddy n'a pas de pays. Il est l'enfant de personne et de nulle part. Pourquoi les suivrait-il ?

Au loin, à l'autre bout du cimetière, l'employé communal a repris son ratissage. Plus doucement. Il effleure le gravier pour entendre ce qui se dit. Il semble méfiant. Quand Freddy est arrivé ce matin, il l'a suivi d'un regard qui ressemblait à de la compassion. Comme s'il savait ce qui s'était passé. Le meurtre. Dans ce genre d'affaires, un meurtre en entraîne d'autres, des séries de morts et de trous à creuser. L'employé s'y connaît en meurtres. C'est un peu son boulot. Il s'accroche à son râteau. Il a peur des fantômes et des règlements de comptes. C'est pour ça qu'il écoute.

« Merci pour les fleurs », murmure Freddy.

O'Brian se racle la gorge. Sligo et Galloway échangent des regards dans son dos. Il sent une main qui lui tapote l'épaule comme pour lui dire adieu. Les trois soldats font demi-tour.

Le gravier crisse sous le râteau.

Ils s'en vont. Trois vrais soldats, cette fois, portant le bleu cobalt.

« Petit ! lance O'Brian. Si tu veux venger ta mère, tu ferais mieux de nous suivre ! »

31

Lydia a la conscience tranquille. Elle a fait ce qu'elle a pu.

Freddy a suivi O'Brian. Elle l'appelle son oncle. Mais ils n'ont pas de sang commun. Ils sont juste du même village, près de Cork, en Irlande. Le grand-père de Lydia était en affaires avec la scierie du grand-père O'Brian. Voilà leur lien. Comme O'Brian est son aîné, elle l'appelle « mon oncle ».

Comme des milliers d'Irlandais, son oncle s'est engagé comme soldat puis sergent dans l'armée yankee. Il a suivi les troupes nordistes tout le long de la guerre. Il a cru qu'à l'issue il aurait des terres, lui aussi. De bonnes terres prises aux ennemis sudistes. C'est ce qu'avaient promis les colonels, les généraux et surtout le Président. Le Nord l'a emporté. Le Nord a libéré les esclaves. Le Nord a remercié les engagés volontaires pour tout le sang versé. Puis les terres ont été remises aux anciens propriétaires, aux partisans des sudistes. Le Nord a offert quarante acres et une mule à quelques esclaves affranchis. Il a offert quarante acres et une mule à ses milliers de conscrits, engagés malgré eux. Et quand il n'y eut plus de mules, il a dit à tous les autres, les volontaires, les Irlandais, d'aller se faire foutre.

Depuis avril dernier, ils sont des milliers à revenir chaque semaine, des milliers d'Irlandais parmi les milliers de balles de coton et les caisses de tabac.

Freddy a accepté de suivre son oncle. Et s'il se montre vaillant, il pourra peut-être travailler dans la scierie près de Cork. Il y sera bien traité. Il pourra grandir droit et tranquille.

« Je vous rejoindrai bientôt, mon oncle », avait promis Lydia.

Lydia se retrouve seule dans cette maison trop grande. De fines traînées de pluie strient la vitre de sa fenêtre.

Engels est revenu peu après l'arc-en-ciel.

Elle l'a pris dans ses bras. Elle l'a serré très fort, rassurée de se dire que ce n'était pas lui qui avait tué cette femme, Charlotte Evans.

« Jurez-moi que ce n'est pas vous.

– Je te le jure, Lydia. »

Elle a senti l'odeur d'une autre femme sur sa peau. Un parfum âcre et chaud.

Elle a tiré ses bottes et il l'a remerciée.

Elle a posé deux verres sur le guéridon du salon. L'épagneul s'est glissé entre eux et ils l'ont caressé.

Engels a ouvert une bouteille. Il lui a demandé si elle voulait bien trinquer à son retour. Elle a souri.

« Bien sûr ! »

Elle n'attendait que ça.

Engels l'a laissée parler, sans jamais l'interrompre. Elle a évoqué cette femme qui avait élevé l'enfant. Elle lui a raconté les détails de leur rencontre. Elle lui a dit qu'elle lui avait donné de l'argent qu'elle avait pris dans le coffre. Elle n'a pas eu le courage d'assister à ses funérailles.

Engels a rempli d'autres verres, puis il s'est levé. Il est passé derrière elle. Il a posé une main sur son épaule, délicate comme une plume. Il a ajusté sa voix, légère comme un désir.

« Promets-moi de ne plus jamais te mêler de cette histoire, Lydia. »

Elle a mis sa main sur la sienne. Elle a incliné la joue. Elle a senti ses doigts. Elle a promis.

Ils sont montés ensemble. Elle a passé la nuit dans ses bras, son ventre contre le sien, son torse contre le sien. Cela faisait si longtemps qu'ils n'avaient pas fait l'amour. Il avait la peau douce. Il sentait l'eucalyptus.

Engels est retourné travailler à Southgate. Il a besoin de main-d'œuvre. Son usine tourne et file. Les affaires sont bonnes. Il gagne assez d'argent pour embaucher du monde.

« Quinze ouvrières la semaine dernière !

– C'est bien, dit Lydia. Mais ne les fais pas trop trimer.

– À un shilling la semaine et cinquante heures par semaine, elles ne trouveront pas mieux ! »

Son usine est toujours aussi réputée. Elle offre des conditions de travail uniques. On n'en trouve pas de pareilles dans tout le Lancashire.

Le Stock Exchange a repris des couleurs. La craie trace les chiffres rassurants. Les négociants remplissent leurs carnets sans hurler. Ici, dans l'immense hall de marbre, la reine du bal se remporte aux enchères, sur une mise honorable, un coup de bluff respectable et sans coup de force. Le marché a retrouvé ses esprits, sa logique, sa raison. Ermen, son associé, est le plus heureux des hommes. Il a repris du gras et le chemin de la fortune.

Entre Barmen et Manchester, les courriers ont repris. Les frères d'Engels vieillissent et veillent plus que jamais au grain. Sa mère se mêle de tout et rappelle à chaque lettre que la reprise est là, en Angleterre plus forte qu'ailleurs, et qu'il doit « la chevaucher et lui faire cracher tout ce qu'elle a, bonté divine. Il y a les Élus et les Damnés. Nous sommes les Élus, mon fils. Ceux que Dieu a désignés. Ceux à qui la Fortune et la Gloire sourient. Travaille dur. Réussis ta vie. Dieu ne t'en donnera pas d'autre ».

Engels se dit que sa mère est peut-être pire que son père. Les poings en moins.

Lydia s'occupe des rosiers du jardin. Elle passe des heures à biner, désherber, supprimer les sauvageons qui pompent l'énergie des racines. Elle traque les points de rouille. Elle s'arrange pour garder cinq branches de chaque buisson et dégager le cœur. Comme il a beaucoup plu depuis le début d'avril, certains ont plus souffert que d'autres. Des fleurs se sont flétries. Lydia a déversé des copeaux de bois secs pour que ses roses reprennent. Elle attend leur regain comme elle guette le regain d'amour d'Engels.

Lydia se donne du mal pour l'homme qui l'aimait. Elle s'affaire en cuisine. Elle s'efface dans le salon. Elle s'offre dans la chambre et se rhabille la nuit pour éviter de le voir s'éveiller en sursaut, paniqué et honteux d'avoir crié. Il a toujours fait ça. Il crie des noms dans ses cauchemars, toujours les mêmes. Johanna. Krummacher. Il a une arme planquée sous l'oreiller. Un pistolet de poche. Craignant un accident, Lydia préfère faire chambre à part.

Aux premiers jours sans pluie, Engels a proposé un week-end à Blackpool, sur la côte. Tous les deux ont pris le train de la marée, samedi. Arrivés sur la plage, ils ont ôté leurs souliers et leurs chaussettes, arpenté le bord de mer sur le sable encore humide. Ils ont remonté la digue jusqu'au ponton de bois qui surplombe la plage.

Lydia s'est fait faire une nouvelle robe. Elle a acheté une ombrelle chez Campfields. Mais en avril, le soleil est rare. L'ombrelle est restée dans sa malle.

« Tu as changé quelque chose, Lydia ? demande-t-il.

– Je me sens regardée par toi et ça change beaucoup de choses. »

L'après-midi, ils vont au casino.

« Rouge. Impair et manque », lance le croupier.

Ils n'y restent qu'une heure ou deux, avant que l'ennui s'en mêle.

Dans la voiture qui les ramène à l'hôtel, Engels est très joyeux. Il la fait rire comme avant, du temps de leur trio. Il se montre plus curieux. Il distingue les nuances de tout ce qui les entoure, les reflets de l'eau, le coucher du soleil, les détails d'un ruban. Il s'ouvre comme les roses du jardin.

Le regain. Celui que Lydia guettait.

Il évoque le souvenir de Mary. Lydia pleure. Elle le serre. Dans la chambre, il l'entoure et ils vont faire l'amour. Lydia se berce de lui et du bruit qu'il fait quand il dort. Mais elle regagne sa chambre, la 48, juste à côté de la sienne.

Il est presque midi quand il la retrouve en bas dans la salle à manger. Les serveurs lui apportent son petit déjeuner. Il est coiffé, parfumé. Il semble plus nerveux. En regardant au loin, par la baie vitrée, vers la plage, il demande si elle a des nouvelles de Freddy, l'enfant de la femme assassinée.

Lydia sent la chaleur. Elle a soif. Sa bouche est sèche comme les cailloux qu'ils piétinent dans l'allée devant l'hôtel. Elle a voulu s'installer à une table au grand air. Le serveur apporte leurs plats.

« Vous m'avez demandé de ne pas m'en occuper. C'est ce que je fais, ment-elle. Je ne sais rien de lui. »

Engels paraît déçu.

Lydia ne relève pas.

Elle se dit que c'est juste un mauvais jour pour lui.

Elle n'aime pas l'air qu'il prend. Il semble si déçu !

32

Freddy va quitter Liverpool à bord de l'*Arcadia*, paquebot transatlantique en route pour l'Irlande. Il suit O'Brian qui parle d'une scierie, à Cork.

« T'as déjà pris le bateau ? »

Freddy fait non de la tête.

« T'as de quoi payer le billet ? »

Freddy fait non de la tête.

« Alors, garde la tête basse et fais comme nous, petit. »

Freddy et les trois vétérans passent du quai au pont et du pont à la soute en s'emparant de caisses ramassées à la va-vite. Comme les autres dockers. C'est comme ça qu'ils parviennent à monter. Ils se font passer pour des employés.

Pendant que le bateau se décolle du quai, Freddy repère un sac plein de charbon.

« La traversée va durer une paire d'heures. »

Freddy s'installe dessus.

Sligo va et vient. Comme un félin derrière sa grille, il arpente les coursives, fait le tour des machines, renifle chaque hublot et finalement se cale. Il fixe la mer d'Irlande.

« Il a été marin, lui confie Galloway. Il chassait la baleine avant de nous retrouver là-bas, en Amérique. Ce Sligo, il en a vu des mers. Des mauvaises. Des houleuses. Bien plus glacées que celle-là. Engagé tout minot, comme toi, sur une vieille coquille de noix pour l'Atlantique. Il chassait la baleine et le phoque ! Ouais ! Des mois durant. La mer, c'est sa seconde nature. Regarde-le. Regarde ça. »

Galloway a gagné en verve depuis qu'il n'a plus cet abcès à la lèvre. Il sourit même, parfois.

Le moteur brinquebale. L'air est saturé de bruits et d'odeurs d'huile. Freddy en a des haut-le-cœur, aggravés par la houle.

« Ça va passer », dit Galloway.

Freddy colle son visage contre la coque. Elle est humide et fraîche. Cette sensation l'apaise. Le roulis se poursuit. Freddy s'y habitue et finit par s'endormir.

Une nuée de mouettes s'agite au-dessus de l'*Arcadia*. Des centaines de paires d'ailes fendent l'horizon. Elles jettent des rires moqueurs quand le bateau accoste. Dublin sent le poisson, des tonneaux pleins de harengs et de sardines. Ses quais sont couverts de pavés noirs. Luisants. Ses maisons sont étroites, collées les unes aux autres, cloison contre cloison, épaule contre épaule, comme des soldats de bois. Un fou s'est mis en tête de les peindre de couleurs vives. C'était il y a longtemps. Les couleurs ont passé et ces soldats de bois abritent désormais des femmes seules, pour la plupart, avec leurs enfants. Les hommes sont en mer ou sous terre.

« C'est l'Irlande », dit O'Brian.

Pour Freddy, rien ne va plus. La terre ferme est pire

que le large. Il tangue malgré tous ses appuis : les pieds au sol, le dos contre un mur de torchis, les mains agrippées aux épaules de Galloway.

« Ça va passer », lui répète ce dernier.

Freddy inspire. Dublin est un port miniature strié de ruelles étroites. Des paires de fenêtres sont collées les unes aux autres. Peu d'air. Peu d'espace. Freddy perd ses repères. Même les façades s'esquivent. Tout roule et fuit comme des mâts dans la tourmente. Son ventre se tord et rend un peu de bile.

« Le mal de terre ! dit Galloway. Ça nous a pris pendant trois semaines à notre arrivée à New York, quand on a posé le premier pied sur le sol d'Amérique. On s'habitue. Tu vas voir. Ça finit par passer. »

Sligo et O'Brian se moquent de lui.

Quatre chevaux sont conduits vers eux. Freddy est livide en devinant ce qui l'attend. Il n'est jamais monté sur un cheval.

Sligo se met en selle comme par magie, d'un bond.

O'Brian tient les rênes.

« Tu sais pas monter ? »

Sans attendre sa réponse, Galloway se glisse dans son dos et le soulève par les hanches.

« Ho hisse, petit ! »

Freddy se cramponne de son mieux. Il se couche sur la selle, attrape la crinière, passe une jambe sur la croupe et se retrouve assis, très haut. Il se demande si Cork est loin de Dublin.

Les fers de son cheval martèlent le pavé. L'animal donne un coup de fesses. Les autres sont devant. Au pas. Galloway lui crie tout ce qu'un cavalier doit savoir.

« Agrippe-toi au pommeau !
– Au quoi ? demande Freddy.
– À ta selle. »

Freddy avait le mal de terre. Assis sur ce cheval, il a le mal de tout. Haut, bas ; droite, gauche ; avant, arrière. Pourtant, il n'est qu'au pas.

« Et ne laisse pas traîner tes rênes !
– Mes quoi ?
– Tes brides.
– Mes quoi ? »

Devant lui, Galloway lève ses rênes.

« C'est loin, Cork ?
– Tu verras bien », répond Galloway.

Freddy maudit tout. Cette ville qui pue le poisson. Ce cheval qui lui secoue le bide. Ces soldats dont il sait si peu de choses. Il se souviendra de tout ça quand il aura retrouvé celui qui a tué sa bonne-maman. Il lui fera payer cher.

Il s'agrippe au pommeau. Il serre les dents. Il serre les cuisses. Pas question de perdre la face.

Son cheval allonge le pas. Freddy sent qu'il répond, quand il tire sur ses rênes. Il évite une barrique.

« Bien, petit ! Tu t'en sors bien. »

Freddy apprend vite, c'est ce qu'avait dit Saltz. Comme les autres sont devant et que personne ne le voit, il pleurniche. À chaque foulée, son cheval lui tasse un peu plus le cul et aussi tout le bas du dos. Pleurer lui fait du bien.

En sortant de Dublin, O'Brian lance le galop. Sligo le suit. Galloway se retourne. Il est trop loin pour voir qu'il pleure.

« Serre les talons, petit, et tasse-toi bien. »

Freddy se ratatine, il serre les talons, les mollets, les cuisses, les fesses, les bras, les coudes et baisse la tête, comme les autres. Il contracte tous les muscles de son corps. Mais il faut tenir en selle et ce galop est rapide et il est haut, si haut. Comment font les trois autres ? Ses étriers se dérobent. Cela fait bien longtemps qu'il n'a plus les pieds dedans.

Au fil des miles, Freddy détend un peu ses muscles. D'abord ceux de son dos, puis ceux de ses mollets. Avec le temps, il s'est calé sur le galop de son cheval. Il a trouvé son assiette, un équilibre fragile. Il a pu replonger ses pieds dans les étriers. Ça lui soulage le dos. Parfois, O'Brian ralentit pour ménager les chevaux.

Ils traversent un pont de pierre à l'entrée d'un village.

« On ne s'arrête pas là ? »

Personne ne lui répond. Ils se passent une gourde qu'ils finissent par lui tendre. Puis des gâteaux secs.

« Tiens, ça va te requinquer. »

Freddy ne sent plus son dos. Ses cuisses sont au supplice comme si quelqu'un avait rempli ses veines de plomb liquide. Le pire, c'est quand il faut repartir. Le pire, c'est le trot. Un casse-dos, un vrai sape-vertèbres.

À la tombée de la nuit, O'Brian leur fait signe. Ils s'arrêtent à l'orée d'une forêt. Freddy est incapable de ramasser une brindille pour le feu de camp. Les trois autres sont rapides. Organisés. Ils ont déjà sorti des couvertures avant qu'il ait fini de dessangler son cheval.

« Elle est loin, ta scierie ? » râle Freddy.

O'Brian est assis, emmailloté comme lui. Du bout d'une longue branche, il taquine le brasier. L'orange et le rouge se reflètent sur son visage. Il a le front bosselé. L'arête de son nez est enfoncée, comme l'était celle de Charlotte. Les tisons enflamment ses pupilles.

« Il n'y a pas de scierie. Elle a brûlé, comme le reste. Dors ! »

Au son de sa voix, mieux qu'avec le pendule du docteur Spencer, Freddy sombre dans un profond sommeil.

33

Lydia arrange ses cheveux. Elle fait des boucles, maintenant. Elle se maquille un peu et s'est mis en tête de fouiller dans la garde-robe de sa sœur. Mary avait du goût. Plus qu'elle. Mary savait assembler les couleurs, les matières et des détails comme un liseré de satin ou des dentelles au col. Lydia fait de son mieux. En revanche, elle sait reprendre et coudre. Et avec un peu de fil, de l'Extra Diamant de chez Ermen & Engels, « le meilleur du monde », elle reprend les vêtements à sa taille car Mary avait du ventre.

« Tu l'as terminée ? lui demande Engels.

– Bientôt, dit-elle en recousant un bouton.

– Tu auras fini demain ?

– Demain ? Pourquoi si tôt ? Nous allons quelque part ?

– Je voudrais que tu m'accompagnes à Londres. »

Cela fait si longtemps qu'elle n'est pas allée à Londres.

Lydia plante son aiguille, tire sur le fil, prend le restant dans sa bouche et s'apprête à piquer de nouveau. Son ongle tient un bout de tissu replié, pour qu'il forme un pli de robe. Engels lui fait de l'ombre. Lydia retient son geste, attend qu'il recule pour y voir clair.

« Le Maure et sa femme nous invitent, dit-il. Avec leurs filles, bien sûr. »

Lydia pique, sans lumière, sans regarder.

« Oh non ! » s'écrie-t-elle.

Engels se retourne.

Le bout de son doigt saigne. Elle vient de se piquer.

Il sait que Lydia ne les apprécie pas. Alors il fait de son mieux pour meubler le silence. Il évoque la nouvelle passion du Maure pour le boursicotage. Depuis que sa mère est morte, il a enfin touché l'héritage de son père. Quelques centaines de livres. De quoi jouer en Bourse.

« Il est doué, tu sais ! Il mise sur les chemins de fer. Tu connais sa passion pour les chemins de fer.

– Non. Pas vraiment, dit-elle en suçant le bout de son doigt.

– Il spécule sur des fonds américains. Il dit que c'est le type d'opération qui ne demande pas beaucoup de temps et qui permet de soulager l'ennemi de son argent.

– Il a beaucoup d'ennemis, alors ! »

Engels s'y attendait.

« Écoute, je sais que tu ne les aimes pas. Mais demain, ils organisent un bal dans leur nouvelle maison. Ils ont déménagé. Il y aura du monde, à boire, et on jouera des airs à la mode, paraît-il. Voilà, je voudrais juste que tu m'y accompagnes. Cela me ferait plaisir. Tiens, j'ai reçu un bristol. Tu vois, il est à nos deux noms. »

Engels lui tend un carton bordé d'un liseré d'or.

Il est classique, rédigé selon l'usage pour annoncer le bal qu'ils donneront dans leur maison de Maitland Park.

« Un bal ! C'est l'opulence ! dit Lydia.

– Je te l'ai dit, il boursicote et il gagne, le bougre. »

Sous les noms des hôtes, Karl Marx et Madame Johanna Marx, figure une ligne précisant qu'elle est « née baronne von Westphalen ».

Un bal, donc. Chez une femme « née baronne » et son époux sans emploi, sans rente. Le bal de l'apatride. Le bal du grand révolutionnaire socialiste. Payé comment ? Sur les fonds récoltés à la Bourse de Londres. Pour quelles parts ? Elle sait qu'Engels paie tout. Son ami est infoutu de gagner le moindre penny. Quel paradoxe ! Le bal d'un homme qui se répand partout en largesses plus larges que lui et en caresses coupables, au risque de faire des gosses comme ce Freddy. C'est fou ! Tout cela est fou. Mais après réflexion, Lydia ne voit pas pourquoi elle se priverait de ce spectacle.

« Allons-y ! »

Cela fait un an tout juste que le Maure et sa famille habitent à Maitland Park. Leur nouvelle maison est bourgeoise, très bourgeoise. Elle est située dans le quartier le plus huppé du nord de Londres. Ses gains et l'héritage couvrent une partie des frais. Certes. Mais pour le reste, Lydia a raison. C'est Engels qui finance. C'est lui qui a payé la décoration du bureau, avec bibliothèque et tapis orientaux. C'est lui qui a payé pour que ses filles puissent avoir une vraie chambre chacune. Elles sont grandes, maintenant. C'est aussi lui qui a payé pour que la baronne ait une serre et qu'elle s'essaie au bouturage et au treillage, à rassembler les contraires, à dénaturer le beau. Lydia l'imagine grande, cette serre. Très chère.

Toutes ces dépense inutiles ! Lydia se demande toujours comment Engels peut admirer ce couple. Ils se disent près du peuple. C'est presque leur fonds de commerce. Pourtant ils le méprisent, tous les deux. Elle par son rang et lui par ses inclinations. N'ont-ils pas une vie encore plus bourgeoise que la leur ?

« Tu vas voir cette maison ! C'est encore mieux que chez nous », s'enthousiasme Engels en remontant Maitland Park.

Ils ont pris le train ce matin.

Engels marche vite. Lydia allonge le pas autant qu'elle peut. Mais déjà, elle entend la musique.

« Il y a un orchestre ?

– Bien sûr ! C'est un bal ! Il y aura tout ce qu'il faut ! »

Lydia n'est jamais allée au bal.

Le Maure les attend sur le perron. Il plastronne, en redingote, son monocle à l'œil droit, cerné par deux colonnes de style néoclassique.

« Comme je suis heureux », dit-il, avant de les pousser sur un échiquier de dalles noires et blanches jusqu'aux portes du salon.

Un orchestre est installé sur une estrade pour que tout le monde entende et voie.

« Des violons. Un piano. Deux ténors et des cornets à piston, s'exclame-t-il. Je suis tellement heureux. On va bien s'amuser ! »

Lydia est plongée dans une marée d'épaules, un océan de satin, de costumes et de rires. Un tohu-bohu dans lequel elle surnage comme elle peut, les coudes collés au corps pour ne pas laisser voir les auréoles qui se forment sous ses aisselles. Elle aperçoit des barbes, des dents jaunes et des perles. Des mots claquent à ses oreilles. Des rires transpercent la salle, plus forts que les pistons des instruments à vent, et se donnent beaucoup de mal pour se faire remarquer.

Engels a disparu.

Un banquet est disposé le long d'un mur. Deux valets font le service et tendent un nombre considérable d'assiettes. Un employé en livrée se glisse à force d'excuses, son plateau haut perché couvert de champagne. Lydia attrape une coupe au passage. Elle a chaud. Elle cherche un point d'ancrage, un visage familier. Mais tous sont pris dans des conciliabules sur l'alcool qu'on leur sert et sur le temps qu'il fait.

Le ténor annonce un quadrille qui fait se fendre la salle, comme les eaux de la mer Rouge. Le Maure prend un air de Moïse et la main de sa fille aînée, Jennychen, déguisée pour l'occasion en nymphe Ophélie. Elle a blanchi son teint avec de la poudre de riz. Un voile de gaze légère et sa robe gris perle sont censés figurer l'onde.

Où sont les autres ? Lydia cherche les sœurs de Jennychen.

Engels n'est pas revenu.

Lydia remonte la salle à contre-courant. Elle évite de justesse un couple qui tourbillonne.

Un valet près de la porte porte une perruque grise, à la mode de l'Ancien Régime. Lydia n'en avait jamais vu de vraie. Il se tient près de la porte. Elle lui demande où se trouvent les autres filles de M. Marx.

Le valet secoue la tête. Il ne sait pas. Il est loué pour la soirée.

Lydia remonte sa jupe. Les marches de l'escalier sont

tapissées de rouge. Elle monte jusqu'au premier. À gauche, elle devine une terrasse et s'avance.

Johanna est installée dans un gros fauteuil en rotin. La serre est dans son dos. Engels se tient debout près d'elle. Trois inconnus sont assis devant eux, de l'autre côté d'une table couverte de tasses et de petits gâteaux secs. Johanna l'aperçoit, tend la main sans se lever. Hautaine, comme à son habitude. Elle ne se donne pas la peine de la présenter aux autres.

Par chance, Tussy et Laura débarquent sur la terrasse.

Laura est déguisée, elle aussi. En nymphe, comme sa grande sœur. Elle a le front ceint d'une couronne de fleurs fraîches et les reflets de sa robe sont de la même couleur que ses yeux verts.

Tussy embrasse Lydia. Elle est heureuse de la retrouver. C'est sincère. Tussy est la petite préférée de Lydia. Elle porte un pantalon, une chemise et une veste. D'un trait noir, elle a dessiné sous son nez un semblant de moustache.

« Je te plais en garçonne ?

– Je te trouve très beau », dit Lydia.

Tussy lui répond d'un clin d'œil et le trait de fusain qui figure sa moustache se tord avec la moue de sa bouche.

La troisième les rejoint, Jennychen. Elle a le souffle court et la couronne légèrement de travers. Elle dit qu'elle sort d'un quadrille avec son diable de père incapable de danser dans le rythme comme les autres.

« Toujours à contretemps, râle-t-elle. C'est agaçant !

– C'est sa nature profonde », dit Johanna.

Lydia sent une main dans la sienne. C'est Tussy qui se colle à elle.

« Tu ne vas pas danser ? » lui demande Tussy.

Lydia la fixe un temps avant de lui répondre.

C'est vrai que cet accoutrement lui va bien. Le trait de moustache lui donne des airs de scène. Elle rêve depuis toujours de jouer la comédie. Un jour, elle deviendra peut-être aussi célèbre qu'Edmund Kean, adoré par la reine, enterré à Windsor.

« Je n'aime pas danser.

– Dommage », répond Tussy.

Elle lui propose de visiter l'étage. « On commence par ma chambre !

– Il paraît qu'elle est… lumineuse !

– Oui, comme moi, dit-elle, lumineuse ! »

Tussy l'entraîne dans le couloir de l'étage. Les murs sont parsemés de sanguines et de tableaux de chasse semblables à ceux qui tapissent le bureau d'Engels, à Southgate. C'est à croire qu'il a tout acheté en double. Il en serait capable pour son vieil ami.

Dans la chambre de Tussy, tout est jaune.

Le tissu sur ses murs, son dessus-de-lit, même les pieds de son bureau sont dorés.

Tussy se débarrasse de sa veste.

« Elle me gratte. Je ne sais pas comment font les hommes pour porter ça ! »

Ses épaules sont fines, ses poignets menus. Elle a beaucoup maigri depuis la dernière fois. Dans cette pièce, plus lumineuse que la terrasse, Lydia la détaille. Les yeux de Tussy sont cernés. Lydia retient ses commentaires. Plus tard. La visite se poursuit. Les chambres des deux aînées sont plus sobres, à peine plus grandes. Mais elles ont l'avantage de donner sur le parc, juste en face. Comme le bureau de leur père.

« Quelle jolie maison vous avez ! » dit Lydia.

Les deux aînées acquiescent.

« C'est une prison, répond Tussy.

– Mais qu'est-ce que tu racontes ? »

Tussy s'apprête à préciser, mais Jennychen lui donne des petits coups de coude pour qu'elle se taise.

« C'est bon ! C'est bon ! s'agace Tussy.

– Elle n'est jamais contente », précise Jennychen.

Du haut de ses vingt ans, l'aînée a beaucoup d'ascendant. Elle parle lentement, comme sa mère. Elle détache chaque syllabe et se cale contre Tussy pour lui faire sentir sa supériorité.

« Maman a fait de son mieux pour qu'on se sente bien ici. Elle a acheté deux chats, Whisky et Grog, qui sont… mais où sont-ils encore passés, ces deux lascars ? Ils ont dû se cacher avec tout ce bruit. Pas grave ! Tu les verras plus tard. Tu restes dormir, Lydia ? Non. Souper alors ? Oui ! Formidable. Tu les verras au souper. »

Jennychen parle plus bas :

« N'écoute pas trop Tussy. Elle se plaint sans arrêt. Surtout de maman. Mais elle fait de son mieux, notre mère. C'est une grande maison qu'elle doit tenir. Elle nous a laissées choisir la décoration de nos chambres. Cela a coûté une fortune. Heureusement que papa fait de bons placements.

– Il gagne, paraît-il, dit Lydia.

– Oui. Il adore ça ! Jouer et gagner. Il passe plus de temps à éplucher le journal pour acheter les bonnes actions qu'à écrire son graaaand livre. »

Jennychen a dit graaaaand avec une emphase théâtrale. Elle poursuit :

« Regarde, Lydia. On a chacune un bureau et nous sommes libres de passer toute la nuit à lire ou à écrire, si cela nous chante. Et puis, il y a ce bal. Qu'est-ce qu'on peut attendre de mieux ? »

Jennychen a replacé sa couronne. Elle se regarde dans une glace. Sa petite sœur est juste derrière. Jennychen est ravissante. Elle est en âge de se marier. Elle plaît beaucoup aux garçons. En bas, dans le salon, elle doit être attendue.

« Fais comme moi, Tussy. Va danser !

– J'aime pas danser, répond-elle.

– Tu n'aimes jamais rien.

– C'est pas vrai. »

Jennychen a fini de se recoiffer.

« Il y a plein de monde en bas, à boire et à manger.

– Des vieux bonshommes, oui ! Des prétentieux, comme à chaque fois qu'ils reçoivent.

– C'est pas vrai, ça, Tussy. Qu'est-ce qu'elle a fait pour nous, maman, lundi dernier ? »

La benjamine se ferme. Au milieu de la chambre, elle tape le bout de sa chaussure sur un pli du tapis. Le bourrelet s'aplatit.

« Oh, ça va ! » répond-elle.

L'aînée insiste :

« Mais dis-le au lieu de te plaindre sans arrêt. Qu'est-ce qu'elle a fait maman pour nous ? »

Tussy cherche le regard de Lydia. Elle veut la prendre à témoin. Elle s'apprête à parler, mais sa grande sœur la devance :

« Lundi, maman nous a laissées assister à une réunion

de papa, une vraie réunion politique. Mesure ta chance, petite tête. Il y avait des gens très importants. Des membres de l'Internationale. Des communistes. Tu n'étais pas contente, dis-le ? Tu t'es sentie obligée de descendre ? contrainte ? Tu parles d'une prison ! Tu gobais leurs paroles, Tussy. Avoue-le ! »

Tussy, la petite fille espiègle.

Tussy, d'ordinaire si enjouée.

Elle a croisé les bras. Elle a les ongles rongés. Quelque chose la travaille. Comme une idée trop lourde, empêchée par sa sœur. Lydia connaît ce langage. C'est celui des corps tristes. Elle voudrait bien savoir ce qui se cache derrière sa morosité.

« Tu n'étais pas contente de voir ce Russe et ces Français avec leurs drôles d'accents ? Dis-le ? Franchement, Tussy, tu n'étais pas contente de suivre leurs débats ? d'écouter tous ces gens parler de leur pays ? Ils étaient passionnants. Ah, ça oui. Tu étais libre, pourtant. Tu n'avais qu'à monter te coucher, si tu t'ennuyais. Ne parle pas de prison.

– Libre ? lance Tussy en se pinçant le bras.

– Oui, bien sûr ! Tu es restée jusqu'à pas d'heure », ajoute Laura.

Les deux aînées font front.

« Minuit passé ! Tu es restée alors que tout le monde était parti, sauf les deux jeunes Français, dit Jennychen.

– Surtout Paul, glisse Laura.

– Tu as raison, Laura. Paul Lafargue est un garçon très intelligent ! dit Jennychen.

– Et aussi courageux. Dommage qu'il ne soit pas là, dit Laura.

– J'ai bien regardé, dit Jennychen. Mais il va peut-être venir plus tard. Il te l'avait promis, non ? »

Laura rougit. Visiblement, elle se languit du jeune Français.

« Le créole », coupe Tussy d'un ton moqueur.

Lydia n'existe plus. Lydia a disparu. Elle est reléguée au rang d'observatrice des querelles des trois sœurs.

« Je n'aime pas ce surnom. Il n'est pas créole, il est quarteron. C'est pas pareil, dit Laura.

– C'est papa qui l'a dit. Il l'appelle "le créole" parce que ses grands-parents viennent des îles lointaines. Tu y vivrais, toi, dans les îles, à Santiago de Cuba ? T'irais vivre avec lui là-bas ?

– Ça va, c'est bon, Tussy, mêle-toi de tes affaires !

– Et vous, ne vous mêlez plus des miennes ! Ni toi, Jennychen, ni toi, Laura. Toutes les deux. Vous n'allez pas m'empêcher de dire ce que je pense sous prétexte que vous êtes plus grandes que moi. Vous n'êtes pas mon père ! Vous n'êtes pas ma mère ! Vous n'êtes même pas jolies », crie-t-elle.

Lydia voudrait la consoler, mais un clairon résonne. C'est le ténor, en bas, qui demande l'attention des invités. Il sonne l'heure du toast du maître de maison et, par la même occasion, la fin des débats sur cette prison de maison. Les sœurs quittent l'étage et dévalent l'escalier.

Le Maure fait son laïus, mêlant quelques boutades en italien et des citations d'auteurs français, sans un mot de politique. C'est un bal de voisins, entre gens de bonne compagnie. Deux députés figurent sur la liste des présents. Jamais de toute sa vie le Maure n'aura été aussi peu contesté, et autant applaudi.

Lydia l'observe. C'est fou cette ressemblance avec le petit Freddy ! Son discours est très court. Le Maure disparaît dans la foule.

Du hareng est proposé, accompagné de carottes caramélisées. Du salé et du sucré. C'est tout ce qu'Engels aime.

Engels est de retour.

« Champagne ?

– Volontiers », répond-elle.

Le champagne est servi par un valet voûté qu'Engels dévisage.

« Cet homme… Je le connais », dit-il.

Le valet s'approche, son plateau perché haut.

« Monsieur, dit-il, puis-je vous offrir à boire ? »

Engels se frotte le menton. Un large sourire se répand sur son visage.

« Ça y est. J'y suis », dit-il.

Le valet baisse les yeux, gêné. Il semble avoir hâte de tourner les talons, mais Engels le rattrape.

« La Cheshire Hunt !

– Monsieur ?

– Vous êtes banquier. »

Le valet cligne des yeux. L'air est saturé de cigares. Il fait chaud. Il étouffe sous ce jabot absurde.

« J'étais, rectifie-t-il.

– M. Plummer. Congleton. J'y suis.

– C'est bon, coupe Lydia. Je suis servie. »

Les invités s'emparent du plateau du valet.

Au buffet, les musiciens se requinquent.

« Je vais prendre l'air là-haut. Amuse-toi bien ! », dit Engels.

Lydia n'a pas le temps de répondre qu'il est déjà parti. Elle se retrouve seule avec sa coupe.

Tout le monde parle en même temps. Un sujet revient souvent : l'assassinat de Lincoln. Il vient de se produire dans un théâtre de Washington. Lydia ne le savait pas. Leur séjour à Blackpool l'avait coupée du monde. Elle y était si heureuse. Elle se sent seule. Personne ne se tourne vers elle. Il fait si chaud dans ce salon ! Elle vide son verre et rejoint Engels au premier.

Les sœurs sont sur la terrasse. Leur père débarque. Toute la famille s'y retrouve. En petit comité, le Maure se confie. Il a hâte que les gens d'en bas s'en aillent. Il a ce qu'il voulait : gagner auprès de ses voisins un peu de respectabilité. Inutile de s'étendre.

« Ça va coûter cher, tous ces musiciens, et ces valets. Je les paye à l'heure et ils sont là depuis ce matin. J'ai demandé aux musiciens de remballer leurs instruments. Ils devraient comprendre, non ?

– Ferme ta cave, conseille Engels.

– C'est fait.

– Renvoie ton cuisinier.

– Je vais le faire. Tu as raison. Et ces valets. À un demi-shilling de l'heure, ils vont me foutre sur la paille.

– Nous foutre sur la paille », rectifie Engels, sans le moindre ton de reproche.

Bien sûr qu'il l'aidera.

C'est toujours lui qui paye.

La Bourse ne couvre pas tout. Loin de là !

Les filles du Maure sont avec eux. Laura, la cadette, n'a qu'une seule chose en tête : Paul. Elle glane. Elle butine.

Elle tourne autour de l'idée de ce garçon, Paul Lafargue, comme une abeille autour d'une fleur.

« Sa grand-mère était esclave… »

« Sa mère est mulâtre… »

« Son père est marchand de vin… »

« Paul s'est fait renvoyer de la faculté de médecine… »

« Paul aurait pu être médecin, mais il a choisi de s'engager dans l'Internationale… »

Laura fait son miel de tout ce qui le concerne et ponctue chaque fin de phrase en rejetant ses cheveux en arrière, d'un geste sec.

« Notre Laura semble avoir des prédispositions pour la vie amoureuse », remarque la baronne d'un air détaché.

Le Maure s'en amuse. Tout le comité de la terrasse s'en amuse.

Sauf Tussy.

Elle a roulé ses manches. Lydia s'étonne des marques sur ses avant-bras. On dirait des griffures, ou peut-être des coupures.

Un valet à un demi-shilling de l'heure leur apporte des jus de fruits. Lydia lance une question vers Tussy, mais il y a trop de bruit. Ses mots se perdent dans le brouhaha ambiant. Des gens vont et viennent autour d'eux.

« Cette chaleur, en bas ! »

Ils commencent à partir. Le Maure fait des allers-retours. Il raccompagne un voisin et remonte dare-dare en se moquant de lui.

« Ce petit député avec sa gourgandine, vous l'avez vu ? Quel personnage ! Il n'aime que les rouquines. Il n'a que cela dans sa vie. De jeunes rousses.

– Comment s'appelle-t-il ?

– Stranford. Il est anglo-allemand. Un peu comme nous, Engels.

– C'est un ami de mon frère, intervient Johanna. Ils se connaissent bien tous les deux. J'espère que vous ne dites pas de mal de Ferdinand devant lui.

– Non. Je suis au courant. »

Les valets font le ménage. Le salon s'est vidé. Tout le monde est parti. Ils se retrouvent entre eux. Lydia ne les écoute pas. Tout ce qui l'intéresse, c'est Tussy. On leur sert un souper.

« Pourquoi ne manges-tu rien ? Je t'observe. Tu n'as rien pris. Pas un croûton de pain !

– Parce que je suis punie, répond-elle.

– Mais punie de quoi ? »

Tussy serre les poings.

« Pourquoi Laura elle peut parler de son Paul, hein ? Pourquoi elle peut avoir du cœur…

– Ça suffit ! » tranche la baronne avec un ton de lame qui fait fondre Tussy, qui retourne dans sa chambre. Ses sœurs s'esquivent. Leur mère est en colère. Inutile de traîner là. La fête touche à sa fin.

Ils ne sont plus que trois maintenant. Johanna, Engels et Lydia.

« Pourquoi est-elle si triste ? » demande Lydia.

Elle sent une gêne aussi épaisse que le smog sur Londres. Un non-dit minéral. Lydia voudrait s'excuser d'avoir mis les pieds dans le plat.

Engels lui tend une nouvelle coupe de champagne. Elle se dit qu'elle a peut-être trop bu.

« Tussy a fugué l'autre jour, lâche Engels.

– C'est la deuxième fois, précise Johanna.

– Mais pourquoi ?

– Mauvaises fréquentations », dit Johanna.

Lydia plonge son nez dans son verre. Il est plein. Elle n'a plus soif.

« C'est à cause de ce garçon », précise Engels.

Lydia entend une porte claquer. Elle voit la silhouette du Maure qui pique une tête vers eux.

« Pardon, dit-il. Je vois que vous êtes en pleine discussion. Je vous laisse tranquilles. »

Pourquoi ne revient-il pas ? Cette conversation le concerne après tout. C'est lui le chef de famille ! Il est redescendu surveiller les valets qui remballent tables et chaises, et la vaisselle louée.

Soudain, tout s'accélère. Engels et la baronne parlent l'un après l'autre.

« Tussy se met en danger, dit Engels.

– C'est à cause de ce garçon.

– Paul ? demande Lydia, qui ne comprend pas bien.

– Non.

– Freddy…, précise-t-il.

– Freddy ? Freddy, le garçon que…

– Tu sais bien. Le garçon qu'a élevé Charlotte Evans. Tu sais de qui…

– Le bâtard…, lâche Johanna.

– Pourquoi ? demande Lydia. Ils se connaissent ? Tussy le connaît ? »

Engels et Johanna reprennent. Ils se rapprochent. Ils sont tout près de Lydia, tous les deux.

« Bien sûr qu'ils se connaissent… », dit Johanna.

Ses yeux sont pleins d'orage.

« Elle le cherche partout…, dit Engels.

– Elle errait vers la gare.

– Elle était dans le train.

– … presque partie…

– Elle s'est tailladé le bras…

– Elle a fugué l'autre jour… »

Lydia lève les mains pour calmer ce feu. Elle cherche à comprendre. Mais les deux vont trop vite.

« Tussy connaît ce garçon, son…

– … frère. Oui !

– Il faut que tu nous le dises, Lydia. Où est Freddy ? »

Les yeux de la baronne sont deux canons braqués sur elle.

« Ça ne peut plus continuer. Il faut que tu nous le dises… »

La bouche d'Engels s'agite. Il a de la salive coincée au coin des lèvres. Un petit filet blanc.

« Pour Tussy…

– Aide-nous à le retrouver… »

Lydia sent comme un piège qui se referme sur elle. Elle voudrait boire, mais il n'y a plus rien. Elle a perdu son verre. Elle a peur.

« Ils ont commis une erreur.

– Une erreur ? Quelle erreur ? Qui a commis une erreur ? s'inquiète Lydia.

– Cette femme. La nourrice. Elle n'aurait jamais dû mourir… », dit Johanna.

Lydia voudrait tant qu'ils se taisent. Que tout cela s'arrête. C'est trop. Elle a à peine le temps de faire le tri dans ses pensées. Son oncle. Freddy. L'Irlande. La menace. Le meurtre. Charlotte assassinée. Tout se mélange.

« Elle n'avait pas le droit de garder cet enfant, précise Engels.

– C'était pas ce qui était prévu.

– On aurait pu éviter de faire ça… »

Lydia capte des bribes. Un vague puzzle s'assemble. Elle recule d'un pas.

« Attendez ! Un instant. Qu'est-ce qui était prévu ? » demande-t-elle.

Tous les deux reprennent leur souffle.

Engels se tourne vers la baronne.

La baronne pointe un doigt menaçant vers Lydia.

« Je veux savoir où il est ! Dis-le-moi ! »

Lydia sent son cœur qui se soulève. Une colère froide la traverse, un flot, de l'intérieur. Lydia a envie de crier pour couvrir leurs visages, leurs voix, leurs rictus, si affreusement complices. Elle n'entend plus. Elle recule encore. Elle respire. Elle fait le tri dans ses pensées. Elle a deviné, maintenant.

« Qu'avez-vous fait ? Qu'avez-vous fait à cette femme ?

– Ce n'est pas moi, dit Engels.

– Moi non plus », dit la baronne.

Ça y est. Elle a compris !

« Qu'avez-vous fait ?

– C'était un accident !

– Espèces de fumiers », dit-elle en se levant d'un bond, poussant de toutes ses forces Engels devant elle, la porte sur son chemin, une autre porte pour sortir et tous ceux qui pourraient l'empêcher de fuir, sur le trottoir, dans la gare, dans le train, loin ! loin d'ici ! Loin de cette maison de fous !

34

Freddy sent les coups de pied dans son dos. Des coups secs qui se logent pile dans sa douleur, au bas des reins. Il se réveille, en râlant. Il écarte sa couverture. Mais ses bras lui font mal. Sa nuque lui fait mal. Son dos l'a empêché de dormir toute la nuit. Ses cuisses sont douloureuses. Il peine à ramener ses jambes sous lui pour s'accroupir. Au fond, ces petits coups de pied auraient pu toucher n'importe quelle partie de son corps, ils auraient, à chaque fois, tapé dans le mille.

« Tu sais siffler ? » lui demande O'Brian d'un ton de cardinal en tournée de séminaire, comme s'il jaugeait ses ouailles.

Freddy sent qu'il ne vaut plus rien, même pas une vague prière. Il a mal. Il a froid. Il fait encore nuit.

« Bof ! »

Galloway lui tend quelque chose. Dans l'obscurité, il devine que c'est un gobelet de fer-blanc. De l'eau. Il boit.

Il rouvre les yeux. Le jour n'est pas levé. Sligo piétine déjà les dernières braises du feu. O'Brian lui propose un bout de lard.

« Tu sais siffler, alors ? »

Freddy se souvient. Il est loin de tout. Il a pris le bateau. Il est perdu sur une île qui ressemble à un immense caillou recouvert d'herbe et de tourbe. Il n'y a ni nord, ni sud. Et pas vraiment de but puisque la scierie de Cork a brûlé.

Il finit sa bouchée. Déglutit. Il plante deux doigts dans sa bouche et se met à souffler.

« Plus fort ! Plus sec ! Tu sais le faire ? » demande O'Brian.

Freddy répond « Mmhmmohmm » à cause des doigts coincés. Il siffle beaucoup plus fort.

« C'est pas mal », dit O'Brian.

Galloway selle les chevaux.

Freddy secoue ses courbatures en même temps que sa couverture. Il l'enroule et la sangle très serré. Il loge ce qui lui reste de corps sur cette maudite selle. Dans la fonte fixée derrière, il glisse sa casquette, un peu de monnaie et son petit couteau. C'est tout ce qui lui reste. Ça et ses souvenirs d'elle, de Charlotte qui lui manque. Elle lui vantait souvent les falaises de son île, ses torrents, ses forêts tapissées de mousse du sol jusqu'aux plus hautes branches, refuge, paraît-il, des esprits des guerriers celtes et plus sûrement des lièvres.

Freddy traverse la fameuse île. Mais dans le noir il ne voit ni falaises, ni torrents. Les seuls guerriers qu'il ait croisés sont quelques pas devant lui, mal réveillés, sans vraie gloire, et de retour d'une guerre dont ils ne parlent jamais.

Cela fait une bonne heure qu'ils trottent. Les premières lueurs s'annoncent. Du gris, un peu de brun pour le jour.

Freddy a dans le nez l'odeur de la truite que Sligo a pêchée la veille. Une truite qui remontait le courant, vers sa source, comme elles font toutes pour pondre. Freddy n'a pas de source. Pourtant, il remonte le courant de cette île, dans la foulée des trois autres. Il fait ça pour sa mère. Il fait ça pour la venger.

Au loin, il distingue la forme d'un vague clocher sur fond de jour naissant.

« Où on va ? » demande-t-il.

Combien de temps encore devra-t-il malmener ce qui lui reste de muscles ?

« Tipperary. On y est presque. »

La vieille ville irlandaise trône sur un téton de terre. Une motte mal dessinée qu'habita Jean sans Terre. Le fort qu'il y dressa n'est plus qu'un tas de pierres. Des vestiges gothiques. Des débris de murs moussus couverts de spores comme le pont qu'ils traversent en ordre dispersé.

Freddy suit Galloway. Son visage est devenu gris pierraille. Il est muet. Il se fond dans le décor.

« Attachez les chevaux », dit O'Brian. Il parle bas. Il est prudent.

Freddy comprend que ce n'est pas un bon lit ni une bonne fin de nuit qui l'attendent. Ils entrent dans la ville comme le fait la lumière, en rasant les murs, en silence.

Ils avancent à pied.

« Tiens-toi là, lui ordonne Galloway. Et si tu vois quelqu'un, siffle comme tout à l'heure. Deux fois. Deux coups secs. Compris ? »

Les rues sont désertes. Pourtant, Freddy sent bien que la vie palpite derrière les murs. Des gens dorment ou s'agitent, à peine.

« Allez ! » lance O'Brian.

Sligo part en premier, un sac de toile sous le bras.

Les deux autres remontent aussi, mais par une autre rue.

Où vont-ils ? Que font-ils ?

Freddy a mal partout. Il obéit, sans bouger, niché dans ce renfoncement, contre une grosse porte en bois qui pourrait bien s'ouvrir. Il est planté là, prêt à donner l'alerte pour une cause qu'il ignore.

« Au moindre bruit, tu siffles ! »

Freddy oublie tout le reste et même le jour qui se lève. Il guette quelque chose ou quelqu'un. Deux chats filent sous ses pieds. Un ivrogne s'effondre. Il s'apprête à siffler. L'ivrogne ne bouge plus. Freddy se retient. Un drap claque à une fenêtre. Encore une fausse alerte. Freddy pense bien faire. Une bouteille vide dévale la rue en pente.

Il entend des pas.

Cette fois, il va siffler. Il a déjà plongé ses doigts dans sa bouche.

Trois ombres surgissent.

Freddy prend sa respiration.

« Vite ! Vite ! » ordonne Galloway en courant droit vers lui.

Freddy reprend ses doigts, son souffle, et se met à courir aussi vite que possible pour sortir de cette ville. Des dizaines de tuniques les coursent. Rouge Empire.

Sligo cale son sac sur sa selle. Il est plein. Freddy manque de tomber avant de chausser ses étriers. Il est nerveux et maladroit. Galloway le rattrape et le hisse d'un coup sec. Tous les quatre quittent la ville, couchés sur leurs chevaux pour échapper aux balles qui fendent l'air alentour. Voilà ce qu'il devait guetter. Cette menace. Des soldats. Des dizaines de tuniques armées de vrais fusils. C'est son baptême du feu.

Freddy et les trois autres passent la journée à fuir dans l'axe du soleil, alternant trot et galop des heures durant. Ils s'en tirent bien. Il n'y a pas de blessé. Freddy n'en revient pas d'avoir bravé ce danger. C'est sans doute plus facile de forcer l'inconnu. Si on lui avait dit qu'il serait pris pour cible, il n'aurait jamais osé se rendre là, descendre de cheval, rester tapi à guetter les fusils. Mais voilà, c'est passé. Et le fait de s'en être bien sorti lui procure l'illusion de la puissance. Il voudrait tant se confier, raconter cela à quelqu'un, mais à qui ?

Sligo fredonne des airs que Galloway reprend. Des rengaines irlandaises. Freddy les reconnaît. On les chantait avant, dans son quartier de Manchester. Mais lorsqu'il se rapproche pour tenter de savoir ce que contient son sac, Sligo s'interpose.

« Et alors ! » râle-t-il en faisant une grimace repoussante.

Il s'incline sur sa selle et colle son visage sous le nez de Freddy.

« T'es curieux, hein. Tu voudrais bien savoir ! »

Son haleine est chargée du poisson de la veille.

« T'es tout frais, tout neuf sorti de l'œuf de ta mère ! Je vais te dire, moi. À ton âge, quand on est le novice du bord et qu'on fait le curieux, on est puni, si tu vois ce que je veux dire. Et le pauvre curieux, il peut toujours bêler, va ! Ahhh ! C'est lui qu'on prend. Bêêêêh ! La chèvre ! Il est coincé le bougre, pas d'issue. Alors il serre les fesses, un peu comme toi maintenant sur ta selle. Sois moins curieux si tu veux pas me servir de chèvre, compris ? »

Son petit couteau est là, à portée de main, au cas où ces histoires de chèvre lui donneraient des envies. Freddy se méfie.

Sligo poursuit tout seul :

« Fallait bien qu'on se donne un peu de jovialité, non ? Nos chèvres avaient droit à une robe, cinq dollars et va pour la gigue. »

Le ricanement de Sligo vient du fond de sa gorge. Il remonte jusqu'en haut et jaillit comme un râle. Affreux.

« La gueule de bois fait bien les choses, conclut Sligo. Elle chasse le ridicule.

– J'suis pas ta chèvre ! grogne Freddy.

– Bêêêh ! Bêêêeh ! » lance Sligo, avant de talonner son cheval.

Ils remontent une allée bordée d'arbres. C'est sa deuxième journée sur l'île et ce maudit cheval. Même ses doigts lui font mal à force d'agripper le pommeau.

Une demeure georgienne se dresse devant eux.

« La maison des Reilly », dit O'Brian.

La *big house*, comme il l'appelle, est flanquée de grosses tours symétriques couvertes de rameaux morts. Sa façade est terne. Elle n'a aucune grâce. Ses fenêtres sont fermées par des volets moisis. La porte principale est condamnée par des planches scellées par le cachet des agents de la reine.

« Le dernier des Reilly est mort depuis trois ans. »

O'Brian précise qu'il n'a pas de descendance. C'est pour cela que la *big house* est saisie.

« C'est un vieil Anglais qui va la rafler, tu vas voir. Ils nous volent depuis longtemps. Trop longtemps. »

O'Brian fait un pas en arrière. Il inspecte la façade. Il entend un bris de verre. Un volet vire et claque. Sligo surgit et s'accoude sur le rebord d'une fenêtre au premier, juste au-dessus de l'entrée.

Par où est-il passé ? Cet homme est un vrai diable, ou un chat, c'est pareil !

O'Brian arrache les planches qui barricadent la porte.

La lumière révèle un vaste salon sur la droite, tout en longueur. Il empeste le moisi. Sligo les attend au fond de la pièce. Il a posé son sac, l'ouvre, le retourne et fait tomber tout un tas de vêtements. Des chemises. Des pantalons. Des caleçons. Des vestes. Deux paires de bottes aussi.

« Servez-vous ! »

Freddy quitte ses vieilles nippes et enfile un pantalon trop grand et une chemise humide.

« Qu'est-ce que vous avez fait ce matin ? Vous avez dévalisé un lavoir ? »

C'est ça. C'est pour ça qu'ils ont failli se faire tuer. Le tas s'étale sur le plancher. O'Brian cherche une chemise assez grande pour lui.

Sligo est plus râblé. Il est tatoué dans le dos. Une corde. Un aigle. Un poignard. Tout un tas de détails que Freddy n'a pas le temps de voir.

En ôtant son pantalon, Galloway fait tomber un objet lourd. Un revolver à long canon. Sa crosse est en bois clair. Il en manque un morceau. Sligo possède le même et le glisse dans sa ceinture.

Dans le tas de vêtements, Freddy remarque des

couteaux et des munitions. Il déniche un lacet de cuir et, sans demander son reste, enroule le lacet sur son mollet et cale le couteau dedans.

O'Brian vide un autre sac. Il contient des armes.

« Un Colt calibre 44 Dean & Son, dit O'Brian. Six coups. C'est pas mal. Tu sais t'en servir ? »

Freddy hésite.

« Ça t'impressionne ?

– Pas du tout !

– T'as déjà tiré ?

– Bien sûr ! »

O'Brian n'est pas dupe.

« Monte la garde ici. Et quand on reviendra tout à l'heure, je te montrerai ce qu'on fait quand on est un Irlandais patriote et qu'on est de retour au pays. D'accord ? »

Les volets sont ouverts. La porte du salon pend de travers, dégondée. Ils sont repartis tous les trois. Ils ont même pris son cheval.

Freddy suit le vol d'une mouche bleue lubrique qui flemmarde et zonzonne, promenant sa trompe buccale pour lui butiner le bras. Elle décolle. Elle se cogne. Elle rebondit au plafond. Elle se recogne, rebondit à nouveau, plusieurs fois. Elle est peut-être étourdie. Freddy la suit. La mouche remonte la persienne, disparaît et revient en zigzaguant, perplexe, jusqu'à son point de départ. Sa trompe butine le bras de Freddy.

Il fait chaud.

Il est en sueur.

Et cette mouche l'agace. Freddy la suit, qui retourne vers le plafond couvert d'allégories. On dirait que celui qui l'a peint a voulu représenter tout le tintouin du Ciel.

Des angelots grassouillets. Des cornes d'abondance. Le bon Dieu. Des nuages plus petits que ceux qu'il a vus sur le plafond du Palais des Sciences. Du bleu. Beaucoup de ciel bleu. Freddy connaît tous les noms de tous les bleus du ciel. Bleu maya, bleu azur ou bleu turquin. Il connaît des dizaines de noms pour dire le bleu. Mais lui ? Quel est son nom ? Freddy n'est qu'un diminutif. Une contraction de prénom. Il est l'enfant sans nom, sans racines, sans origine. L'enfant laissé seul dans ce coin de *big house*.

Il plonge la main dans le sac de Sligo. Il y trouve une arme. Il prend la boîte de cartouches qui traîne par terre. Il en sort une. Il la tourne dans tous les sens. Il trouve le poussoir pour ouvrir le barillet.

Il compte : « Un, deux, trois, quatre, cinq, six. »

Il le remplit.

Il approche l'arme de son oreille. En tournant, le barillet fait le même cliquetis que la roue de la Fortune des forains à Londres. Le numéro gagnant était toujours coincé entre deux cases « Perdu ».

Freddy tend le pistolet. Il le soupèse à bout de bras, éprouvant sa puissance. Il place son œil dans l'axe dessiné par le petit guidon tout au bout. Il suffit d'appuyer sur la détente. Une simple pression du doigt.

Il vise dans le vide. Il imagine l'homme qui a pointé la même arme sur Charlotte. Il imagine qu'il tire, et il tire. Le chien percute le culot. L'explosion le propulse contre le mur.

Il ouvre grand la bouche, par réflexe, comme un poisson hors de l'eau. Un sifflement strident lui vrille les tympans. Il aime l'odeur de ce nuage de poudre. Minéral. Addictif comme dans le hangar, l'autre jour. Il aime cette violence, cette détente qui secoue le corps. Il a fait un trou dans le mur. Un trou gros comme son poing. Il aime les éclats de plâtre et l'air poussiéreux dans lequel il baigne. Il est épais. Opaque. Comme dans un rêve.

Freddy cale ses mains sur la poignée de l'arme. Il sent les stries, les marques laissées par d'autres mains. Il serre les siennes autour, le doigt sur la détente. Il sent la virgule de métal. Il sent que la plus petite pression peut déclencher l'enfer. Il bloque ses épaules. Il y enfouit la tête. Il crispe la bouche et plisse les yeux, pas trop. Il place son œil dans l'axe du canon. Il imagine Saltz sur le quai de Liverpool, devant l'*USS Barbarian.* Il tire. Dans ce brouillard de son, il imagine Halter, l'ami de sa mère qui voulait le faire danser sur les tables, qui s'approchait de lui en riant pour le palper, lui passer les mains sur tout le corps en lui disant de se tenir droit, bien droit. « Oui, comme ça. » Freddy tire. Il imagine le député-mais-chut qui avait rendu si triste Charlotte, et il tire. Il imagine l'huissier de Southgate couché sur sa mère, et il tire.

Ses doigts sont engourdis, vibrant longtemps après la dernière explosion. Il en a plein le nez de ces odeurs de poudre, de plâtre, de feu. Son oreille saigne un peu. Le canon est brûlant. Freddy s'est accroupi. Il tient l'arme contre lui dans un salon détruit. Il arrache des volets collés par la rouille. Il brise une porte-fenêtre pour que l'air puisse passer. Il a vidé la boîte, rempli le barillet. Six cartouches. Les dernières. Et si Sligo exige de reprendre son arme, qu'il vienne donc la chercher. Freddy est en colère. Et sa colère n'est pas près de s'éteindre. Il va apprendre à se battre, comme un homme.

1867, la lutte armée

35

Cela fait trois ans que Lydia a chassé Engels. Elle a gardé pour elle la maison d'Ardwick. Elle a aménagé sa chambre. Tout tient dans une penderie aussi large que haute. Ses chapeaux sont alignés sur la dernière planche, tout en haut. Il faut un escabeau pour les prendre, mais elle n'en a pas besoin. Ils sont pleins de poussière et les fleurs d'oranger qui en ornent certains se sont ternies. Ses robes sont pendues à gauche. Elle en a gardé quelques-unes. Les plus sobres. Elle a donné les autres. Ses chemises forment des piles sages dans les trois casiers du milieu.

À droite de la penderie, Lydia a rangé tous ses livres, par ordre d'utilité. En haut, les romans et ses recueils de recettes. Au milieu, son dictionnaire et ses volumes de médecine. Elle en a acheté une collection entière. Huit volumes reliés. D'occasion. Ils occupent deux étagères.

Sur le mur d'en face, juste au-dessus de son lit, Lydia a accroché un petit portrait de sa sœur. Le cadre en bois est plein d'entrelacs et de chichis dorés. Il est plus grand que la photo. Mais c'est la seule qu'elle possède. Au milieu, sa sœur pose sur une chaise. Lydia se tient debout, à sa gauche, près d'elle. Une main traîne sur l'épaule droite. Une main coupée. Celle d'Engels. Lydia l'a rabattue sous la photo. Elle a mis Engels hors cadre.

« Tu l'aimes cette photo, n'est-ce pas ? »

Tussy est derrière elle. Elle remplit de flacons la mallette de Lydia. Elle vient souvent ici, à Ardwick. Elle passe seule, pour la voir, une semaine en général. L'été dernier, elle est restée un mois. Elles sont très proches, surtout depuis le bal.

« La photo m'est égal. C'est ce qu'on ne voit pas qui me manque le plus. Ce qu'on ne peut pas entendre.

– Ah oui ? Engels ? s'étonne Tussy.

– Non. Pas du tout. Sa voix. La voix de ma sœur Mary. Et aussi le temps passé ensemble. »

Elle regrette les heures libres qu'elles avaient devant elles pour faire ce qu'elles voulaient, cuisiner, parler, dormir ou se promener. Le temps de vivre leur vie. Le temps de l'insouciance. Lydia pense tous les jours à elle. Son vœu le plus fou serait qu'elles puissent reprendre leurs rires, pile là où elles les avaient laissés, sur ce lit, un verre à la main, une clope au bec, comme si rien n'avait d'importance.

Lydia sait que Tussy l'envie. Elle a, avec ses sœurs, une relation compliquée. Elles ne se comprennent pas. Elles sont plus grandes, aussi. Plus coquettes. Plus féminines. Tellement portées sur les garçons et les histoires d'amour. Tussy a été privée de la sienne pour une honte mal digérée, un mensonge enkysté. Lydia lui a tout dit sur Freddy, son frère de sang. Elle a beaucoup pleuré. Elle a maudit son père.

Tussy a dix-sept ans. Elle est bien assez grande pour prendre le train toute seule. Et puis, elle est vaillante, et surtout volontaire. Quand elle décide qu'elle ira voir Lydia, personne ne s'y oppose à Londres.

Elles ont même leurs rituels toutes les deux.

Chaque fois que Tussy débarque à Manchester, elle traverse le carrefour devant la gare et retrouve Lydia *Chez Smith*, toujours à la même table, avec un café chaud et une cigarette qu'elle a roulée pour elle, en l'attendant. Tussy boit son café. Et quand elle a fini de fumer, elles peuvent retourner à Ardwick toutes les deux, rien qu'elles deux. Au fond du jardin de sa maison, Tussy lui a montré le cœur qu'ils avaient gravé un soir, elle et Freddy, sur un tronc d'arbre. Ils sortaient du spectacle au Palais des Sciences. Il est encore visible. Un cœur. Deux initiales. Parfois, Tussy le repasse au burin. Elle pense souvent à lui.

Mais ce matin, en arrivant, il a fallu faire vite. Pas le temps de traîner en ville.

Tussy a fumé sa cigarette en route.

Elle a posé sa valise dans l'entrée.

Elle est montée dans la chambre de Lydia.

Elle a sorti ses fioles.

« S'il vous plaît, pour l'amour du ciel, j'ai mal ! »

L'appel vient du bout du couloir, la chambre au fond. Lydia enfile son tablier. Devant la glace, elle se compose un visage rassurant. Elle jette un coup d'œil à la photo derrière. Sa sœur serait fière d'elle, de ce qu'elle a appris, et des promesses tenues : rester libre sans devenir égoïste, être forte sans perdre sa bonté, aimer, faire, essayer, être quelqu'un de bien. Mary chérie !

« Docteur, j'ai mal ! »

Mentalement, Lydia passe en revue les gestes qu'elle va devoir accomplir. La compression, d'accord ; la piqûre, c'est facile ; l'anesthésie, les points de suture et surtout bien penser à nettoyer les plaies. Tussy est là. Elle va l'aider.

« Allons-y », lance Lydia.

Elles sortent de la chambre. Tussy porte la mallette pleine d'instruments et de produits médicaux.

Le blessé qui les attend est un jeune Irlandais d'une vingtaine d'années. Il a pris une balle en haut de la cuisse gauche, près de l'artère fémorale. Il s'appelle Aydan.

« Je vous laisse », dit le gaillard qui l'accompagne.

Lydia a passé la soirée d'hier à potasser le manuel militaire du docteur Edward Warren. Ses planches d'anatomie sont nombreuses, détaillées et pleines de conseils pratiques. La numéro 217 décrit précisément la structure musculaire et veineuse de la partie blessée.

Règle n° 1 : faire parler le blessé pour détecter d'éventuelles complications. Le patient est toujours le meilleur des médecins.

Tussy ouvre la mallette et s'efface.

Lydia s'assoit au bord du lit. Pendant qu'elle change les compresses d'Aydan, elle lui pose des questions :

« Le ventre, quand j'appuie là ?

– Non, docteur.

– Très bien », conclut Lydia.

Elle soulève les draps. La compresse a tenu. Le flot de sang est endigué.

Règle n° 2 : veiller à se laver les mains après chaque manipulation.

Lydia a posé une bassine sur une chaise et se savonne les mains. Tussy tient le broc pour lui verser de l'eau.

Le frère d'armes d'Aydan est dans le couloir, pipe au bec. Il doit être fort pour avoir trimbalé son compagnon depuis Levenshule, trois miles plus loin. Ils sont venus la veille. Ils ont prononcé le code que se refilent les fenians.

Aydan a été blessé lors d'un simple contrôle. Deux policiers en maraude sillonnaient le centre, palpant tout ce qui passait : hommes, femmes, enfants. Aydan portait dans le dos l'arme des indépendantistes. Le colt qu'ils utilisent depuis qu'ils sont revenus de la guerre d'Amérique. C'est avec ça qu'ils commettent leurs crimes, assassinent des Anglais, pillent des propriétés, exigent des rançons pour financer la cause, celle des fenians et leur combat pour la libération de l'Irlande.

Aydan a eu peur. Et comme il s'est enfui, il est devenu une cible. Les policiers ont visé. Ils ont raté la tête.

« Vraiment, c'était pas de chance ! Je me suis fait cueillir comme un bleu, dit-il.

– Comme un bleu, ouais ! lâche son compagnon dans le couloir. Ça te servira de leçon. »

La semaine dernière, une caserne a été incendiée et un homme rançonné. Un directeur d'usine, à Dublin. Montant exigé par les fenians : trois cents livres or. Le trésorier de l'usine a déposé l'argent au lieu déterminé par ses ravisseurs. Les fenians ont pris l'argent, sans rendre l'otage. Le directeur d'usine a été retrouvé ficelé à un arbre, pendu par les pieds. Il avait la bouche ouverte. Sa langue épaisse, gonflée, était toute sèche et bleue. Le bruit court que l'un de ses employés aurait alerté la police. Il a fait une erreur. Sans cela, le directeur serait en vie. Ce n'était qu'une question de rançon. C'est le sixième cette année. Les indépendantistes multiplient leurs attaques en Irlande, bien sûr, sur les terres occupées par de vieux colons anglais. Mais aussi en Angleterre, à Londres, à Liverpool, à Manchester et dans tout le Lancashire.

Si Aydan s'était fait prendre, il aurait risqué, dans le meilleur des cas, une balle, et au pire, la prison. La prison, c'est le pire.

Règle nº 3 : se méfier de l'éther.

Lydia saisit un masque grillagé comme ceux qu'on trouve dans les académies d'escrime. Elle le couvre d'un torchon imbibé d'éther et le place sur le visage d'Aydan. Elle sait que ce produit est à double détente. Il endort le patient et peut tuer le praticien, à petit feu. L'éther condamne à mort plus sûrement que les juges les plus féroces du royaume. Lydia retient sa respiration. Le blessé ferme les yeux. Elle écarte le chiffon. Pour s'assurer qu'il dort, elle plante dans sa cuisse le bout du scalpel et pratique une petite incision. Aydan ne bronche pas.

« C'est bon ! Je commence », dit-elle.

Lydia enfonce son doigt dans le muscle pour retrouver l'ogive. Pas trop loin. La chair saigne.

« Vous avez déjà fait ça ? » s'inquiète son compagnon.

Tussy prétend que oui.

« Souvent ! » dit-elle, avant de fermer la porte.

Lydia sent l'ogive, ôte son doigt, essuie la plaie avec un bout de charpie. Ensuite, elle y enfonce une longue pince. À chaque mouvement, elle redoute son réveil, un geste réflexe d'Aydan qui lui charcuterait la cuisse. Le plomb est juste là, à portée de pince. Lydia le sent. Elle tourne pour trouver le meilleur angle de prise. Elle écarte les tiges. Voilà. Elle l'a.

Lydia tire l'instrument, doucement, dans l'axe de la plaie. Elle sort un petit plomb. Elle le jette dans une écuelle d'étain. Des stries rouges l'encadrent et coulent jusqu'au rebord. L'ogive n'est pas plus grosse qu'un noyau d'olive.

« Et dire que ça peut tuer ! »

Lydia s'essuie le front, soulagée.

Elle en a fait des choses, depuis l'année dernière. Sa maison est devenue un refuge clandestin. Elle a remis d'aplomb l'épaule d'un évadé. Elle a cautérisé des plaies causées par l'explosion d'une bombe. Elle a soigné les fièvres de fenians plus paniqués que malades. Elle a hébergé des fuyards. Elle a même abrité un cadavre, à la cave, le temps que ses frères d'armes lui trouvent une sépulture décente.

Mais ça, triturer une cuisse, charcuter un être encore vivant, c'est bien la première fois !

Règle n° 4 : nettoyer la plaie à vif.

Dans le manuel du docteur Warren, il est écrit : « Une plaie bien nettoyée sauve aussi bien que des doigts de fée. »

Lydia n'est pas une fée, mais elle a tout ce qu'il faut. Du vin au miel, du vinaigre, du jaune d'œuf et quelques gouttes de térébenthine qu'une voisine, très portée sur les beaux-arts, lui ramène de Londres. Sa voisine ignore tout de ce que Lydia en fait. Personne ne sait ce qu'elle fait.

Mais il y a un petit problème. Le manuel de Warren omet de préciser les proportions de chaque ingrédient dans le cas d'une opération, quand la plaie est profonde. La veille, Lydia a testé toutes sortes de dosages, un tiers de vin miellé, autant de jaune d'œuf et de vinaigre. Moins de vin. Plus de térébenthine. Elle a fait des mélanges, goûté à l'occasion. Recraché.

Comment savoir ?

Lydia a placé devant elle quatre fioles contenant chacune un dosage différent. Aydan dort encore. Sa blessure est étroite, mais avant de la recoudre, Lydia va devoir choisir.

« Tussy, tu veux bien me donner cette petite bouteille, s'il te plaît ? »

Tussy regarde les quatre récipients identiques.

Lydia s'active sur la cuisse blessée. Sans lever les yeux de la plaie, elle tend un doigt vague vers les fioles.

« Donne, Tussy. Vite ! »

La pauvre fille hésite.

« Celle au miel, voyons. C'est pour qu'il cicatrise ! »

Lydia se fie à l'intuition de Tussy. Elle ne sait pas mieux qu'elle. Elles l'ignorent toutes les deux. Mais il faut bien se lancer.

Tussy prend la première, puis la deuxième. Hésite.

« Donne ! »

La deuxième sent le miel. Tussy la lui apporte.

« Merci », lâche Lydia, agacée.

Lydia imbibe la charpie du mélange. Elle en a plein les doigts. C'est gluant, légèrement irritant. Elle nettoie les contours de la plaie. Pourvu que ce soit le bon dosage.

Règle numéro 5 : suturer.

Des bobines et du fil, Lydia en possède à ne plus savoir qu'en faire. De pleines étagères. De toutes les qualités et de toutes les couleurs. Des Ermen & Engels. Mais pas de quoi faire un point. Si Lydia voulait se rendre utile sans passer pour la tarentule d'Ardwick, la veuve noire de Manchester avec son fil à tuer, il fallait qu'elle trouve mieux, plus adapté. Plus archaïque, aussi. Lydia a dégoté du catgut. De l'intestin de mouton ou de chat, dont on fait aussi bien les cordes pour les violons que le fil pour les blessés. Le catgut est réputé non invasif et surtout dégradable.

Le blessé a de la chance. Lydia en a touché un lot, volé, comme tout le reste, comme son scalpel, ses pinces, ses écuelles, son éther et sa charpie, par des fenians lors de leur raid sur l'hospice de Preston.

Aydan grince des dents. Il se réveille. C'est trop tôt.

Tussy lui recouvre le visage de son masque d'éther. Puis elle nettoie sa plaie avec la fameuse fiole, choisie au pif.

Tant qu'il est en vie ! Lydia leur accorde trois jours, à lui et à son compagnon. Trois jours pour se remettre. Pas plus. Après, ils devront déguerpir. Elle ne veut pas se faire repérer. La prudence est la clef. Elle ne s'est pas fait prendre. Aux yeux des gens du quartier, elle est l'ancienne femme de M. Engels, la femme assagie qu'on salue depuis que sa sœur est morte. Il n'y a plus de scandale.

Tussy surveille le blessé.

Lydia est retournée dans sa chambre. Elle sort du papier à lettres. Elle se rend compte qu'elle tremble. C'est la tension qui retombe. Elle respire pour que ça passe. Plusieurs fois.

« Mon cher oncle », écrit-elle.

C'est toujours la même lettre.

Les mêmes mots de tendresse et d'espoir adressés à son oncle O'Brian et au garçon, Freddy, qu'elle lui avait confié trois ans plus tôt. Personne ne sait qu'ils sont en contact. Elle est prudente.

Elle n'écrit jamais de nom dans ses lettres. Ni d'adresse.

Elle souhaite juste avoir quelques nouvelles. Elles sont si rares.

Elle glisse quelques billets. Elle scelle son enveloppe et retourne dans le couloir.

« Si vous rencontrez mon oncle O'Brian, remettez-lui ça.

– Comptez sur moi », répond l'homme à la pipe.

Dans le dernier courrier qu'elle a reçu, son oncle lui a appris qu'il avait retrouvé le meurtrier de Charlotte. Ce n'est plus qu'une question de semaines avant qu'il ne lui règle son compte.

36

Engels a pris du poids. Il mange et il boit trop. Sa barbe ressemble à celle de son vieil ami le Maure. Broussailleuse. Et sa moustache est aussi épaisse que les crins d'un balai.

Il est retourné vivre à Salford. Son appartement est un cloaque dans lequel tout s'entasse. Ses valises et tous ses vêtements, propres ou sales, jonchent le sol. Sa chambre est interdite. Il refuse qu'on y touche. Son lit n'est jamais fait. Il y dort très rarement. Il vit dans son bureau, à Southgate. Il passe d'interminables journées au Stock Exchange. Il dort parfois dans son compartiment de train parmi les siens, les autres lords du coton. Quand vient la nuit, il se réfugie entre les jambes d'une fille, rarement la même, oubliant chaque matin le prénom de celle de la veille.

Rien ne compte. Rien ne coûte. Rien ne vaut à ses yeux.

Engels est devenu riche, malgré lui ! Les banquiers le consultent. Les patrons du Stock Exchange le suivent. À Manchester, Engels est un nom respecté. Il est le roi du coton. *Primus inter pares.* Directeur associé.

Quand il se présente à la porte du 41, Maitland Park

Road, à Londres, c'est toujours la gouvernante qui lui ouvre.

« Bonjour, monsieur Engels ! »

La baronne est souffrante. Elle ne peut pas recevoir. Ses filles ne sont pas là. Jennychen est à Paris. Laura est à Brighton, où elle gagne de l'argent à faire la nurse chez des bourgeois. Quant à Tussy, elle est toujours en vadrouille.

« Vous savez comme elle est !

– Et Monsieur ? demande Engels, toujours sur le perron.

– Monsieur est à sa place, comme tous les jours, Monsieur. »

Il est avec ses livres dans la salle de lecture de la British Library. Le Maure y a sa place réservée. Ses livres sont mis de côté tous les jours, renouvelés chaque semaine. Il écrit. Nuit et jour. Il compulse. Il synthétise. Il essaye de comprendre le sens caché du monde. Un travail de Sisyphe. Toujours en cours. Jamais achevé. Le Maure ne reçoit plus. Il est retourné dans son monde, dans le drap de sa pensée, pour rédiger le grand livre qui le rendra célèbre. Engels n'en a rien lu depuis longtemps. Pourtant, c'est lui qui lui a déniché un nouvel éditeur à Hambourg.

Depuis que son vieil ami lui fait le coup du mépris, Engels s'est enfermé et ne s'intéresse plus à rien. Aucun livre, pas d'articles et encore moins les lettres dont ses frères l'accablent. Sa mère est morte. Un souci de moins.

Mais il s'ennuie. Engels est incapable de fixer son esprit. Il s'évade, il divague, toujours en partance et jamais arrivé. La seule ligne qui retienne un tant soit peu son attention, c'est celle de l'horizon entre les oreilles de son cheval. Il a acheté un demi-alezan, comme l'autre, celui qu'on lui avait volé, qu'il a payé une fortune à ce maquignon de Murray.

« Ça va là ! Ça va là ! » hurle le roi du coton, revêtu de l'habit rouge.

La vitesse et le vent.

Le fracas des sabots.

Les paquets de boue qui giclent.

Tous les week-ends depuis des mois.

Engels évite une branche en se tordant de côté. Il a vu un grand cerf.

« Ça va là ! Ça va là ! » crie Engels pour dérouter les autres, dirigés par la meute vers une fausse piste.

Engels est sûr de lui.

Grovesnor le talonne. Il a vu, lui aussi. Sir Lupus Grovesnor réclame son dû et Engels s'écarte pour le laisser passer. Engels les méprise, lui et sa morgue de lord. Il a un nom d'ulcère qui dévore les visages. Sir Lupus a repris l'avantage sur sa chasse, sur ses terres, sur ses droits qui s'étendent sur tout le Cheshire.

Les cavaliers dévalent la pente d'une vaste prairie.

Le cerf s'est exposé. Il court se réfugier dans le lit d'un ruisseau. Il est malin. Il connaît l'homme. Il se plonge dans l'eau pour « brouiller le sentiment », comme on dit, pour noyer son odeur. En réalité, c'est son avance qu'il perd.

Le fond du ruisseau est sablonneux. La berge est raide autour. La meute se rapproche, dangereusement. Le cerf donne toutes ses forces. Il se cabre au-dessus de l'eau. Il saute pour contrer le courant qui le piège. De grandes gerbes jaillissent de part et d'autre. Il a un cou énorme. Un berceau magnifique.

Engels compte. Dix-huit cors !

Voilà une proie splendide, comme il s'en présente peu. Elle mettra son chasseur à l'honneur.

« Il est à vous, sir. Il attend le coup de grâce ! »

Lupus pointe son fusil. Les autres laissent faire. Sa première balle se perd dans le décor. La deuxième touche la croupe du grand cerf et le fait se cabrer, comme si l'animal s'indignait de prendre cette balle là, dans cette partie de son corps si noble, si respectable.

« Il s'est rendu, sir. À vous ! »

La proie est à l'arrêt, de l'eau à mi-jarret. Le grand cerf fait le dos rond face au canon qui le vise.

Sir Lupus prend son temps. Il arme et tire. Sa troisième balle se loge entre ses pattes avant, en plein cœur. L'animal tombe raide mort et son chasseur comblé va bientôt faire à Engels l'honneur de son palais.

Dans le fumoir d'Eaton Hall, les pairs louent leur hôte pour son tir, qu'ils qualifient de propre. Il a su préserver l'essentiel du trophée : la tête et les épaules.

« Dix-huit cors ! »

Engels est salué.

Ce trophée d'exception trônera parmi les ours bruns d'Alaska, les tigres du Bengale et les grands cerfs du Cheshire.

« *Cheers !* clame sir Lupus Grovesnor, énième du nom.

– *Cheers !* » répondent ses hôtes.

Ils lèvent leur Black Velvet, un cocktail à la mode à base de champagne et de bière stout qui forme un liseré noir, comme les rubans de deuil en l'honneur du prince Albert, décédé.

Engels est repris par l'ennui. Il n'y a plus de mystère à

faire partie des pairs quand on est devenu aussi riche que lui. On lui donne du vous. Il est sollicité partout, à propos de tout et de rien.

Assis dans son fauteuil, il vide un whisky sec et en entame un autre.

Dans son champ de vision trouble, il devine le bras d'un homme. Des traces noires sur du brun. Sans doute une cicatrice sur la main qui le sert.

Le valet officie. Ses longues jambes musclées sont moulées dans un pantalon de service, à rayures et à pinces. Il a la taille fine, soulignée par un gilet de satin gris perle.

Engels rentre son ventre par esprit de comparaison. Puis le relâche, pour boire.

Le valet s'est calé dans un coin du fumoir.

Il a un physique athlétique et une mâchoire solide.

Engels le détaille.

« Monsieur a besoin de quelque chose ? »

Il a le timbre profond des esclaves d'Amérique. En moins de deux syllabes, il remplit l'espace. Il fait partie de ceux que Lincoln a libérés. Et depuis c'est ici qu'il a échoué, sans doute de son plein gré. Mais en tenant ce plateau et revêtu de cette livrée, cet homme à la grâce naturelle s'est affublé d'une majesté feinte. Il s'est gavé des traditions d'un autre. L'esclave libéré endosse servilement la respectabilité de son maître, sir Lupus d'Eaton Hall. On dira de sir Lupus qu'il était un grand homme parce qu'il s'entourait bien. Quel marché de dupes !

« Un autre, s'il vous plaît.

– Bien, Monsieur. »

Le plateau d'argent reflète tout autour : le laiton des patères, les pendeloques des lustres, les tentures, les portraits et les verres en cristal que les hôtes ont laissés derrière eux, pressés de passer à table.

Engels n'est pas convié.

C'est la dernière frontière entre les pairs et le reste du monde.

Le valet noir est là. Une main sous le plateau, l'autre cachée dans le dos. Il ne bouge pas. Il ne dit rien. Il peut rester des heures à retenir ses gestes et ses puissantes syllabes. Cet homme a « une beauté féroce » qu'Engels trouve admirable. Les cicatrices qui lui strient la main ainsi que la base du crâne sont sans doute les marques du fouet du temps de son esclavage. Il a la force pour lui. D'un seul coup de poing, il pourrait réduire le nez d'Engels à une énigme et ses dents à un souvenir douloureux.

Il ne bouge pas.

Il se tient droit.

Prêt à servir.

C'est pourtant sur son dos qu'Engels a fait fortune. Sur sa chair. Sur sa force. Sur tous les coups reçus pour cueillir plus vite, ramasser plus vite, entasser le coton brut plus vite. Le soir, il devait revêtir sa chemise de coton que ses maîtres ont achetée aux marchands de Manchester. C'est grâce à lui, bien sûr, qu'il est riche à millions.

« D'où venez-vous ? demande Engels.

– De l'État de Géorgie, Monsieur, en Amérique. »

Cette voix immense. Troublante.

« Vous avez vu la guerre ?

– Oui, Monsieur. À Atlanta, j'ai vu passer les troupes du général Sherman. »

Engels connaît Sherman. William Tecumseh Sherman.

Il a vu sa photo, et tout son corps noyé dans un grand uniforme. Un regard d'homme troublé, porté comme un héros par ses soldats. Redoutable stratège. Aussi brutal que les Indiens Shawnees dont il porte le nom : Tecumseh.

« Mélancolique et suicidaire, paraît-il. Mais sûrement un grand homme.

– Je ne sais pas, Monsieur.

– Vous ne savez pas ? s'étonne Engels. Il a pourtant participé à l'abolition de l'esclavage, non ?

– Je ne sais pas, Monsieur. Je suis là pour vous servir. »

Servir une grande maison est un art consommé, qui suppose de savoir agir sans apparaître, de suggérer sans jamais laisser penser que l'idée vient de soi, et de dire sans jamais contredire.

« Je crois que j'ai bien assez bu ce soir, dit Engels. Je pensais que les gens comme vous avaient de l'estime pour Sherman. »

Le valet noir hésite.

Il se racle la gorge.

« Si vous m'y engagez…

– Oui. Il n'y a personne d'autre que nous ici. Je vous en prie, dites-moi le fond de votre pensée. »

Le valet s'approche. Sans poser son plateau, il s'incline légèrement.

« Sherman ne m'inspire rien de spécial. Mais je sais que les hommes qui l'accompagnaient ont perdu toute humanité. J'ai vu des démons s'abattre sur notre ville, brûler la fonderie d'Eaglestown, violer les femmes réfugiées dans le temple des Trois-Pommiers, à Atlanta. J'ai vu leur hargne quand ils ont pillé les entrepôts de vivres. Je les ai vus faire, ces démons. Des Américains, mais aussi des Irlandais, beaucoup d'Irlandais. Ceux de sa brigade. Ces gens-là se battaient à mains nues, au couteau, avec les dents, même. Quand ils ont pris ma ville, nous avons changé de maître. Les Irlandais de Sherman disaient que nous étions libres ! Quand ils ont vu qu'on aurait droit à des terres, nous aussi, ça les a rendus fous. Et j'ai regretté le fouet quand je les ai vus faire. Ils sont revenus avec les mêmes couteaux, les mêmes flambeaux pour brûler nos maisons à Atlanta. Ils étaient en colère, contre le Nord, contre le Sud, contre nous, et maintenant contre vous, Monsieur, contre tous les Anglais. »

Engels se retient. Il est allemand, mais cette précision est inutile. Il écoute le valet noir. Il s'en nourrit au fond. Cette colère ! Cette rage sourde ! Ça lui rappelle la haine qu'il éprouvait quand son père l'enfermait dans son bureau, battu, humilié, et qu'il entendait derrière la porte les rires de ses frères. Sa haine s'est nourrie de ses hontes. À chaque coup, il sentait qu'elle gonflait en lui, qu'elle prenait de l'ampleur.

« Continuez ! dit Engels.

– J'ai pris le bateau avec certains d'entre eux. Ils sont revenus, Monsieur. Les Irlandais sont là. Ils vont faire la même chose ici. Je n'invente rien. Ils ont déjà commencé. Et tout ça, c'est de la faute de Sherman. »

Engels lui tend son verre.

« Encore. »

Le valet le remplit.

Engels ramasse un exemplaire du *Manchester Guardian*.

Il est question d'attaques, de casernes pillées, de banques dévalisées. Le mot « fenian » revient souvent. Il est repris, maudit à longueur de titres et de manchettes éditorialisées. Les fenians sont partout. Ils sont armés et déterminés. Ils veulent reprendre leur île, en chasser les colons.

Des noms reviennent parfois. O'Brian, l'oncle de Lydia, est cité plusieurs fois. Engels a entendu parler de lui. Lydia et Mary Byrns lui racontaient souvent ce qu'elles avaient subi, comme, avant elles, leurs parents et leurs grands-parents. Engels connaît l'histoire de ce peuple opprimé. Il sait que Lydia les soutient, que son ancienne maison d'Ardwick est devenue un refuge clandestin. Johanna et le Maure le lui ont dit. Ils cherchent toujours l'enfant. Lydia cache bien son jeu.

Et si Engels s'était trompé ? Et si Lydia avait raison ? Si elle avait choisi le bon camp, la bonne cause ?

37

Freddy n'est pas superstitieux. Pourtant, ce soir, il doute. Caché dans un buisson, flanqué de ses frères d'armes, il rumine une vieille crainte. Une vague inquiétude sur laquelle il est bien incapable de mettre des mots. Il respire fort.

« Ça recommence ? râle O'Brian.

– Je suis désolé. Je ne sais pas ce que j'ai, dit Freddy.

– Le doute est l'ennemi des braves », lui rappelle O'Brian.

Freddy cale sa respiration sur le silence ambiant. Il fait le vide dans sa tête et oublie cette prison qui se dresse devant lui. Il tente de ne plus faire attention aux bruits qu'on entend derrière ces murs.

« Mauviette », glisse Sligo.

Freddy ne relève pas. Il est habitué.

Il sait bien que le doute est le pire des poisons. Il n'en est plus là. Ce n'est pas la première fois qu'il se lance à l'assaut de l'ennemi. Son bras n'a pas hésité quand il a visé son premier soldat. Son esprit n'a pas éprouvé de scrupule quand il a allumé la mèche d'un sac d'explosif, l'autre jour, devant l'armurerie de Cork. Il avait vu les trois soldats avant qu'ils finissent aux enfers.

Freddy, le fenian.

Freddy, le soldat de l'ombre.

Trois ans qu'il se bat pour l'Irlande, aux côtés de ces trois hommes, Sligo, Galloway et O'Brian. Il a appris à les aimer. Galloway, avec lequel il partage les victoires comme les petites défaites. Sligo est une anguille, toujours en mouvement, toujours sur le qui-vive. Bien des fois, il leur a sauvé la mise. O'Brian est le chef. Une boussole qui donne du sens à la vie.

O'Brian scrute l'entrée de la prison de Hyde Road, prêt à donner le signal. Il va leur répéter la même phrase sur le doute et les braves. Certains prétendent qu'il l'a piquée à l'empereur Napoléon. Il en est bien capable. O'Brian se nourrit de toutes les grandes figures.

Freddy sent les branches qui lui griffent le dos. Sa bouche est sèche. Ses mains tremblent. C'est la couleur de la terre. C'est aussi l'odeur des rues. Manchester le hante. Freddy devine la tombe de sa mère, toute proche. La terre est pleine d'elle, pleine du souvenir d'elle. Cela fait si longtemps qu'il a quitté cette ville.

« Tu entends ? » demande Galloway.

Bien sûr qu'il entend. Ce sont les cris des prisonnières, aussi poignants que des lamentations.

La prison de Hyde Road est mixte. Elle est sinistre. C'est l'une des pires de l'Empire. Certains affirment qu'on n'a rien fait de pire. Personne n'en sort vivant.

« On dirait qu'elles pleurent. »

De l'autre côté des murs, deux employés de la prison les attendent. Ils sont des leurs. C'est leur tour de garde et ils vont les aider à accomplir leur mission. Tout a été revu, répété, vérifié plusieurs fois.

Freddy est équipé. Il a armé son colt. Il a enroulé des cordages autour de son cou. Il tient ferme son piolet. Le manche est bon. Solide. De gros clous dépassent de ses chaussures. Il sent leurs têtes contre ses orteils. Ce n'est pas la première fois qu'il joue les monte-en-l'air. Il l'a fait le mois dernier pour l'assaut de la caserne de Dunloe. Un muret, très facile à franchir. Pas de tirs. Pas de blessés. Ils étaient bien préparés. À Limerick aussi.

Freddy n'entend plus que d'une oreille depuis qu'il a vidé son barillet dans la maison près de Tipperary. Mais il perçoit ces cris. Ils viennent de l'aile ouest, du quartier réservé aux femmes.

Ils vont libérer deux chefs fenians. Freddy les connaît. Il était avec eux l'autre jour à Manchester. Ils étaient une trentaine, réunis en secret. Ils sont sortis bêtement, pour aller prendre l'air. Ils se sont fait cueillir par des policiers postés devant. Freddy a entendu les cris. Il a suivi les autres. Tous les fenians ont fui par une porte dérobée. Pas les deux chefs. Freddy ne comprend toujours pas comment ils ont pu se faire arrêter. Depuis, ils croupissent derrière ces murs, dans l'aile est. Troisième niveau. Cellule 308 ou 309.

Une allumette est grattée de l'autre côté de la façade, tout en haut.

« C'est le signal, les gars. Allez, on se lance. Je passe devant. Freddy, tu suis. »

O'Brian lance son grappin vers le chapeau du mur d'enceinte. Il accroche. La suite est presque un jeu d'enfant. Les pierres du mur sont si irrégulières qu'elles forment un escalier de brigand, des prises faciles, des blocs saillants. Les clous de leurs chaussures accrochent les interstices poreux. Freddy grimpe rapidement, la corde nouée à la taille.

En haut, un complice les attend. Il se tourne dans tous les sens. Il joue bien plus gros qu'eux. Il sera là demain, parmi les autres gardiens.

« Vite ! Vite ! » murmure-t-il.

Des nuages de plomb noir voilent la lune. Le grappin reste en place. Il sera utile au retour, quand ils auront sorti les autres. Sligo remonte la corde. Le gardien ouvre une trappe par laquelle ils s'enfoncent.

Freddy passe devant, l'arme au poing. Cela faisait longtemps qu'il ne s'était pas plongé dans un tel bain de miasmes. Il remonte un bandeau sur son nez, moins pour l'anonymat que pour l'odeur de ranci qui imprègne les lieux. L'aile abrite trois étages de cellules. Au premier sont détenus les courtes peines, les petits délits, les droit-commun. Au deuxième, les criminels. Au troisième, le long de la passerelle métallique qu'ils arpentent, sont entassés les terroristes et tous ceux dont les autorités ne veulent plus entendre parler. Cet étage est surnommé le « purgatoire ». Pour les gardiens, c'est un enfer de s'y rendre. Pour ceux qui y croupissent, c'est une mort lente.

Freddy longe les cellules. 300. 301. Les hommes qu'ils cherchent sont plus loin. Vers le fond. Leur marche est ralentie par des tas de bras tendus, des mains qui les agrippent en implorant à boire ou du secours. O'Brian est retenu par la manche.

« Sors-moi de là ! dit le taulard.

– Après, répond O'Brian.

– Sors-moi de là ou je gueule ! »

O'Brian l'empoigne par les cheveux et le plaque contre les barreaux. Comme il grogne encore, O'Brian l'achève d'un coup de crosse sur la nuque. Les mains voisines se rangent. On n'entend plus que des râles. Il faut faire vite, avant que ça recommence.

307. Personne.

308. Un type est allongé sur un rectangle de bois construit comme un billard posé à même le sol. Il s'est pelotonné, les tibias dans les bras. Sa cellule est ouverte.

« Je n'aime pas ça », dit Sligo.

Des appels viennent de la 309.

« Ici, ici. »

À l'intérieur, Freddy distingue deux masses, deux silhouettes entamées par une semaine de prison. Le premier est un ancien du 10e régiment d'infanterie de l'Ohio, le fameux « Dix de Sang », réputé pour sa férocité au combat contre les troupes sudistes.

« Bien joué, soldats », dit-il.

Il s'appelle Thomas Kelly. Il appartient au premier cercle des fenians, celui des grands chefs, des colonels. Le colonel Kelly enfile sa deuxième botte pendant que Freddy s'acharne sur le cadenas. L'autre s'appelle Timothy Deasy. Il appartient au deuxième cercle de la Fraternité irlandaise. Il a le rang de capitaine, chargé des cellules de Liverpool et de Manchester. C'est lui qui avait mis sur pied la réunion de l'autre soir, avant de se faire prendre.

Le cadenas éclate.

Les deux prisonniers sortent.

Sur la passerelle, O'Brian lui demande un coup de main. Il porte le détenu de la cellule voisine. Il a un bras autour de sa taille. Freddy vient se placer de l'autre côté. Le détenu de la 308 tient à peine debout. Il relève la tête. Son visage est tuméfié. Ses yeux sont deux cloques rouges et brunes. Il a la bouche en sang. Mais s'il tremble, ce n'est pas parce qu'il est fiévreux ou aux prises avec le mal des geôles. S'il tremble, c'est surtout parce qu'il a peur. Il a peur depuis que Freddy s'est approché de lui.

« Qu'est-ce que vous faites ? demande le colonel Kelly.

– On est venus pour lui aussi, répond O'Brian.

– Laissez ! Il va nous ralentir. »

Le visage du détenu est déformé par une tache. Une grosse plaque rouge qui lui bouffe la moitié de la figure. Son oreille gauche est bouffie. Sa lèvre est hypertrophiée.

« Freddy, aide-moi à le rapprocher du bord de la passerelle », poursuit O'Brian.

Il empeste l'urine et la merde. Il se met à gémir quand Freddy se colle à lui. Il marmonne quelque chose. Des mots amalgamés. Une bouillie qui forme une manière d'excuse. Mais Freddy ne comprend rien. Il baragouine des mots dans une langue étrangère. Ça ressemble à de l'allemand.

Le colonel s'approche.

« Allons ! Ne traînons pas ici, soldats. Allons-nous-en.

– *Ich… kein*, grommelle le détenu.

– *Ich* quoi ? » demande Freddy.

O'Brian l'arrache à ses bras. Il l'approche de la rambarde. Le type n'a pas la force de se débattre.

« Qu'est-ce que tu fais ? interroge Freddy.

– Aide-moi à le soulever. »

Dans un dernier sursaut, le prisonnier se défend.

« Mais pourquoi ? s'étonne Freddy.

– Fais-le. »

Une partie de son corps passe de l'autre côté. Mais il se retient. Il s'agrippe à la rambarde. Ses pieds pendent dans le vide.

Freddy se souvient d'un homme, dans le hangar du Temperance Hall. Il avait ce visage. Cette boursouflure et ces plaques rouges. Marquant.

O'Brian lui détache les doigts.

Le corps de l'homme bascule dans le vide.

Il dévale les étages.

« C'est qui ? »

Et s'écrase vingt mètres plus bas.

Freddy s'incline pour voir. Il n'en croit pas ses yeux. Il entend les taulards applaudir le spectacle. Si cet homme-là vient d'être tué, c'est qu'il le méritait. C'est la loi des prisons. On pleure ceux que les gardiens tuent. On applaudit ceux que les taulards assassinent.

« Ludwig Brauner. Ça faisait longtemps que j'attendais ce moment », dit O'Brian.

Son nom figurait sur la liste des détenus fournie par les gardiens.

« Tu peux dire merci, lance O'Brian.

– Pourquoi ? demande Freddy.

– Ce soir, Freddy, tu as vengé ta mère ! »

C'était donc ça ! Il le sentait. Il sentait bien que ce n'était pas un soir comme les autres.

Freddy se penche. Le corps du meurtrier n'est qu'un amas informe. Il voudrait l'achever. Faire encore quelque chose pour l'atteindre. Mais il est loin et cela fait bien longtemps que le type tout en bas ne sent plus rien.

Des bruits de pas résonnent sur les passerelles métalliques.

Des cliquetis.

Des mots d'ordre circulent.

Et soudain des fusils jaillissent tout autour de l'aile est. Les passerelles se remplissent d'uniformes. Des dizaines de fusils sont braqués droit sur eux. Sur la passerelle en face. Sur le toit juste au-dessus. Devant et derrière. Tout est allé si vite.

Une voix retentit :

« Je suis M. Fowley, directeur du centre pénitentiaire de Bellevue, autrement dit, cette prison. Vous êtes chez moi, messieurs, et je vous déconseille de tenter quoi que ce soit pour nous fausser compagnie. Vous êtes entrés sans autorisation. Vous n'en sortirez plus. »

Manchester porte malheur.

Fowley s'avance sous la verrière du hall central. Les nuages se retirent, révélant la pleine lune, et une lumière de puits éclaire le cadavre de l'Allemand.

« Ce pauvre diable a servi trop de maîtres, dit Fowley. Vous avez bien fait, messieurs. Je n'aime pas les mouchards. Mais on ne va pas le laisser seul, n'est-ce pas ? »

Les deux gardiens complices sont poussés vers les rampes. Ils ont les mains dans le dos. Ils n'ont plus leurs fusils.

« Comment disait-on dans votre régiment de Yankees, cher colonel Kelly ? Sans doute comme on dit partout ailleurs, et ce, depuis que le monde est monde et que les hommes ne sont que des hommes. Œil pour œil… »

Le corps du premier gardien est plongé dans le vide.

« … dent pour dent ! »

Le deuxième gardien le suit…

« C'est biblique ! »

… et se fracasse en bas, dans un bruit d'os brisés. L'écho le renvoie, mais les cellules restent muettes.

Freddy sent Galloway qui lui donne un coup de coude.

Sligo a disparu.

38

Engels est arrivé le premier, bien avant tous les autres. Les bureaux de Southgate sont vides. Peter Ermen est en voyage d'affaires. Engels dépose sa veste et redescend dans la cour. Il guette le retour des manutentionnaires, deux vieux chargés de l'entrepôt. Ils devraient être là. Ils travaillent la nuit jusqu'à huit heures du matin.

Engels entend leur charrette pleine de ballots.

« Venez me donner un coup de main », lance-t-il.

Les employés s'approchent.

« Je voudrais sortir quelques caisses.

– Oui, monsieur Engels. »

L'entrepôt est saturé de coton. Des piles jusqu'au plafond. Des murs de balles, serrées, compactées, qui font de ce lieu un immense labyrinthe dans lequel il faut être un peu fou pour vouloir s'aventurer. C'est un piège plein de fluche qui mine les muqueuses. Jamais un patron n'irait se plonger là-dedans.

La lumière est faiblarde. On n'y voit presque rien. Engels passe le premier par un étroit couloir.

« Je les avais mises dans le fond. Vous ne vous souvenez pas ?

– Si, si, monsieur Engels. Quatre caisses pleines, bien lourdes.

– C'est ça. »

Les manutentionnaires s'enfoncent à coups de coudes et d'épaules pour se frayer un passage. Certains ballots sont éventrés et laissent échapper des filaments épais comme des cheveux de sorcière. Un nuage s'est formé. Il faudra plusieurs heures avant qu'il ne s'estompe.

« Là-derrière !

– Oui, c'est bien ça, confirme Engels.

– Reculez-vous, monsieur. On s'en occupe. »

Les deux types s'emparent d'un premier tas et le déplacent, sac par sac, vers le fond.

« J'en sens une. »

La fluche lui pique les yeux. Il respire à moitié, en retenant son souffle pour diminuer le mal. Les deux employés s'activent sans la moindre précaution. Ils portent. Hissent. Déplacent. Enfin, ils dénichent une première caisse. Les autres sont en dessous.

« Allez nous attendre dans la cour. »

Engels sort en crachant ses poumons.

Les caisses sont lourdes et longues, parfaitement identiques. Leurs flancs sont vierges, sans inscriptions. Des lanières de cuir dépassent comme des poignées de cercueil.

Engels force la première. La planche du dessus éclate. La caisse est bourrée de paille. Il y plonge la main et sort une veste grise, comme celle des uniformes que portaient les soldats du général Lee, le grand chef des troupes confédérées. Ses boutons de cuivre portent la marque « P. Tait

Limerick ». Peter Tait est l'un de ses clients. Lui aussi fournissait les sudistes. Aujourd'hui, il boutonne toutes les vestes de l'Empire. Engels sort d'autres vestes et des capotes de cavalier roulées comme des torchons de cuisine.

Cela fait des années que ces caisses sont là. Elles viennent du bateau de Dressner, le briseur de blocus.

La deuxième caisse résiste.

« D'un bon coup sec, monsieur. »

Engels enfonce sa barre.

« Dans l'angle. Faites levier dans l'angle, là. »

Il l'abaisse d'un coup sec.

Sous la paille, il sent l'acier d'un canon. Un Enfield fabriqué en Angleterre. Facile à reconnaître avec son long canon conçu pour passer au-dessus des têtes des soldats en première ligne. Il y en a d'autres, encore, dans la troisième caisse. Avec des boîtes de munitions, des chaussures, des pantalons d'uniforme et des tasses, aussi.

Engels compte dix-sept fusils, de la poudre et une trentaine de boîtes de munitions.

« Il en reste une, monsieur.

– C'est bien ce que je me disais.

– Vous nous aviez demandé de la ranger ailleurs, à l'écart des trois autres. »

Cette dernière est plus râblée, moins lourde aussi. Elle contient des dizaines de pistolets et des cartouches en cuivre. Engels en sort des cibles en fonte qui ressemblent à des têtes d'Indiens. Leur envers est criblé d'impacts rouillés.

Engels leur demande de les rassembler sur leur charrette, puis de les recouvrir de tout ce qu'ils pourront trouver. Sacs, ballots, râteaux ou brosses. Les employés du bureau ne devraient plus tarder. Il ne faut pas que ça s'ébruite.

« Comptez sur nous », disent-ils.

Engels n'avait pas vraiment le choix.

La cargaison brinquebale à travers tout Southgate et redescend vers le centre, passe devant le Stock Exchange, les rues commerçantes de Campfields et des ruelles chargées des relents de sortie de bar.

« Toujours tout droit ? demandent-ils.

– Oui. »

Ils traversent Canal Street et s'engagent dans la banlieue d'Ardwick.

Engels leur tend une liasse de billets. Le prix de leur silence. Il est très généreux.

« C'est pour Madame Lydia ? » demande l'un.

Engels hésite.

« Pour Madame Lydia, nous le faisons de bon cœur, dit-il en se frappant la poitrine. On est de Limerick, monsieur. »

Des Irlandais.

Lydia est au jardin. Elle coupe ses derniers boutons de rose. C'est la fin de la saison. Tous les volets sont clos. Tussy dort. Engels l'ignore. Et ce n'est pas le claquement des fers de ce gros Shire qui la tireront du lit.

« Qu'est-ce que tu fais là ? » lui demande-t-elle. Elle le tutoie d'emblée.

« Je me suis trompé, répond Engels. J'ai mal agi et je te demande pardon.

– Pardon ? À moi ? Mais ce n'est pas à moi que tu dois demander pardon. »

Lydia range son sécateur. Elle ôte ses gants de jardinage et frotte ses mains contre son tablier. Avec l'âge, elle ressemble de plus en plus à sa sœur. Elle a embelli. Elle a pris de l'assurance, aussi. Engels le remarque à cet instant qu'elle fait durer entre eux. Elle hésite ; elle ne sait pas si elle doit le chasser tout de suite ou l'humilier avant.

« Et eux ? demande-t-elle en lançant un regard par-dessus son épaule.

– Ils viennent m'aider.

– Je les connais, répond-elle. Je me souviens bien d'eux. Je te rappelle que je t'ai remplacé à Southgate, quand tu te cachais comme un lâche.

– J'avais oublié.

– Tu oublies facilement. Tu oublies que tu n'es pas le bienvenu et que je t'ai dit que je ne voulais plus te voir. Plus jamais. »

Engels leur fait signe de décharger la cargaison.

« Qu'est-ce qu'il y a dans ces caisses ? »

Il demande aux deux employés de les porter à la cave.

« Réponds-moi, insiste-t-elle. Qu'est-ce que tu trimbales dans ces caisses ?

– De quoi me faire pardonner. Je veux qu'on le tire de là. Lis ça. »

Il lui tend le journal.

Lydia relève son chapeau de paille. Elle s'appuie contre la fenêtre et déplie le journal. Sur quatre colonnes, le reporter du *Manchester Guardian* évoque une prise d'otages à la prison.

« Bellevue, dit-elle. Ce n'est pas très loin d'ici.
– Lis la suite. »

> « Lundi soir, vers une heure du matin, trois terroristes irlandais se sont introduits dans la prison de Bellevue. De source bien informée, on les soupçonne d'avoir utilisé une nouvelle forme d'explosif, plus puissant et plus discret, pour créer une brèche dans la forteresse de Hyde Road. Une fois à l'intérieur, les trois terroristes ont pris en otages des gardiens. Ils ont pu accéder au troisième niveau de la prison, un des mieux sécurisés du centre, réservé aux longues peines et aux grands criminels.
>
> Dedans, les terroristes ont exécuté leurs otages et un détenu allemand, Ludwig Brauner. »

« C'est l'homme de main de Ferdinand von Westphalen », dit Engels.

Lydia poursuit sa lecture :

> « Alertés par les cris, les gardiens en faction dans l'aile ouest du bâtiment se sont précipités sur les lieux, trop tard pour sauver les gardiens, mais à temps pour arrêter les terroristes.
>
> Le directeur de la prison, M. Jeremiah Fowley, était présent sur les lieux. Comme il dispose d'un mandat judiciaire, il a auditionné les trois terroristes irlandais. Ils s'appellent John O'Brian, né à Cork en 1832, Ernest Galloway, né à Limerick en 1835, et Freddy Evans, né à Londres en 1851. Les deux premiers sont d'anciens soldats de la guerre de Sécession.

Le troisième affirme qu'il est employé chez un artisan teinturier de Manchester.

Ils portaient tous les trois des chemises noires et des pantalons de même couleur. Sans doute pour mieux se fondre dans l'obscurité. Leur but n'est pas très clair. Arrêtés en flagrant délit de violation d'un bâtiment administratif interdit au public, d'homicide volontaire ayant entraîné la mort d'un civil et de deux agents représentants de Sa Très Gracieuse Majesté la Reine Victoria, ils ont refusé de donner les motifs de leur intrusion. Toutefois, de lourds soupçons de tentative d'évasion pèsent sur eux. Quand les gardiens les ont interpellés, ils étaient en train de forcer la cellule de deux détenus, irlandais eux aussi. Leur identité n'a pas encore été révélée.

M. Fowley, le directeur de la prison de Bellevue, a déclaré qu'il suspectait ces hommes d'être "affidés aux fenians, cette organisation terroriste qui, depuis trois ans, multiplie les actions contre les intérêts britanniques aussi bien dans le Royaume de Sa Glorieuse Majesté qu'outre-Atlantique, au Canada, en Nouvelle-Écosse et au Nouveau-Brunswick". Les Irlandais seront présentés à la fin de la semaine devant les juges de la cour de Manchester. Ils comparaîtront pour actes de trahison et de félonie en vertu de l'article de loi voté en 1848. Ils risquent la peine de mort. »

Lydia a lu.

Engels devine l'effort qu'elle fait. Elle a contre lui des monceaux de défiance qui l'empêchent de se livrer.

« Est-ce que je peux entrer ? » demande-t-il.

Lydia enfouit ses mains dans les poches de son tablier.

« Lydia, je voudrais le faire sortir de là.

– Qui ?

– Freddy. Et ton oncle, aussi.

– Toi ?

– Laisse-moi entrer. Je voudrais t'expliquer. »

Engels découvre un salon chamboulé. Les fenêtres sont fermées. Tout empeste l'éther et la plupart des meubles ont disparu. Sans doute vendus. Lydia n'a pas de revenus. Son fauteuil a été remplacé par un canapé d'occasion. Des tissus le revêtent pour cacher les traces d'usure. Il n'y a plus de tableaux aux murs. Comme ses talons claquent sur le parquet nu, Lydia lui demande de faire moins de bruit. Elle dit qu'elle n'est pas seule. Tussy dort là-haut.

« Cela fait longtemps que je ne l'ai pas vue », dit Engels.

Lydia ne relève pas. Elle ne remarque pas sa moustache ridicule. Elle ouvre un volet.

Engels a autre chose pour elle. Il sort un livre. Un pavé de mille pages intitulé *Le Capital*. Il lui en avait lu le début, les tout premiers chapitres, il y a quatre ou cinq ans. Depuis, plus rien.

Lydia sait bien ce que cela représente aux yeux d'Engels. C'est le fameux livre qui devait les rendre célèbres tous les deux, le Maure et lui.

« Ouvre-le ! » dit-il, pendant que son épagneul vient fourrer sa vieille truffe sur sa cuisse.

Lydia prend le gros livre. Elle survole le titre. Feuillette les premières pages rédigées en allemand. Elle a cru lire un nom. Une dédicace :

« À Wilhelm Lupus Wolf, ami inoubliable, intrépide et fidèle. »

« Wolf ? Qui est-ce ? » demande-t-elle.

Le sang monte au visage d'Engels.

« Ma honte achevée ! »

Cet ouvrage est dédié à un parfait inconnu, un boutiquier de Cologne qui, avant de mourir, a cédé à l'auteur son peu de fortune.

« À peine de quoi couvrir un an de frais de sa maison de Londres ! Le salaud, lance Engels. Il s'est vendu et il n'a même pas pris le soin de le faire au plus offrant. »

Lydia caresse Sans-Nom. C'est elle qui l'a nourri pendant toutes ces années. Elle l'a soigné, quand il s'est blessé à la patte. Ce chien est plus reconnaissant que le Maure.

« Ne compte pas sur moi pour régler tes petits comptes avec cet homme, dit-elle.

– Je ne t'en demande pas tant. »

Engels regarde le livre qu'elle pose devant eux.

« Je veux qu'on retrouve ce petit.

– Pour te venger ?

– Non ! répond-il.

– C'est la baronne qui t'envoie ?

– Non, non. Ils m'ont tourné le dos.

– Pour quoi faire alors ?

– Pour réparer mes erreurs. Je pourrais le mettre à l'abri, l'adopter ou le faire travailler. N'importe quoi. J'ai tout perdu, Lydia.

– L'argent n'achète pas tout. L'argent ne rachète rien, d'ailleurs. Tu vois, je n'ai pas mis vingt ans et englouti des millions pour te dire ça, mon cher. Quant au petit, il n'a pas besoin de toi. On n'a plus besoin de toi. »

Lydia se lève. Le chien la suit.

Avant de quitter la pièce, elle se retourne vers lui.

« Je veux que tu t'en ailles. Tu n'as plus rien à faire ici. »

39

La Black Maria est une boîte à monstres. Ses parois sont doublées d'un épais blindage et montées sur deux essieux. Tous les jours, ce fourgon pénitentiaire va de la prison au tribunal. À la place du cocher, un policier retient sa paire de chevaux. Son fusil est posé près de lui, en biais sur la banquette. Un autre attend derrière, un pied sur le marchepied, l'autre dans le vide. Il finit de fumer son tabac.

Freddy descend les marches du tribunal de Manchester. Il a les mains liées devant lui. Il a pris quelques coups pour que la version officielle puisse entrer dans son crâne : des carrés dans un rond.

« Dépêche-toi d'avancer ! Moi, j'ai pas que toi à trimballer », lui lance son escorte.

Faute d'avocat, faute de défense, Freddy n'a pas eu d'autre choix que de se retrancher derrière son dernier droit, celui de garder le silence. Voilà pourquoi il traîne. Il a mal à la jambe. Il a pris beaucoup de coups. Il a vengé sa mère, mais il va le payer cher. Comme O'Brian et Galloway, il vient d'être condamné à la prison à vie. Il aurait préféré la corde. Les condamnés de Bellevue aiment mieux être pendus que croupir dans cette sinistre prison.

Les juges n'ont pas vu les choses ainsi. La loi prévoit la taule. La loi prime sur tout le reste.

Les marches sont glissantes. À chaque pas, le baudrier qui le flanque bute sur sa hanche endolorie. Tout est gris ce matin. Tout est plat. Sa tête pèse des tonnes et un prêtre pourra bien lancer des *Ave Maria* par-dessus son cercueil, Freddy n'a plus peur de mourir. Pourvu que les sbires de Fowley cognent vite et fort.

« C'est bon, gueule l'escorte près de lui, déverrouillez la Black Maria ! »

La porte du fourgon grince.

Dedans, ça sent la trouille. Il hésite un instant. Le policier rengaine son brûle-gueule et lui assène un coup dans le dos si fort qu'il l'envoie valdinguer au fond de la caisse blindée.

Deux femmes sont déjà là, attachées par les mains, assises sur les petits bancs qui bordent le fourgon. Deux condamnées à l'aile ouest de Bellevue.

Galloway et O'Brian prennent place près de Freddy.

Le colonel Kelly et le capitaine Deasy ont comparu comme témoins malgré eux. Leur procès est reporté pour donner le temps aux juges de monter leurs dossiers. Le colonel s'installe près de la porte. Souvent, il se passe la main dans les cheveux. Ses gestes sont courts, à l'étroit dans cette boîte qui ressemble à un corbillard. Il a le nez collé à l'étroite lucarne, blindée comme tout le reste.

« Toi non plus ils t'ont pas épargné, on dirait ! » dit-il en faisant une petite place à Freddy.

À l'intérieur, ils sont sept, tous crimes confondus, serrés

les uns contre les autres. Ils manquent d'air. Le plafond bas contraint O'Brian et Kelly à courber l'échine. Les cinq militants irlandais se méfient des deux femmes. Ils ne se disent pas un mot. La rouerie est connue. Les policiers comme les juges savent qu'en sortant du palais la pression retombe, l'attention se relâche et les langues, innocentes à la barre, se vantent de leurs crimes. Souvent, des noms sont prononcés, ceux des complices, ceux des commanditaires, ceux qui ont eu la chance de ne pas finir dans cette sinistre boîte noire.

Freddy connaît sa leçon. Pas un mot. Même si le temps s'étire et qu'ils sont ballottés.

« Halte ! »

Le fourgon freine soudain. Les têtes s'entrechoquent. Une des femmes laisse éclater un couinement qui ressemble à un rire. Elle leur paraît stupide.

« Ordre du procureur ! » lance une voix à l'extérieur.

La porte s'ouvre sur un officier vêtu d'un long manteau de laine bouillie, brodé, bardé des chevrons de son grade : sergent. Il s'assied près de la porte juste en face de Kelly.

« Allons-y », ordonne-t-il.

Le fourgon repart

Le sergent chasse Kelly de sa lucarne. Une grosse boucle de ceinture lui rentre dans le ventre et fait des plis qu'il doit tirer pour y voir quelque chose. Sur son col, il porte le sigle « E1 » de la police de Gorton.

La femme au rire dément taquine le sergent :

« Vous êtes charmant. »

Il a les traits tirés. Il est tôt. Il est las. Il sait que dans une heure il faudra les conduire à la fouille, l'un après l'autre. À la tonte, l'un après l'autre. Puis en cellule.

Clac ! clac ! Il faudra se battre parce qu'ils résisteront comme ils résistent tous quand on referme les portes. Clac ! clac ! Le sergent n'a pas envie de s'amuser avec cette dingue.

« Laissez-moi tranq… », s'agace-t-il, mais un fracas lui coupe la chique.

La Black Maria s'arrête. Repart. Se soulève parce que son attelage se cabre.

« Mais quoi ? »

Tout se met à trembler. Ils se compriment, basculent, s'agglutinent les uns sur les autres. La tête du sergent bastonne sur la cloison. Il n'y voit rien. Il s'affole. Des cris résonnent dehors. Il a tiré son arme.

Combien sont-ils à crier en même temps ?

Une dizaine ?

Des centaines ?

Le sergent rabat le volet blindé et jette un coup d'œil aux mains de ses détenus.

Un coup de feu résonne.

« C'est quoi ce merdier ? »

Un tir bref. Puis d'autres.

Le fourgon tangue plus fort.

Freddy devine que le cocher a perdu le contrôle de la situation. La Black Maria est devenue folle. Elle avance, recule. Des mains frappent le blindage.

Le sergent se cramponne et menace les détenus de son arme. Le fourgon vire à droite. Il manque de verser.

Dehors, on crie « Hurray ! Hurray » et la tête de Freddy rebondit sur la cloison.

Les deux femmes plaquent leurs paumes sur le plafond pour garder l'équilibre.

Le colonel Kelly se tasse pour amortir les chocs. Il est calme. Il attend le dénouement. Il a l'air de savoir ce qui se trame.

Le blindage du fourgon crépite sous les balles, comme si une pluie d'acier se déversait en vain. Des bruits secs. Stériles.

La peur a changé de banc. Le sergent est menacé. Et le colonel sourit.

« Le doute est l'ennemi des braves. »

O'Brian avait raison.

Rien ne va plus. Les détenus se mélangent, se vautrent entre les bancs, incapables de se retenir parce qu'ils ont les mains liées. La tête de Freddy s'écrase sur un coin. Il se retrouve par terre, sous le colonel Kelly.

« Au secours ! Laissez-nous sortir ! À l'aide ! » crient les prisonnières.

Les cloisons tintent encore, percutées par d'autres balles qui s'encochent sans percer. Freddy se protège la tête. C'est à peine s'il distingue les cris lancés dehors. Ils ont l'accent de Dublin.

O'Brian tend la main vers la poche du sergent. Mais ce dernier s'esquive.

« Touche pas à ça, sinon je t'achève ! » dit-il, avant de le coller d'un coup de pied au fond.

La femme au couinement stupide tient encore sur son banc.

« À toi ! » hurle l'une des prisonnières.

Freddy la voit qui s'élance vers le sergent. Elle a les mains liées et surtout la gueule ouverte. Elle essaie de le mordre au visage. Le sergent l'évite de justesse et tire.

L'oreille de Freddy siffle. Une longue stridulation. Ses acouphènes l'assourdissent.

Soudain, la Black Maria se fige. Il n'y a plus de chaos. Plus rien ne bouge à l'intérieur. Le policier se retourne, se penche vers la lucarne, bascule l'obturateur pour jeter un coup d'œil à l'extérieur et tombe raide mort, traversé par une balle qui éclate son orbite avant de ressortir à l'arrière de son crâne. Des bouts de cervelle dégoulinent sur les murs.

Les cris sont estompés. Freddy est encore sourd.

O'Brian fouille les poches du sergent. Il a trouvé les clefs.

« On dégage ! » lance-t-il.

Ils sont une quarantaine massés sous le pont de Hyde Road. Des civils. Des visages, tous inconnus, jusqu'à ce que Sligo se pointe.

« Vite ! Vite ! »

Le capitaine Deasy sort le premier en roulant des épaules pour garder l'équilibre à cause de ses mains liées.

Le colonel suit. Il saute sur le cheval qu'on lui tient. Quelqu'un lui jette une veste sur le dos. Un autre lui enfonce une casquette sur la tête. Il ne porte plus de menottes et s'empare de l'arme qu'un troisième lui tend.

La seule femme rescapée, éberluée, traîne encore sur les lieux. Il ne reste plus qu'elle et le sergent qui gît dans une flaque de sang jusqu'à ce qu'une locomotive passe sur le pont de Hyde Road, hurlante, sifflante, dans un tremblement d'air et de wagons bâchés.

Sligo entraîne Freddy vers le talus formé par le chemin de fer. L'herbe est humide. Freddy s'accroche aux brins pour mieux crapahuter.

« Et les autres ?

– Galloway a pris une balle, répond Sligo.

– Mais non, où est-il ?

– Loin. Les autres s'en chargent.

– Il est mort ? »

Sligo le pousse vers la voie ferrée.

« Il faut filer, Freddy. Partons, vite. »

Au loin, huit cavaliers forment un épais nuage. Ils galopent vers le lieu de l'attaque.

40

Lydia range son salon depuis tôt ce matin. Elle s'occupe l'esprit avec des gestes simples. Elle essuie un napperon du plat de la main. Elle le tend puis le frotte à nouveau. Elle passe le chiffon sur un vieux vase en jade, le déplace d'un demi-doigt sur la droite, le replace, efface les traces de doigts qu'elle imagine avoir laissées. Près de la fenêtre du salon, elle s'escrime à gratter un point gros comme une chiure de mouche. Elle a beau l'épousseter, s'user les ongles dessus, souffler encore pour faire de la vapeur, il est bien incrusté, au cœur de la matière. Son esprit bute dessus. Elle voudrait l'effacer pour avoir une prise sur cette nouvelle journée, faire quelque chose d'utile.

Elle sait que l'heure approche. Elle a vu les caisses vides, en bas, dans le cellier. Elle a vu des étrangers passer prendre les armes entreposées dans la cave. Elle a fait l'inventaire de ses fioles et de ses crèmes. Elle a sorti ses manuels de chirurgie. Elle a préparé des boules de coton, au cas où. Elle a fait des pelotes de catgut et allumé des cierges.

L'œil vissé sur ce grain, elle aperçoit deux silhouettes qui longent les murs. Elles s'avancent vers la maison.

Lydia n'a pas bougé.

Leurs pas font crisser le gravier du chemin.

Un frisson vrille sa nuque.

Trois coups secs sont frappés. Tussy ouvre et les tire à l'intérieur. Elle ferme doucement la porte, étouffant le moindre bruit, et leur fait signe de monter.

C'est bien lui. C'est Freddy. Il a les cheveux longs, une mèche collée au front. Tussy entre dans la chambre et rabat les volets. Elle embrasse Sligo qui se raidit un peu et d'une tape dans le dos fait cesser l'effusion. Tussy tend la main vers Freddy.

Lydia les a rejoints.

« Qu'est-ce que tu fais là ? demande Freddy.

– Et toi ? répond Tussy avec un sourire qui illumine toute la pièce.

– C'est un peu long à…

– Oui, trop long », coupe Lydia.

Sa main tire la mèche collée par le sang sur son front. Tussy l'aide.

Son arcade sourcilière est ouverte. Le sang coagulé est souillé de brins d'herbe.

« Ce n'est rien, dit Lydia. Juste une entaille. On va te nettoyer cela. »

Sligo n'a rien. Pas même un tremblement des nerfs. Il jette des regards en faisant le tour de la pièce, avant de revenir à la fenêtre.

« Et les autres ? demande Lydia.

– J'ai soif, madame », la coupe Sligo.

Elle n'ose pas lui demander des nouvelles de son oncle. Mais c'est à lui qu'elle pense.

Lydia apporte une petite boîte en fer. Elle débouche

une fiole d'éther. Elle en imbibe une boule de coton brut qu'elle tourne entre ses doigts. Elle s'approche de Freddy.

« Ça va piquer un peu. »

Tussy s'est assise sur le lit, derrière eux. Elle a les mains sur les genoux. Elle est si heureuse qu'il soit là. C'est tout ce qu'elle attendait. Hier encore, elle confiait à Lydia toute sa fierté d'avoir un frère comme lui, un soldat de l'ombre, un militant, engagé, courageux, membre d'une cellule baptisée le « 3e de l'Intérieur », réputée très active.

« Pas un rat de bibliothèque », dit-elle.

Tussy projette sur lui des tas de sentiments, des émotions liées, le besoin d'en savoir plus, l'envie de l'accompagner, d'être là pour lui, de l'embrasser. Mais elle chasse l'idée de l'embrasser puisqu'ils sont frère et sœur.

Pendant qu'elle s'émerveille, Lydia s'occupe de lui. Elle a les bons gestes. Elle est calme. Apaisante. Elle s'est fait la main sur des dizaines de blessés. Elle plonge son index dans un pot de crème camphrée.

Sligo guette à la fenêtre.

Lydia tend la noix de crème devant lui.

« Ça va piquer un peu. »

Elle l'étale sur son arcade.

Freddy serre les dents.

Elle détaille son visage. Dur et sale. Il doit se demander ce qu'il fait dans cette chambre. Il n'arrête pas de vouloir tourner la tête vers le lit, vers Tussy et surtout vers Sligo.

« Détends-toi un peu ! »

Freddy s'agite.

« Je n'ai rien », dit-il.

Lydia cale sa main sur le menton du blessé. Elle le tient

ferme tout en appliquant de la crème sur ses plaies au cou, au bras et autour de son arcade.

« Pars pas sans moi », lance Freddy à Sligo.

L'arcade est enfoncée. Lydia ne peut rien faire tant qu'il s'agite. Elle attend quelques secondes.

« Arrête de remuer. »

Elle pince la chair entre son pouce et son index pour la recoudre.

Mais Freddy a bougé. Il suit Sligo qui s'approche de Tussy.

« Aïe, mais qu'est-ce que vous faites ? » se plaint Freddy.

La blessure s'est ouverte. L'os du crâne apparaît. L'œil gauche de Freddy se voile de sang.

« Je suis désolée. Si tu continues comme ça, je ne vais rien pouvoir faire. »

Freddy écarte la main de Lydia. Il tente de se lever, mais Sligo l'en empêche.

« Arrête de faire l'idiot. Tu restes ici et tu ne bouges plus ! dit-il.

– Il faudrait que je lui fasse quelques points. »

Tussy s'est approchée de lui. Elle se tient tout près.

« Laisse-la faire, s'il te plaît », dit-elle.

Lydia revient avec une nouvelle boîte. Elle contient un scalpel, une fiole, de la charpie, du fil et une aiguille.

Freddy écarquille les yeux.

« C'est quoi tout ça ?! »

Sligo fait glisser un gourdin de sa manche à sa main. Il l'élève et l'abat d'un coup sec sur le crâne de Freddy.

« Voilà, dit-il.

– C'est radical, commente Lydia.

– Je suis pressé, dit-il. Il faut que je retrouve les autres. »

Pendant que Tussy le raccompagne, Lydia soigne son patient. Elle lui imprègne le nez et l'arcade d'éther. Elle se lave les mains. Elle sort une aiguille courbe qu'elle passe sous la flamme d'une bougie. Elle suture bord à bord les deux lèvres de la plaie. Il faut six points pour rassembler le tout. Six points et un nœud qu'elle serre à l'aide de deux petites pinces.

Freddy n'a pas bougé.

Lydia enduit la cicatrice de crème. Elle recouvre le tout d'une bande de lin avec laquelle elle fait deux fois le tour de son crâne. Son pouls est régulier. Sa respiration, normale. Lydia range son matériel et ne résiste pas à l'envie de lui déposer un baiser sur le front.

Il a eu de la chance. Beaucoup de chance.

Quand Freddy se réveille, il refuse tout : le pain, le morceau de viande et la tarte aux quetsches qu'elles ont pris le temps de préparer. Il a mal à la tête. Il demande où est Sligo.

« Il va venir te chercher. Plus tard. »

Il se redresse pour boire. Lydia l'aide à reposer le verre vide sur sa table de chevet. Ses pieds glissent sous les draps. Lydia remonte le châle de cachemire qu'elle a étendu sur lui. Freddy palpe la bande qui lui ceinture le crâne. Il voudrait la soulever pour sentir sa plaie. Il dit qu'il se sent confus. Il est blême et se rendort.

Elles passent la journée suivante à laver ses vêtements, ses culottes de laine et sa veste. Lydia aère sa chambre, remonte ses draps, humecte ses lèvres. Sa tête dodeline de droite et de gauche. Elle détaille ses traits. Elle voudrait lui parler, lui dire qu'il est en paix, qu'il a vengé sa mère, qu'il n'a plus besoin de se battre et qu'elle prendra soin de lui.

Tussy monte le voir.

Lydia met des bûches dans le feu.

Le ciel est noir uni. Il va faire froid cette nuit. Tout Manchester se terre parce que la rumeur dit que la police retourne la ville pour trouver les fuyards. Des fenians. Des félons. Les volets sont tirés. Même les étoiles passent vite et semblent prendre leurs distances. Il n'y aura pas de bruit, rien que le souffle léger d'un jeune homme qui se requinque et de deux femmes qui veillent sur lui.

Le lendemain, Freddy dort quand Lydia entre dans sa chambre. Elle range son tison. Il dort depuis vingt heures. La fièvre a baissé. Il n'a pas de tremblements. Elle passe la main dans son dos. Sa peau est sèche et tiède. Elle lui tapote la joue pour qu'il s'éveille un peu.

« Je suis où ?

– Chez moi », répond Lydia.

Il a soif. Il dit qu'il a chaud et surtout que ça tire, la peau, au-dessus de son œil.

« Dans une semaine, tu ne sentiras plus rien.

– Alors, c'est vrai que vous êtes médecin ?

– Non, mais j'apprends. »

Le temps qu'elle ferme la fenêtre, Freddy s'est replongé sous les draps.

Lydia place de nouvelles bûches. Elle dépose une part de gâteau sur sa table de chevet. Elle change l'eau de son thé et compose une pyramide avec les pommes du verger. Sur le bureau, elle plante un bouquet de roses blanches.

Tussy frappe à la porte.

« Je peux ? »

Lydia les laisse ensemble. Ils ont des choses à se dire.

Tussy reste toute la journée près de son demi-frère. Elle lui raconte son père, leur père. Elle le regarde penser. Elle lui pose des questions qui restent sans réponse.

« Il m'en veut », dit-elle en sortant prendre l'air.

Dans le jardin, elle va faire les cent pas, à peine vêtue d'un châle, la tête basse et pensive. Tussy a les yeux rouges.

« Il a compris », dit-elle.

Pendant le repas qui suit, elle s'insurge contre son père, le Maure. Elle répète les mêmes mots comme pour s'en persuader. C'est dur d'en vouloir à un père qu'on a tant admiré. Tussy ne parle jamais de sa mère, Johanna.

« Toujours pas de nouvelles de ton oncle ?

– Non, aucune. Ce n'est pas de bon augure. Normalement, il devrait être là. C'est ce qui était prévu. Je ne comprends pas. »

À la fin de la journée, les deux femmes se relaient pour faire la vaisselle. Tussy n'ose plus monter. Lydia a changé les compresses de Freddy.

Dans le salon, elles fument, réduites à ce mutisme qui vient récompenser ceux qui ont fait de leur mieux, honnêtement, sans calcul égoïste ni arrière-pensées, quand il n'y a plus rien à défendre.

Elles l'entendent qui se lève. Les pas de Freddy là-haut font craquer le plancher. Le bruit intrigue le vieux chien aveugle qui aboie pour prouver qu'il est encore capable de protéger ses maîtres.

Quelqu'un frappe à la porte.

« Madame Lydia ?

– Oui.

– Le journal. M. Engels m'a demandé de vous le faire suivre. »

Lydia a deviné la suite. Une dizaine de suspects ont été présentés devant les juges à Manchester. La plupart ont été relaxés, faute de preuves. Trois ont été condamnés à mort. Ils seront pendus demain pour complicité d'évasion et félonie. Son oncle, O'Brian, en fait partie.

« Bon Dieu, je le savais », murmure Lydia.

Au-dessus, elles entendent des bruits. Freddy est agité.

« J'y vais », dit Lydia.

La chambre empeste l'huile brûlée. La fenêtre est entrouverte et le lit forme une boule. Lydia remarque le châle de Tussy roulé près de l'oreiller. Elle s'inquiète et tâtonne.

« Freddy, tu dors ?

– J'essaye », répond-il.

Lydia referme la fenêtre pour couper court aux rumeurs et aux bruits du dehors. On entend très nettement le va-et-vient des chevaux et les marteaux qui assemblent des gibets. Mais avec cette bande qui lui entoure la tête et son tympan crevé, Lydia se demande s'il entend.

« Tu sais, tu peux rester ici aussi longtemps que tu voudras, Freddy. Tu es chez toi. Je m'occuperai de toi, Tussy aussi. »

Le matelas grince sous lui. Il n'a pas ouvert l'œil. Il n'a peut-être entendu ni ses mots ni les bruits du dehors. Elle voit sa tête qui pointe. Il s'éveille. Elle lui tend du thé chaud.

« C'est vrai que c'est la maison d'Engels ?

– Oui. »

Lydia décale la lampe à huile.

– Je vais m'occuper de toi. Tu m'as entendue ? Tu peux rester ici. »

Freddy détourne la tête. La bande glisse à peine au-dessus de son oreille.

« Je n'aime pas cet homme », marmonne-t-il.

Freddy tire les couvertures sur lui. Il prétend qu'il a sommeil. Lydia a plié sa chemise. Son pantalon est propre. Ses chaussures sont décrottées et sèchent près de la cheminée.

Quand Lydia quitte sa chambre, elle se dit que demain Freddy sera parti. Elle retrouvera peut-être une bande de lin souillée. Il laissera peut-être un mot. Pour Tussy au moins.

Demain, O'Brian va mourir.

41

Ce matin de novembre, ils sont près de six mille, hommes, femmes, enfants, massés depuis des heures dans la brume de Manchester.

Pour échapper au froid, ils chantent des airs d'Irlande et certains s'agglutinent près des percolateurs des marchands de café. La mort est une aubaine, l'occasion de fourguer du café pour un penny. Tous portent des vêtements noirs d'avance et du vert par fierté. Certains sont arrivés la veille, par charrette ou par barque.

Freddy a la tête enveloppée dans un bonnet de laine pour cacher sa blessure. Des enfants se faufilent entre lui et les autres. Ils veulent voir de près. L'échafaud est dressé. Trois cordes, un faux plancher et une chausse-trape.

La brume qui drape la place commence à refluer, lentement, par lambeaux déchirés, vers son lit de canaux. Quand tout devient plus clair, une rumeur se propage. Des murmures se relaient. Les condamnés approchent. Des dizaines de fenians sont noyés dans la foule. Freddy en a repéré quelques-uns. Ils s'évitent, par prudence.

Les têtes et les chapeaux dodelinent. Les uns se poussent du coude, d'autres se grandissent en faisant crisser leurs bottes. Des femmes se signent et prient. Elles ont prié la veille. Elles prieront tout à l'heure. Elles ont traversé le détroit, pris le train de Liverpool et cheminé toute la nuit pour être là, dans ce quartier de Manchester. Depuis l'attaque du fourgon pénitentiaire, la mort du sergent et l'évasion des chefs fenians, tout le pays est en émoi. La chasse à l'homme a fait des centaines de victimes, des dizaines de détenus, des paquets de relaxes et trois morts à venir. La potence a été érigée en quelques heures seulement. Trois cordes ballottent mollement dans le froid de ce matin de novembre.

Le premier condamné qui s'avance s'appelle Larkin. Freddy ne l'a jamais vu. Quelqu'un déplie le journal et lit un article à voix basse.

« Larkin. Profession : tailleur », commence-t-il.

Tout le monde pense au fond qu'il faudrait le faire taire. On n'est pas sur un champ de courses à éplucher la cote du premier des partants. Pourtant, ils le laissent lire. C'est plus fort qu'eux. Les badauds ont besoin de savoir qui est l'homme qu'on va tuer. S'il est bien pareil qu'eux. S'il est fait de la même chair, de la même misère. L'article fait quelques lignes. Il reprend ce que Larkin a dit devant ses juges :

> « J'ai apporté aide et assistance aux deux nobles héros enfermés dans le fourgon, Kelly et Deasy. J'ai fait tout ce que j'ai pu pour les tirer de là. Mais je n'ai pas pris de vie. Ce n'est pas moi qui ai tué le sergent de police. »

Larkin est debout, devant sa corde.

Le deuxième s'approche. C'est O'Brian. Freddy fait taire le lecteur d'un coup de coude au visage. Des voisins s'interposent pour éviter le lynchage. Ils sont plusieurs sur lui.

« Arrête ! dit Tussy en retenant son bras. C'est inutile. »

Le lecteur est sorti. Dans son sillage, il laisse des bouts de papier journal.

Personne ne lira l'article concernant O'Brian et ce qu'il a dit :

> « Le gouvernement de ce pays a le pouvoir de condamner n'importe qui. Il nomme un juge, désigne ses jurés... Je sais que ma mort sera vengée et que les tyrans seront punis d'avoir commis un tel outrage. »
>
> L'un des juges s'est levé, exaspéré, et lui a ordonné de se taire. Mais O'Brian a poursuivi. Le juge s'est mis à hurler, prétendant que ses déclarations le rendaient encore plus coupable aux yeux de la cour. Puis il s'est rassis, enveloppé dans sa robe magistrale.
>
> « Je dis cela pour votre bien », a conclu le juge, avant de voter la mort.

Tussy est venue avec Lydia. Elles portent le vert, comme d'autres. Un simple bout de ruban cousu au revers de leur veste.

Quelques notes s'élèvent.

La – sol – fa – la – ré – mi – ré...

Un fifre entonne un air.

Quelques notes subreptices, couvertes par le fracas de la garde à cheval qui s'avance sabre au clair. Mais la foule de ceux qui savent reprend l'air piétiné.

« In the pri-son cell I sit[1]*... »*

1. « Assis au fond de ma cellule... »

C'est la première mesure de la *Chanson du prisonnier.*

Ré – do – si – ré – ré – si – la…

« *Thin – king mo- ther, dear of you*[1]… »

Les volontaires irlandais la chantaient en Amérique, à Gettysburg, à Fredericksburg ou Atlanta. Ils ont ramené cet air. Il est devenu leur hymne, l'hymne des Irlandais, l'hymne des fenians.

Le troisième est à peine plus âgé que Freddy. Il n'a même pas vingt ans. Freddy chante pour couvrir le craquement que font les planches du gibet sous ses pieds.

Il s'appelle Allen. Il sera le premier pendu.

Des femmes se mettent à genoux, tirant de leurs mains jointes des suppliques au bourreau pour qu'il fasse bien les choses, qu'il prenne soin de leurs fils. L'heure des grâces est passée ; et même si les chants flottent encore, même si Allen a envie de chanter, le bourreau le fait disparaître sous une cagoule. Il lui passe la corde au cou. Le nœud s'est resserré et la tête d'Allen s'incline. Il attend son heure. Le fifre s'est enfin tu.

Vient le tour de Larkin. Freddy devine de loin qu'il marmonne des prières.

« Ça va pas recommencer ! » s'agace le bourreau.

O'Brian est le dernier à se faire cagouler. Les mains liées dans le dos, il jette à la foule un regard d'homme brave. Freddy ferme les yeux pour lui faire passer un adieu rien qu'entre eux.

Un ordre est crié près de l'estrade :

« Instruments ! »

1. « Je pense à toi, ma mère, ma très chère mère. »

Les dragons font glisser leurs tambours devant eux. Des baguettes de bois claquent les unes contre les autres. Les musiciens s'ajustent, fixent le chef et font soudain pleuvoir un roulement de pluie acide. Un tonnerre stupéfiant qui fait cabrer le dos de toute la foule présente. C'est le moment. La première trappe se dérobe.

Allen tombe, vertical. Sa tête apostrophe le reste de son corps.

La foule tangue comme lui. Les corps des curieux basculent d'une jambe sur l'autre, cherchant un point d'ancrage comme pour s'assurer que le sol ne se dérobera pas. Freddy est parmi eux, pris par ce mouvement inconscient.

Larkin passe par la trappe à son tour. Mais il s'agite longuement. Il secoue les épaules. Il rebondit. Ses pieds battent une mesure absurde sous l'estrade. Ses soubresauts font trembler la potence. La foule n'ose plus bouger.

Et ça dure.

Le bourreau suit la corde qui oscille dangereusement.

La foule crie des insultes.

Et ça dure encore.

Des cailloux volent et s'abattent contre le mur du bâtiment public.

Freddy entend qu'on tire. Les dragons sont nerveux. Pourtant ils sont nombreux à suivre cette mascarade.

La foule exige sa grâce.

D'autres coups de feu résonnent.

« J'peux pas voir ça. C'est pas possible », pleure une femme près de lui. C'est Tussy. Freddy l'avait oubliée.

Le bourreau évite une dernière pierre et se jette sur le dos du pendu. Il pèse de tout son poids sur lui.

La nuque de Larkin cède. Enfin. Le pendu cesse de danser.

La foule s'apaise et les dragons se détendent. Le prêtre tance le bourreau et lui renvoie la faute de cette mort mal donnée. C'est un prêtre catholique, un Irlandais de Cork, qui ne voulait pas venir.

Freddy sait qu'il va subir le dernier acte de ce dernier jour. La mort de son capitaine.

Freddy a longtemps cru qu'on sauverait O'Brian, qu'une main venue de nulle part le décrocherait. Mais non. Rien. Il est mort. Pendu à ce petit bout de corde. Il n'a pas pris le temps de se tourner vers Tussy et Lydia qui n'attendaient que cela. Un geste. Un peu de tristesse en partage. Freddy a préféré se glisser dans les murmures, se faufiler derrière les visages cachés par des mains de scandale.

Il s'en est allé avant la fin de ce monde. Il a laissé du champ entre lui et ce passé. À la périphérie de la foule, là où les grappes s'estompaient, il a vu Engels s'approcher de Lydia et l'envelopper de ses bras.

Il a vengé sa mère. Il n'avait plus rien à faire parmi ses frères fenians. Il n'est pas irlandais. Il ne vient pas d'ici. Freddy a pris le train pour Londres. Il a arpenté la grande ville pour s'y perdre, un peu, et trouver du travail.

Des teinturiers de l'East End cherchaient de la main-d'œuvre. Mais le coton l'écœure. Il en connaît le secret. Il a vu ces vétérans trahis pour des champs utopiques, promis, enlevés, et les ravages causés par la Cotton Panic.

Il a traversé la Tamise sur Tower Bridge. Il a poussé des grilles et passé un perron parce que le bâtiment derrière lui semblait beau et clair. Comme le Palais des Sciences. Il a montré patte blanche, dit qu'il était vaillant.

Ils l'ont pris à l'essai.

Il y travaille toujours.

Freddy est lamineur. Chaque jour, il s'attelle à sa lourde machine et glisse des plaques d'argent pour en tirer des lames. Plus étroites. Plus fines. À peine plus larges que les cinq doigts d'une main. Il travaille dur. Il s'abrutit. Ses gestes sont courts et simples. Ce sont toujours les mêmes. Le boucan des machines ne le dérange pas. Freddy est presque sourd.

Il a très peu d'amis. On le dit solitaire. Il travaille. Il gagne son salaire. Quand on l'a embauché, il a donné un nom. Evans, Freddy Evans. Ce n'est pas son vrai nom. Il a aussi donné une date de naissance : le 23 juin 1851.

Il a donné une adresse à Dean Street.

Il habite au troisième, une petite chambre de bonne.

Les filles du quartier le sifflent quand il passe. Il connaît leurs prénoms. Il évite leurs fantasmes. Il sait où les tendresses des femmes mènent les cœurs trop sensibles.

Deux ou trois fois par an, il reçoit une lettre de Lydia. Toujours la même. Elle demande de ses nouvelles et lui signale qu'Engels insiste pour l'adopter et faire de lui son unique héritier. Freddy n'y répond pas.

Parfois, il passe devant la grande maison qui longe le parc de Hampstead. C'est là que Tussy habite, avec son père et sa mère. Ses deux sœurs, les deux jeunes femmes du parc avec des cous de cygne, sont mariées, paraît-il. Tussy n'a pas de fiancé. Quand Freddy l'aperçoit par cette fenêtre éclairée, il profite de la nuit pour la regarder parler des heures avec son père, aider sa mère à ranger la vaisselle. Elle fume. Elle rit. Elle vit. Il reste des heures adossé aux grilles du parc interdit, à regarder cette famille qui n'a pas voulu de lui.

L'autre jour, il a aperçu Tussy dans le salon. Les fenêtres étaient ouvertes. Il s'est rapproché. Il s'est collé à la grille, derrière le lierre grimpant et ses grosses feuilles, pour voir ce qu'elle faisait et surtout pour savoir si elle était entourée d'hommes. Elle parlait fort. Elle était passionnée. Elle défendait le droit de vote des femmes anglaises. Elle disait que les femmes avaient leur mot à dire, qu'elles représentaient la moitié de la population et qu'on ne pouvait pas prétendre représenter un peuple sans sa moitié. Elle citait des noms inconnus. Et les hommes autour d'elle, barbus, solides, attentifs, opinaient du chef. Freddy se demandait à quel moment un homme reprendrait le dessus. Aucun. Ils se sont tus et sont partis. Ils étaient convaincus. Tussy avait raison. Il était fier d'elle.

Un jour, il oserait l'aborder. Il ne se contenterait plus de se carapater au moindre bruit de porte qui s'ouvre.

Freddy habite à une heure de marche de Hampstead. Il loue une chambre de bonne, à Dean Street.

Il se lève tôt. Il travaille dur. Il fabrique de longues lames d'argent qu'un autre que lui poinçonne pour en faire des shillings. À l'Hôtel royal des monnaies face à la Tour de Londres, il fabrique des pièces de un shilling. Ça lui fait de quoi vivre. Sa petite vie lui suffit.

Chaque jour, quand retentit la cloche pour annoncer la fin de la journée de travail, une larme coule sur sa joue, minuscule. Une larme chargée de tout ce que cette petite vie lui a pris et ne lui rendra jamais.

Remerciements

L'écriture est un acte solitaire peuplé d'ombres tutélaires et de personnages fictifs. Je dois ce livre à un homme, disparu depuis peu : Maurice Séveno. Il fut journaliste, présentateur TV, impliqué dans les manifestations de Mai 68. Un jour, Maurice m'a raconté l'histoire de l'enfant caché que Karl Marx avait eu avec son employée de maison. J'avais quinze ou seize ans. Je saisissais à peine le piment de l'affaire. C'était l'époque où une partie de la France appelait « Tonton » son président. Et les histoires d'enfant caché prenaient un tour particulier.

J'ai donc voulu en savoir plus sur ce fils naturel.

J'ai glané çà et là tout ce que j'ai pu sur Marx, pour tenter de le cerner, de saisir sa part d'ombre. J'ai lu des biographies, des articles signés Sylvain Cypel, Pierre Dardot, Aude Lancelin, Vincent Martigny, Edgar Morin, Raoul Peck ou David Meulemans.

Comme un chasseur pistant sa proie, je faisais le tour de Marx grâce aux livres que lui ont consacrés Jonathan Sperber, Francis Wheen ou même Jacques Attali (eh oui !). Tous racontent la même chose, sur son rapport à l'argent. Névrotique. Sa relation avec sa mère qui refusait de lui verser sa part d'héritage paternel. Son génie intellectuel et ses dépenses compulsives. Son mode de vie bourgeois et sa puissance de travail. Son attrait pour le luxe et l'incapacité qu'il avait à gagner le moindre sou, hormis grâce à quelques articles et des livres au succès très tardif.

J'ai découvert le destin étonnant de sa femme, Jenny la Rouge, née baronne, à travers les récits qu'en ont faits la regrettée Françoise Giroud et H. F. Peters.

Je me suis pris de passion pour la vie de Tussy, la petite dernière de Marx, suffragette et féministe avant l'heure, marxiste ! La biographie que Rachel Holmes lui a consacrée est précise et enlevée. Tussy est l'une des grandes découvertes de ce livre.

Et puis, il y a Engels. Le fameux lord du Coton, le gentleman révolutionnaire tel que le décrit Tristram Hunt. Quel destin ! Cet homme né de cette terre calviniste qui confondait fortune et élection divine ! Engels et ses contradictions, chassant le renard avec les pairs du royaume et appelant les ouvriers à la révolution ; capable d'aimer plusieurs femmes à la fois. Engels, le corollaire de Marx, et pourtant son contraire. Engels au cœur de cette pensée qui a fait basculer la moitié de l'humanité sous la faucille et le marteau du bloc communiste. Reste Freddy. Reste Charlotte.

Dans ce livre, tout est vrai, ou presque. Marx et sa faute ontologique. Engels et ses loisirs. Tussy, le garçon manqué. Mais pour Freddy et Charlotte, je me suis plongé dans la zone grise d'une histoire balisée. Son existence a été cachée jusqu'au milieu des années 1960. Il a été un des secrets les mieux gardés de l'Union soviétique et de tous les gardiens du temple marxiste. Freddy est né le 23 juin 1851. Sur son certificat de naissance, il y a un espace devant le nom du père qui est resté longtemps blanc avant qu'Engels y inscrive son nom. Freddy aurait été placé en famille d'accueil à sa naissance. Il est mort, sans descendance, l'année de la grande crise de 1929.

Pour inventer tout le reste, Charlotte, le docteur Malte et la vie dans les faubourgs de Londres, j'ai suivi Charles Dickens, bien sûr, mais aussi Jack London et trouvé des détails chez quelques historiens spécialistes de l'East End, comme Dominique Kalifa et Kellow Chesney. Zola et *La Bête humaine* pour les chemins de fer. Shakespeare pour l'argent, le pouvoir, l'amour, et tout le reste aussi. L'histoire du coton est parfaitement racontée par Jacques Anquetil ou Erik Orsenna. Pour le contexte américain, j'ai relu les ouvrages des historiens Howard Zinn et André Kaspi, sans oublier le livre de chevet de ma grand-mère, *Autant en emporte le vent*, de Margaret Mitchell. Magnifique trilogie. Pour la partie consacrée à l'Irlande, de la Grande Famine aux martyrs de Manchester pendus en 1867, j'ai compulsé les archives du Centre culturel irlandais, situé en plein Paris, et consulté les livres de Peter Gray, de Mitchell Snay et de Pierre Joannon.

Voilà pour la partie factuelle.

Reste l'essentiel. L'esprit qu'on vous insuffle.

Mes premiers remerciements vont à Caroline Marson, mon éditrice, qui m'a tendu la main. C'est grâce à Caroline que j'ai pu reprendre ce livre et l'achever sous la bienveillance attentive de Francis Esménard et de Gilles Haéri.

À Daniel Picouly, mon parrain en littérature qui depuis l'attribution du prix Stanislas du premier roman a toujours été là, amical, pertinent. À Vincent Barbare pour ses conseils. À Audrey Petit pour son enthousiasme. À Tania Crasniansky et Élise Raffalli pour leur première lecture. À André Bonet, pour ces tournées hilarantes de Perpignan à Beyrouth, en passant par Leucate. Aux rivières d'Emmanuelle, amie précieuse. À Sarah, la première, toujours la bienvenue et Sandy et son gentil dragon. À Amandine et Pascal, pour tout le bleu qu'ils donnent. À Élise Raffalli, pour toutes ses attentions. À Christelle à Villers, et Rémy et Stéphanie et Stanislas et Marie-Rose et Gilbert, tous les amis libraires. À mon frère si généreux en tout, toujours. À mes filles, Nina, Violette, et à leurs professeurs qui se sont vu offrir le premier roman de leur père, alors qu'ils n'avaient rien demandé. À ma mouflette chérie qui rend la vie si belle.

DU MÊME AUTEUR

CES RÊVES QU'ON PIÉTINE, Éditions de l'Observatoire, 2017, Le Livre de Poche, 2019.

Composition : IGS-CP
Impression : CPI Bussière en mai 2019
Éditions Albin Michel
22, rue Huyghens, 75014 Paris
www.albin-michel.fr
ISBN : 978-2-226-44163-8
N° d'édition : 23459/01 – N° d'impression : 2044348
Dépôt légal : août 2019
Imprimé en France